COULEURS DE L'INCENDIE

Pierre Lemaitre est écrivain et scénariste. Ses romans ont été récompensés par de nombreux prix littéraires nationaux et internationaux. En 2013, le prix Goncourt lui est décerné pour *Au revoir là-haut*, premier volet de sa trilogie *Les Enfants du désastre* (*Au revoir là-haut, Couleurs de l'incendie, Miroir de nos peines*). En 2018, il a reçu le César de la meilleure adaptation avec Albert Dupontel pour ce même roman. Ses romans sont traduits en plus de quarante langues.

Paru au Livre de Poche :

Les Enfants du désastre

AU REVOIR LÀ-HAUT

MIROIR DE NOS PEINES

CADRES NOIRS

ROMANS NOIRS (coll. « Majuscules »)

ROBE DE MARIÉ

La trilogie Verhœven

TRAVAIL SOIGNÉ

ALEX

ROSY & JOHN

SACRIFICES

TROIS JOURS ET UNE VIE

VERHŒVEN (coll. « Majuscules »)

PIERRE LEMAITRE

Couleurs de l'incendie

Les Enfants du désastre

ROMAN

ALBIN MICHEL

Contenus pédagogiques disponibles à l'intention des enseignants
sur livredepoche.com

ISBN : 978-2-253-94102-6 – 1re publication LGF

À Pascaline,

À Mickaël,
avec mon affection

1927-1929

Il n'y a, à tout prendre, ni bons ni méchants, ni honnêtes gens ni filous, ni agneaux ni loups ; il n'y a que des gens punis et des gens impunis.

Jakob WASSERMANN

1

Si les obsèques de Marcel Péricourt furent perturbées et s'achevèrent même de façon franchement chaotique, du moins commencèrent-elles à l'heure. Dès le début de la matinée, le boulevard de Courcelles était fermé à la circulation. Rassemblée dans la cour, la musique de la garde républicaine bruissait des essais feutrés des instruments, tandis que les automobiles déversaient sur le trottoir ambassadeurs, parlementaires, généraux, délégations étrangères qui se saluaient gravement. Des académiciens passaient sous le grand dais noir à crépines d'argent portant le chiffre du défunt qui couvrait le large perron et suivaient les discrètes consignes du maître de cérémonie chargé d'ordonner toute cette foule dans l'attente de la levée du corps. On reconnaissait beaucoup de visages. Des funérailles de cette importance, c'était comme un mariage ducal ou la présentation d'une collection de Lucien Lelong, le lieu où il fallait se montrer quand on avait un certain rang.

Bien que très ébranlée par la mort de son père, Madeleine était partout, efficace et retenue, donnant des instructions discrètes, attentive aux moindres détails. Et d'autant plus soucieuse que le président de la République avait fait savoir qu'il viendrait en personne se recueillir devant la dépouille de « son ami Péricourt ». À partir de là, tout était devenu difficile, le protocole républicain était exigeant comme dans une monarchie. La maison Péricourt, envahie de fonctionnaires de la sécurité et de responsables de l'étiquette, n'avait plus connu un instant de repos. Sans compter la foule des ministres, des courtisans, des conseillers. Le chef de l'État était une sorte de navire de pêche suivi en permanence de nuées d'oiseaux qui se nourrissaient de son mouvement.

À l'heure prévue, Madeleine était en haut du perron, les mains gantées de noir sagement croisées devant elle.

La voiture arriva, la foule se tut, le président descendit, salua, monta les marches et pressa Madeleine un instant contre lui, sans un mot, les grands chagrins sont muets. Puis il fit un geste élégant et fataliste pour lui céder le passage vers la chapelle ardente.

La présence du président était plus qu'un témoignage d'amitié vis-à-vis du défunt banquier, c'était aussi un symbole. La circonstance, il est vrai, était exceptionnelle. Avec Marcel Péricourt, « un emblème de l'économie française vient de s'éteindre », avaient titré les journaux qui savaient encore se tenir. « Il aura survécu moins de sept ans au dramatique suicide de son fils Édouard... », avaient commenté les autres. Peu importe. Marcel Péricourt avait été un personnage central de la vie financière du pays et sa disparition, chacun le sentait confusément, signait un changement d'époque d'autant plus inquiétant que ces années trente s'ouvraient sur des perspectives plutôt sombres. La crise économique qui avait suivi la Grande Guerre ne s'était jamais refermée. La classe politique française, qui avait promis-juré la main sur le cœur, que l'Allemagne vaincue paierait jusqu'au dernier centime tout ce qu'elle avait détruit, avait été désavouée par les faits. Le pays, invité à attendre que l'on reconstruise des logements, qu'on refasse les routes, qu'on indemnise les infirmes, qu'on verse les pensions, qu'on génère des emplois, bref qu'il redevienne ce qu'il avait été – en mieux même, puisqu'on avait gagné la guerre –, le pays, donc, s'était résigné : ce miracle n'aurait jamais lieu, la France allait devoir se débrouiller toute seule.

Marcel Péricourt était justement un représentant de la France d'avant, celle qui avait autrefois conduit l'économie en bon père de famille. On ne savait pas exactement ce qu'on allait mener au cimetière, un important banquier français ou l'époque révolue qu'il incarnait.

Dans la chapelle ardente, Madeleine observa longuement le visage de son père. Depuis quelques mois, vieillir était devenu son activité principale. « Je dois me surveiller en permanence, disait-il, je crains de sentir le vieux, d'oublier mes mots ; j'ai peur de déranger, d'être surpris à parler tout seul, je m'espionne, ça me prend tout mon temps, c'est épuisant de vieillir… »

Dans l'armoire elle avait trouvé, sur un cintre, le plus récent de ses costumes, une chemise repassée, ses souliers parfaitement cirés. Tout était prêt.

La veille, M. Péricourt avait dîné avec elle et Paul, son petit-fils, un garçon de sept ans au joli visage, pâle de teint, timide et bègue. Mais, contrairement aux autres soirs, il ne s'était pas enquis auprès de lui de l'avancement de ses cours, de l'emploi du temps de sa journée, n'avait pas proposé de poursuivre leur partie de dames. Il était demeuré pensif, pas inquiet, non, rêveur presque, ce n'était pas dans ses habitudes ; il avait à peine touché à son assiette, se contentant de sourire pour montrer qu'il était là. Et comme le repas lui avait paru trop long, il avait plié sa serviette, je vais monter, avait-il dit, finissez sans moi, il avait serré la tête de Paul contre lui un instant, allez, dormez bien. Alors qu'il se plaignait souvent de ses douleurs, il avait marché vers l'escalier d'un pas souple. D'habitude, il quittait la salle à manger sur un « Soyez sages ». Ce soir-là, il oublia. Le lendemain, il était mort.

Tandis que dans la cour de l'hôtel particulier, le char funéraire avançait, tiré par deux chevaux caparaçonnés, que le maître de cérémonie rassemblait les proches, la famille, et veillait à la position de chacun dans l'ordre protocolaire, Madeleine et le président de la République se tenaient côte à côte, le regard fixé sur le cercueil de chêne où brillait une large croix dorée.

Madeleine frissonna. Avait-elle fait le bon choix quelques mois plus tôt ?

Elle était célibataire. Divorcée, plus exactement, mais pour l'époque, c'était pareil. Son ex-mari, Henri d'Aulnay-Pradelle, croupissait en prison après un procès retentissant. Et cette situation de femme sans homme avait été un souci pour son père qui pensait à l'avenir. « On se remarie, à cet âge-là ! disait-il, une banque qui a des intérêts dans de nombreuses sociétés commerciales, ça n'est pas une affaire de femme. » Madeleine d'ailleurs fut d'accord, mais à une condition : un mari, passe encore, mais pas un homme, avec Henri, j'ai eu mon lot, merci bien, le mariage, soit, mais pour la bagatelle, il ne faudra pas compter sur moi. Quoiqu'elle ait souvent prétendu l'inverse, elle avait mis pas mal d'espoirs dans cette première union qui s'était révélée calamiteuse, alors maintenant, c'était clair, un conjoint éventuellement, mais rien de plus, d'autant qu'elle n'avait aucune intention de refaire des enfants, Paul suffisait largement à son bonheur. C'était l'automne précédent au moment où tout le monde se rendait compte que Marcel Péricourt ne ferait pas long feu. Il semblait prudent de prendre des mesures parce qu'il se passerait encore bien des années avant que son petit-fils, Paul le bègue, accède au gouvernail de l'entreprise familiale. Sans compter qu'on n'imaginait pas très bien cette succession, chez le petit Paul les mots peinaient à sortir, le plus souvent il renonçait à s'exprimer, trop difficile, vous parlez d'un dirigeant…

Gustave Joubert, le fondé de pouvoir de la Banque Péricourt, un veuf sans enfant, était alors apparu comme le parti idéal pour Madeleine. Cinquantenaire, économe, sérieux, organisé, maître de soi, anticipateur, on ne lui connaissait qu'une passion pour la mécanique, les voitures – il exécrait Benoist, mais adorait Charavel – et les avions – il détestait Blériot, mais vénérait Daurat.

M. Péricourt avait vigoureusement plaidé pour cette solution. Et Madeleine avait accepté, mais :

« Gustave, soyons clair, l'avait-elle prévenu. Vous êtes un homme, je ne m'opposerai pas à ce que vous… Enfin, vous voyez ce que je veux dire. Mais à condition que ce soit discret, je refuse d'être ridicule une seconde fois. »

Joubert avait compris cette exigence d'autant plus aisément que Madeleine lui parlait de besoins qu'il éprouvait rarement.

Mais voilà que, quelques semaines plus tard, elle avait soudain annoncé à son père et à Gustave que finalement ce mariage n'aurait pas lieu.

La nouvelle fit l'effet d'un coup de tonnerre. C'est peu dire que M. Péricourt s'était emporté contre sa fille dont les arguments étaient irrationnels : elle avait trente-six ans et Joubert cinquante et un, comme si elle le découvrait ! Et puis, n'était-ce pas au contraire une bonne chose qu'épouser un homme d'âge et de jugement ? Mais non, décidément, Madeleine « ne s'y faisait pas », à ce mariage.

Alors, c'était non.

Et elle avait fermé la porte à la discussion.

En d'autres temps, M. Péricourt ne se serait pas contenté d'une telle réponse, mais il était déjà bien fatigué. Il argumenta, insista, puis il céda, c'est à ce genre de renoncement qu'on se rendit compte qu'il n'était plus ce qu'il avait été.

Aujourd'hui, Madeleine se demandait avec inquiétude si elle avait pris la bonne décision.

À l'extérieur, toutes les activités étaient suspendues à la sortie du président de la chapelle ardente.

Dans la cour, les invités commençaient à compter les minutes, on était venu pour se montrer, on n'allait pas non plus y passer la journée. Le plus difficile n'était pas d'éviter le froid, c'était impossible, mais de trouver des subterfuges pour cacher son impatience d'en finir. Rien n'y faisait, même couverts, les oreilles, les mains, les nez se glaçaient, on tapait discrètement du pied, on commencerait à maudire le mort s'il tardait encore à sortir. On avait hâte que le cortège se mette en branle, au moins on marcherait.

La rumeur se répandit que le cercueil allait enfin descendre.

Dans la cour, le prêtre en chape noire et argent précéda les enfants de chœur en soutane violette et surplis blanc.

L'ordonnateur consulta discrètement sa montre, monta à pas comptés les marches du perron pour avoir une vue plus globale de la situation et chercha du regard ceux qui devraient, dans quelques minutes, conduire le cortège.

Tous étaient là, à l'exception du petit-fils du défunt.

Or il était prévu que le petit Paul figure en tête, auprès de sa mère, tous deux légèrement en avance sur le reste du convoi, c'est une image qui plaisait toujours beaucoup, un enfant derrière un corbillard. D'autant que celui-ci, avec son visage lunaire, ses yeux un peu cernés, donnait une impression de faiblesse qui ajouterait au spectacle une touche très émouvante.

Léonce, la dame de compagnie de Madeleine, s'approcha d'André Delcourt, le précepteur de Paul qui prenait fiévreusement des notes sur un petit calepin, et lui demanda de s'enquérir de son jeune élève. Il la regarda, offusqué.

— Mais, Léonce… ! Vous voyez bien que je suis occupé !

Ils ne s'étaient jamais aimés, ces deux-là. Rivalité de domestiques.

— André, répondit-elle, vous serez sans doute un

jour un grand journaliste, je n'en doute pas, mais pour l'heure vous n'êtes encore que précepteur. Alors, allez chercher Paul.

André, furieux, claqua son carnet sur sa cuisse, rempocha rageusement son crayon et, à grand renfort d'excuses et de sourires contrits autour de lui, tâcha de se frayer un chemin jusqu'à l'entrée.

Madeleine raccompagna le président dont la voiture traversa ensuite la cour, la foule s'écartait sur son passage comme s'il avait été le mort lui-même.

Accompagné par les roulements de tambour de la garde républicaine, le cercueil de Marcel Péricourt arriva enfin dans le vestibule. Les portes s'ouvrirent largement.

En l'absence de son oncle Charles qu'on n'avait trouvé nulle part, Madeleine, soutenue par Gustave Joubert, descendit les marches à la suite de la dépouille de son père. Léonce chercha du regard le petit Paul près de sa mère, mais il n'y était pas. André, qui était revenu, fit un geste d'impuissance.

Le cercueil, que tenait à bout de bras une délégation de l'École centrale des arts et manufactures, fut déposé sur le corbillard à claire-voie. On installa les couronnes et les gerbes. Un huissier s'avança, portant le coussin sur lequel était posée la grand-croix de la Légion d'honneur.

Au milieu de la cour, la foule des officiels fut soudain saisie d'un mouvement de tangage. Elle se creusa étrangement et parut même sur le point de se disperser.

Le cercueil et le corbillard n'étaient plus au centre des attentions.

Les regards étaient tournés vers la façade de l'immeuble. Un cri unanime s'étouffa.

Madeleine à son tour leva les yeux et entrouvrit la bouche : là-haut, au second étage, le petit Paul, sept ans, était debout sur l'appui de la fenêtre, les bras largement écartés. Face au vide.

Il portait son costume noir de cérémonie, mais la cravate avait été arrachée, sa chemise blanche était grande ouverte.

Tout le monde regardait en l'air comme si on assistait au lâcher d'un aérostat.

Paul plia légèrement les genoux.

Avant qu'on ait eu le temps de l'appeler, de courir, il lâcha les vantaux et se lança, accompagné par le hurlement de Madeleine.

Le corps de l'enfant, pendant sa chute, s'agita en tous sens, comme un oiseau atteint par un coup de fusil. Au terme d'une descente rapide et désordonnée, il tomba sur le grand dais noir où il disparut un court instant.

On retint un soupir de soulagement.

Mais le drap tendu le fit rebondir et il réapparut comme un diable sortant de sa boîte.

On le vit de nouveau s'élever dans les airs, passer par-dessus la courtine.

Et s'écraser sur le cercueil de son grand-père.

Dans la cour soudain silencieuse, le choc de son crâne sur le chêne, accompagné d'un bruit sourd, provoqua une secousse dans toutes les poitrines.

Tout le monde était sidéré, le temps s'arrêta.

Lorsqu'on se précipita vers lui, Paul était allongé sur le dos.

Du sang coulait de ses oreilles.

2

Le maître des cérémonies fut pris au dépourvu. Question obsèques, il en connaissait pourtant un rayon, il avait assuré l'enterrement d'un nombre incalculable d'académiciens, de quatre diplomates étrangers, il avait même enterré trois présidents en fonction ou retirés. Réputé pour son sang-froid, c'était un homme qui maîtrisait son affaire, mais ce môme qui venait s'écraser du deuxième étage sur le cercueil de son grand-père échappait à ses catégories. Que fallait-il faire ? On le vit les yeux perdus, les mains molles, à la dérive. Il faut l'avouer, il fut totalement dépassé. Il mourut d'ailleurs quelques semaines plus tard, c'était un peu le Vatel des pompes funèbres.

Le professeur Fournier fut le premier à se précipiter.

Il grimpa sur le char, écarta brutalement les couronnes qui chutèrent sur le pavé et, sans bousculer l'enfant, procéda à un rapide examen clinique.

Il avait du mérite parce que la foule avait commencé à réagir et faisait un tapage du diable. Ces gens endimanchés étaient redevenus des badauds frétillant de curiosité à la survenue d'un accident, c'étaient des Oh, des Ah, vous avez vu ? Et comment, c'est le fils

Péricourt ! Non, pas possible, il est mort à Verdun ! Pas celui-là, l'autre, le petit ! Comment ça, par la fenêtre, il a sauté ? Il a glissé ? Moi, je pense qu'on l'a poussé… Oh, quand même ! Si, regardez, c'est encore ouvert, Ah, c'est vrai, bah merde alors, Michel, un peu de tenue s'il te plaît ! Chacun racontait ce qu'il venait de voir à d'autres qui avaient vu la même chose.

Au pied du char, agrippée à la ridelle en bois du corbillard dans laquelle ses ongles s'enfonçaient comme des griffes, Madeleine hurlait comme une damnée. Léonce tentait de la retenir par les épaules, en larmes elle aussi, personne n'y croyait, un enfant qui tombe ainsi de la fenêtre du deuxième, était-ce possible, mais il suffisait de lever le regard vers ces couronnes jetées en désordre pour apercevoir, malgré la foule, le corps de Paul allongé comme un gisant sur le cercueil en chêne et sur lequel le docteur Fournier était penché, cherchant les battements du cœur, des signes de respiration. Il se releva plein de sang, son smoking taché jusqu'au plastron, mais il ne regardait rien ni personne, il avait pris l'enfant dans ses bras et s'était relevé. Un photographe chanceux cueillit cette image qui ferait le tour du pays : debout sur le corbillard, près du cercueil de Marcel Péricourt, le professeur Fournier tenant entre ses bras un enfant qui pissait le sang par les oreilles.

On l'aida à descendre.

La foule s'écarta.

Le petit Paul contre lui, il courut entre les rangs, suivi d'une Madeleine paniquée.

Sur son passage, les commentaires cessaient, ce recueillement soudain était plus lugubre encore que les obsèques. Une voiture fut réquisitionnée, une

Sizaire-Berwick appartenant à M… de Florange, dont l'épouse, à la portière, se tordait les mains parce qu'elle avait peur que le sang sur les banquettes, ça ne parte plus.

Fournier et Madeleine s'installèrent à l'arrière, le corps de l'enfant allongé en travers des jambes, mou comme un sac. Madeleine adressa un regard suppliant à Léonce et André. Si Léonce n'hésita pas une seconde, André, lui, tergiversa un instant. Il se retourna vers la cour, balaya rapidement le char avec les couronnes, le cercueil, les chevaux, les uniformes et les costumes… Puis il baissa la tête et monta en voiture. Les portières claquèrent.

On fila vers la Pitié.

Tout le monde était médusé. Les enfants de chœur s'étaient fait voler la vedette, leur curé visiblement n'y croyait plus ; la garde républicaine hésitait à entonner l'air sépulcral qui était au programme.

Et il y avait le problème du sang.

Parce que les obsèques, c'est bien joli, mais ça n'est jamais qu'un cercueil fermé, tandis que le sang, c'est organique, ça fait peur, ça renvoie à la douleur qui est pire que la mort. Or, du sang de Paul, il y en avait sur le pavé et jusque sur le trottoir, des gouttes qu'on suivait à la trace comme dans une cour de ferme. En les apercevant, on revoyait ce petit bonhomme avec les bras ballants, ça vous glaçait jusqu'aux os, après ça, assister sereinement à un enterrement qui n'est pas le vôtre…

Les employés de maison, croyant bien faire, jetèrent des poignées de sciure, effet garanti, chacun se mit à tousser, à regarder ailleurs.

Puis on s'avisa que l'on ne pouvait décemment pas conduire au cimetière le cercueil d'un homme dégoulinant du sang d'un jeune enfant. On chercha un drap noir, il n'y en avait pas. Un domestique, monté sur le char avec un seau d'eau chaude fumante, tentait de nettoyer à l'éponge le crucifix doré.

Gustave Joubert, homme de décision, ordonna alors que l'on décroche le grand rideau bleu de la bibliothèque de M. Péricourt. C'était un tissu lourd, occultant, que Madeleine avait fait poser pour que son père puisse se reposer en journée lorsque le soleil donnait sur la façade.

D'en bas, on vit, à la fenêtre d'où l'enfant s'était jeté quelques minutes plus tôt, des gens montés sur des escabeaux, les bras tendus vers le plafond.

Enfin, la pièce de drap, roulée à la hâte, fut descendue. On la déplia respectueusement sur la bière, mais ce n'était tout de même qu'un large rideau, ça donnait l'impression d'enterrer un homme en robe de chambre. D'autant qu'on n'avait pas réussi à défaire trois anneaux de cuivre qui, au moindre déplacement d'air, se mirent à cliqueter avec entêtement contre la paroi du cercueil…

On avait hâte que les choses reprennent leur cours normal d'obsèques officielles, c'est-à-dire anecdotiques.

Pendant le trajet, Paul, allongé en travers sur les genoux de sa mère qui sanglotait, ne bougea pas un cil. Son pouls était très lent. Le chauffeur klaxonnait en permanence, on était secoué comme dans une bétaillère. Léonce tenait le bras de Madeleine serré contre le sien. Le professeur Fournier avait roulé son écharpe blanche autour de la tête de l'enfant afin de contenir l'hémorragie, mais le sang ne cessait de gagner, il commença à goutter sur le sol.

André Delcourt, placé malencontreusement en face de Madeleine, détournait le regard autant que la situation le permettait, il avait le cœur pointu.

Madeleine l'avait rencontré dans une institution religieuse où elle projetait de faire entrer Paul quand il serait en âge. C'était un garçon grand et mince aux cheveux ondulés, une sorte de cliché de son époque, avec des yeux marron assez mornes, mais une bouche charnue et éloquente. Il était répétiteur de français, on disait qu'il parlait latin comme un ange et dépannait même en dessin quand il le fallait. Il était intarissable sur la Renaissance italienne qui était sa grande passion. Comme il se voulait poète, il se composait un regard fiévreux, adoptait des mines inspirées, tournait brutalement le visage sur le côté, ce qui, dans son esprit, indiquait qu'une pensée fulgurante venait de le visiter. Son carnet ne le quittait jamais, il le sortait à tout bout de champ, prenait des notes fébriles en se détournant et revenait à la conversation avec l'air de quelqu'un qui relève d'une douloureuse maladie.

Madeleine aima immédiatement ses joues creuses, ses longues mains et ce quelque chose de brûlant qui laissait présager des moments intenses. Elle qui ne voulait plus d'homme trouva à celui-ci un charme inattendu. Elle fit l'essai, André fit l'affaire.

Il fit même sacrément bien l'affaire.

Madeleine retrouva dans ses bras des souvenirs qui étaient loin d'être mauvais. Elle se sentit désirée, il était très gentil, même s'il mettait beaucoup de temps à passer à l'acte parce qu'il avait toujours des impressions à partager, des visions à expliciter, des idées à commenter, c'était un bavard qui récitait encore des vers en caleçon, mais qui se tenait bien au lit lorsqu'il se taisait. Les lecteurs qui connaissent Madeleine savent qu'elle n'avait jamais été bien jolie. Pas laide, plutôt banale, le genre qu'on ne remarque pas. Elle avait épousé un homme très beau qui ne l'avait jamais aimée ; aussi, avec André, découvrit-elle le bonheur d'être désirée. Et une dimension de la sexualité qu'elle n'avait jamais imaginée pour elle-même : plus âgée, elle se crut en devoir de faire les premiers pas, de montrer, d'expliquer par la pratique, bref, d'initier. C'était évidemment inutile, André, bien que poète maudit, avait fréquenté pas mal de lupanars, participé à quelques orgies au cours desquelles il avait fait preuve d'une grande ouverture d'esprit et d'une indiscutable capacité d'adaptation. Mais c'était aussi un garçon réaliste. Ayant compris que Madeleine, quoiqu'elle n'en eût pas tout à fait la compétence, raffolait de ce rôle d'initiatrice, il s'était vautré dans la situation avec un plaisir d'autant plus sincère qu'elle flattait chez lui un certain penchant à la passivité.

Leur relation était singulièrement compliquée par le fait qu'André logeait dans son institution où les visites étaient interdites. Ils eurent d'abord recours à une chambre d'hôtel où Madeleine se rendait en rasant les murs et sortait en baissant la tête, comme une voleuse dans un vaudeville. Elle remettait l'argent à André pour qu'il paye l'hôtelier, recourant à toutes sortes de stratagèmes pour le lui donner sans avoir l'impression de l'acheter, de s'offrir un homme. Elle laissa les billets sur la cheminée, mais ça faisait comme au bordel. Elle les glissa dans son veston, mais il ne les retrouvait, à la réception, qu'après avoir fouillé toutes les poches, merci pour la discrétion. Bref, il fallut trouver une autre solution, chose d'autant plus urgente que Madeleine ne s'était pas contentée de prendre un amant, elle était tombée amoureuse. André était à peu près tout ce que n'avait pas été son précédent mari. Cultivé, attentif, passif, mais vigoureux, disponible, jamais vulgaire, André Delcourt n'avait finalement qu'un seul défaut, il était pauvre. Non que cela eût de l'importance pour Madeleine, elle était riche pour deux, mais elle avait un rang à tenir, un père qui n'aurait pas vu d'un bon œil d'avoir pour gendre un garçon de dix ans moins âgé que sa fille et fondamentalement incapable d'entrer dans les affaires. Épouser André étant impensable, elle trouva une solution fonctionnelle : faire d'André le précepteur de Paul. L'enfant bénéficierait de cours sur mesure, dans une relation privilégiée avec son maître, et surtout il n'aurait pas besoin de se rendre dans une institution, les bruits qui couraient sur ce qui s'y passait – même dans les meilleurs établissements – lui faisaient terriblement peur, le clergé enseignant avait déjà, dans ce domaine, une solide réputation.

Bref, Madeleine n'en finissait pas de trouver des avantages à son stratagème.

André s'était donc installé en haut de l'hôtel particulier de la famille Péricourt.

Le petit Paul accueillit cette idée avec plaisir parce qu'il s'était imaginé avoir un compagnon de jeu. Il dut déchanter. Si tout se passa bien pendant quelques semaines, Paul se montra de moins en moins enthousiaste. Le latin, le français, l'histoire, la géographie, se disait Madeleine, personne n'aime ça, tous les enfants sont pareils, d'autant qu'André prenait sa tâche très au sérieux. La progressive désaffection de Paul pour ces cours particuliers n'entama pas l'engouement de Madeleine qui y trouvait bien des bénéfices : pour elle, c'étaient deux étages à grimper discrètement. Ou à descendre, parfois, pour André. Moyennant quoi, cette relation devint, dans la maison Péricourt, un secret de Polichinelle. Les domestiques s'amusaient à imiter le pas de leur patronne montant l'escalier de service en tapinois, en prenant des mines gourmandes. Lorsqu'ils mimaient André rebroussant chemin dans l'autre sens, ils le faisaient titubant et épuisé, on rigolait pas mal dans les cuisines.

Pour André qui se rêvait homme de lettres, qui s'imaginait passer par le journalisme, publier un premier livre, un second, recevoir un grand prix littéraire pourquoi pas, être l'amant de Madeleine Péricourt constituait un indiscutable atout, mais vraiment, cette chambre, en haut, juste sous les domestiques, était une humiliation insupportable. Il voyait bien que les femmes de chambre pouffaient, que le chauffeur souriait avec condescendance. D'une certaine manière, il était des leurs. Son service à lui était sexuel, mais c'était un service tout de même. Ce qui aurait été valorisant pour un danseur mondain était humiliant pour un poète.

Alors sortir de cette condition dégradante était devenu une urgence.

Voilà pourquoi il était si malheureux ce jour-là : les funérailles de M. Péricourt auraient dû être pour lui une grande circonstance parce que Madeleine avait fait appeler Jules Guilloteaux, le directeur du *Soir de Paris*, pour demander qu'André rédige le compte rendu des obsèques de son père.

Vous imaginez : un long article qui commencerait en première page ! Dans le quotidien le plus vendu à Paris !

André vivait cet enterrement depuis trois jours, il avait fait plusieurs fois à pied le parcours du corbillard. Il en avait même, par avance, écrit des passages entiers : « Les innombrables couronnes qui l'alourdissent donnent au char funéraire une allure majestueuse qui n'est pas sans rappeler la démarche calme et puissante que l'on connaissait à ce géant de l'économie française. Il est onze heures. Le cortège funèbre va s'ébranler. Sur le premier véhicule qui oscille sous le poids des hommages se distingue aisément la… »

Quelle aubaine ! Si cet article était un succès, peut-être serait-il embauché par le journal… Ah, gagner sa vie décemment, se libérer des obligations blessantes auxquelles il était contraint… Mieux : réussir, devenir riche et célèbre.

Et voilà que cet accident venait tout ruiner, le renvoyer sur la ligne de départ.

André regardait obstinément par la fenêtre pour ne pas accrocher du regard les yeux fermés de Paul, le visage en larmes de Madeleine, celui, fermé, tendu, de Léonce. Et cette flaque qui s'agrandissait sur le sol. Il avait pour l'enfant mort (ou quasiment, le corps était abandonné, la respiration ne se distinguait plus sous l'écharpe imbibée de sang) une peine qui lui broyait le cœur, mais comme il pensait aussi à lui, à tout ce qui venait de s'évanouir, ses espoirs, ses attentes, cette occasion manquée, il se mit à pleurer.

Madeleine lui prit la main.

Sur place, aux obsèques de son frère, Charles Péricourt se trouva donc être le dernier membre de la famille encore présent. On l'avait enfin déniché près du perron, entouré de «son harem», c'est ainsi qu'il appelait sa femme et ses deux filles, ça n'était pas un raffiné. Il pensait que son épouse, Hortense, n'aimait pas assez les hommes pour faire des garçons. Il avait deux filles montées en graine, aux jambes maigres, aux genoux cagneux et à l'acné épanouie, qui pouffaient de rire en permanence, ce qui les contraignait à masquer avec la main la denture épouvantable qui faisait le désespoir de leurs parents; on aurait dit qu'à leur naissance, un dieu démoralisé avait balancé à chacune une poignée de dents dans la bouche, les dentistes étaient consternés; sauf à tout éradiquer et à leur poser un râtelier dès la fin de leur croissance, elles étaient promises à vivre derrière un éventail toute leur vie. Il faudrait pas mal d'argent pour la clinique dentaire ou pour la dot qui en tiendrait lieu. Cette question hantait Charles comme une malédiction.

Un ventre lourd parce qu'il passait la moitié du temps à table, des cheveux blancs depuis toujours, peignés en arrière, des traits épais et un nez fort (le signe des caractères déterminés, soulignait-il), une moustache en tablier de sapeur, voilà Charles. Ajoutez à cela que depuis deux jours il pleurait la mort de son frère aîné, il avait le teint rouge et les yeux bouffis.

Dès qu'elles l'avaient aperçu sortant des toilettes, son épouse et ses filles s'étaient précipitées, mais, dans l'affolement, aucune ne parvint à lui décrire la situation de façon claire.

— Hein, quoi ? dit-il en se tournant en tous sens, comment ça, il a sauté, qui a sauté ?

Gustave Joubert écarta tout le monde d'une main calme et ferme, venez Charles, il le tint contre lui et, tout en marchant vers la cour, lui fit comprendre qu'il représentait maintenant la famille, ce qui lui conférait une certaine responsabilité.

Charles, égaré, regardait autour de lui, cherchant désespérément à saisir la situation qui n'avait rien à voir avec celle qu'il avait laissée en partant. L'excitation de la foule ne correspondait pas à celle d'un enterrement, ses filles piaillaient, les doigts en éventail devant la bouche, sa femme hoquetait de sanglots. Joubert le tenait par le bras, en l'absence de Madeleine, vous allez devoir conduire le cortège, Charles…

Or Charles était d'autant plus déboussolé qu'il faisait face à un douloureux cas de conscience. La mort de son frère lui causait une peine immense, mais elle survenait aussi à point nommé pour le sortir de très grosses difficultés personnelles.

Il n'était pas, on l'a compris, d'une intelligence supérieure, mais c'était un malin qui dans certaines circonstances pouvait puiser dans ses réserves une ruse inattendue qui laissait à son frère Marcel le temps de le tirer d'affaire.

En se tamponnant les yeux avec son mouchoir, il se haussa sur la pointe des pieds et, tandis qu'on achevait de tendre le rideau bleu sur le char, d'y redisposer les couronnes, que les enfants de chœur reprenaient leur place et que, pour meubler ces instants d'embarras, la musique entonnait une marche lente, il échappa à la poigne de Joubert, courut jusqu'à un homme qu'il saisit sous le bras par surprise, et c'est ainsi qu'au mépris de toute règle protocolaire Adrien Flocard, second conseiller du ministre des Travaux publics, se retrouva en tête de cortège entre le frère du défunt, sa femme Hortense, et ses filles Jacinthe et Rose.

Charles avait treize ans de moins que Marcel, c'est tout dire. Il avait toujours été un peu moins que son frère. Moins âgé, moins brillant, moins travailleur, partant, moins fortuné ; il était devenu député en 1906 grâce à l'argent de son aîné. « C'est que ça coûte un œil de se faire élire, commentait-il avec une naïveté confondante. C'est fou ce qu'il faut distribuer aux électeurs, aux journaux, aux confrères, aux concurrents... »

« Si tu te lances dans cette bataille, avait prévenu Marcel, pas question que tu échoues. Je ne veux pas qu'un Péricourt soit battu par un obscur candidat radical-socialiste ! »

L'élection s'était bien passée. Une fois élu, on bénéficiait de nombreux avantages, la République était bonne fille, pas regardante et même généreuse pour les roublards dans son genre.

Beaucoup de députés pensaient à leur circonscription, Charles, lui, ne pensait qu'à sa réélection. Grâce aux talents d'un généalogiste grassement payé, il avait exhumé de très anciennes et très vagues racines en Seine-et-Oise qu'il avait présentées comme séculaires et se disait, sans rire, enfant du terroir. Il n'avait strictement aucune qualité politique, sa mission consistait uniquement à complaire aux électeurs. Davantage par intuition que par réflexion, il avait choisi un domaine extrêmement populaire, susceptible de rassembler très au-delà de son camp, de satisfaire les riches comme les pauvres, les conservateurs comme les libéraux : la lutte contre l'impôt. Terrain fécond. Dès 1906 il avait tiré à boulets rouges contre le projet Caillaux d'impôt sur le revenu en soulignant que cela effrayait « ceux qui possèdent, ceux qui économisent, ceux qui travaillent ». Laborieux, il sillonnait sa circonscription chaque semaine, serrait les mains, tonnait contre « l'insupportable inquisition fiscale », présidait les remises de prix, les comices agricoles, les tournois sportifs et se montrait ponctuellement aux fêtes religieuses. Il tenait à jour des fiches cartonnées de différentes couleurs où il notait scrupuleusement tout ce qui pouvait avoir une importance pour sa réélection : personnalités locales, ambitions, habitudes sexuelles des uns et des autres, revenus, dettes et vices de ses opposants, anecdotes, rumeurs et d'une manière générale tout ce dont il pourrait se servir le moment venu. Il rédigeait des questions écrites à des ministres pour plaider les causes de ses administrés et parvenait deux fois par an à monter quelques minutes à la tribune de l'Assemblée pour y évoquer un problème intéressant sa circonscription. Ces interventions scrupuleusement mentionnées au *Journal officiel* lui permettaient de se représenter la tête haute devant ses électeurs en prouvant qu'il s'était mis en quatre pour eux, que personne n'aurait fait mieux.

Cette belle énergie n'aurait rien été sans l'argent. Il en fallait pour les affiches de campagne, pour les réunions, mais aussi, tout au long de la législature, pour dédommager les agents électoraux qui alimentaient son fichier, principalement des curés, des secrétaires de mairie et quelques cafetiers, et pour montrer à tout le monde qu'élire un frère de banquier présentait des avantages incomparables puisqu'il pouvait subventionner les clubs sportifs, offrir les livres des remises des prix, des lots aux tombolas, des drapeaux aux vétérans et procurer médailles et décorations de tous ordres à n'importe qui ou presque.

Feu Marcel Péricourt avait mis la main à la poche en 1906, en 1910 puis en 1914. Il avait pu faire une exception en 1919 parce que Charles, ayant été mobilisé dans un service d'intendance près de Chalon-sur-Saône, avait été porté sans efforts par l'immense vague dite « bleu horizon » qui avait amené à la Chambre pléthore d'anciens combattants.

La dernière fois, en 1924, pour assurer sa réélection, Marcel avait dû dépenser pour son frère beaucoup plus qu'auparavant, parce que le Cartel des gauches avait le vent en poupe et qu'un député de droite au bilan très mince était nettement plus difficile à faire élire que la fois précédente.

Ainsi, Marcel avait toujours tenu Charles et sa carrière à bout de bras. Et même mort, si les choses se passaient comme Charles l'espérait, il allait encore le tirer d'une situation assez catastrophique.

C'est justement de cela que Charles voulait s'entretenir sans tarder avec Adrien Flocard.

Le cortège venait de s'ébranler. Il se moucha bruyamment.

— Les architectes sont drôlement gourmands…, commença-t-il.

Le second conseiller (fonctionnaire jusque dans la moelle, allaité au Code civil, sur son lit de mort il réciterait la loi Roustan), le second conseiller, donc, fronça les sourcils. Le corbillard avançait avec une lenteur majestueuse. Tout le monde était encore sous le coup de l'émotion causée par la défenestration de Paul, émotion que Charles ne ressentait pas parce qu'il n'avait rien vu, mais aussi parce que, à cet instant, ses propres ennuis l'emportaient sur la mort de son frère et celle, éventuelle, de son jeune neveu.

Comme Flocard ne répondait pas à ses attentes, Charles, passablement énervé à la fois par ce qu'il pensait et par le manque de réaction du fonctionnaire ministériel, ajouta :

— Franchement, ils abusent de la situation, vous ne trouvez pas ?

Animé par son irritation, il s'était laissé distancer par le cercueil et dut accélérer le pas pour rejoindre son interlocuteur. Il commençait déjà à suffoquer, marcher ne lui était pas habituel. Il dodelinait de la tête... Si ça continue comme ça, se disait-il, à la nuit tombée, il n'y aura plus un seul Péricourt vivant à Paris !

L'indignation était le fond de son tempérament : selon lui, la vie n'avait jamais été équitable à son égard, la manière dont le monde tournait ne lui convenait jamais. Son histoire des HBM n'en était qu'une preuve supplémentaire.

Pour faire face à l'immense crise du logement qui frappait la capitale, le département de la Seine avait lancé un grand programme dit d'« habitations à bas prix ». Une aubaine pour les architectes, les entreprises de construction, les fabricants de matériaux. Et pour les politiciens qui régnaient en maîtres sur les autorisations, les concessions de terrains, les expropriations, les préemptions... Les commissions occultes et les dessous-de-table coulaient comme le vin au paradis et dans cette orgie secrète, mais abondante, Charles n'avait pas su éviter les éclaboussures. Membre du comité départemental d'attribution, il avait œuvré pour que l'entreprise Bousquet & Frères obtienne le superbe chantier de la rue des Colonies, un terrain de deux hectares où l'on pourrait construire une belle série d'immeubles pour les foyers modestes. Jusque-là, rien que de très ordinaire, Charles avait touché sa commission, comme tout un chacun. Mais il profita de l'aubaine pour prendre des intérêts dans les Sables et Ciments de Paris, important fabricant de matériaux qu'il avait ensuite imposé au candidat à la construction. À partir de quoi, finis les enveloppes mesquines et les pots-de-vin symboliques ! Avec des pourcentages sur les bois, les fers, les bétons, les charpentes, les goudrons, les enduits, les mortiers, Charles vit pleuvoir des sommes spectaculaires. Ses filles triplèrent leur garde-robe et les rendez-vous chez les dentistes, Hortense renouvela tout le mobilier, jusqu'aux tapis, et acheta un chien de concours hors de prix, un roquet hideux qui jappait en permanence sur des tons suraigus et qu'on retrouva mort sur la carpette, sans doute d'un arrêt cardiaque, la cuisinière le balança à la poubelle avec les épluchures et les arêtes de poisson. Quant à Charles, il offrit à sa maîtresse du moment, une actrice du boulevard spécialisée dans les parlementaires, une pierre grosse comme un grain de raisin.

L'existence de Charles s'élevait enfin à la hauteur de son estimation.

Mais, après cette embellie financière de près de deux ans, la vie se mit à le traiter de nouveau mal. Et même très mal.

— Tout de même, murmura Adrien Flocard, cet ouvrier a été très…

Charles ferma douloureusement les yeux. Oui, parce qu'à force de payer des commissions tous azimuts, les Sables et Ciments de Paris avaient dû, pour préserver leurs bénéfices, livrer des matériaux moins coûteux, des bois moins secs, des mortiers moins denses, des bétons moins armés. Un premier étage tout entier avait failli devenir le rez-de-chaussée, un maçon était passé à travers le plancher, on avait étayé en toute hâte. Et le chantier avait été arrêté.

— Une jambe cassée, quelques fractures ! plaida Charles. Ça n'est quand même pas une catastrophe nationale.

En fait, l'ouvrier était hospitalisé depuis huit semaines, on ne parvenait toujours pas à le faire tenir debout. Par bonheur, il s'agissait d'une famille modeste jusque dans ses exigences, on avait obtenu son silence pour une pincée de billets, pas de quoi fouetter un chat. Pour la modique somme de trente mille francs en espèces, les fonctionnaires de la société des HBM avaient conclu à la responsabilité involontaire de l'ouvrier hospitalisé et rouvert le chantier, mais ils n'avaient pas été suffisamment rapides pour empêcher les ronds dans l'eau de se propager jusqu'au ministère des Travaux publics où, quoique le responsable du service ait touché vingt mille francs, il n'avait pu bloquer la nomination de deux architectes qui réclamaient chacun vingt-cinq mille francs pour déclarer cet accident vraiment accidentel.

— Du côté de la Ville ou du ministère… vous pensez qu'on pourrait faire quelque chose ? Je veux dire…

Adrien Flocard voyait très bien ce que Charles voulait dire.

— Ça…, répondit-il évasivement.

L'histoire était pour le moment circonscrite à quelques fonctionnaires remplis de bonne volonté, mais les quelque cinquante mille francs dont Charles disposait avaient fondu et cette réponse floue de Flocard signifiait qu'avant le classement de l'affaire, d'autres intermédiaires évalueraient leur sens du devoir et leur intégrité républicaine à des sommes extravagantes. Pour étouffer le scandale, il faudrait distribuer au moins cinq fois plus d'enveloppes que d'habitude. Bon Dieu, tout ça tournait si bien !

— Il me faut juste un peu de temps. Rien d'autre. Une semaine ou deux, pas davantage.

Tous les espoirs de Charles se concentraient sur cette circonstance : dans quelques jours, le notaire allait procéder à la succession, donner sa part à Charles.

— On peut toujours gagner une semaine ou deux…, risqua Flocard.

— Bravo !

Avec ce qui lui reviendrait de son frère, il payerait ce qu'on lui réclamait et voilà tout.

Les affaires reprendraient comme avant, il laisserait ce détestable souvenir loin derrière lui.

Une semaine ou deux.

Charles se remit à pleurer. Décidément, il avait eu le meilleur frère qu'on puisse imaginer.

3

À l'arrivée dans la cour de la Pitié, Madeleine courut derrière le médecin en serrant la main morte de son petit garçon. On prit des précautions infinies pour allonger l'enfant sur un chariot.

Sans attendre, le professeur Fournier le fit emporter à la salle d'examen où sa mère ne fut pas autorisée à pénétrer. La dernière chose qu'elle vit, c'est le crâne de Paul et ces mèches folles dont elle se plaignait toujours, impossible de les discipliner.

Elle rejoignit Léonce et André, muets tous les deux.

C'est la stupeur qui dominait.

— Enfin…, demanda-t-elle, comment ça a pu arriver ?

Léonce fut déroutée par cette question. Il suffisait de se souvenir de l'événement pour comprendre « comment » c'était arrivé, or, visiblement, Madeleine n'en était pas encore là. Elle fixa André avec insistance. N'était-ce pas à lui que revenait la mission d'expliquer les choses à Madeleine ? Mais si le jeune homme était physiquement présent, son esprit était ailleurs, il s'échappait, l'atmosphère de l'hôpital devait le mettre mal à l'aise.

— Il y avait quelqu'un d'autre à l'étage ? insista Madeleine.

C'était difficile à dire. La maison Péricourt comprenait une domesticité nombreuse, à quoi il fallait ajouter des extras embauchés pour la journée. Avait-on poussé Paul ? Qui cela pouvait-il être ? Un domestique ? Et pourquoi aurait-on fait une chose pareille ?

Madeleine n'entendit pas l'infirmière venue l'informer qu'une chambre était à sa disposition au second étage. Spartiate : un lit, une commode, une chaise, on se sentait plus au cloître qu'à l'hôpital. André resta debout à regarder par la fenêtre les automobiles et les ambulances qui allaient et venaient dans la cour. Léonce obtint que Madeleine s'allonge sur le lit où elle continua de sangloter. Elle-même prit place sur la chaise et lui tint la main jusqu'à l'arrivée du professeur, dont l'entrée saisit Madeleine comme une décharge électrique.

Elle se précipita.

Il portait maintenant une tenue de médecin, mais il avait conservé son col cassé, ce qui lui donnait une allure de curé de campagne égaré à l'hôpital. Il s'assit sur le bord du lit.

— Paul est vivant.

Paradoxalement, chacun sentit que ce n'était pas absolument une bonne nouvelle, qu'il y avait autre chose à entendre à quoi il fallait se préparer.

— Il est plongé dans le coma. Nous pensons qu'il en sortira dans les heures qui viennent. Je ne peux pas vous le garantir totalement, mais voyez-vous, Madeleine, ensuite, il faut vous attendre à une situation… pénible.

Elle approuvait de la tête, impatiente qu'on lui explique enfin ce qu'elle devait savoir.

— Très pénible, répéta Fournier.
Madeleine ferma alors les yeux et s'évanouit.

Le cortège faisait beaucoup d'effet. Le corbillard se déplaçait avec une lenteur exaspérante pour les participants, mais, sur les trottoirs, les badauds admiratifs ne manquaient pas de s'arrêter sur son passage. Ils tiquaient néanmoins lorsque le char arrivait à leur hauteur. Ce grand rideau de chambre qui, sous la lumière du jour, apparaissait d'un bleu un peu primesautier pour la circonstance, les gerbes entassées sur le cercueil qui semblaient avoir autant souffert que le défunt, le cliquetis des anneaux contre le corbillard, tout cela donnait à la manifestation un caractère approximatif que Gustave Joubert était le premier à déplorer.

Il marchait au deuxième rang, suivant à quelques mètres Charles et Hortense Péricourt, et leurs jumelles dégingandées qui se poussaient du coude. Même Adrien Flocard, qui pourtant ne pesait rien dans cette circonstance, était placé devant lui parce que Charles avait profité de l'occasion pour l'entretenir de son affaire dont Gustave, évidemment, savait tout. Gustave savait presque tout sur presque tout le monde, sur ce plan, il était un banquier exemplaire.

Grand et mince, des traits anguleux, des épaules larges au-dessus d'une poitrine creuse, c'était un homme tout en os, totalement investi dans sa mission qu'il considérait comme un sacerdoce, tout à fait le genre qu'on imagine en uniforme de garde suisse. Il avait des yeux clairs aigue-marine qui, cillant rarement, pouvaient vous mettre très mal à l'aise lorsqu'ils se portaient sur vous avec insistance. On aurait dit un inquisiteur du Moyen Âge. Il s'exprimait bien, quoiqu'il ne fût pas d'un naturel bavard. C'était un être à l'imagination restreinte, mais d'une grande solidité de caractère.

Le patron l'avait embauché à la sortie de l'École centrale d'où il était lui-même issu, il avait toujours cherché là ses collaborateurs. Gustave Joubert avait manqué de très peu de sortir premier de sa promotion, il était très doué en mathématiques et en physique. À l'exception des années de guerre où il avait été mobilisé à l'état-major parce qu'il parlait couramment l'anglais, l'allemand et l'italien, Joubert avait fait toute sa carrière dans le groupe Péricourt. Sérieux, immense travailleur, calculateur et sans états d'âme excessifs, parfaitement programmé pour devenir banquier, il avait rapidement gravi tous les échelons. La confiance de M. Péricourt lui avait été sans cesse renouvelée jusqu'à cette année 1909 où il avait été promu directeur général du groupe et fondé de pouvoir de la banque.

Il avait souvent conduit les affaires lorsque son patron, après la mort de son fils en 1920, avait commencé à décliner. Depuis deux ans, M. Péricourt avait même lâché les rênes et Joubert bénéficiait d'une délégation à peu près totale.

Lorsque, un an plus tôt, M. Péricourt avait évoqué la possibilité d'un mariage avec sa fille unique, Gustave Joubert avait hoché la tête comme devant une décision du conseil d'administration, mais en réalité, derrière la distance apparente, il ressentait une immense joie. Mieux, une fierté.

Monté, comme on dit, à la force du poignet jusqu'au sommet de la hiérarchie bancaire, respecté dans le monde des affaires, il ne lui manquait qu'une chose : la fortune. Trop scrupuleux pour s'enrichir lui-même, il s'était toujours contenté d'un train de vie rendu très confortable par son salaire et de quelques avantages secondaires qui n'avaient rien d'extravagant, un appartement bourgeois et une passion pour la mécanique qui le faisait changer de voiture plus souvent qu'à son tour, rien d'exorbitant.

Beaucoup de ses amis de promotion avaient réussi dans les affaires, mais à titre personnel. Ils avaient repris et développé une entreprise familiale, ou créé une industrie devenue prospère, fait des mariages avantageux, lui n'avait réussi que par délégation. À la proposition inattendue d'épouser Madeleine Péricourt, quelque chose se déclencha dont il n'avait jamais eu conscience : il avait consacré sa vie à cette banque et attendait depuis longtemps un geste de gratitude proportionnel à son engagement et aux services rendus, geste qui n'était jamais venu. M. Péricourt, qui avait toujours retardé le moment de la reconnaissance, venait de trouver là le moyen de le faire.

La nouvelle n'était pas encore officielle que déjà tout Paris bruissait des échos de cette union à venir. Les actions de la banque familiale gagnèrent quelques points, signe que Gustave Joubert était considéré comme un choix responsable par le marché. Il avait senti autour de sa personne le délicieux air frais que provoque la rumeur jalouse.

Dans les semaines qui suivirent, Gustave commença à regarder l'hôtel particulier de la famille Péricourt d'un autre œil. Il s'imagina chez lui dans les fauteuils de la bibliothèque, dans la vaste salle à manger où il avait tant de fois dîné en compagnie de son patron. Et après tant d'années d'efforts désintéressés, ça ne lui sembla en rien immérité.

Il tira des plans sur la comète. Le soir, en se couchant, il réorganisait, planifiait. Et d'abord, finis les dîners chez Voisin, le restaurant où M. Péricourt avait ses habitudes, on recevrait « à la maison ». Il pensait déjà à quelques jeunes chefs qu'il pourrait débaucher, songeait à créer une cave digne de ce nom. Sa table deviendrait l'une des meilleures de Paris. Grâce à quoi, on se presserait chez lui, il n'aurait qu'à prélever parmi les innombrables candidats à ses soirées ceux que ses affaires rendraient les plus utiles. Ainsi la subtilité gastronomique et l'élégance sans ostentation de l'accueil serviraient de levier à la réussite de la banque dont Joubert ambitionnait de faire l'une des plus importantes du pays. Aujourd'hui, il fallait s'adapter, développer des produits financiers originaux, se montrer créatif, bref, inventer le modèle de la banque moderne dont la France avait besoin. Il n'imaginait pas le petit Paul prendre un jour la succession de son grand-père, un bègue présidant aux conseils d'administration serait désastreux pour les affaires. Gustave ferait comme M. Péricourt lui-même et saurait se trouver, en son temps, un dauphin à la hauteur de la réussite qu'il augurait pour le groupe familial.

Comme on voit, il se sentait l'homme de la situation.

Aussi, lorsque, sans le moindre signe avant-coureur, Madeleine avait soudain annoncé que ce mariage n'aurait pas lieu, Joubert était-il brutalement retombé sur terre.

L'idée qu'elle puisse annuler leur projet du seul fait qu'elle couchait avec ce petit répétiteur de français lui avait semblé totalement irrationnelle. Qu'elle prenne les amants qu'elle voulait, en quoi cela mettait-il en péril leur mariage ? Il était tout à fait disposé à composer avec les relations extraconjugales de son épouse, si on s'arrêtait à pareilles considérations, que deviendrait le monde ! Mais il n'avait rien dit, il craignait, évoquant ainsi sa « vie de femme », même à mots couverts, qu'elle interprète cela comme un manque de respect, courir le risque de se voir confirmé dans son infortune et ajouter le ridicule à l'humiliation.

En fait, c'est l'ombre d'Henri d'Aulnay-Pradelle, l'ancien mari de Madeleine, qui planait sur toute cette histoire. Nerveux, conquérant, viril, séducteur, autoritaire, cynique, sans scrupules (oui, je sais, ça fait beaucoup, mais ceux qui l'ont connu vous diront qu'il n'y a rien d'exagéré dans ce portrait), il avait eu autant de maîtresses qu'il y a de jours dans l'année. Gustave l'avait compris un jour que, quittant le bureau de son patron, il avait surpris quelques mots d'une conversation avec Léonce Picard où Madeleine expliquait combien, naguère, elle avait souffert :

« Je ne veux pas faire la même chose à Gustave, le rendre à son tour la risée de tout Paris. On peut faire souffrir quelqu'un qu'on aime, mais quelqu'un qu'on n'aime pas… Non, c'est bas. »

Une fois sa décision annoncée à son père, Madeleine s'était sentie obligée de dire quelque chose à Joubert :

« Gustave, je vous assure, ne voyez rien de personnel là-dedans. Vous êtes un homme tout à fait… »

Là, le mot ne lui était pas venu.

« Ce que je veux dire, c'est… Ne le prenez pas pour vous. »

Il avait eu envie de répondre : Je ne le prends pas pour moi, je le prends contre moi, mais il s'était abstenu. Il avait simplement fixé Madeleine puis s'était incliné comme il l'avait fait toute sa vie. Il fit ce que n'importe quel gentleman aurait fait en pareille circonstance, mais ressentit ce revirement comme un affront.

Sa condition de fondé de pouvoir lui apparut soudain étriquée. Il ne tarda pas à sentir les regards goguenards autour de lui. Le délicieux vent frais de la rumeur avait cédé à des silences ironiques, à des sous-entendus narquois.

M. Péricourt lui attribua la vice-présidence de plusieurs sociétés appartenant au groupe, Gustave remercia, mais considéra ces nominations comme des dommages-intérêts mal proportionnés à la perte qu'il venait de subir. Il se souvint d'une lecture de jeunesse et de l'amertume de d'Artagnan à qui le Cardinal avait promis le brevet de capitaine et qui était resté lieutenant.

Trois jours plus tôt, lors de la mise en bière de son ancien patron, il s'était tenu près de Madeleine, légèrement en retrait, comme un majordome. Il suffisait de l'observer pour avoir une idée assez exacte de ses sentiments intimes et percevoir cette raideur, cette tension qu'on rencontre dans les colères à combustion lente qui sont pires encore chez les animaux à sang froid.

Lorsque le cortège atteignit le boulevard Malesherbes, une pluie glaciale se mit à tomber. Gustave ouvrit son parapluie.

Charles se retourna, vit Joubert, tendit le bras et, avec un geste d'excuse qui désignait ses filles, saisit le parapluie.

Les deux adolescentes se tinrent alors étroitement serrées, à l'abri contre leur père. Hortense, piétinant, frigorifiée, tentait de voler quelques centimètres de protection.

Gustave, lui, poursuivit sa marche vers le cimetière la tête nue. La pluie ne tarda pas à redoubler.

Commotionnée, inconsciente, Madeleine dut être hospitalisée à son tour. Si l'on exceptait la branche de Charles, la moitié de la famille Péricourt était à l'hôpital, l'autre moitié au cimetière.

C'était, somme toute, un retournement de situation tout à fait en phase avec l'époque. En quelques heures, une famille riche et respectée venait de connaître la mort de son patriarche et la chute prématurée de son unique descendant mâle, des esprits défaitistes auraient pu y voir l'expression d'une prophétie. Il y avait là matière à conjectures pour un homme intelligent et cultivé comme André Delcourt, sauf que celui-ci, passé l'épouvantable choc qu'avait provoqué en lui la chute du petit Paul, ruminait sa folle déception. Son article relatant les obsèques de Marcel Péricourt, son espoir de réussite, tout était à l'eau. De quoi philosopher longuement sur le hasard, la destinée, la fatalité, la contingence, lui qui adorait les grands mots aurait dû se sentir à son affaire, mais il ne ressassait que des perspectives déprimantes.

Enfin, l'enfant, sorti vivant de dix heures de coma, fut ramené dans la chambre en milieu de soirée sanglé dans une sorte de camisole rigide qui lui montait jusqu'au menton.

Quelqu'un devait le veiller. André se porta volontaire. Léonce retourna chez les Péricourt chercher des vêtements de rechange et se refaire une beauté.

La pièce comportait maintenant deux lits, celui où reposait Paul, inconscient, et, à quelques centimètres, celui où l'on avait installé une Madeleine anesthésiée par les médicaments, mais qui ne cessait de s'agiter, de se retourner, en proie à des cauchemars qui la faisaient marmonner dans son sommeil.

André s'assit et continua à broyer du noir. L'immobilité de ces deux corps le mettait mal à l'aise, cet enfant en état végétatif lui faisait peur. Et, d'une certaine façon, il lui en voulait.

Le lecteur imagine sans peine ce que la perspective de chroniquer les obsèques d'une gloire nationale avait représenté pour lui et de quel poids pesait maintenant l'impossibilité de le faire. À cause de Paul. De cet enfant à qui tout avait été donné en héritage. À qui il avait dispensé, sans compter, des soins quasiment paternels.

Certes, il avait été un précepteur exigeant et Paul devait parfois trouver le joug un peu pesant, mais c'est le cas de tous les écoliers, lui-même, André, avait connu mille fois pire à l'institution Saint-Eustache, il n'en était pas mort. Il s'était jeté avec enthousiasme dans cette mission qui consistait non à éduquer un enfant, mais à le construire. Tout ce qu'il savait, il avait eu à cœur de le lui transmettre. Un enfant, disait-il souvent, est comme un bloc de pierre dont l'enseignant est le sculpteur. André était arrivé à des résultats qui avaient largement récompensé ses efforts. Ainsi pour le bégaiement. Il restait bien des choses à faire, mais Paul parlait de mieux en mieux, indiscutablement. De même pour sa main droite. Ce n'était pas encore la main parfaite, mais grâce à de la discipline, de la concentration, Paul parvenait à des résultats tangibles et encourageants. L'un enseignait, l'autre apprenait, ce n'était pas un chemin toujours facile, tant s'en faut, mais André et Paul étaient devenus, oui, cela le touchait de le penser maintenant, des amis.

André en voulait à son élève parce qu'il ne comprenait pas son geste. Que la mort de son grand-père ait été un chagrin immense, il le savait, mais pourquoi n'était-il pas venu lui parler ? J'aurais trouvé les mots, se disait-il.

Il était vingt-deux heures. Seuls les candélabres disséminés de loin en loin dans la cour apportaient à la pièce une lueur pâle, jaunâtre et floue.

André ressassait son échec lorsqu'il se demanda si réellement il ne lui restait pas encore l'ombre d'une chance. Pouvait-il écrire un article alors qu'il n'avait pas assisté aux obsèques ?

C'était une gageure, évidemment, mais en regardant Paul allongé sur son lit, il s'interrogea. Ne serait-ce pas une marque de fidélité et de confiance dans l'avenir que de s'efforcer tout de même de rédiger cet article ? Paul ne serait-il pas fier, en revenant à la vie, de découvrir le nom de son ami André Delcourt au bas d'une page du *Soir de Paris* ?

Se poser la question, c'était déjà y répondre.

Il se leva, traversa la chambre sur la pointe des pieds et se rendit auprès de l'infirmière de garde, une grosse femme qui dormait sur une chaise en rotin et se réveilla en sursaut, hein, quoi, du papier ? Son regard tomba sur le joli sourire d'André, elle déchira une dizaine de pages d'un registre hospitalier, lui tendit deux des trois crayons dont elle disposait et se rendormit sur un rêve de jeune homme.

À son retour, la première chose qu'il vit, ce furent les yeux grands ouverts de Paul, brillants et fixes. Il en fut vivement impressionné. Il hésita. Devait-il s'approcher ? Dire un mot ? Il ne savait comment se comporter et comprit qu'il serait incapable de faire un pas. Il reprit sa place.

Le papier posé sur une cuisse, il sortit le carnet sur lequel il avait déjà pris tant de notes et se lança. C'était un exercice difficile, il n'avait vu que le début, que s'était-il passé après son départ ? Les journalistes qui couvraient l'événement fourniraient sur la suite de la cérémonie des détails précis et sensationnels dont il était privé. Il choisit donc un tout autre angle : le lyrisme. Il écrivait pour le *Soir de Paris* et s'adressait à une clientèle populaire qui serait flattée par un article délibérément littéraire.

Ses papiers froissés, raturés, pliés ne furent bientôt plus lisibles, aussi, vers trois heures du matin, excité comme jamais, retourna-t-il au guichet pour solliciter de nouveau quelques feuilles, que cette fois l'infirmière, exaspérée d'être réveillée, lui jeta quasiment à la figure. Il n'y prêta pas attention, il avait de quoi recopier son article, en équilibre sur une cuisse.

C'est alors qu'il s'avisa de l'œil toujours fixe et luisant du petit Paul pointé dans sa direction. Il se tourna sur sa chaise de manière à ne plus avoir dans son champ de vision le visage étrangement blanc de cet enfant sanglé de la tête aux pieds et raide comme un passe-lacet.

4

Vers sept heures du matin, lorsque Léonce revint pour le remplacer, au lieu de rentrer chez lui, il attrapa un taxi et se fit conduire à la rédaction du journal.

Jules Guilloteaux arriva, comme à son habitude, à sept heures quarante-cinq.

— Eh ben… qu'est-ce que vous faites là, vous ?

André tendit ses feuillets que le directeur eut du mal à saisir parce qu'il avait déjà dans les mains d'autres feuilles rédigées d'une large écriture conquérante.

— C'est que… je vous ai remplacé, moi !

Il était désolé, mais aussi intrigué. Comment Delcourt pouvait-il avoir écrit un compte rendu alors qu'il avait été emporté avant le départ du convoi et qu'on ne l'avait plus revu ? Au cours de sa carrière, il en avait connu des situations étranges, loufoques. Mais celle-ci figurerait en bonne place dans le répertoire d'anecdotes grâce auxquelles il était un héros des dîners en ville, allez, cher monsieur Guilloteaux, vous avez bien une nouvelle histoire à nous conter, il se faisait prier comme une vieille cocotte, enfin, Jules, insistait la maîtresse de maison, alors il se raclait la gorge, celle-ci est absolument confidentielle, les convives fermaient les yeux, avides déjà de colporter ce qu'ils entendraient, eh bien, c'était le lendemain des obsèques de ce pauvre Marcel Péricourt…

— Bon, bon…, dit-il en ouvrant la porte. Entrez…

Sans prendre le temps de retirer son pardessus, il s'assit et posa sur son bureau côte à côte l'article qu'il avait en main et celui d'André qui, pour masquer sa nervosité, regardait distraitement le décor avec l'air détaché de quelqu'un qui n'est pas vraiment là, qui songe à tout autre chose.

Le directeur lut les deux textes l'un à la suite de l'autre.

Puis il relut, plus lentement, celui d'André intitulé : « Les magnifiques obsèques de Marcel Péricourt assombries par un terrible drame » et sous-titré : « Au départ du cortège funèbre, le petit-fils du défunt chute du second étage de la maison familiale ».

Son article commençait par une cérémonie mortuaire décrite avec la grandiloquence d'usage (« Le président de la République, se plaçant respectueusement dans l'ombre tutélaire de ce parangon de l'économie que fut Marcel Péricourt… »), il se poursuivait par un fait divers inattendu, dont la surprise était admirablement ménagée (« Tout le monde fut saisi par la vision de cet enfant dont la chemise blanche largement ouverte soulignait l'innocence et la candeur… ») et il basculait d'un coup vers un mélodrame familial (« Cet accident inimaginable qui allait plonger une mère dans le désespoir, la famille dans la stupéfaction et l'assistance entière dans la plus profonde compassion »).

Rompant avec le compte rendu traditionnel, André livrait une tragédie en trois actes pleine d'émotion, de surprises, de commisération. Sous sa plume, il n'y avait rien de plus vivant que ces obsèques. Ce jeune homme disposait, selon le credo de Jules Guilloteaux, des deux qualités indispensables au métier de journaliste : être capable de discourir sur un sujet auquel on ne connaît rien et décrire un événement auquel on n'a pas assisté.

Il leva les yeux, reposa ses lunettes, claqua des lèvres. Il était très embêté.

— Le vôtre est meilleur, mon vieux… Bien meilleur ! Du nerf, du style… Franchement, je l'aurais bien pris, mais…

André était catastrophé. Guilloteaux, mais André ne le savait pas encore, était célèbre pour une pingrerie maladive dont on trouvait peu d'équivalent.

— C'est que j'ai embauché quelqu'un d'autre, moi ! Il faut comprendre, mon vieux, vous aviez disparu et j'avais besoin d'un article ! Que maintenant je dois payer… Et donc…

Il replia ses lunettes, tendit à André son papier. La situation était claire.

— Je l'offre au *Soir de Paris*, déclara André. Publiez-le, il est à vous.

Le directeur, fair-play, accepta, alors si c'est comme ça, je veux bien.

André Delcourt venait d'entrer dans le journalisme.

Dès son réveil, Madeleine aperçut le lit de Paul, elle se précipita.

Elle l'aurait volontiers serré contre elle tant elle était heureuse de le retrouver, mais elle fut arrêtée d'abord par la vision de la camisole dans laquelle il était ligoté, et surtout par son regard. L'enfant n'était pas allongé, il gisait, les yeux grands ouverts, il n'était même pas possible de savoir s'il entendait, comprenait ce qui se passait autour de lui.

Léonce écarta les bras, impuissante. Depuis qu'elle était arrivée, il était ainsi, il n'avait pas bougé...

Madeleine commença à parler à Paul avec une fébrilité presque exubérante.

C'est dans cet état d'euphorie mêlée d'angoisse que le professeur Fournier la trouva. Il prit une profonde inspiration, tenta d'attirer son attention, c'était peine perdue, la jeune mère tenait serrée la main de son fils qui dépassait de la combinaison amidonnée.

Il défit alors un à un les doigts entremêlés et contraignit Madeleine à se tourner vers lui.

— La radio, commença-t-il en parlant lentement comme s'il s'adressait à une sourde, ce qui n'était pas loin de la réalité, la radio montre que Paul s'est brisé la colonne vertébrale.

— Il est vivant ! dit Madeleine.

C'était pénible pour le médecin, la nouvelle n'était déjà pas facile à annoncer.

— La moelle épinière a été lésée.

Madeleine fronça les sourcils et regarda le professeur Fournier comme quelqu'un qui cherche la solution d'une charade. Soudain, elle trouva :

— Vous allez l'opérer et... oh ! Il faut se préparer à une opération longue, c'est cela ? Difficile, sans doute...

Madeleine hochait la tête, je comprends, il faudra beaucoup de temps pour que Paul redevienne ce qu'il était, forcément.

— Nous n'allons pas l'opérer, Madeleine. Parce qu'il n'y a rien à faire. Ces lésions sont irréversibles.

Madeleine ouvrit la bouche sur un mot qui ne vint pas. Fournier se recula.

— Paul est maintenant paraplégique.

Le mot n'eut pas l'effet escompté. Madeleine continuait de le regarder, attendant la suite : et… ?

Le concept de « paraplégique » était abstrait… Bien, se dit Fournier, allons-y :

— Madeleine… Paul est paralysé. Il ne marchera plus jamais.

5

Sur Paris, le froid était brusquement retombé. La ville était surplombée par un ciel laiteux dont il avait été difficile de percer les intentions jusqu'au retour d'une pluie glaciale et pénétrante.

Le bureau de maître Lecerf, plongé dans la pénombre, fut éclairé, on secoua les manteaux avant de les accrocher au perroquet, on s'installa.

Hortense avait tenu à être présente, aux côtés de son époux. Cette femme brève de seins, de fesses et d'esprit considérait Charles comme un être prodigieux. Rien n'était jamais venu corroborer l'opinion surévaluée qu'elle avait de lui, mais elle continuait de nourrir à son égard une admiration sans bornes décuplée par le fait qu'elle avait détesté son beau-frère, Marcel, qui, selon elle, avait toujours voulu brider son cadet par pure jalousie. Si Charles avait si bien réussi, ce n'était pas grâce à son frère aîné, mais malgré lui. Plus encore que les obsèques, l'ouverture du testament signait la mort définitive de Marcel Péricourt, cette vieille carne, elle n'aurait manqué l'événement pour rien au monde.

Charles et Hortense figuraient donc au premier rang et Joubert, dont la place aurait dû être derrière, était à leurs côtés parce qu'il représentait Madeleine qui avait refusé de quitter l'hôpital.

Les nouvelles du petit Paul n'étaient pas bonnes. Il était sorti du coma, mais Gustave, qui s'était rendu brièvement à son chevet, l'avait trouvé franchement cadavérique, la situation n'avait rien d'encourageant. Représenter Madeleine dans un moment aussi capital démontrait clairement que sa place comme époux n'aurait pas été usurpée.

À l'autre extrémité de la rangée, Léonce Picard, plus ravissante que jamais derrière une voilette parme, avait sobrement croisé les mains sur ses genoux. Elle représentait Paul. Dieu que cette fille était belle. À l'exception de Gustave qui était un pur esprit, chacun, dans le bureau, en était électrisé ou, comme Hortense, incommodé.

L'introduction de maître Lecerf, mêlant considérations juridiques et souvenirs personnels, dura plus de vingt minutes. Il savait d'expérience que jamais personne n'ose interrompre un notaire dans une pareille circonstance, les auditeurs ont souvent peur qu'un comportement déplacé leur porte malheur, ça n'est vraiment pas le moment de courir des risques.

Chacun prenait donc son mal en patience et songeait à autre chose.

Hortense pensait à ses ovaires, douloureux depuis toujours, le médecin lui causait des élancements atroces à chaque examen, elle entendait toutes sortes d'histoires à ce sujet, elle en tremblait de la tête aux pieds et haïssait son ventre, il ne lui avait valu que des ennuis.

Charles, lui, revoyait le visage de fouine d'un petit fonctionnaire du ministère des Travaux publics disant : « Ce que vous me demandez, c'est très compliqué, monsieur le député… » Il avait désigné la porte du bureau voisin en chuchotant : « L'autre, là, il est gourmand, vous n'imaginez pas… Un insatiable… » Vivement qu'on s'en sorte, pensait Charles en tapant légèrement du pied.

Léonce se demandait avec curiosité de quelles sommes sans doute astronomiques on allait parler. Elle aimait beaucoup Madeleine, mais il fallait bien convenir qu'il est pénible de vivre avec des gens aussi outrageusement riches.

Gustave, enfin, s'apprêtait une fois de plus à regarder passer les plats.

— Et notre cher Marcel Péricourt m'a donc sollicité afin de me dicter ses dernières volontés.

Fin de l'introduction, il était presque onze heures.

La fortune de Marcel Péricourt était estimée à environ dix millions de francs en actions de la Banque d'escompte et de crédit industriel qu'il avait fondée, à quoi s'ajoutait la valeur de l'hôtel particulier de la rue de Prony pour deux millions et demi. Charles fut agréablement surpris par ces chiffres qu'il avait sous-estimés.

Le testament de Marcel Péricourt ordonnait les bénéficiaires dans l'ordre de leur importance. Depuis la mort de son fils Édouard, Madeleine était son unique héritière. Elle héritait d'un peu plus de six millions de francs, ainsi que de la maison de famille. Joubert, son représentant, se contenta d'un battement de cils. Ce que Madeleine empochait, c'est exactement ce qu'il avait perdu.

Très logiquement, le dernier porteur du nom de Péricourt, Paul, recevait trois millions de francs en obligations sur l'État, donc sans espoir de profits importants, mais dont la valeur ne s'éroderait pas avec le temps. La gestion en revenait à son tuteur légal, Madeleine Péricourt, il en disposerait à son vingt et unième anniversaire.

Joubert, qui savait compter comme personne, surveillait le compteur, curieux de voir de quelle manière son patron avait distribué le reste, parce que, si l'on exceptait l'hôtel particulier, il venait, en deux passes, d'octroyer quatre-vingt-dix pour cent de ses avoirs.

Charles baissa la tête avec modestie. Logiquement son tour était arrivé, ce qui était à la fois vrai et faux parce que la dotation suivante concernait ses filles. Chacune d'elles recevait cinquante mille francs, de quoi arrondir largement la dot que leurs parents pouvaient leur faire.

Déjà Joubert souriait intérieurement. Il n'avait plus besoin de compter, mais ce qu'il attendait fut pire encore que ce qu'il imaginait. Charles Péricourt se voyait attribuer la somme de deux cent mille francs… Une misère. À peine deux pour cent de la fortune de son frère. Ce n'était pas un héritage qu'il recevait, c'était une gifle. Il en était rouge, assommé, l'œil fixe comme un oiseau mort.

Gustave Joubert, lui, n'était pas surpris. « J'en ai assez fait pour lui, disait, en privé, Marcel Péricourt. Il ne réussit jamais rien tout seul, sauf à produire des catastrophes. Riche, il serait ruiné en un an et il emmènerait toute la famille avec lui… »

Le reste de la fortune se répartissait en cinquante mille francs pour diverses institutions comme le Jockey Club, l'Automobile Club de l'Ouest, le Racing Club de France (Marcel adorait les clubs sans jamais y mettre les pieds).

Le coup de grâce venait évidemment d'une dotation de quelque deux cent mille francs à des associations d'anciens combattants qui représentaient symboliquement la présence d'Édouard Péricourt, son fils disparu. Le symbole, à lui seul, pesait autant que Charles tout entier !

Maître Lecerf arrivait à la conclusion :

— « Au collaborateur dévoué et intègre qui m'a accompagné tant d'années, Gustave Joubert : cent mille francs. Et au personnel de la maison Péricourt : quinze mille francs, qui seront prélevés et attribués par ma fille sur le train de vie ordinaire. »

Joubert, qui avait tout le sang-froid dont Charles était dépourvu, jugea évidemment cette dotation avec rancœur. Ce n'était pas une gifle, c'était une aumône. Il venait tout à la fin, juste avant les femmes de service, le chauffeur et les jardiniers.

Charles regardait autour de lui comme s'il s'attendait à ce que quelqu'un d'autre intervienne. Mais la lecture était achevée, le notaire fermait son dossier.

— Euh… dites-moi, monsieur…

— Maître.

— Oui, si vous voulez, dites-moi… est-ce bien régulier tout cela ?

Le notaire fronça les sourcils. Si on attaquait la régularité d'un acte qu'il avait dressé, sa responsabilité était engagée et il n'aimait pas cela.

— Qu'entendez-vous, monsieur Péricourt, par « régulier » ?

— Eh bien, je ne sais pas, moi ! Mais enfin…

— Expliquez-vous, monsieur !

Charles ne savait pas ce qu'il y avait à expliquer. Mais une idée lui vint, lumineuse, évidente :

— Mais enfin, maître ! Est-ce bien régulier de donner trois millions de francs à un enfant à l'agonie, qui sera sans doute mort demain ? À l'heure où vous lui attribuez cette somme colossale, c'est un légume allongé sur un lit de la Pitié, qu'on va conduire dans la tombe de son grand-père dans moins d'une semaine ! Je vous repose la question : est-ce bien légal ?

Le notaire se leva lentement. Son expérience professionnelle lui dictait la prudence, mais aussi la fermeté.

— Mesdames, messieurs, la lecture du testament de M. Marcel Péricourt est achevée. Il va de soi que quiconque souhaitant en contester la légalité peut s'adresser dès demain aux tribunaux.

Mais Charles n'avait pas dit son dernier mot, il faisait penser à ces chiens dépourvus de système d'alerte, qui peuvent manger du chocolat ou boire de l'huile jusqu'à en crever.

— Attendez, attendez, hurla-t-il, tandis qu'Hortense essayait de le tirer par la manche. Et s'il est déjà mort, ce môme, à l'heure qu'il est ! Hein ? Et s'il est mort ! C'est légal, votre machin ? Vous allez lui envoyer son héritage au cimetière ?

Il fit un geste théâtral, tenta de prendre à témoin une assemblée limitée à Léonce parce que Gustave lui tournait ostensiblement le dos pour enfiler son pardessus.

— Enfin, quoi, c'est vrai ! Alors, comme ça, on distribue des millions à des macchabées et ça ne gêne personne ! Eh bien, bravo !

Là-dessus, il quitta l'étude en emportant littéralement Hortense sous son bras.

Le notaire, les lèvres pincées, serra la main de Léonce qui sortit à son tour.

— Monsieur Joubert…

Il fit signe à Gustave, si vous avez encore une minute, ils revinrent dans le bureau.

— M. Charles Péricourt, s'il le souhaite, peut attaquer le testament en justice, mais, dans l'intérêt même de la famille, je dois vous…

Gustave l'interrompit d'un geste sec.

— Il n'en fera rien ! Charles est un sanguin, mais il est réaliste. Et s'il avait quelque velléité de ce genre, je me chargerais de l'en dissuader.

Le notaire approuva doctement.

— Ah oui ! reprit-il, comme s'il se souvenait tardivement de quelque chose.

Il ouvrit le tiroir de son bureau et, sans la chercher, en exhuma une clé large et plate.

— Notre cher défunt m'a remis ceci… Le coffre de sa bibliothèque. À l'intention de Mlle Madeleine. Puisque vous la représentez…

Gustave la prit et l'enfouit aussitôt dans sa poche. Ils n'eurent aucune envie de poursuivre l'entretien. Tous deux savaient qu'il s'agissait certainement d'un acte que, pour le coup, Charles aurait eu quelques raisons de contester, ce qui n'arrangeait ni l'un ni l'autre.

Charles ressassait. Hortense avait tenté de poser sa main sur son avant-bras, il l'avait repoussée sans ménagement, toi, ne m'emmerde pas. Elle esquissa un minuscule sourire, elle adorait ces moments-là. Son mâle envahi par le doute ou par la colère, c'était le signe immanquable qu'il allait rebondir, les grands fauves sont ainsi, c'est blessés qu'ils donnent le meilleur d'eux-mêmes. Plus il semblait défait, plus elle était victorieuse. Au retour de la lecture du testament, elle était euphorique, on allait voir ce qu'on allait voir.

La voiture traversait un Paris qui ressemblait étonnamment à l'état d'esprit de Charles. Il fallait s'attendre à une longue période d'intempéries. Il faisait ses comptes. Dans le barème de la fonction publique, « gourmand » voulait dire dix mille francs, « vorace », vingt-cinq mille, « insatiable », c'était cinquante mille francs. À quoi il fallait ajouter quelques bureaucrates de second rang dont le tampon serait nécessaire, mettons vingt mille francs de plus, les impondérables, dix mille francs…

Serais-je mort moi aussi ? se demanda Charles.

D'un coup, il se sentit orphelin. Il eut envie de pleurer, mais ce n'était pas digne. Il ne savait pas comment sortir de cette impasse. Son frère lui manquait affreusement.

Le chauffeur avait actionné les essuie-glaces et passait le dos de la main sur le pare-brise pour effacer la buée.

Gustave regarda un moment la pluie tourner à la neige et monta en voiture, il conduisait lui-même quelles que soient les circonstances.

Cette fin de règne n'était pas triste que pour lui.

Il suffisait d'entrer dans la chambre où dormait le petit Paul, de découvrir Madeleine endormie les pieds posés sur une chaise, pour se rendre compte que ce que laissait Marcel Péricourt n'avait, au fond, aucune signification parce que rien ne lui survivrait bien longtemps, tout partirait bientôt à vau-l'eau, quelle tristesse…

— Ah, vous êtes là, Gustave ?

Madeleine se leva douloureusement.

— Tout s'est bien passé ?

— Oui, absolument, rassurez-vous.

Signe que Madeleine n'en avait jamais douté, elle ne demanda aucun détail. Elle se contenta de faire signe, bien, bien, tant mieux… Et ils demeurèrent quelques minutes à regarder Paul, chacun dans ses pensées.

— Maître Lecerf m'a remis cela pour vous. C'est la clé du coffre de votre père…

On aurait parlé à Madeleine des difficultés de l'agriculture chinoise, ça ne lui aurait pas fait moins d'effet. Aussi, tandis qu'elle saisissait la clé machinalement, Gustave la retint-il de force pour attirer son attention.

— Madeleine… ce qui se trouve dans ce coffre n'apparaît pas dans la succession, comprenez-vous ? Si le fisc… Soyez prudente.

Elle approuva, mais il était difficile de savoir si elle mesurait la portée de ce qu'on lui disait. Elle se mit à pleurer. Instinctivement, il écarta les bras, elle vint contre lui et sanglota. C'était une situation très gênante. Allons, allons, disait-il, mais Madeleine avait lâché la bonde, elle s'abandonnait et disait Gustave, oh, Gustave, évidemment ce n'était pas à lui qu'elle s'adressait, mais mettez-vous à la place de Joubert, que devait-il penser ?

Cela dura un long moment.

Enfin, elle s'écarta pour renifler, il s'empressa, lui tendit son mouchoir dans lequel elle se moucha bruyamment, sans aucune grâce.

— Je vous demande pardon, Gustave… Je ne devrais pas me donner en spectacle ainsi…

Elle le fixa intensément.

— Merci d'être là, Gustave… Merci pour tout.

Il avala sa salive, s'aperçut qu'il avait conservé la clé du coffre. Il la lui tendit.

— Non, gardez-la, nous verrons cela plus tard, voulez-vous ?

Puis elle s'approcha et ajouta au trouble ambiant. Elle l'embrassa sur la joue, ce qui le laissa pantois. Il aurait dû dire un mot, mais elle s'était retournée et bordait délicatement le lit de Paul.

Il sortit, gagna la rue, monta en voiture. Les essuie-glaces étaient à la peine, la soufflerie du chauffage vous prenait à la gorge. Il restait sous le coup d'une émotion obscure. Peu habitué à analyser ses états d'âme, il cherchait à discerner ce que Madeleine avait voulu exprimer. Peut-être ne le savait-elle pas elle-même.

Arrivé à l'hôtel Péricourt, il tendit son pardessus à la femme de chambre et, comme il le faisait naguère, il emprunta sans attendre le grand escalier qui conduisait à la bibliothèque.

La pièce n'avait pas beaucoup changé depuis la dernière fois qu'il s'y était entretenu avec son patron, on y voyait simplement des choses attristantes comme ses lunettes posées sur le bureau, ses pipes qu'il ne fumait que le soir.

Sans attendre, il sortit la clé, s'agenouilla devant le coffre et l'ouvrit.

Il y trouva quelques papiers de famille, des notes personnelles et un sac en toile de couleur bleu roi fermé par un cordon vert et contenant plus de deux cent mille francs en coupures françaises et quasiment le double en monnaies étrangères.

6

Il y avait près de deux mois que M. Péricourt était enterré. Il régnait dans la maison un silence de gêne, une atmosphère lourde comme à la fin de ces repas de famille où l'on s'est disputé.

Personne ne s'était donné le mot, mais dans les minutes qui précédèrent l'arrivée de la voiture, tous les domestiques convergèrent discrètement vers le rez-de-chaussée. L'un passait négligemment le plumeau sur la rampe d'escalier, l'autre fourgonnait dans la bibliothèque, un troisième allait et venait au prétexte d'un balai égaré.

Cette attention fébrile et embarrassée tenait sans doute à la présence, dans le hall d'entrée, de la chaise roulante que Mlle Léonce, quelques jours plus tôt, était allée acheter elle-même : visible à travers les planches de la harasse dans laquelle elle était enfermée, elle ressemblait à un animal de zoo dont on ignore le degré de dangerosité.

À l'annonce du retour de M. Paul, Raymond, le jardinier, avait ouvert la caisse à l'aide d'un pied-de-biche et, passé le premier moment d'effroi, une femme de chambre s'était approchée timidement et en avait fait la toilette. Elle avait astiqué le fer comme elle faisait avec les cuivres, ciré les bois, la chaise roulante était rutilante, ça donnait presque envie d'être paralysé.

On n'avait revu Madame qu'en coup de vent, elle venait juste changer de vêtements, répondait aux questions du personnel de manière distraite et pressée, voyez avec Léonce. Elle passait ses journées entières à la Pitié, c'était à se demander si elle n'allait pas y prendre définitivement ses quartiers, devenir de ces malades qui entrent au sanatorium et que rien ni personne ne peut plus déloger.

En début de matinée, Léonce arriva, procéda aux ultimes vérifications. André était là, vêtu de son éternelle redingote gris foncé, ses souliers éculés cirés avec l'énergie du désespoir. Joubert, en homme qui voulait montrer qu'il avait ici ses entrées, était allé se servir un doigt de porto et s'interrogeait sur l'autorité que Madeleine voudrait exercer sur les affaires et se sentait plutôt en confiance.

Pendant l'hospitalisation de Paul, elle avait tout signé sans rien lire, merci, Gustave. Elle l'embrassait sur la joue à son arrivée comme s'ils étaient liés par une vieille camaraderie. Si elle avait été maquillée, habillée, Joubert aurait enregistré le fait comme une simple information. Mais de la part d'une femme en peignoir, coiffée à la va-vite, chaussée de mules à pompons rapportées de chez elle, c'était bien plus troublant, c'était un comportement quasiment domestique, comme s'ils étaient mariés, qu'elle sortait de sa chambre et l'embrassait avant de descendre déjeuner. Sans compter qu'elle avait l'habitude de se hisser sur la pointe des pieds parce qu'il était bien plus grand qu'elle et, pour ne pas perdre l'équilibre, de lui saisir l'avant-bras et de venir contre lui, forcément… La perspective d'autrefois, chassée pour des raisons purement circonstancielles, refaisait-elle surface dans son esprit ?

N'y avait-il pas, dans le rapprochement avec lui, maintenant qu'elle se devait tout entière à un enfant si lourdement handicapé, le désir de se voir protégée par quelqu'un ?

Il était près de dix heures et demie lorsqu'une voiture se fit entendre, celle de Charles. Suffoquant d'impatience, il se rua sur le bar et se servit une large rasade de cherry qu'il lampa cul sec. La transpiration qui suintait à la racine de ses cheveux, son visage rougeaud, tout confirmait à Gustave ce que ses sources lui rapportaient régulièrement. Charles Péricourt était plus que jamais dans la nasse. Son affaire est devenue délicate, lui disait l'un ; les choses s'accélèrent, assurait un autre. S'il se résolvait à solliciter son aide, Joubert ne savait pas encore ce qu'il ferait. Venir à la rescousse de Charles présentait techniquement autant d'avantages que de le laisser sombrer. Voire de l'y pousser.

— Ah ! hurla soudain Charles. Le voilà !

La voiture s'arrêta.

Derrière la vitre, la tête de Paul. Les cheveux coupés très court lui faisaient une petite mine plus ronde encore qu'à l'ordinaire. Il regardait le personnel rassemblé sur le perron, Gustave et Charles au premier rang, André plus loin, mêlé aux employés de maison. Léonce apparut enfin qui écarta tout le monde et fut la première à descendre vers la voiture dont elle ouvrit la porte.

Elle s'agenouilla et sourit.

— Alors, mon petit prince, te voici de retour !

Paul ne répondit pas, il avait le regard braqué sur le perron au centre duquel avait été avancée la chaise roulante.

Il y avait un peu de bave à la commissure de ses lèvres, Léonce regretta de n'avoir pas pris un mouchoir.

Madeleine, descendue par l'autre portière, fit le tour de la voiture. On aurait dit qu'elle avait perdu un kilo par jour, c'est ce qui frappa à leur arrivée, la maigreur de Madame et de monsieur Paul.

— Nous voilà rentrés, mon lapin, dit Madeleine, mais on sentait une émotion à fleur de gorge, elle ne semblait pas loin d'éclater en sanglots. Elle se tourna vers ces gens rassemblés. Personne ne bougeait.

On s'avisa que la chaise roulante aurait dû être placée en bas pour y asseoir l'enfant.

Raymond le jardinier saisit alors les poignées avec une telle brusquerie qu'à peine passée la première marche, on comprit l'étendue du désastre, on cria attention, Raymond s'arc-bouta en arrière, mais fut rapidement entraîné par le poids, manqua tomber, dut lâcher prise, des mains se présentèrent, mais trop tard, la chaise se mit à dévaler l'escalier du perron en cahotant de plus en plus vite, Madeleine et Léonce n'eurent que le temps de s'écarter. Paul, le regard fixe, vit arriver la catastrophe sans broncher. La chaise vint percuter la voiture dans un bruit de ferraille puis retomba lourdement sur le côté.

Raymond, qui s'était relevé précipitamment, se confondit en excuses que personne n'entendit. Il frottait nerveusement ses mains sur son tablier neuf. Cet accident avait sidéré tout le monde. La vision de cette chaise couchée sur le côté, dont la roue voilée tournait dans le vide, donnait à tous les présents un sentiment d'échec qu'accentuait le visage de marbre du petit garçon aux cheveux courts dont les yeux, étrangement fixes, n'étaient posés sur rien ni sur personne.

Charles, lui, avait la bouche ouverte, il était ébahi. Un poisson mort, pensa-t-il, ça lui serrait le cœur, ce gosse quasiment inanimé, inutile, dont la présence parfaitement vaine allait provoquer sa ruine, et celle de deux filles tout à fait saines à qui l'avenir appartenait, bordel de Dieu, ce macchabée prépubère allait détruire tout ce qu'il avait construit.

Raymond, balbutiant de confusion, mit un genou à terre près de la portière cabossée.

Il saisit le petit garçon, se releva, et c'est ainsi que, les jambes molles et ballottant sous lui, le regard figé, monsieur Paul rentra chez lui, dans les bras du jardinier.

7

Dans la vie de Madeleine, tout sembla faire un pas de côté. Elle ne pleurait plus, mais comme Paul était souvent agité par des cauchemars dévastateurs, qu'il se dressait dans son lit en poussant des hurlements de terreur (« Il se revoit tomber, j'en suis certaine ! » criait-elle en se tordant les mains), elle se précipitait et se mettait à hurler avec lui. Il lui arrivait de s'endormir à son chevet, on se demandait lequel des deux tenait compagnie à l'autre. Elle était très fatiguée.

Ses anciennes vertus domestiques d'initiative et d'organisation s'étaient évaporées. Elle restait active et parcourait toujours les couloirs avec le regard soucieux qu'on lui connaissait, mais elle ne faisait que déplacer de l'air, incapable de prendre les mesures qui s'imposaient. Un exemple, la chaise roulante de Paul. Dans sa chute, une roue s'était tordue, le siège était fendu par le milieu, elle était inutilisable. Lorsque Léonce avait parlé de l'envoyer en réparation, Madeleine avait approuvé, oui, bien sûr, bien sûr, mais deux jours plus tard la chaise était toujours là, dans le hall du rez-de-chaussée, comme une relique dans un grenier. Léonce prit sur elle de s'en occuper.

Même chose concernant la chambre de Paul au second étage. Elle ne pouvait plus convenir à sa situation, il fallait choisir une autre pièce et l'aménager. Madeleine, perpétuellement indécise, cherchait une solution : peut-être ici, mais c'est loin du cabinet de toilette, lui faisait-on remarquer, ah oui, c'est vrai, alors ici, mais c'est au nord, Paul aura froid en permanence et ça n'est pas très lumineux. Madeleine se rongeait un ongle en regardant la maison, oui, c'est juste, murmurait-elle, puis, dépassée, elle changeait de sujet. Elle se concentrait des heures sur des détails secondaires, sur le *Titanic*, elle aurait commencé à repeindre les transats.

C'est finalement dans la chambre de M. Péricourt que Paul serait le mieux installé, proposa Léonce, il y avait un cabinet de toilette adjacent, une belle lumière, de l'espace. D'accord, dit Madeleine du ton qu'elle aurait pris si l'idée était venue d'elle. Où est M. Raymond ? demanda-t-elle. On va mettre le lit de Paul près de la fenêtre…

Léonce ferma les yeux un instant, patiente.

— Madeleine… Je pense qu'il faudrait d'abord faire quelques aménagements. Le petit ne peut pas habiter dans cette pièce… dans l'état où elle se trouve.

Elle voulait dire : s'installer dans la chambre restée intacte depuis le jour où M. Péricourt s'y était laissé mourir. Madeleine fut d'accord. Elle fit un signe de tête et retourna auprès de son fils.

Léonce se mit alors au travail. Changer les tapis, les rideaux, nettoyer et assainir la pièce, évacuer le mobilier, en acheter un autre plus moderne dans lequel pourrait vivre un enfant de sept ans perpétuellement assis. Pour cela, il fallait de l'argent.

— Bien sûr, voyez avec Gustave, voulez-vous ? dit Madeleine.

Il aurait fallu que Léonce change de fonction, devienne intendante, et que son petit salaire évolue en conséquence, à quoi évidemment Madeleine ne songea pas. Or, pour Léonce, l'argent comptait. On l'entendait souvent dire en riant : « Je ne sais pas où passent les sous, ils me filent entre les doigts », et c'était vrai, il n'y avait guère de mois qu'elle ne sollicitât une avance sur ses gages.

Joubert, de son côté, comprit parfaitement que tout ce travail, assez prenant, n'entrait pas dans ses attributions de dame de compagnie mais, en patron expérimenté, il laissa cette question en suspens, on n'allait pas augmenter une employée qui n'osait pas se plaindre.

André Delcourt, lui, n'avait pas repris son travail de précepteur auprès de Paul, incapable, dans son état quasiment végétatif, de suivre des cours de quoi que ce soit. Mais il continuait d'être payé. Ne sachant quoi faire, il traversait la maison à grands pas, un livre sous le bras, l'air soucieux, en priant le ciel que personne ne lui réclame de comptes. La Madeleine Péricourt qu'il avait connue, qui l'avait si souvent poussé vers le lit en riant, n'avait plus rien à voir avec cette femme nerveuse, tendue, affairée et anxieuse qu'il croisait dans les couloirs et qui lui disait, André, pouvez-vous aller chercher des magazines pour Paul, je vais essayer de lui faire un peu de lecture, des choses légères, vous voyez, et qui le rappelait aussitôt, non, André, plutôt un livre d'aventures. Ou une revue. Je ne sais pas, faites au mieux, vous pouvez y aller tout de suite ? Mais quand il revenait, elle était passée à autre chose, vous voulez demander à M. Raymond de venir, il faudrait descendre Paul, cet enfant doit prendre un peu l'air.

La perspective de devoir chercher un autre emploi était d'autant plus rageante qu'il se sentait au seuil de quelque chose. Son magnifique compte rendu funéraire de février, bien qu'il ne lui eût pas rapporté un sou, avait fait circuler son nom ici et là. Il avait même été invité une fois par la comtesse de Marsantes qui tenait table ouverte une fois par semaine boulevard Saint-Germain et qui le considérait comme un véritable écrivain même s'il n'avait jamais rien publié. Pour faire bonne figure, il avait consacré ce qui lui restait d'économies à l'achat d'un costume, pas sur mesure, évidemment, mais une occasion qui lui avait semblé assez fraîche pour faire illusion ; la couture dorsale avait craqué dès le lendemain, il avait confié la réfection à un atelier du Sentier, le résultat ne se remarquait pas trop, pensait-il, parce qu'il ne surprenait pas le regard condescendant des domestiques qui lui cédaient le pas quand il pénétrait dans un salon.

Pour Madeleine, il n'y avait plus que Paul. Elle mettait notamment un point d'honneur à tout faire elle-même. Comme il n'y avait plus de chaise roulante, on devait le porter et Madeleine n'autorisait personne à le faire à sa place. Il avait beaucoup maigri, il ne pesait que quinze kilos, ce qui n'est pas beaucoup pour un enfant de sept ans, mais tout de même… « Mais, laissez-moi faire, mademoiselle Madeleine ! » disait M. Raymond. Dix fois elle faillit tomber, rien n'y faisait. Paul disait : « Lai… laisse… donc… ma… man ! » Jamais il n'avait autant bégayé.

Tout le monde regardait Madeleine s'activer auprès

de lui en se demandant jusqu'à quelle extrémité elle irait.

Les soins intimes, notamment, n'étaient pas une mince affaire. Trois à quatre fois par jour, il fallait soulever Paul, l'allonger pour le déshabiller et le porter aux toilettes, le changer comme un nourrisson, ramener ses jambes mortes, le tourner et le retourner, le rhabiller. Ces membres flasques vous tordaient l'âme. Il avait l'œil vide et fixe, ne se plaignait jamais. Lorsqu'elle lui donnait les bains sulfureux ou lui dispensait les massages aux substances opiacées que le professeur Fournier avait prescrits, on entendait Madeleine murmurer à l'oreille de Paul, comme une femme délirante, il était devenu son purgatoire.

Son geste de défenestration ne cessait de la tarauder. Elle ne pouvait s'empêcher d'y retrouver celui de son frère, Édouard. Tous deux se jetaient dans le vide. L'un sous les roues de la voiture de son père, l'autre sur le cercueil de son grand-père. M. Péricourt était le lieu géométrique sur lequel toute la famille venait s'écraser.

Madeleine voulut mener une enquête.

Elle commença par Paul lui-même. Elle l'installa sur une chaise, face à elle, maman veut te parler, Paul, maman a besoin de comprendre, vous voyez le genre… Paul rougit, s'agita, tourna la tête en tout sens, Madeleine insista, Paul bégaya n… non, n… non… Si, si, si, Paul, maman veut savoir, comprendre, Paul se mit à pleurer silencieusement, Madeleine haussa le ton, se mit à arpenter la pièce de long en large, très agitée, s'arrachant les cheveux, ça me rend folle, criait-elle. Paul pleurait à chaudes larmes, Madeleine hurlait à tue-tête. Léonce était en courses, c'est M. Raymond qui, alerté par les cris, monta quatre à quatre, ouvrit la porte à la volée, allons Mademoiselle, vous vous faites du mal, le temps qu'il attrape Madeleine pour l'empêcher de courir autour de la chambre comme une poule décapitée, le petit Paul s'effondrait sur sa chaise, prêt à tomber, il n'avait pas la force suffisante pour se redresser, il se retenait difficilement du bout des doigts au dossier, M. Raymond ne savait plus que faire, il lâcha la mère, se précipita pour porter secours au fils, la cuisinière arriva à son tour, prit Madeleine contre elle, c'est ce spectacle que Léonce découvrit, M. Raymond avec Paul dans ses bras, les jambes mortes, le visage vers le plafond, et la cuisinière, assise sur le lit, la tête de sa patronne sur les genoux.

À peine remise de cet événement, Madeleine recommença à se torturer avec cette interrogation.

Une certitude germa alors dans son esprit. Quelqu'un, dans la maison, devait savoir quelque chose, ça n'était pas possible autrement.

Peut-être quelqu'un avait-il été avec lui. L'idée d'une culpabilité dans le personnel lui sembla d'abord probable, bientôt certaine, cela expliquait tout.

Elle convoqua tout le monde, ils étaient six, sans compter Léonce et André, réunis et alignés, cette méthode était la pire de toutes, on avait l'impression que quelqu'un avait volé l'argenterie, c'était ridicule. En se frottant nerveusement les mains l'une contre l'autre, Madeleine réclama la vérité. Qui avait vu Paul le jour de… l'accident ? Qui avait été auprès de lui ? Personne ne savait quoi répondre, on se demandait ce qui allait se passer.

— Vous, par exemple, déclara-t-elle en pointant

l'index vers la cuisinière, vous étiez à l'étage, on me l'a dit !

La pauvre femme rougit en pétrissant son tablier.

— C'est que… j'avais à faire là-haut, moi !

— Ah ! hurla Madeleine, victorieuse. Vous voyez, vous étiez !

— Madeleine, supplia Léonce d'une voix douce, je vous en prie…

Personne n'ouvrit plus la bouche. Chacun regardait ses chaussures ou le mur d'en face. Ce silence décupla la colère de Madeleine. Elle soupçonna un complot, s'adressa directement à l'un puis à l'autre, et vous ?

— Madeleine…, répéta Léonce.

Mais Madeleine n'écoutait rien.

— Qui d'entre vous a poussé Paul ? hurla-t-elle. Qui a jeté mon bébé par la fenêtre…

Tout le monde écarquillait les yeux. Personne ne sortirait d'ici tant qu'elle ne saurait pas la vérité, elle se rendrait à la police, chez le préfet, et si personne ne voulait céder, vous irez tous en prison, vous m'entendez, tous autant que vous êtes !

— J'exige la vérité !

Puis Madeleine s'arrêta. Elle regarda le petit groupe comme si elle le découvrait et elle tomba à genoux en sanglotant.

Le spectacle de cette femme prostrée au sol, qui maintenant gémissait d'une voix rauque, avait de quoi émouvoir, mais personne ne vint lui porter secours. Un par un les domestiques quittèrent la pièce. Le soir, plusieurs donnèrent leur congé. Madeleine resta deux jours au lit, se relevant seulement pour changer les couches de Paul.

À compter de ce jour, la maison plongea dans une torpeur étrange, on se taisait, on parlait à voix basse, on avait pitié de Madame, mais on cherchait quand même une nouvelle place où l'on ne vous traiterait pas d'assassin. Avant tout, on plaignait monsieur Paul, pauvre petit bonhomme, ce qu'il donnait peine à voir, celui-là…

À bout d'hypothèses, Madeleine s'imagina que la réponse à cette terrible question lui viendrait du ciel, elle bascula dans l'irrationnel et retourna à l'église qu'elle avait délaissée à la mort de son frère Édouard.

Le curé de Saint-François-de-Sales lui prodigua le seul conseil dont il disposait : patienter et s'en remettre à la volonté de Dieu. Dans la situation, c'était peu de chose. De la foi catholique à la divination, ce n'est qu'une question de degré, Madeleine commença à courir les mages, les cartomanciennes et les médiums. Elle ne voulait pas être seule, Léonce l'accompagna.

Elles consultèrent chiromanciennes, voyantes, télépathes, numérologues et même un marabout sénégalais qui fouillait les entrailles de poulets de Bresse et qui assura que Paul avait voulu se jeter dans les bras de sa mère ici présente, qu'il l'ait fait du deuxième étage n'ébranla pas sa conviction, la volaille était formelle. Toutes ces démarches avaient une constante : il était impossible de faire le tour de la question en une seule visite, il en fallait plusieurs.

Madeleine apportait des photos, des mèches de cheveux, une dent de lait que Paul avait perdue un an plus tôt. En pleurs, elle écouta les explications qui étaient toutes assez vagues. Un astrologue vit la chute de Paul dans la conjonction des planètes, c'était écrit, on en revenait à Dieu, on avait fait le tour. Léonce, effarée, regardait passer les billets, on avait dépensé plus de six mille francs.

Madeleine n'était pas naïve au point de croire ce qu'on lui racontait. Intensément malheureuse, elle ne savait quoi penser, qui croire, elle s'agitait, saisie par des poussées d'affolement, glissant d'une idée à l'autre sans logique. Ses initiatives tombaient à l'eau avec une régularité désespérante.

La chaise roulante revint enfin de réparation.

Paul ne s'en trouva ni mieux ni plus mal, mais au moins, Madeleine pouvait le promener à l'étage, l'avancer jusqu'au cabinet de toilette sans se casser le dos. Il y avait devant lui une petite tablette où poser quelque chose, un livre, un jeu, mais Paul ne lisait ni ne jouait jamais, il passait l'essentiel de son temps à regarder par la fenêtre.

Puis la chambre fut enfin prête. On ne reconnaissait rien de l'ancienne pièce de M. Péricourt. Pour les murs, Léonce avait choisi des teintes vives et gaies, des rideaux clairs. Paul dit mer… ci ma… m… man, c'est Léonce qui a tout fait mon chéri, m… mer… ci L… Lé… on… on…

— C'est rien mon petit, dit Léonce, l'important, c'est que ça te plaise.

Quand Léonce parla d'embaucher une infirmière, Madeleine balaya la proposition d'un revers de main.

— Paul, c'est moi qui m'en occupe.

Les deux cent mille francs de l'héritage de Charles étaient passés dans son histoire immobilière, il commençait tout juste à relever la tête lorsque était arrivé un petit reporter roux au visage de fouine et au regard fuyant qui « s'intéressait au chantier de la rue des Colonies ».

— Ce qui me chagrine, avait-il dit, ce ne sont pas les travaux, c'est l'arrêt des travaux. Trois jours d'interruption et puis ça repart…

— Eh bien alors, cria Charles, si c'est reparti, tout va bien !

— Ça n'est pas trop l'avis de l'ouvrier que j'ai retrouvé à la Salpêtrière… Dans un sale état. Quatre gosses, une femme qui ne sait rien faire, un patron qui ne se souvient de lui que pour l'accuser de négligence, mais qui lui glisse néanmoins une petite enveloppe, pas bien épaisse d'ailleurs, juste de quoi acheter des béquilles…

Charles le regardait : où voulait-il en venir ?

— J'ai eu l'idée d'un reportage. Une semaine d'un chantier et d'un coup un bonhomme qui passe à travers le parquet et se retrouve un étage plus bas, une jambe à l'envers, l'hôpital, le constat des dégâts, vous voyez la chose…

Charles imagina immédiatement le désastre que cela provoquerait.

— J'ai pensé l'écrire, mais rassurez-vous, j'aime mieux être payé à ne rien faire.

Charles, lui non plus, n'avait quasiment jamais rien fait de sa vie, il pouvait comprendre, mais que cela vienne d'un salarié lui sembla immoral. Le journaliste, lui, se montra assez philosophe :

— Vous savez, une information perd énormément de sa valeur quand elle est publiée. Inédite, elle vaut bien plus cher. C'est comme qui dirait une prime à l'originalité…

— Vous êtes un…

Charles chercha le mot.

— … un journaliste, monsieur Péricourt. Un journaliste est quelqu'un qui connaît le prix de l'information. Dans ce domaine, je suis un expert, la vôtre vaut dix mille francs.

Charles faillit s'étrangler.

Il faisait maintenant les cent pas dans la salle d'attente et c'est sur un visage scandalisé que Jules Guilloteaux buta lorsqu'il arriva à son bureau.

Un scandale rue des Colonies, des matériaux défectueux, un reporter roux (c'était le petit gars qui couvrait les commissariats et les hôpitaux), dix mille francs.

— Mon cher Charles, déclara-t-il, vous avez tout à fait raison ! Je vais le faire venir, on va arrêter ça tout de suite.

Charles était satisfait et soulagé. Quand ils se serrèrent la main, Guilloteaux demanda :

— Oh, Charles… Cette entreprise dont vous parlez, là… Bousquet & Frères. Ils font de la réclame dans la presse ?

— Oh non ! Les clients viennent vers eux ! Ce serait du gâchis.

— Quel dommage ! Bon, allez, Charles, à bientôt. Et pour ce jeune reporter, j'espère qu'il se montrera compréhensif…

À force de les voir s'accumuler, pour les ennuis, Charles avait acquis un sixième sens.

— Comment ça, vous « espérez »… Vous n'en êtes pas certain ?

— C'est que… Il y a la déontologie, mon cher ! Un directeur de journal ne peut pas imposer ce qu'il veut à qui il veut, ce serait contraire à l'éthique de la profession !

L'argument était grotesque. Le *Soir de Paris* n'avait rien à voir avec un vrai journal. Ici, il n'y avait aucun journaliste, il n'y avait que des employés.

— Je vais essayer, mais s'il refuse…

— Foutez-le dehors !

— Je ne peux pas me passer de ce genre de salarié, Charles ! Ce sont des petits salaires ! Indispensables ! Ah, bien sûr, pour faire vivre le journal, si nous avions davantage de publicité… Avec quarante mille francs d'annonces, je serais plus serein concernant votre affaire… Et cela me permettrait de lui imposer le silence !

Charles était sonné. Quarante mille francs…

— Bon, balbutia-t-il, je vais voir, je vais voir…

Guilloteaux ouvrit la porte puis il posa sa main sur son bras.

— Et les Sables et Ciments de Paris, dites-moi, ils en font, eux, de la réclame ?

Charles venait de contracter une dette de soixante-quinze mille francs pour des annonces qui ne paraîtraient jamais.

Il allait devoir se résoudre à une démarche dégradante, mais devenue inévitable.

Gustave Joubert avait laissé passer le délai de prévenance, mais nous étions maintenant en mai, il voyait mal comment attendre plus longtemps.

Il s'installa face à Madeleine pour lui expliquer les choses, mais la jeune femme le fixait comme s'il parlait une langue étrangère. Il lui saisit les mains et s'adressa à elle comme à une enfant :

— Vous êtes présidente du conseil d'administration

de la banque, Madeleine, et une présidente, ça préside…

— Présider le conseil ?

Elle était affolée.

— Faire acte de présence. Je peux rédiger une petite intervention qui confirmera que la banque est toujours en de bonnes mains. Personne ne vous posera de questions, rassurez-vous.

Le conseil d'administration se réunissait dans une immense salle, au dernier étage du siège social. Une table y avait été construite sur mesure pour permettre à plus de soixante personnes de siéger.

Madeleine entra dans la salle dans un silence frissonnant.

Tout le monde se leva à son arrivée. C'était un fantôme de femme dans un ensemble chic, tenant d'une main tremblante une liasse de papiers qu'elle fit aussitôt tomber, on s'empressa, il fallut remettre de l'ordre dans les documents, ça prit un temps fou, la perplexité se lisait sur tous les visages.

Elle fit, comme Gustave le lui avait conseillé, un petit signe de tête destiné à inviter tout le monde à se rasseoir. Plus de soixante hommes la fixaient en silence et attendaient d'être convaincus.

Son allocution fut un désastre. Les hésitations, les lapsus, les retours en arrière rendirent son discours incompréhensible, souvent inaudible et pour tout dire pathétique. On craignait à chaque instant que les administrateurs prennent discrètement la porte et qu'elle achève son intervention devant trois ou quatre actionnaires désespérés assis à quinze mètres les uns des autres.

Il n'en fut rien.

Lorsqu'elle releva enfin la tête, un grand silence se fit. Gustave se leva et commença à applaudir en la regardant, bientôt suivi par la totalité des administrateurs, succès complet.

Tous étaient profondément sincères.

Leur principale inquiétude était que cette femme, forte de son droit, ait le désir de présider la banque ; ils étaient pleinement rassurés. Ils applaudissaient parce qu'elle n'y connaissait rien et saurait rester à sa place.

Gustave Joubert avait obéi, en organisant cette manifestation et en rédigeant ce discours beaucoup plus technique qu'il n'était nécessaire, au vœu que, quelques mois plus tôt, avait exprimé Marcel Péricourt : « Madeleine sera ma seule héritière, Gustave, c'est entendu, mais… déconseillez-lui de se mêler des affaires, elle ne se sentirait pas à sa place. Et si elle en avait le désir, trouvez le moyen de l'en décourager. »

Elle assista, sans dire un mot de plus, à une séance interminable. Elle fut très entourée à son départ. Chacun voulait la saluer, sachant que personne n'aurait sans doute plus l'occasion de le faire en pareil lieu avant l'année suivante.

Madeleine fixait le mur, la fenêtre, se tournait, se retournait, cela lui rappela les nuits d'autrefois où elle devait patienter avant de monter rejoindre André « là-haut ». C'était l'expression entre eux, à l'époque : « À ce soir… là-haut. » Elle en ressentit de la honte comme si le souvenir d'avoir naguère été heureuse était une insulte à la situation de son fils.

Presque minuit.

Il lui fallut plus d'une heure pour se décider, ouvrir sa porte, longer le couloir vers l'escalier de service, monter.

Elle arriva à la chambre d'André, colla l'oreille, n'entendit rien, saisit la poignée, la tourna.

André sursauta.

— Madeleine… !

Surprise, gêne, panique, impossible de dire tout ce que ce cri renfermait. André tenait en main des feuilles de papier, un crayon, Madeleine, Madeleine, sa voix tremblait, il posa précipitamment ses papiers sur la table de nuit et resta là, interdit, à la fixer comme s'il ne la connaissait pas, on aurait dit un archéologue devant une découverte inattendue.

Madeleine étendit aussitôt le bras, elle avait envie de lui dire : « N'ayez pas peur ! », elle regrettait déjà d'être venue. Elle regardait le lit sur lequel… La honte la saisit de nouveau, elle rougit, elle eut envie de se signer. Elle éclata en sanglots.

— Asseyez-vous, Madeleine…, chuchota André, comme s'ils avaient à craindre d'être découverts.

Le lit, non, elle ne voulut pas. Restait la chaise qu'André tira vers elle. Il l'avait vouvoyée, comme ils le faisaient autrefois lorsqu'il y avait du monde.

— Excusez-moi, André…

Il lui tendit un mouchoir. Elle reprit un peu d'assurance et regarda autour d'elle comme si elle découvrait la pièce, qu'elle ne se souvenait pas que c'était aussi petit.

— André… je voulais votre avis… Selon vous… pourquoi Paul…

Elle pleura de nouveau. Allons Madeleine, allons.

Elle parvint enfin à formuler sa question qui prit tout de suite un tour autoaccusatoire.

— Ne vous torturez pas ainsi, dit André. Cela ne sert à rien d'être aussi injuste avec vous-même, je vous assure.

— J'ai mal agi, n'est-ce pas ?

Madeleine pensait à un châtiment divin. Mais, prononcée dans cette chambre, cette interrogation faisait de leur relation la responsable de ce qui était arrivé. André n'y était pas prêt.

— Étiez-vous une mauvaise mère pour autant ?

— Distraite, sans doute…

— Paul n'était pas seul, il y avait vous, moi, son grand-père ! Tout le monde l'aimait… !

Il avait dit cela d'un ton véhément qui fit du bien à Madeleine. Elle ne se rendit pas compte qu'il en parlait déjà au passé. Elle se leva, désigna les feuilles de papier.

— Vous étiez en train de travailler, je vous dérange… Ce sont des poèmes ?

Elle le regarda comme s'il était un enfant à la veille de sa communion.

— Je suis heureuse pour vous, André.

Elle s'approcha de la porte, se souvint qu'il fallait la tirer d'un coup sec pour éviter qu'elle grince.

André se sentait mal.

Cette visite impromptue lui confirmait la précarité de sa position dans cette maison. Il allait devoir partir. Privé du salaire de précepteur, comment vivrait-il ? Il balayait les rares solutions dont il disposait. Ses références professionnelles ne lui permettaient d'accéder qu'à des emplois de répétiteur en français ou en latin. Il faudrait d'abord trouver une place puis passer des dizaines d'heures avec des classes impossibles pour une paie de misère avec laquelle il devrait se nourrir, s'habiller, se loger, mon Dieu, lui qui n'avait pas quarante francs d'avance et les loyers qui ne cessaient d'augmenter !

Sur le pas de la porte, Madeleine s'était retournée.

— Je voulais vous dire, André…

Elle chuchotait comme une femme qui parlerait dans une église.

— Vous avez été si bon avec Paul… C'est vrai… Vous pouvez demeurer ici le temps que vous voulez… J'espère que Paul, un jour… N'hésitez pas…

André ne saurait jamais à quoi il ne devait pas hésiter parce que Madeleine s'interrompit brusquement, disparut et referma la porte.

André continua de vivre dans l'hôtel Péricourt en feignant de croire que les « nécessités de l'existence », comme il les appelait avec condescendance, l'y contraignaient. En fait, il avait beaucoup moins d'amour-propre qu'il le pensait. Sur ordre de Madeleine, une femme de ménage reprit le chemin de sa chambre une fois par semaine, il fut blanchi, chauffé et son salaire continua de lui être payé le premier lundi de chaque quinzaine.

Lorsque Madeleine le croisait, elle s'arrêtait. Oh, André, comment allez-vous, elle le dévisageait comme elle faisait avec Paul quand il était petit, ce mélange de gentillesse, de générosité et d'apitoiement pour ses propres sentiments qu'on trouve chez certaines mères.

8

Après avoir fait des allers-retours de la banque à la Pitié, Gustave Joubert faisait des allers-retours de la banque à la maison Péricourt. Il conduisait lui-même une Star Modèle M, en attendant la nouvelle Studebaker, et il emmenait avec lui un comptable, M. Brochet.

Le rituel était fixé. Ils entraient. Joubert s'excusait auprès de M. Brochet. Il était assez déférent avec le personnel, comme l'avait été M. Péricourt avant lui. Plus vous êtes respectueux avec les subordonnés, plus ils vous craignent, disait-il, ils sont impressionnés, ils se sentent presque menacés par cette politesse, c'est une loi de la psychologie.

M. Brochet s'asseyait sur une chaise dans le couloir, ses volumineux parapheurs sur les genoux. Joubert entrait dans la bibliothèque où, selon l'heure, la femme de chambre apportait du thé ou un petit verre de porto. Au passage, elle voulait servir M. Brochet qui levait invariablement la main, merci, rien, à quelques mètres de son patron, il n'aurait même pas osé boire un verre d'eau.

Madeleine ne tardait pas à descendre, bonjour Gustave, la main sur l'avant-bras, debout sur la pointe des pieds, un court baiser sur la joue, elle entrouvrait la porte de Paul « pour le cas où il aurait besoin… ». Gustave prenait son dossier et commençait l'inventaire des affaires courantes en fournissant, pour chacune, des explications scrupuleuses.

Après quoi, on faisait venir M. Brochet qui posait respectueusement devant Madeleine les parapheurs, dont Joubert tournait les pages comme il l'avait toujours fait, même du vivant de M. Péricourt. Madeleine signait ce qu'on lui présentait. M. Brochet retournait s'asseoir dans le hall avec ses dossiers, non merci, disait-il en levant la main à la femme de chambre qui insistait pour lui servir quelque chose.

Obtenir l'accord de Madeleine était une tâche aisée, mais au fond, Gustave n'aimait pas cela. Il avait une éthique de banquier, on ne pouvait pas se désintéresser de l'argent, c'était quasiment immoral. De la part d'une femme, ça n'était pas étonnant, mais ça restait décevant.

Le rituel prévoyait qu'il ne quittait pas aussitôt la maison dès la fin de la corvée de signatures. Il n'était pas un employé subalterne qui doit partir sitôt sa tâche accomplie. Madeleine disait généralement, asseyez-vous, Gustave, vous avez bien encore une minute pour votre amie… Elle appelait alors la femme de chambre, on resservait thé ou porto sur une table basse, près du piano à queue (dans le couloir, M. Brochet levait la main, non, merci), et Gustave abordait le seul sujet qui intéressait Madeleine : son fils.

Elle commentait les modestes nouvelles du jour, Paul avait avalé un peu de soupe, elle lui avait fait la lecture, mais il s'était endormi, il est très fatigué, cet enfant. Selon les cas, Gustave hochait la tête de droite à gauche ou de haut en bas, après quoi il se levait, je vais devoir m'excuser, Madeleine, mais bien sûr, et moi qui vous retiens alors que vous avez tant de travail, allez, sauvez-vous, Gustave, main sur l'avant-bras, pointe des pieds, baiser sur la joue, à jeudi. Mercredi ! Oui, pardon Gustave, à mercredi.

Ce jour-là, la rupture dans le rituel attira immédiatement l'attention de Madeleine.

— Qu'est-ce qui ne va pas, Gustave ?

— Votre oncle Charles, Madeleine. Il a… enfin, il rencontre certaines difficultés. Il a besoin d'argent.

Madeleine croisa les mains, dites-moi tout.

— Il faudrait qu'il vous explique tout cela. Ensuite, vous déciderez… Nous avons les moyens de l'aider, ce ne serait pas…

Madeleine fit un signe, dites-lui de venir me voir. Satisfait, Gustave consulta sa montre, ébaucha un petit geste de regret et se leva. Madeleine l'accompagna jusqu'à la porte comme elle le faisait habituellement.

Elle se haussa sur la pointe des pieds, posa un baiser sur sa joue, merci, Gustave…

Il avait longuement analysé la situation et, de toutes les hypothèses qui s'offraient à lui, c'est ce moment précis qu'il avait retenu comme le plus propice… Et voilà qu'il était passé, il avait été pris de vitesse.

Alors tant pis, il se lança, légèrement à contretemps sur son programme, il avança la main, rencontra la hanche de Madeleine, la saisit.

Elle fut clouée sur place.

Elle le fixa sans broncher, puis redescendit lentement.

Il était très grand et, dans cette position, elle avait mal à la nuque.

— Madeleine…, chuchota Gustave.

C'était pénible pour les cervicales, Madeleine baissa la tête, que se passait-il ? Elle vit la main de Gustave posée sur sa hanche. Avait-il autre chose à lui demander ? La main de Gustave monta jusqu'à son épaule, c'était calme et fraternel.

Elle venait de baisser les yeux, signe de consentement, il la dominait d'une tête, bon, le début avait été un peu improvisé, mais il était retombé sur ses marques.

Elle le fixa de nouveau.

— Nous sommes des amis, n'est-ce pas, Madeleine ?

Euh, oui, ils étaient amis… Madeleine affichait un demi-sourire, assez prudent, pour lui signifier qu'elle attendait la suite, qu'il pouvait s'exprimer.

Gustave avait répété ses phrases :

— Nous avons eu autrefois un projet, cela ne s'est pas fait, mais le temps a passé. Et tout nous rapproche aujourd'hui. Le décès de votre père, l'accident de Paul, la charge des affaires… Ne pensez-vous pas qu'il serait bon maintenant d'envisager les choses différemment ? Et de faire confiance à votre vieil ami ?

Sa main restait posée sur l'épaule de Madeleine.

Elle dévisagea Gustave, les mots qu'il venait de prononcer tournaient en rond dans son esprit sans trouver la porte de sortie. Une pensée soudain l'assaillit. Gustave n'était-il pas en train… de la demander en mariage ? Elle n'en était pas certaine.

— Que voulez-vous, Gustave ?

Nous sommes-nous bien compris ? s'interrogea-t-il. Forcé par les circonstances, il avait dû légèrement décaler le début de son intervention, mais, à part cela, il avait prononcé ses phrases sans erreur, dans le bon ordre, il ne voyait pas où était le blocage.

Madeleine fronça les sourcils pour appuyer sa question.

Joubert avait imaginé plusieurs situations, mais à aucun moment il n'avait envisagé de n'être pas compris. Or, pour dissiper ce trouble, il n'avait pas préparé de phrase et naviguait maintenant à vue. Si elle ne s'était pas reculée, c'est qu'elle attendait une confirmation, alors il remplaça les mots par le geste. Il lui prit la main et la porta à ses lèvres.

Ainsi le message était clair. Il embrassa ses doigts et, pour faire bonne mesure, il ajouta « Madeleine… ». Voilà, ça devait être suffisant.

— Gustave…, répondit-elle.

Il n'en était pas certain, mais il avait cru percevoir un point d'interrogation à la fin de cette réponse. C'est ce qu'il y a d'agaçant avec les femmes, il faut toujours que tout soit dit, verbalisé, elles sont si peu sûres d'elles-mêmes que la moindre incertitude les jette dans le doute, les fait vaciller, avec elles il faut que tout soit droit, ferme, clair. Officiel. C'était pénible.

Il n'allait tout de même pas lui faire une déclaration, c'était ridicule. Il chercha les mots et se souvint alors des premiers moments avec son ex-femme. Le souvenir remonta comme une bulle d'air, il en fut surpris, elle avait levé le regard vers lui avec le même air hésitant et irrésolu que Madeleine, il se le rappelait tout à fait maintenant. Il s'était penché. Il l'avait embrassée. C'est ce qu'elle voulait. Il n'avait rien eu de plus à dire. Les femmes sont ainsi, soit vous parlez longuement parce qu'il leur faut des mots et encore des mots, soit vous remplacez tout ce fatras par un baiser ou quelque chose d'équivalent (quoique pour elles, rien ne soit jamais équivalent à un baiser), ça remplit la même fonction.

Joubert pesa le pour et le contre. Elle était là, tout près, un sourire encourageant sur les lèvres. Allons, il fallait prendre son courage à deux mains…

Madeleine observait Gustave et commençait à se rassurer. Elle avait eu une fâcheuse impression, mais c'était un malentendu. Avait-il des difficultés personnelles ? Cette idée lui fit peur. Si c'était le cas et que cela l'empêchait de tenir son rôle à la banque ? Pire, voulait-il aller travailler ailleurs… ? Que ferait-elle, alors ? Il était grand temps de lui manifester un peu de sympathie. Elle se rapprocha encore un peu de lui.

— Gustave…

C'était la confirmation qu'il attendait. Il respira à fond, puis il se pencha et posa ses lèvres sur celles de Madeleine.

Ce fut immédiat, elle se recula et le gifla.

Joubert se redressa, prit la mesure de la situation.

Il comprit que Madeleine allait le licencier.

Elle pensa qu'il allait démissionner, la laisser seule.

Anxieuse, elle se frottait les mains l'une contre l'autre.

— Gustave…

Mais il était déjà sorti. Mon Dieu, qu'est-ce que j'ai fait ? se demanda Madeleine.

Gustave Joubert plongea dans un état de confusion. Comment avait-il pu se méprendre à ce point ? Trop ébranlé pour analyser la situation avec distance, il ne cessait de ruminer.

Dans le passé, il avait souvent été blessé dans son orgueil, M. Péricourt n'était pas un homme facile à vivre, mais ce que Joubert avait accepté mille fois de son patron, il n'était pas disposé à le supporter d'une femme, fût-elle Madeleine Péricourt.

Était-ce la fin de sa carrière à la banque ? Il y avait pléthore de jeunes banquiers de talent qui vendraient leur âme pour servir Madeleine, d'autant qu'elle avait montré qu'elle ne détestait pas les jeunes hommes.

Et il lui faudrait trouver un autre poste. Oh, je n'aurai qu'à ouvrir mon carnet d'adresses, se disait-il, et c'était vrai, mais au mariage annulé avec la fille de son patron, il lui semblait insurmontable d'ajouter aujourd'hui un licenciement pour des raisons dont il devrait rougir.

Aussi, quelques heures plus tard, se résolut-il à prendre l'initiative pour sauvegarder les apparences.

Il rédigea sa lettre de démission.

Il opta pour une formule simple annonçant son départ prochain et précisa qu'il se tenait à la disposition du conseil d'administration et de sa présidente.

En attendant la venue du coursier, il fit quelques pas dans le bureau. Lui qui mettait à distance toutes les émotions susceptibles d'influer sur la qualité de son jugement ressentait une immense peine. Comment pourrait-il travailler ailleurs qu'ici, où il avait passé toute sa vie ? Ça lui serrait le cœur.

Le coursier était un garçon d'environ vingt-cinq ans, l'âge qu'il avait lui-même lorsqu'il était entré dans la maison. Que de temps et d'énergie il avait consacrés à cet établissement…

Il donna sa lettre. Le coursier lui en tendit une autre qui portait le nom de Madeleine.

Elle avait été plus rapide que lui.

Cher Gustave,

Je suis désolée de ce qui s'est passé. Un malentendu. N'en parlons plus, voulez-vous ?

Vous avez toute ma confiance.

Votre amie,

Madeleine

Gustave reprit son travail à la banque, mais animé d'une sourde colère. Au lieu de se montrer pragmatique, réaliste, Madeleine s'était conduite de manière illogique, idéaliste et, pour tout dire, sentimentale.

Demeurer à son poste était, bien sûr, un aveu de faiblesse dont Madeleine avait été le témoin, l'artisan, et resterait la principale bénéficiaire…

Mais, paradoxalement, en touchant ainsi le fond Gustave Joubert se demanda si cette dernière humiliation n'ouvrait pas une nouvelle époque de sa vie.

9

Trois mois que l'enfant était rentré de l'hôpital, il regardait toujours par la fenêtre. Cherchant désespérément à l'intéresser à quelque chose, Madeleine se dit qu'une activité cérébrale lui ferait du bien. Et ça, c'était le rayon d'André.

En pensant à Paul tassé dans son fauteuil, fossilisé et incontinent, André ne voyait pas très bien par quel miracle il serait possible de lui faire cours.

— Oui, risqua-t-il néanmoins, on pourrait essayer.

Dans son esprit, il ne s'apprêtait pas à reprendre son travail auprès de son ancien élève, mais à tenter de conserver le maigre salaire dont son existence dépendait. Le latin, c'était idiot, le calcul semblait hors de portée pour un enfant qui ne parvenait même pas à s'essuyer les lèvres, l'histoire était un peu trop théorique, il opta pour la morale.

C'est néanmoins sans illusions et surtout étranglé par une angoisse incoercible qu'il entra dans la chambre de son ancien élève. Il ne l'avait pas vu depuis plusieurs semaines. La pénombre régnait dans la pièce, la pluie ruisselait sur les vitres. Paul, teint terreux, visage osseux, ressemblait à une feuille morte. Madeleine adressa à André un signe d'encouragement, puis elle s'esquiva discrètement avec un petit sourire faussement guilleret, vous êtes entre garçons, je vous laisse…

André s'éclaircit la gorge :

— Mon cher Paul…

Il feuilletait son livre à la recherche d'une sentence adaptée à la circonstance, toutes sonnaient faux, cette situation mettait en échec les meilleures intentions.

Il choisit : « Il n'y a pas de difficultés insurmontables pour celui qui les combat avec un courage opiniâtre. » Cette maxime lui sembla pertinente : Paul, dans son épreuve, avait besoin de rassembler son courage et quelles que soient les difficultés auxquelles… Oui, c'était bien. Il fit un pas en se répétant « pas de difficultés insurmontables pour celui qui les combat » et, après une longue respiration, il leva les yeux avec résolution et regarda son élève.

Il s'était endormi.

André, inexplicablement, saisit aussitôt le stratagème. Paul faisait semblant de dormir. Son visage n'exprimait rien, mais, c'était certain, l'enfant simulait le sommeil.

André était vexé. En avait-il dépensé de l'énergie pour éduquer ce garçon, était-ce ainsi qu'on le récompensait ? Ni la silhouette tassée dans le fauteuil roulant, ni le filet de salive à la commissure de ses lèvres ne suffirent à calmer cette colère froide qui le saisissait parfois dans les situations injustes.

— Certainement pas, Paul ! articula-t-il d'une voix forte. N'espérez pas me voir tomber dans un piège aussi grossier.

Et, comme l'enfant ne bougeait pas :

— Ne me prenez pas pour un imbécile, Paul !

Cette fois, il avait crié beaucoup plus fort qu'il ne l'avait voulu. Paul ouvrit les yeux. Affolé par l'éclat de voix de son précepteur, il saisit la clochette dorée qu'il agita vivement.

André se retourna vers la porte. Madeleine était déjà là.

— Qu'est-ce que… ?

Elle courut vers Paul, qu'est-ce qu'il y a, mon ange, elle le pressait contre elle. Par-dessus l'épaule de sa mère, Paul fixait André, froidement. C'était un regard… de défi. Oui, c'était cela. André en fut suffoqué. Il serra les poings, non, ça ne se passerait pas comme ça, sûrement pas !

Fébrile, Madeleine demandait, ça va, mon cœur ?

— C'est r… r… rien, mam… maaaa… man, répondit-il douloureusement. La f… fa… fa… tigue…

André se mordit les lèvres et se tut. Madeleine, soucieuse et empressée, remonta la couverture sur les jambes de Paul, tira les rideaux.

— Venez, André. Laissons-le se reposer, il est épuisé, cet enfant…

La démarche que Charles entreprenait lui coûtait infiniment, il espérait au moins que ce serait la dernière, qu'il n'en serait pas réduit à solliciter Gustave Joubert, un salarié de son frère, c'était impensable !

Ce chemin de croix n'en finissait pas. Il fallait en sortir coûte que coûte.

L'hôtel Péricourt avait beaucoup changé. Il y régnait un silence de maison de santé, à peine entrecoupé par les rares passages de domestiques qui n'étaient plus que quatre. Au bas du large escalier stationnait maintenant une plate-forme en acier qui, à l'aide d'un volant relié à un système de poulies, permettait au fauteuil de Paul de monter et de descendre. L'ensemble évoquait une machine de torture du Moyen Âge.

La femme de chambre l'informa que « Madame attendait Monsieur à l'étage ». Charles arriva essoufflé. Il mit un instant, à cause de la pénombre qui régnait, à distinguer Madeleine, assise très droite près du fauteuil roulant. Elle caressait lentement la main décharnée d'un Paul indifférent à la situation.

— Asseyez-vous, mon oncle, je vous en prie, dit Madeleine, dont la voix claire détonnait avec l'atmosphère sépulcrale de la pièce. Quel bon vent vous amène ?

Charles fut saisi d'un doute. Cette voix volontaire, presque forcée, entraîna chez lui un curieux pressentiment.

Il se lança.

Puisque, c'était notoire, les femmes n'entendent rien ni à la politique ni aux affaires, il mit l'accent sur l'aspect affectif qui est leur domaine de prédilection. Il était victime d'une malveillance. Pire, d'une manipulation. On avait abusé des pouvoirs qu'il avait délégués et…

— Que puis-je faire pour vous, mon oncle ?

Charles connut un instant de flottement.

— Eh bien… j'ai besoin d'argent. Pas beaucoup. Trois cent mille francs.

Quinze jours plus tôt, il aurait trouvé une interlocutrice plus conciliante. Madeleine avait reçu de Gustave le conseil d'aider son oncle et, après leur malheureux quiproquo, elle était si paniquée à l'idée qu'il pourrait quitter la banque qu'elle lui aurait obéi avec enthousiasme, Charles serait reparti avec un chèque sans avoir à ouvrir la bouche. Depuis, tout s'était arrangé. Gustave s'était présenté. Il l'avait remerciée. Il tenait en main la lettre dans laquelle Madeleine lui renouvelait sa confiance et il l'avait jetée dans la cheminée, geste un tantinet théâtral. Les craintes de Madeleine s'étaient apaisées, partant, elle se sentait libre de décider comme elle l'entendait.

— Trois cent mille francs, répondit-elle, n'est-ce pas à peu près le montant de vos actions dans la banque ? Pourquoi ne les vendez-vous pas ?

Charles n'avait pas imaginé que Madeleine pût s'intéresser à de pareilles questions.

— Ce sont nos seuls avoirs, expliqua-t-il patiemment. C'est ce qui va servir à doter nos filles. Si je vendais ces actions… mais… (il partit d'un petit rire qui soulignait le grotesque de la situation), je serais carrément sur la paille !

— Oh… À ce point ?

— Tout à fait ! Si je viens te solliciter, c'est que j'ai épuisé toutes les autres solutions, je t'assure !

Soudain, Madeleine était affolée.

— Cela veut dire, mon oncle, que vous êtes… à deux doigts de la faillite ?

Charles prit une douloureuse respiration et acquiesça.

— Absolument. Dans une semaine, c'est la banqueroute.

Madeleine hocha la tête, compatissante.

— Je vous aurais volontiers aidé, mon oncle, mais ce que vous me dites là m'en dissuade, comprenez-le.

— Comment ça ! Mais pourquoi donc ?

Madeleine croisa les mains sur ses genoux.

— Vous êtes, m'assurez-vous, à la limite de la faillite. Or, mon oncle, on ne prête pas d'argent à quelqu'un qui va bientôt mourir, vous le savez bien…

Elle laissa échapper un petit rire sec et bref.

— Si je ne craignais pas d'être vulgaire, je vous dirais carrément… qu'on ne distribue pas de l'argent à des macchabées.

Elle se détourna un instant, sortit son mouchoir et essuya le filet de salive qui coulait sur le menton de son fils.

— Je me demande même si ce serait tout à fait légal, de donner de l'argent à quelqu'un qui est ainsi condamné…

Quelle bassesse ! Charles hurla :

— Que le nom des Péricourt soit encore une fois traîné dans la boue, c'est cela que tu veux ? C'est ce qu'aurait voulu ton père ?

Madeleine lui adressa un sourire attristé. Elle le plaignait.

— Il vous a aidé toute sa vie, mon oncle. Il a mérité que vous laissiez sa mémoire en paix, vous ne pensez pas ?

Charles se leva si précipitamment qu'il fit tomber sa chaise. Il était au bord de l'apoplexie.

Pour autant, Madeleine aurait eu bien tort de s'imaginer vainqueur parce que Charles avait bataillé politiquement toute sa vie, il avait acquis de ces réflexes qui permettent de ne pas quitter la scène sous le ridicule.

— Je me demande quel genre de femme tu es…

La question était posée avec une curiosité scrutatrice,

à la manière d'un homme placé devant un mystère d'une densité inattendue.

— Ou plutôt, reprit-il en regardant dans la direction de Paul, quel genre de mère tu es.

Le mot vibra dans la pièce.

— Que… que voulez-vous dire, mon oncle ?

— Quelle mère laisse à l'enfant dont elle a la garde la liberté de tomber par la fenêtre du deuxième étage ?

Elle se dressa, suffoqua, il s'agissait d'un accident !

— Quelle mère es-tu pour que ton fils, à sept ans, soit si malheureux qu'il ait envie de se jeter par la fenêtre ?

Cette attaque assomma Madeleine. Elle chancela, chercha un appui. En quittant la pièce, sans se retourner, Charles ajouta :

— Nous sommes tous amenés, tôt ou tard, à rendre des comptes, Madeleine.

10

Dernière station avant la faillite. Charles était choqué de constater à quel point le monde et lui ne partageaient pas la même vision des choses.

Dès qu'il le vit entrer dans la salle à manger du Jockey Club, Joubert replia son exemplaire de *L'Auto*, posa sa serviette, se leva, les mains tendues. Il désigna sa table et, d'un ton de regret :

— Pardon, Charles, de vous imposer ce déplacement, mais le soufflé, ça n'attend pas…

Charles fut satisfait, il recevait des excuses.

Joubert tenait ses couverts avec une minutie assez féminine, mais sans regarder son assiette. Il avait planté son regard bleu clair dans celui de Charles et mastiquait avec une lenteur exaspérante. Et alors ? semblait-il dire. Charles l'avait détesté, il se mit à le haïr. Joubert était parfaitement informé de la situation. Tous ces gens voulaient lui faire boire la coupe jusqu'à la lie, ça le mettait hors de lui. De rage, il aurait renversé la table si la perspective de la ruine ne l'avait retenu.

— Mon affaire… ne s'arrange pas.

Joubert prit le temps de chausser ses lunettes, se

pencha sur le papier à demi froissé que Charles avait avancé vers lui et émit un petit sifflement admiratif.

Ce n'était pas tant la question de l'argent qui souciait Joubert que celle du nom de Péricourt qui risquait d'être éclaboussé. Madeleine avait refusé d'aider son oncle, sa psychologie de femme avait une nouvelle fois pris le dessus sur des considérations stratégiques.

Il s'essuya les lèvres, posa sa serviette.

— Êtes-vous certain, Charles, qu'avec cela, vous saurez vous en tirer ?

— Évidemment ! s'emporta Charles. J'ai fait mes calculs !

Gustave Joubert sourit et se leva.

Parvenu au casier qui lui était réservé, il sortit d'un sac en toile de couleur bleu roi fermé par un cordon vert deux cent mille francs qu'il glissa dans une enveloppe à en-tête du Jockey. À son retour, il se contenta de la poser sur le coin de la table.

Charles grommela quelque chose d'indistinct qui tint lieu de remerciement.

— Bonsoir, Charles. Mes hommages à Hortense.

— Merci, Joubert.

Un réflexe, il avait appelé le fondé de pouvoir par son nom plutôt que par son prénom. Il n'était tout de même qu'un employé.

Madeleine n'était pas dupe. André pouvait bien raser les murs, se faire le plus discret possible, son inactivité allait devenir un problème dans la maison. Pour ceux qui s'activent du matin au soir, la présence d'un garçon en bonne santé qui touche un salaire pour rester dans sa chambre à composer des vers a quelque chose de choquant, d'injuste. Même riche, c'est quelque chose qu'on peut comprendre.

Allons, se dit-elle en observant son visage maquillé dans la glace, il vaudrait mieux mettre une voilette tout de même…

Jules Guilloteaux l'attendait, chère Madeleine, il la prenait par le bras, l'accompagnait jusqu'à son bureau comme si elle était une convalescente.

Plus tard, dans les dîners en ville, Guilloteaux se ferait peu prier pour relater la scène, allez Jules, eh bien, franchement, qui a connu cette femme autrefois serait bien en peine de la reconnaître aujourd'hui ; il raconterait comme elle avait levé sa voilette, il évoquerait le visage marqué par le chagrin, les traits tirés, on ne sait plus quel âge elle peut avoir, mais il tarderait à aborder le clou de son petit spectacle, allez Jules, ne nous faites pas languir, eh bien, elle a beau sembler au seuil de la tombe, c'est quand même pour un amant qu'elle est venue me trouver. Nooooon ! Si, si, parfaitement ! Tout le monde raffolerait de ce moment de l'anecdote.

— Mais, ma chère enfant (il l'appelait ainsi depuis sa naissance, il avait été un ami proche de son père), que voulez-vous que je lui donne à faire ?

Avait-il été content de son compte rendu des obsèques de M. Péricourt ? Le directeur reconnaissait volontiers qu'en effet, le papier avait été remarqué, c'est vrai qu'il a une jolie plume votre ami, enfin, votre protégé.

— Il pourrait vous proposer, je ne sais pas, moi, un petit billet, une chronique…

— Ces choses-là, Madeleine, sont réservées aux

journalistes confirmés ! Que dirait-on dans le journal si j'employais, pour une rubrique régulière, quelqu'un qu'on ne connaît ni d'Ève ni d'Adam ?

Madeleine était fille de banquier. Elle avait appris que tout commence ou s'achève sur la question de l'argent et que les clameurs de Jules Guilloteaux étaient une affaire de chiffre.

— Je vous demande de l'employer, Jules, pas de le payer.

Guilloteaux baissa le regard, songeur. Madeleine était-elle prête à payer elle-même pour faire embaucher son jeune ami ? Un fond de scrupule l'arrêta.

— Ça n'est pas le tout de vouloir faire plaisir à Madeleine, dit-il à André le lendemain. Mais c'est un journal que je dirige, pas une œuvre de charité, que voulez-vous que je vous donne à faire, moi !

Le jeune homme frottait ses mains moites sur son pantalon.

— J'ai pensé, murmura-t-il, à un petit billet intitulé « Croquis ». Des notes d'ambiance, des choses vues ici et là, mais sous un certain angle.

André extirpa alors de sa poche une page qu'il avait dépliée : un article qui concernait…

— … les pharmaciens ? Pourquoi les pharmaciens ?

Guilloteaux clappa du bec en feuilletant l'article. Quelques potards parisiens venaient d'écoper d'une peine de prison pour avoir ouvert leur officine le dimanche.

« Il est donc plus aisé de s'enivrer au café du coin que de trouver de quoi soigner un enfant qui, il est vrai, aurait le toupet de tomber malade un dimanche. »

Sur un mode ironique, André dressait la liste des

professions que la loi, logiquement, devrait aussi sanctionner : pompiers, sages-femmes, médecins, etc., et concluait sur un court mais vibrant plaidoyer en faveur de la liberté d'entreprendre : « Que les parlementaires continuent donc à parlementer stérilement, comme ils en raffolent, mais qu'ils laissent se consacrer au bien commun ceux qui ont le courage de se lever de bonne heure, c'est-à-dire à l'heure où l'Assemblée et le Sénat dorment encore du sommeil du juste. »

C'était bien. Jules Guilloteaux fit une moue perplexe.

— Oui, je reconnais, c'est enlevé…

Un quart d'heure plus tard, André était à la tête d'une nouvelle rubrique du *Soir de Paris* signée A.D. Quarante lignes. En page trois. Le mardi et le vendredi.

— Ce sont des bons jours, vous pourrez ainsi vous faire connaître. On va vous prendre à l'essai. Mais je ne peux pas vous payer, c'est bien entendu avec votre… avec Madeleine Péricourt, n'est-ce pas !

Quand il racontait cette histoire, il glissait sur la question de la rémunération et laissait croire qu'il avait accepté cette embauche par pur bon cœur et qu'il payait André Delcourt au prix de n'importe quel autre chroniqueur.

11

Entre l'été et Noël, Paul grandit de deux centimètres et perdit trois kilos. Ses difficultés de sommeil étaient récurrentes, ses cauchemars le réveillaient très souvent. La question de la nourriture se posait aussi, il ne mangeait quasiment rien. Le docteur Fournier se lamentait, il faut que Paul reprenne du poids, c'est vital. Le mot effrayait Madeleine. Trois, quatre fois par jour, elle se tenait près du fauteuil, une assiette à la main, cherchant un nouveau subterfuge, une chanson, une comptine, une histoire, une colère. Il n'était pas de mauvaise composition, mais :

— Ça… ça n… ne… pa…. passe… pas, m… ma… m… an, disait-il.

Madeleine renvoyait le plateau à la cuisine et donnait des consignes pour le repas suivant, elle essayait tout, on avait couru à l'autre bout de Paris le jour où elle avait imaginé que les brocolis en purée feraient des miracles.

Un an après « l'accident », c'est toujours elle qui changeait Paul, le soulevait, mais comme elle était de plus en plus fatiguée, le 3 février 1928, elle tomba en le portant à la salle de bains. L'enfant se cogna violemment la tête sur le pied de la baignoire. Madeleine se sentit coupable et Léonce, qui plaidait pour cette solution depuis l'été précédent, obtint enfin gain de cause. Commença alors un interminable défilé d'infirmières.

Celle-ci était trop brutale, cette autre trop distante, ou trop jeune, ou trop vieille, la suivante avait des attitudes suspectes, on ne comptait plus celles qui avaient l'air sale ou revêche, pervers ou idiot, personne ne convenait à Madeleine parce qu'elle ne voulait de personne.

Léonce tenta bien de lui faire comprendre qu'il serait difficile de trouver une infirmière totalement dépourvue de défaut, mais ça ne servit à rien jusqu'à l'arrivée d'une femme jeune, dans la trentaine, au physique agricole, hanches larges, épaules larges, seins volumineux, un teint jovial avec des joues rouges, de petits yeux rentrés dans les orbites, des cheveux si blonds qu'ils en étaient presque blancs et un sourire éclatant, des dents solides qui se découvraient en permanence, elle était très avenante.

Elle se planta devant Madeleine et prononça une phrase incompréhensible parce qu'elle était polonaise et ne parlait pas un mot de français. Elle exhiba de nombreuses références étrangères, qu'elle commenta une à une, en polonais, Léonce commença à rire, Madeleine parvint à conserver son sérieux bien que, comme son amie, elle trouvât la situation totalement absurde. Même si les références de la jeune femme avaient été vérifiables, jamais elle n'aurait accepté de devenir dans le quartier « celle qui a embauché une Polak »... Elle écouta le discours jusqu'à la fin, replia proprement la liasse de certificats et déclara qu'on n'embaucherait pas « une infirmière pol... euh... avec qui il serait impossible de communiquer ».

La jeune femme se méprit sur ce message, sourit

largement, nullement surprise d'avoir passé victorieusement la première épreuve et désigna la porte de la chambre en écarquillant les yeux pour signifier qu'elle avait maintenant hâte de rencontrer l'enfant.

— Moze teraz do niego pójdziemy ?

Madeleine reprit patiemment son explication, mais à peine avait-elle commencé sa phrase que la jeune femme entrait dans la pièce et s'approchait du fauteuil de Paul. Madeleine et Léonce se précipitèrent à sa suite.

L'infirmière était du genre volubile. Personne ne comprenait un mot de ce qu'elle disait, mais on lisait tout sur son visage, comme chez une actrice du cinéma muet. Et la situation ne lui convenait pas. Elle recula le fauteuil, chercha du regard où se trouvait le chiffon le plus proche, entreprit en ronchonnant d'essuyer la tablette sur laquelle Paul avait bavé. Elle tendit la couverture sur ses jambes, saisit son verre et alla le rincer, puis elle déplaça la chaise roulante pour orienter Paul vers la lumière, mais tira légèrement le rideau pour qu'il ne soit pas ébloui, après quoi elle rangea la table de nuit dont il ne se servait pas, tassa les quelques livres qu'il ne lisait jamais et, pendant tout ce temps, continua à parler, parler, entrecoupant son jacassement de rires soudains comme si elle faisait à la fois les questions et les réponses, que les questions l'amusaient et que les réponses étaient impayables. Tout le monde était soufflé. Paul lui-même, à la voir ainsi bourdonner dans la pièce, finit par pencher la tête et plisser les yeux, cherchant à deviner en elle quelque chose de mystérieux, mimique qui s'acheva sur un quart de sourire, et je peux vous dire que jamais, depuis qu'il était rentré à la maison, il n'avait eu une attitude aussi sociable.

Puis d'un coup, tout bascula.

La jeune femme se figea, leva le nez comme un chien de chasse, fixa Paul, fronça les sourcils, prit une grosse voix, on comprenait qu'elle était fâchée. D'un geste, elle saisit l'enfant, le souleva comme un paquet de linge et l'emporta sur le lit, l'allongea et, sans cesser de bougonner, l'index tendu, entreprit de le déshabiller et de le changer.

Pendant la toilette intime, elle continua de commenter l'affaire. On ne savait pas si elle s'adressait à Paul ou se parlait à elle-même, sans doute l'un et l'autre, son ton était bonhomme, autoritaire, réprobateur et amusé, mélange qui arracha un maigre sourire à Paul. Le second en moins d'un quart d'heure. Elle éclata soudain de rire, elle tenait la couche à bout de bras en se pinçant les narines, elle s'avança vers la corbeille de linge en titubant comme si l'odeur allait la terrasser, puis elle entreprit de rhabiller Paul qui pour la première fois essaya de se manifester :

— V… vous ou… ou… bli…

— Ba ba ba ba ! fit-elle sans s'arrêter.

Quand elle eut terminé, chacun fut certain que désormais, Paul ne porterait plus de couche.

Parce que Vladi ne voulait pas.

Władysława Ambroziewicz. Vladi, disait-elle, les deux index dressés.

Il y avait en elle quelque chose de simple et de juvénile, une tonicité et une joie de vivre stupéfiantes.

Léonce remarqua le visage fermé de Madeleine, elle avait croisé les bras, comme décidée à ne pas s'en laisser conter. Léonce l'attira vers elle.

— Ça se passe bien, chuchota-t-elle, vous ne trouvez pas ?

Madeleine était horrifiée.

— Mais, enfin, vous n'y pensez pas ! La famille Péricourt ne va tout de même pas embaucher une étrangère pour s'occuper de Paul ! Une Polonaise de surcroît !

Mais à ce moment-là, l'attention des deux femmes fut attirée par un éclat de voix. L'infirmière était assise devant Paul, elle lui tenait les mains et récitait ce qui devait être une comptine. Elle roulait des yeux comme une ogresse de comédie et achevait chaque strophe par un petit pincement de la joue de l'enfant.

Paul la fixait avec des yeux brillants, un léger sourire aux lèvres.

On installa Vladi le jour même dans une chambre au second étage, où se trouvait aussi celle d'André.

Au moins, se disait Madeleine, elle est catholique.

André était venu au *Soir de Paris* livrer le texte de sa chronique, animé d'un enthousiasme comme il en avait rarement connu. Il s'était levé ce matin-là avec en tête une phrase, « L'aube se lève... », qui traduisait à la fois la densité de ses espoirs et son penchant pour l'hyperbole et la grandiloquence.

Son article, intitulé « Ouf, un scandale ! », faisait mine de se féliciter de la succession des affaires qui ne cessaient de secouer le pays. Autrefois exceptionnelles, elles s'étaient « heureusement imposées aujourd'hui comme la matière première des journalistes, ravissant les lecteurs les plus exigeants par l'extrême diversité de leur éventail. Le rentier peut ainsi se repaître de scandales boursiers, le démocrate de scandales politiques, le moraliste de scandales sanitaires ou moraux, l'homme de lettres d'affaires artistiques ou judiciaires… La République en offre pour tous les goûts. Et tous les jours. Nos parlementaires manifestent dans ce domaine une imagination qu'on ne leur connaît ni en matière de fiscalité ni sur l'immigration. L'électeur attend avec impatience qu'ils mettent cette créativité au profit de l'emploi. Entendez : du chômage, puisqu'en France les deux mots ne sont pas loin de devenir synonymes ».

En l'apportant au rédacteur en chef, il avait l'impression grisante d'entrer dans le journalisme.

La perspective de rencontrer ses confrères lui procurait une fierté mêlée d'angoisse. Il n'excluait pas qu'un peu de jalousie vis-à-vis d'un chroniqueur imposé par le patron du journal vienne perturber les premières relations, mais ce sont des choses qui s'oublient, les fraternités professionnelles sont avant tout fondées sur les rigueurs du métier et l'esprit de corps balaye rapidement les petits enjeux de personne.

— Je suis…, risqua André.

— Je sais qui vous êtes, répondit le patron de la rédaction en se retournant vers lui.

— J'apporte…

— Je sais ce que vous apportez.

Il régnait dans le hall un silence… réprobateur. C'est le mot qui vint à l'esprit d'André.

— Posez ça là.

Le chef désignait une corbeille comme il l'aurait fait de la poubelle. Le temps qu'André cherche la bonne réaction, il était seul. Commença alors une longue période d'angoisse, avait-il déplu d'emblée ? Quelle faute avait-il commise ? Le rédacteur lirait-il seulement son article ? S'il ne lui convenait pas, allait-il l'appeler ou le jeter purement et simplement ? Pire, le corrigerait-il lui-même ?

Sa chronique fut bien publiée, en bas de la page trois, sans coupure, telle qu'il l'avait livrée. Avec ses initiales.

Mais ce qu'il avait interprété comme de la réprobation se révéla rapidement être de la pure hostilité. On ne le saluait pas, les conversations cessaient à son arrivée, il n'était pas rare qu'il reçoive une tasse de café sur son pantalon, il retrouva son melon dans la cuvette des toilettes, c'était très éprouvant.

Commencée en septembre, cette terrible épreuve se poursuivait encore en avril de l'année suivante.

Huit mois d'humiliations et de revers où le blessant le disputait au ridicule.

Une dactylo qui trouvait André à son goût lui souffla :

— Quelqu'un qui travaille sans être payé, ici, ça n'est pas bien vu du tout…

Il n'entra bientôt plus au journal qu'à la dernière minute pour déposer son article dans la corbeille, dont il comprit qu'elle n'avait aucun autre usage, comme un endroit réservé à un pestiféré, destiné à recevoir quelque chose que personne ne voulait seulement toucher. S'il avait eu un peu d'argent, il aurait payé un coursier pour y aller à sa place.

Il s'en ouvrit à Jules Guilloteaux.

— Ça passera, ne vous inquiétez pas ! déclara le vieux, qui se réjouissait toujours des dissensions à l'intérieur du personnel.

Ça passerait avec un salaire, avait envie de répondre André, mais il n'osa pas.

Le rejet dont il faisait l'objet à l'intérieur du journal

était inversement proportionnel à l'estime que ses chroniques lui valaient à l'extérieur. Les serveurs du *Bouillon Racine* ne manquaient jamais de le féliciter, comme ils le firent par exemple, en début d'année, lors de la parution de son article remarqué sur Charlie Chaplin.

Charlot le juif

Le dira-t-on suffisamment, Charlie Chaplin est sans doute le plus grand artiste du cinéma mondial. *Le Cirque*, son dernier film, le prouve sans conteste : il y a là, en soixante-dix minutes, plus de drôlerie, d'humanité et de fantaisie que dans tout le cinéma américain de l'année.

De profondeur, aussi. Car Charlot est particulièrement bien vu en tant que type même du personnage israélite.

Chassé de partout du fait de ses incessantes maladresses, pathétique, roublard, celui qui n'hésite pas à profiter honteusement de la tartine d'un enfant est un paresseux congénital, prompt à la manigance, perpétuellement à l'affût d'une spéculation qui lui permet d'économiser son effort et de tirer parti des autres et de la situation présente. Autosatisfait lorsqu'il réussit, Charlot se vautre alors dans le confort avec béatitude. Jusqu'à ce qu'un nouveau coup de pied au c… le remette à sa place.

Dont, en riant aux éclats, on convient que celui-là, au moins, il ne l'a pas volé.

Quelques semaines après son entrée en fonction, Vladi apporta à Paul un livre intitulé *Król Maciuś pierwszy*, dont elle commença la lecture à haute voix.

C'était une lectrice « vivante ». Elle interprétait les personnages et accompagnait chaque scène de mimiques et de bruitages censés décupler les effets narratifs d'une histoire dont Paul ne pouvait évidemment rien saisir vu qu'elle était écrite en polonais.

Léonce, qui dut entrer dans la pièce à ce moment-là, assista à quelques minutes de cette prestation pleine de tonicité. Lorsque Vladi, sentant sur elle le regard perplexe de Léonce, suspendit sa lecture, Paul agita la main, continue, continue, nul doute, ça lui plaisait.

Vladi dut bien le lui lire une douzaine de fois, il ne s'en lassait jamais.

Autre initiative, de Madeleine cette fois : un gramophone, un portatif Victor, modèle DeLuxe à huit cent soixante-quinze francs, à quoi elle ajouta une quinzaine de disques, des chansons, de la musique de jazz, des airs d'opéra. Paul accueillit l'appareil avec un sourire reconnaissant, « M… m… mer… ci, ma… m… man ». Il n'était pas contrariant, mais n'ouvrit même pas le couvercle. Léonce passait, posait sur le plateau un 78 tours de Maurice Chevalier et fredonnait *Valentine* avec entrain. Madeleine, à son tour, lorsqu'elle venait lui tenir compagnie, faisait résonner les accords de l'orchestre de Duke Ellington, Paul souriait avec gentillesse. Puis le gramophone s'éteignait, Paul retombait dans sa léthargie, les pochettes prenaient la poussière.

Vladi aimait la musique, elle chantait volontiers pendant son service, passablement faux d'ailleurs, ni jazz, ni variété, son goût allait vers l'opéra. Aussi, lorsque, en faisant le ménage, elle découvrit, parmi les disques offerts à Paul, un enregistrement de quelques airs dont la *Norma* de Bellini, se mit-elle à sauter comme un cabri.

Paul, que le manège de Vladi amusait souvent, consentit avec lassitude à sa demande de passer *Casta diva*... Vladi cette fois n'accompagna pas la musique en chantant elle-même, elle ralentit son ménage pendant la longue introduction comme si elle s'attendait, à chaque seconde, que survienne quelque chose de surprenant et de terrible, puis la voix de Solange Gallinato emplit la pièce, Vladi serra son plumeau contre son cœur. Elle ferma les yeux lorsque s'égrenèrent les trilles délicats de *Queste sacre* que l'artiste entamait de manière presque confidentielle et achevait sur une note claire, mais intime, comme un secret dont elle aurait été soulagée de se délivrer. Il semblait que la respiration de la chanteuse, prise à la première mesure, n'avait cessé de se dérouler jusqu'au demi-ton fatidique, ce *la* dièse d'*antiche piante* qui arrivait telle une confession. Vladi avait repris son travail, mais lentement, marquant un moment d'arrêt pour souligner la lente descente chromatique d'*A noi volgi il bel sembiante* que la Gallinato, fidèle à sa manière, osait achever sur une infinitésimale cassure qui vous retournait l'âme. Les vocalises, si souvent entendues, si vulgaires dans des interprétations ordinaires, prenaient ici une fraîcheur rendue aérienne par l'invraisemblable facilité avec laquelle elles étaient filées.

Vladi, saisie par l'émotion, s'était arrêtée dans un angle de la pièce. Ah, la puissance exceptionnelle de cet *ut* suraigu, ravageur, poignant... c'était à vous déchirer.

Elle se tourna vers la fenêtre et sourit malgré elle. Paul s'était endormi, la tête posée sur le côté. Elle s'approcha avec mille précautions pour éteindre l'appareil.

Paul tendit alors le bras d'un geste rapide, autoritaire, définitif. Il écoutait.

Son visage aux yeux clos était baigné de larmes.

12

La tradition voulait que l'on change de restaurant chaque année. Après *Drouant*, *Maxims*, *Le Grand Véfour*, c'est à La *Coupole* que se retrouvaient cette année les camarades disponibles de la promotion 1899 de l'École centrale baptisée « promotion Gustave Eiffel », une quinzaine en moyenne.

Le plan de table traduisait assez finement l'état du petit groupe. Tel s'était éloigné de son voisin de l'année précédente parce qu'il avait entre-temps couché avec sa femme, tel autre avait acquis du galon grâce à quelques transactions réussies et s'était approché de l'extrémité noble de la table.

Gustave se trouva assis entre Sacchetti, qui travaillait au Commerce extérieur, et Lobgeois, qui sévissait à la Compagnie des mines de Dourges. Ce dernier, qui n'était que sous-directeur adjoint des forages, bénéficiait toujours d'un semblant d'autorité parce qu'il avait été major de la promotion, coiffant Gustave Joubert au poteau. C'était étrange, ni les années ni l'échec professionnel n'étaient venus à bout de la réputation que ce rang éclatant lui avait autrefois value (ni de la rancune que Joubert en avait conçue).

La conversation suivait un parcours immuable. La politique d'abord, puis l'économie, l'industrie, on terminait toujours par les femmes. Le facteur commun à tous ces sujets était évidemment l'argent. La politique disait s'il serait possible d'en gagner, l'économie, combien on pourrait en gagner, l'industrie, de quelle manière on pourrait le faire, et les femmes, de quelle façon on pourrait le dépenser. Cette assemblée tenait à la fois du repas d'anciens combattants et du concours de paons, tout le monde venait y faire la roue.

— Alors, ce deuxième tour des élections ? lança Sacchetti. L'affaire est dans le sac, mes amis ?

On ne savait pas de quel sac il s'agissait, la question pouvait donner raison à chacun.

— La peste rouge ne gagnera pas le pays. Grâce à Dieu, dit Joubert, nous allons peut-être bouter les moscoutaires hors de France…

— Et payer nos dettes…, approuva Sacchetti.

Rien ne pouvait être plus consensuel que cette question de la dette. Quelle que soit leur position sur le franc, tous partageaient une certitude, l'État, pléthorique en fonctionnaires, était inefficace, dispendieux, il bridait l'initiative privée, écrasait, par des impôts sans cesse plus massifs, les entreprises et les personnes fortunées qui pourtant enrichissaient un pays lourdement endetté par l'effort de guerre. Ils étaient persuadés que l'État français était devenu une déclinaison locale du système bolchevique. Il fallait davantage de liberté, moins d'administration, rembourser la dette… Ce beau consensus entretint sans difficultés la discussion pendant le ris de veau au sauternes.

Gustave profita d'un creux dans la conversation pour saisir discrètement le poignet de Sacchetti.

— Dis-moi, mon vieux, je voulais ton avis sur le pétrole roumain…

Au ministère de l'Industrie, Sacchetti était chargé des énergies, vapeur, hydrauliques, charbon, etc.

— Tu ferais mieux de t'intéresser à la Mésopotamie, répondit-il. Au gisement de Kirkouk, par exemple. Province d'Irak. Autrement prometteur, je t'assure.

Gustave fut surpris. À la Bourse, le pétrole roumain faisait des merveilles depuis des mois, les actions ne cessaient de monter, Gustave avait même l'impression qu'il arrivait trop tard.

— Je ne peux pas te dire d'où cela vient, reprit Sacchetti, tu le comprendras (Joubert approuva d'un mouvement de cils), mais je t'assure, ce pétrole roumain ne sent pas bon du tout. Très mauvaise affaire.

— Mais tout de même, leur nouvel emprunt… !

— Il servira à éponger les pertes. Comme tout le monde s'y laisse prendre, les actions vont grimper. Mais la débâcle fera des victimes. Crois-moi, mon vieux, l'avenir est toujours bien au pétrole. Mais pas en Roumanie. Au Moyen-Orient. En Irak.

Joubert était circonspect.

— Mais comment peux-tu en être sûr, l'expertise n'est même pas achevée !

— Eh bien, prie le ciel pour qu'elle ne s'achève pas trop tôt et qu'elle te laisse le temps de t'y intéresser. Parce qu'à l'annonce des résultats, les petits malins seront passés devant toi, tu ne trouveras plus une goutte de pétrole pour étancher ta soif.

Le dessert s'annonçait.

— Évidemment, je ne t'ai parlé de rien.

On frisait le délit d'initié, mais Sacchetti ne prenait cette précaution que pour la forme. La République tout entière était tissée de ce genre d'arrangements, le trafic d'influence ne s'était jamais mieux porté.

Soupir de soulagement, on allait enfin parler des femmes. Gustave afficha un sourire entendu qu'on attribua à sa pudibonderie supposée. Il n'avait pas grand-chose à dire sur le sujet, mais le pétrole le laissait rêveur.

Paul fit remettre une douzaine de fois le disque sur lequel Solange Gallinato avait gravé quelques airs parmi les plus célèbres de son répertoire : *Una voce poco fa*, *Oh ! Quante volte, oh, quante !*, etc.

Léonce fut aussitôt chargée de courir les magasins de disques. Le vendeur de chez Melodia, perplexe, demanda l'âge de l'amateur, huit ans, d'accord, qu'aime-t-il, on ne sait pas encore, il n'écoute qu'un disque, en boucle, de l'opéra, je vois, mais quel genre d'opéra aime-t-il, Léonce ne savait pas.

— De l'opéra-comique ? proposa le vendeur.

Léonce fut aussitôt d'accord. Comique, c'est tout à fait ce qu'il fallait à Paul.

— Des choses très gaies !

Melodia avait encore plus marrant que l'opéra-comique : les opérettes !

Léonce choisit donc, en fonction de leurs titres, les plus avenantes d'entre elles et revint avec une flopée de disques allant de *La Veuve joyeuse* au *Pays du sourire*, en passant par la *Gaîté parisienne*, tout ça s'annonçait terriblement amusant, elle était très fière d'elle.

Paul, impatient, accueillit ces cadeaux avec enthousiasme, il avait hâte d'écouter. Madeleine glissa sur sa tablette une assiette de féculents. Et tandis que Léonce et Madeleine battaient discrètement la cadence et que Vladi tapait du pied sur un rythme plus personnel, Paul procéda, en mangeant, à l'écoute de ces acquisitions.

Il resta muet aux accents de « Voici les valseurs, voici la ritournelle », on le vit ensuite se concentrer longuement sur ses ongles à l'écoute de « Muguet, plaisir d'un jour, plaisir d'amour, plaisir qui leurre… », il soupira plus franchement encore avec « D'abord, monsieur vous m'enlaçâtes », mais aux premières notes de « Ah… En avant vite, vite, ma mule va grand train », c'en fut trop, m… ma… ma… man…, on arrêta le disque, on fit cercle autour du fauteuil, on se pencha, on voulait comprendre. Un bon quart d'heure fut nécessaire. Paul demandait qu'on l'emmène lui-même choisir quelques morceaux.

— Ceux-là ne te plaisent pas, mon chéri… ?

Madeleine était désespérée. Paul était un enfant terriblement civilisé, pas du genre à dire franchement quelque chose de désagréable. Il jura ses grands dieux qu'il était très content, c… c'est… t… t… très b… bien, mais tout le monde avait compris que ça n'allait pas du tout. Pour calmer sa mère, il croqua dans sa pomme. Madeleine fut d'accord.

C'est ainsi qu'un beau jour d'avril 1928, Paul entra chez Paris-Phono. Quand je dis « entrer », c'est aller un peu vite en besogne, le fauteuil ne passait pas la porte, il fallut l'abandonner dehors. Vladi attrapa le bonhomme sous un bras comme elle le faisait tout le temps et le planta sur le dessus du comptoir, comme un serre-livres, en expliquant tout un tas de choses qui laissèrent le personnel sans réaction vu qu'ici personne ne parlait le polonais.

Le vendeur passa l'après-midi à faire écouter à Paul ce qu'il estimait le meilleur. Vladi en profita pour aller se bourrer de choux à la crème en compagnie du chauffeur, qui insistait depuis longtemps pour monter lui rendre, dans sa chambrette, une petite visite amicale.

Amelita Galli-Curci, Ninon Vallin, Maria Jeritza, Mireille Berton... *Madame Butterfly*, *Carmen*, *La Sonnambula*, *Roméo et Juliette*, *Faust*... Paul fit son choix, mais il se révéla assez exigeant. À l'écoute de l'une, il reculait brusquement la tête, le vendeur approuvait douloureusement, il y avait là un vibrato un peu aventureux ; pour une autre, il plissait les yeux et montait les épaules comme s'il craignait une subite chute d'objets, le vendeur convenait qu'il y avait en effet, dans les hauteurs, un quart de ton assez flottant. Paul acheta quatre coffrets. Il n'avait pas encore été question de Solange Gallinato, dont Paul parvint à articuler le nom à grands frais. Le vendeur ferma les yeux, transporté. On ajouta bientôt plusieurs disques, à peu près toute la discographie de la cantatrice italienne.

Au moment de partir, le jeune vendeur disparut sous son comptoir. Lorsqu'il réapparut, il fredonna les deux premières mesures de « Rachel, quand du Seigneur... » et tendit à Paul une carte postale de Solange Gallinato dans le rôle de La Juive.

Paul emporta aussi les catalogues complets de La Voix de son maître, Odéon, Columbia et Pathé.

Ce soir-là, il dîna de bon appétit.

Lorsque le chauffeur grimpa discrètement l'escalier pour faire (enfin !) sa visite de courtoisie à Vladi, il était près d'une heure du matin, il ne craignait pas d'être entendu, la maison tout entière était saturée de la voix de la Gallinato.

Ella verrà per amor del suo Mario !

13

En juillet, Paul demanda un autre gramophone. Nul doute, il allait mieux.

Ses journées étaient occupées. Il changeait lui-même les aiguilles du phono, rangeait ses disques, prenait des notes, mettait des fiches à jour, cochait les titres dans les catalogues d'éditeurs. Il se faisait transporter jusqu'à la bibliothèque où, tandis que Vladi traficotait dans la réserve avec les sous-bibliothécaires, il passait des après-midi à recopier des articles d'encyclopédie et à chercher les innombrables coupures de presse concernant les principaux concerts en Europe, les carrières des chanteuses et des chanteurs, les premières de nouveaux opéras un peu partout dans le monde. Il avait un cahier exclusivement consacré à Solange Gallinato que, dès la première écoute, il avait jugée indépassable.

Avec l'aide de sa mère pour l'orthographe, en mai, il écrivit à la diva :

Chère Solange Gallinato,

Je m'appelle Paul, j'habite Paris et je suis votre admirateur. Ce que je préfère, c'est Fidelio, *la* Tosca *et* Lucie de Lammermoor, *mais j'aime aussi beaucoup*

L'Enlèvement au sérail. *J'ai huit ans. Je vis dans une chaise roulante. Je connais presque tous vos disques; il m'en manque parce que certains sont difficiles à trouver comme* Le Barbier de Séville *de 1921 à la Scala, mais je vais y arriver. Ce qui me ferait plaisir, c'est une photo de vous dédicacée.*

Paul

Je vous admire beaucoup.

On crut la lettre perdue, mais en juillet, divine surprise, arriva une photo de la diva en costume de Médée avec la dédicace: «Pour Paul, affectueusement, Solange Gallinato». Et un mot assez court, écrit à la main, qui s'achevait par «Ta laitre m'a touché.»

Il fallut encadrer la photographie et la placer au-dessus du gramophone.

Vous imaginez le soulagement de Madeleine. Paul commençait à se reconstituer, il restait souvent immergé dans ses pensées, mais c'était à l'écoute de Mozart ou de Scarlatti, il se nourrissait de nouveau, reprenait des couleurs et, de la bibliothèque aux magasins de disques, il occupait bien ses journées. Madeleine ne désespérait pas d'entamer à nouveau une conversation sérieuse avec lui et de percer le mystère qui la crucifiait toujours.

— Vous devriez le laisser tranquille, disait Léonce, vous savez ce que dit le professeur Fournier…

Il disait qu'il fallait «lui foutre la paix, à cet enfant!».

Madeleine rongeait son frein et envoyait acheter des pâtisseries arabes à la pâte d'amandes.

André s'était inquiété de la situation. Il était évidemment heureux pour Paul, mais maintenant que l'enfant allait mieux, devait-il reprendre du service ? Le souvenir de la dernière expérience le terrorisait.

Pour le moment, Madeleine n'en parlait pas. André passait ses journées à peaufiner ses articles gratuits pour le *Soir de Paris*. Le sport féminin, la lecture publique, la mode masculine, la Sainte-Catherine... Il avait abordé dans ses chroniques un large éventail de sujets en espérant que Jules Guilloteaux lui propose enfin un véritable poste, c'est-à-dire le même assorti d'un salaire.

Le directeur du *Soir* n'en parlait jamais, mais manquait rarement de le féliciter : « Très bien, votre billet d'hier... ! On fera quelque chose de vous si les petits cochons ne vous mangent pas ! » Il était satisfait de ses services. Pas au point de les payer, mais satisfait.

André, avant d'aller réclamer une rémunération, s'était d'abord donné jusqu'à la fin de l'année, mais les étrennes étaient passées, janvier était arrivé (« Impayable, votre article sur la fête des Rois ! » avait lancé Guilloteaux), bientôt ce fut avril (« Excellent, votre billet sur les Arts ménagers, bien tapé, ha ha ha ! »), André voyait l'été approcher, encore quelques semaines et il aurait fait un tour de cadran. Un an de chroniques bihebdomadaires sans un geste de la direction.

Les choses n'allaient pas mieux au journal lui-même, où il devait supporter l'hostilité et la malveillance de ses confrères.

Puis un jour, nous étions fin juillet, un délégué syndical un peu plus remonté que les autres l'attrapa par le cou, l'entraîna au sous-sol et le bombarda d'une série d'uppercuts qui l'agenouillèrent, respiration coupée, vomissements, il eut l'impression que sa poitrine allait éclater, il regagna la sortie à quatre pattes sous l'œil des manœuvres qui se poussaient du coude, le plus jeune cracha par terre, ça tomba sur le revers de sa veste.

Ce fut la goutte d'eau.

En rentrant à la maison Péricourt, il était agité d'une colère qu'il chercha à qualifier. Exploité. Voilà ce qu'il ressentait. C'était un mot de communiste, Dieu sait qu'il ne voulait rien avoir à faire avec ces gens-là, mais ce qui lui avait semblé, l'année précédente, une promesse de carrière journalistique lui apparaissait en ce printemps un entôlage en règle.

André tournait dans sa chambre en donnant des coups de pied dans les murs. Il s'était mis à faire très chaud, la lucarne n'apportait quasiment pas d'air, il transpirait des nuits entières, trouvait la pièce plus petite que d'habitude, les meubles vieux, son linge usé, la Polonaise, à l'autre bout du couloir, avait beau être complaisante quand il lui rendait visite deux fois par semaine, elle chantait faux du dîner au coucher, bon Dieu, ça ne pouvait plus continuer comme cela, il rédigea sa démission. En avait-on besoin d'ailleurs, lorsqu'on n'avait pas de salaire ?

Il prit son manteau, se rendit au journal à grands pas furieux et piqua droit sur le bureau de Guilloteaux.

— Vous tombez bien, vous ! Dites-moi, une rubrique quotidienne… Seriez-vous tenté ?

André fut sidéré.

— Ce ne serait qu'une colonne… Mais dans un bel encadré. En première page !

— Quel genre de rubrique ?

Guilloteaux se montra soucieux.

— Voyez-vous, Marcy fait l'économie, Garbin fait la politique, Frandidier fait n'importe quoi. Mais personne ne s'occupe... des gens de la rue, vous comprenez ? Ceux qui achètent le *Soir* ont envie qu'on leur parle d'eux. Pourquoi croyez-vous que les faits divers les passionnent à ce point ? Parce que ce sont des choses qui peuvent arriver à chacun d'eux.

André esquissa un geste vague.

— Des faits divers, il y en a...

— Évidemment ! Ça n'est pas ça que j'ai en tête. Mais une rubrique qui dirait tout haut ce que les gens pensent tout bas.

— Un billet d'humeur, en quelque sorte ?

— Si vous voulez, mais alors de mauvaise humeur, parce que les gens préfèrent se plaindre, c'est connu ! Il faut que ça ait de la tenue, c'est pour cela que j'ai pensé à vous...

— De la tenue...

— Absolument ! Une chose que les lecteurs adorent, c'est d'imaginer que des gens plus intelligents pensent les mêmes choses qu'eux, ça les flatte. Mais aussi, pour être lu, il faut de la simplicité. C'est affaire de dosage.

André, abasourdi, cherchait le piège derrière la proposition.

— Ce serait payé ? demanda-t-il.

— Bah... pas très cher. La situation...

André la connaissait assez bien, et il avait appris qu'il ne fallait pas confondre celle du journal avec celle de son propriétaire. Il croirait à la crise le jour où Guilloteaux serait contraint de licencier son personnel de maison indochinois.

— Ce serait payé ?

André était fier de son audace. Guilloteaux s'emporta

immédiatement, comme si on avait tenté de lui arracher une dent, puis cria enfin :

— Oui, là, ça sera payé !

— Combien ? répéta André, décidément très en forme.

— Trente francs la colonne.

— Quarante.

— Trente-deux.

— Trente-sept.

— Bien, allez, trente-trois. Mais attention, hein, je veux une rubrique… bien tapée !

Il se retourna dans un mouvement d'épaule et de reins qui manifestait l'ampleur de son mécontentement, signe indubitable chez lui qu'il était satisfait de son affaire.

— Oh, et puis, ajouta-t-il, trouvez un nom, hein !

— Comment, mais… j'ai le mien !

— Ça, on s'en fout. De toute manière, vous devez vous faire un nom, alors, que ce soit le vôtre ou pas…

Guilloteaux s'était approché et lui parlait sur un ton de confidence :

— Un pseudonyme. Tout le monde pensera que, pour ne pas vouloir signer, c'est une sommité qui s'exprime ! Et ne l'oubliez pas, les lecteurs aiment les horoscopes, alors choisissez un nom qui leur évoque la sagesse supérieure.

C'est ainsi que début août parut, en première page du *Soir de Paris*, la première chronique signée « Kairos » :

Un homme digne de ce nom

Il y a quatorze ans, le pays était invité à se mobiliser. Le peuple français tout entier se levait, engageant toutes ses forces dans une guerre sans précédent, et s'apprêtait à vivre une période intensément peuplée de tragédies intimes. Quarante mois plus tard, au terme de sacrifices sans nom, l'exaltation céda au désarroi et sonna l'heure fatidique du doute et de l'inquiétude. C'est à un homme de soixante-seize ans que la Nation remit alors son destin. Un homme qui s'était toujours trompé et n'avait jamais été d'accord qu'avec lui-même, toujours ombrageux, souvent féroce, aux comportements tyranniques et aux penchants dictatoriaux. Il arrive que des hommes aux idées courtes deviennent grands lorsque les circonstances s'y prêtent. M. Clemenceau n'avait qu'un programme à l'esprit et un seul mot dans la tête : « Politique intérieure, je fais la guerre ; politique extérieure, je fais la guerre (...). La Russie nous trahit, je continue de faire la guerre et je continuerai jusqu'au dernier quart d'heure. »

C'était simple et c'était exactement ce que les valeureux Français avaient besoin d'entendre.

Dans quelques jours, M. Clemenceau fêtera son quatre-vingt-huitième anniversaire. Une photographie, prise il y a peu à Saint-Vincent-sur-Jard, en Vendée, montre un homme encore vert marchant d'un pas qu'on devine ferme.

Lorsque notre regard s'élève vers les sommités qui nous gouvernent, elles nous semblent falotes, exsangues, labiles et inconséquentes. Et l'on est tenté, comme Diogène de Sinope, d'empoigner notre lanterne et de demander : « N'y a-t-il donc plus personne, en France, de la taille de Clemenceau ? »

Depuis l'affreux malentendu qui les avait opposés, Madeleine n'était jamais parvenue à redevenir tout à fait naturelle avec Gustave. Elle avait choisi de ne rien changer à leur rituel, manière de souligner que cet incident n'avait eu aucune conséquence sur leur relation, mais, un an plus tard, elle se sentait encore gênée lorsqu'elle se haussait sur la pointe des pieds pour déposer un court baiser sur sa joue en disant bonjour, Gustave.

Cet homme était un sphinx, Madeleine ne savait absolument rien de ses pensées. Il lui rendait des comptes, buvait son café à petites gorgées en la fixant de ses yeux effroyablement bleus… Tandis qu'à l'autre bout de la pièce Paul s'immergeait dans son *Histoire de l'opéra italien*, il entretenait Madeleine des affaires courantes :

— M. Raoul-Simon s'est placé dans une situation un peu difficile. Je propose de lui rendre service. Ça n'est jamais mauvais d'avoir une créance chez un membre du Conseil…

Madeleine souriait à son tour, jouant une connivence dont elle ne distinguait pas la réelle portée. Elle signait ce qu'il lui présentait. Parfois, Joubert imposait des explications, il ne voulait pas que, plus tard, on lui reproche un manquement à son obligation d'informer. Alors il se lançait :

— Je ne veux pas vous assommer avec les détails, Madeleine, mais il est grand temps de restructurer vos avoirs.

Madeleine, d'un geste, je comprends, bien sûr.

— Les actions d'État ne rapportent plus rien et ça ne s'arrangera pas dans l'avenir. « Restructurer », cela veut dire abandonner des titres pauvres pour des produits plus rémunérateurs…

— Très bien, oui, c'est une bonne idée.

— C'est une décision sage, croyez-moi. Mais que vous devez prendre en toute connaissance de cause.

Elle comprenait.

— Essentielle pour l'avenir, entendez-moi bien. C'est, à mon sens, ce que vous devez faire, mais je dois avoir l'assurance que vous savez ce que cela signifie.

Elle comprenait, elle signait.

Elle avait demandé distraitement :

« À propos, qu'y avait-il dans le coffre de papa ?

— Rien de compromettant, rassurez-vous. Des titres anciens, des choses comme ça… », avait répondu Joubert, et elle était passée à autre chose, elle n'avait même pas réclamé la clé.

Et parfois, allez savoir pourquoi, avec le flair infaillible des chefs incompétents, elle était attirée par un chiffre et tombait sur le bon.

En réalité, ça n'était arrivé qu'une seule fois, courant août, mais cela fit à Madeleine une très grosse impression parce que, justement, ça ne s'était jamais produit.

— Qu'est-ce que c'est ? demanda Madeleine juste avant de signer un ordre au nom de Ferret-Delage.

Joubert la fixa.

— Une perte. Dans le domaine bancaire, c'est courant. Si on gagnait à tous les coups, ça se saurait.

Joubert avait répondu trop vite, trop sèchement, son impulsivité était un aveu. Madeleine posa son stylo et adopta, instinctivement, le type de comportement que son père aurait eu en pareille occasion. Elle ne prononça pas un mot, attendit que la réponse monte jusqu'à elle.

La banque Péricourt avait fait un mauvais choix boursier. Près de trois cent mille francs de perte sèche.

Madeleine se rendit compte qu'elle avait prêté à Gustave Joubert une compétence proche de l'omniscience et qu'elle avait eu tort. Sachant que son silence serait bien plus inquiétant qu'un reproche, que le mystère de ses pensées consolidait son pouvoir, elle signa sobrement et passa au document suivant.

Il était l'heure de partir, mais Gustave restait assis, sirotait son café, le visage préoccupé. Ou sévère, Madeleine ne savait pas. Comme s'il avait quelque chose à lui reprocher, qu'il s'apprêtait à la réprimander.

— Me permettrez-vous, chère Madeleine, de demander à Mlle Picard et à M. Brochet de nous rejoindre un instant ?

Madeleine fut surprise, oui, bien sûr, mais pourquoi… Joubert leva la main, attendez.

M. Brochet fut le premier à entrer et à saluer Madeleine d'une courbette déférente. Léonce arriva à son tour, virevoltante et fraîche, vous avez besoin de moi ?

— Mademoiselle Picard, voici M. Brochet, il est comptable et…

Joubert s'arrêta, saisi par le visage de son collaborateur, ordinairement rougeaud, qui était cette fois cramoisi, enflammé, on l'aurait dit prêt à exploser. Il fixait Léonce comme un lapin sous les phares. C'est vrai qu'elle était jolie. Elle portait un ensemble en jersey avec un col en V et une grosse fleur au revers, un chapeau cloche… Elle avait croisé les mains sur ses genoux, s'était tournée vers M. Brochet en penchant la tête, avait entrouvert les lèvres sur une question muette, il n'en avait pas fallu davantage pour porter le comptable à incandescence.

Joubert se racla la gorge.

— … et j'ai chargé M. Brochet, ici présent, de vérifier les dépenses de la maison Péricourt.

Léonce devint pâle, elle cligna des yeux rapidement sous le coup de l'émotion. Madeleine sursauta.

— Mais, Gustave, j'ai toute confiance en Léonce et…

— Justement, chère Madeleine, je doute que cette confiance soit bien placée.

M. Brochet aurait dû entamer l'énumération de ses griefs comptables, mais son dossier tomba à terre, factures et bons de caisse éparpillés au sol. Tandis qu'à quatre pattes entre les pieds de la jeune femme il rassemblait ses papiers, Léonce regardait Madeleine, Joubert regardait Léonce, il régnait un silence pesant et confus.

— Voilà, dit enfin M. Brochet. Les comptes, c'est ça, il y a des avances, et les factures…

— Allez à l'essentiel, Brochet, on ne va pas y passer la journée !

Le comptable entama sa lecture d'une voix sourde, malheureuse, presque inaudible.

Léonce demandait régulièrement à Joubert, sur l'ordre de Madeleine, des provisions pour effectuer les dépenses et fournissait, en échange, les factures correspondantes que Joubert attrapait d'une main négligente et fourrait dans sa poche. Le compte était toujours juste, au centime près. Rien à redire. Sauf que certaines d'entre elles ne concernaient aucun achat effectif ou que le commerçant avait établi un justificatif nettement plus élevé que le prix réel. Les comptes remis à Joubert remontaient à février de l'année précédente, dix-huit mois de supercheries accumulées.

M. Brochet dodelinait de la tête avec une moue de regret, ah, quel dommage, si mademoiselle lui avait confié à lui le soin de maquiller les comptes, ils auraient été autrement convaincants.

— Gustave, tenta Madeleine, c'est très gênant... Je vous en prie...

Joubert se montra inébranlable.

— Des profits sur les rideaux, tapis, papiers peints, peintures, mobilier, luminaires, parquet, monte-charge, sur le fauteuil de M. Paul... C'est que, au bout d'un moment, cela chiffre, mademoiselle Picard !

Léonce fit soudain volte-face.

— Savez-vous combien je suis payée ? demanda-t-elle.

Disant cela, elle regarda Madeleine qui comprit avec stupéfaction qu'elle ne s'était jamais préoccupée de cette question. C'était elle la fautive, mais elle n'eut pas le temps d'intervenir.

— C'est toujours le cas des voleurs, disait Joubert. S'ils volent, c'est qu'ils estiment ne pas avoir suffisamment.

Le mot de « voleur », bien qu'il fût prononcé par un banquier, sonna comme terrible, entraînant un chapelet de conséquences dégradantes : plainte, enquête, tribunal, juge, déshonneur, prison...

Que Léonce ait gagné de l'argent sur le prix du fauteuil de Paul, sur l'aménagement de sa chambre de handicapé, aurait dû choquer Madeleine, mais elle se sentait elle-même trop coupable pour cela.

Léonce avait été plus qu'une compagne, elle avait été l'amie présente à ses côtés à son divorce, lors de l'accident de Paul, la confidente, celle qui avait assuré la tenue de la maison quand elle-même en était incapable. Pendant des mois elle avait œuvré sans que jamais personne ne se préoccupe de son statut, de son salaire. Ce qui arrivait là était le résultat de son égoïsme de riche.

— Cela s'appelle de l'abus de confiance, mademoiselle Picard, c'est puni par la loi, poursuivait Joubert. Quel est le montant total, monsieur Brochet ?

— Seize mille quatre cent quarante-cinq francs, monsieur. Et soixante-seize centimes.

Léonce se mit à pleurer tout doucement. Le comptable faillit sortir son mouchoir, mais il n'était pas propre.

— Merci, monsieur Brochet, dit Joubert.

Il aurait été lui-même l'accusé, le comptable n'aurait pas eu un pas plus lourd, qu'une jeune femme comme celle-ci soit une voleuse si maladroite, quel gâchis.

Joubert laissa filer la longue minute qu'il accordait toujours à un débiteur en difficulté avant de lui porter le coup de grâce, c'était sa manière à lui de rester humain dans les affaires d'argent :

— Que choisirez-vous, mademoiselle Picard, le remboursement ou le tribunal ?

— Ah non, Gustave, c'en est trop, cette fois !

Madeleine était debout, cherchait ses mots. Joubert ne lui en laissa pas le temps.

— Mlle Picard n'a pas détourné des fonds accidentellement, Madeleine ! Mais quasiment chaque jour, pendant des mois !

— Avant tout, c'est ma faute. Je lui ai demandé sans cesse plus de travail, j'aurais dû m'apercevoir de…

— Cela ne justifie rien.

Léonce continuait de pleurer silencieusement.

— Si ! Non ! Enfin… Ce qu'il faut faire, c'est augmenter le salaire de Léonce. Substantiellement. Il faut doubler son salaire.

Léonce cessa de pleurer et laissa échapper un « Oh » de surprise. Joubert accueillit la nouvelle avec un haussement de sourcil qui exprimait à quel point il condamnait ce genre de décision impulsive, imprudente et dissipatrice.

Il se tourna vers Léonce.

— Nous doublerons donc vos émoluments à partir du mois prochain. Dans la pratique, évidemment, ils resteront les mêmes. La différence servira à éponger votre dette. Et nous retiendrons quinze pour cent sur votre salaire, ainsi votre dette sera plus vite résorbée. Pour les intérêts générés par les sommes détournées, M. Brochet fera le calcul et nous l'ajouterons à ce que vous devez.

Là, Madeleine ne trouva pas l'argument. D'ailleurs, Joubert n'en attendait pas, il était déjà debout, fermait sa serviette, affaire réglée.

Madeleine, après avoir raccompagné Gustave, revint dans la pièce, elle ne savait pas quoi faire de ses mains, elle s'assit en face de Léonce qui pleurait.

— Je vous demande pardon, dit enfin Léonce.

Elle leva son regard soyeux noyé de larmes. Madeleine lui tendit les mains, Léonce se jeta à ses pieds comme une héroïne de mélodrame et pressa sa tête contre ses genoux, Madeleine lui caressait les cheveux en disant, ce n'est rien, Léonce, je ne vous en veux pas, elle sentait sous ses paumes les soubresauts provoqués par les sanglots de la jeune femme, son parfum léger montait jusqu'à elle, elle avait simplement envie de lui dire combien elle l'aimait, Léonce, répétait-elle, je vous assure, tout cela est terminé, n'y pensons plus, relevez-vous.

Léonce la fixa longuement, entrouvrit les lèvres. Madeleine en eut le souffle coupé, Léonce se tendait vers elle.

Madeleine se sentit tomber comme dans un puits, elle en avait la gorge sèche.

Léonce prit ses mains, les conduisit autour de son cou, dans une position où elle aurait pu l'étrangler, mon Dieu… Madeleine recula d'un pas. Léonce tenait la tête baissée, son attitude évoquait à la fois la contrition, la pénitence, le renoncement. Et l'offrande passive.

Madeleine tendit les bras devant elle pour éloigner ces démonstrations embarrassantes, mais Léonce lui saisit précipitamment la main et la pressa violemment contre ses lèvres en fermant les yeux. Puis elle s'approcha, serra Madeleine contre elle, son parfum…

Léonce sortie, Madeleine resta un long moment pétrifiée, frottant ses mains l'une contre l'autre, mon Dieu…

Elle retourna pour la première fois à Saint-François-de-Sales. Le prêtre ne s'était pas montré très à l'aise quant aux desseins du Seigneur, mais sur les questions de culpabilité, de mauvaise conscience, de faute et de plaisirs suspects, il était comme un poisson dans l'eau.

14

Sur son ardoise : « Il faudrait déplacer le rendez-vous de septembre avec le professeur Fournier, s'il te plaît. »

La réponse de Madeleine fusa :

— Pas question, Paul !

« Mais, le 12 septembre, je ne suis pas libre, maman ! » écrivit Paul. Il souriait. Madeleine se tourna vers Léonce, elle ne savait pas comment interpréter le message.

— Maman ne comprend pas, mon chéri…, dit-elle en s'agenouillant près du fauteuil roulant.

« Le 12, je ne pourrai pas : je vais à l'Opéra ! » Paul tendit à sa mère une coupure de presse :

Solange Gallinato enfin à Paris !

La diva en récital à l'Opéra Garnier

8 soirées exceptionnelles à partir du 12 septembre

Parmi les émotions fortes qu'il procura à sa mère et à Léonce, l'immense éclat de rire de Paul qui suivit fut certainement la plus surprenante de toutes.

La mauvaise nouvelle tomba le surlendemain : bien

sûr, il n'y avait plus de places, non seulement pour la première, mais pour toutes les suivantes.

— Je suis navrée, mon chéri…

Paul ne l'était pas : « Je peux voir M. Joubert, s'il te plaît, maman ? »

Le traditionnel rendez-vous technique s'acheva donc cette fois sur une requête de Madeleine :

— Paul aimerait vous parler, Gustave… Il a une demande à vous faire. Je crains qu'elle outrepasse votre domaine, mais si vous voulez bien lui expliquer…

— Bon… bon… jour… m… m… m… mon… si… si…

Gustave se demanda si la phrase de bienvenue, à elle seule, n'allait pas prendre la journée. Les lèvres de Paul vibraient comme des papillons, ses paupières battaient à une cadence infernale comme chez un épileptique guetté par une crise. Sa mère, affolée, intervint :

— Allons, mon bébé, allons ! Je vais expliquer tout ça à Gustave, ne te mets pas dans des états pareils…

— N… n… non !

Il écarquillait les yeux. « Un damné », voilà le mot qui vint à l'esprit de Joubert.

Madeleine tendit son ardoise à Paul.

— En ce cas, tu peux écrire, mon ange…

Non, Paul ne voulait pas écrire, il voulait parler. Enfin, parler… Nous allons pouvoir faire, pour le lecteur, quelque chose que Joubert, lui, ne pouvait pas faire : abréger. Parce que, sans mentir, il fallut près d'une demi-heure pour échanger quatre phrases. Les voici résumées : « J'ai besoin de trois places au parterre de l'Opéra Garnier le 12 septembre. » Madeleine assura le commentaire, Paul voulait s'y rendre, mais tout était complet.

Paul : « Pouvez-vous intervenir, s'il vous plaît… »

Ah, ce « s'il vous plaît », quelle épreuve ! On avait compris dès la première syllabe, mais Paul voulait absolument y parvenir.

— Mais, je ne peux pas intervenir, Paul…, répondit enfin Gustave. Vous êtes bien jeune, mais… la banque et l'Opéra, ce sont des choses tout à fait différentes.

Paul était mécontent de cette réponse, cela se voyait, son bégaiement s'accentuait encore, on ne savait plus quoi faire face à cet enfant véritablement enragé. Ce qui secoua Joubert, ce fut l'argument de Paul. Je simplifie à nouveau : « Demandez à M. Raoul-Simon d'intervenir, s'il vous plaît… »

Gustave retint un geste d'agacement, si au moins ce moutard pouvait se dispenser des formules de politesse… D'autant qu'on voyait mal ce que Raoul-Simon pouvait faire, sourd comme une huître, pas du tout le genre à avoir acheté des places pour l'Opéra. Paul ferma les yeux un court instant, il souffrait de devoir tout expliquer : « Il est aussi administrateur de l'Opéra Garnier ! » Joubert fut pris de court.

— Oui, peut-être, mais ça n'est pas une raison…

« Il vous doit quelque chose. L'affaire des Chemins de fer de l'Ouest… »

— Mais… c'est vrai, ça ! s'exclama Madeleine, qui soudain s'en souvenait.

L'enfant fixait Gustave dans les yeux.

Ainsi, cette vieille affaire, il l'avait entendue,

comprise, retenue… Et à présent il la faisait remonter à la surface…

— Vous avez raison, mon cher Paul, dit enfin Joubert.

Il articulait lentement, comme s'il pesait chaque phonème. Il découvrait chez cet enfant une détermination sereine qui l'impressionnait.

— Je vais voir avec M. Raoul-Simon…

Madeleine se précipita dès que Joubert fut reparti.

— Mais, enfin, Paul, pourquoi ne pas écrire les phrases ? C'est une rude épreuve que tu imposes aux gens, tu sais !

Paul sourit et écrivit : « Je pense qu'ainsi, M. Joubert va tout faire pour éviter d'avoir une autre conversation avec moi. »

Les trois places demandées arrivèrent le surlendemain par un coursier spécial, dans une grande enveloppe à l'enseigne de l'Opéra de Paris.

Faire descendre le fauteuil roulant par le monte-charge, déposer Paul dans la voiture, tout ça n'était rien, les difficultés commencèrent en bas de l'escalier de l'Opéra Garnier.

— Je vais voir…, dit Léonce. Attendez-moi là.

Et, tandis que les robes de soirée, les smokings et les innombrables reporters qui couvraient l'événement contournaient Paul et bousculaient Madeleine, Léonce monta prestement les marches, elle resta un long moment absente. La foule se raréfiait déjà, Paul commençait à manifester quelques signes d'inquiétude, Léonce arriva enfin accompagnée de deux jeunes gens en bleu de travail, Dieu seul sait où elle les avait dénichés, mais vous placiez Léonce quelque part, les hommes accouraient, ceux-là, à cause de la circonstance, n'avaient mis que quelques minutes de plus que tous leurs prédécesseurs. Ils pointèrent furtivement un index à la visière de leur casquette et soulevèrent le fauteuil de Paul.

— Accrochez-vous jeune homme, ça va secouer !

Ils n'avaient pas tort parce qu'il y avait une quantité phénoménale de marches, qu'il fallait en permanence slalomer entre les groupes et que la foule ne s'écartait qu'à regret en pestant, un fauteuil d'infirme, à l'Opéra, ça n'était pas ce qu'on était venu voir.

Au seuil de la salle, la difficulté frisa l'insurmontable. Les spectateurs du parterre étaient tous installés, on s'aperçut que le fauteuil, trop large, ne passait pas dans la travée centrale.

Les deux garçons regardèrent Léonce pour solliciter des instructions.

La sonnerie aigre et stridente annonçant le début du spectacle mit tout le monde sur les dents.

— Le jeune monsieur va devoir rester ici…

Madeleine se retourna. C'était un homme en uniforme, grand et raide. Il avait dit cela froidement, il parlait comme un ordonnateur de pompes funèbres. On était loin de la scène, très loin, Paul n'allait pas voir grand-chose. Sa mère mit un genou à terre pour lui expliquer la situation. L'enfant commença à pleurer très doucement.

Et ce que Madeleine était prête à accepter une seconde plus tôt devint alors rigoureusement impossible. Elle se releva lentement.

— Nos places sont au premier rang, monsieur. Et c'est de là que nous allons assister au spectacle.

— Madame, je suis…

— Vous allez donc faire le nécessaire pour que nous allions nous y installer. Faute de quoi nous resterons ici pour bloquer l'entrée, empêcher les portes de se fermer et la représentation de commencer. Vous serez contraint d'appeler la police pour évacuer, de force, un fauteuil d'infirme devant la foule des journalistes et des photographes que nous ferons venir pour assister à vos exploits qui constitueront le véritable spectacle.

Les gens se retournaient, qu'est-ce qui se passe là-bas, c'est un fauteuil roulant qui est trop large, il ne peut pas entrer, on va commencer en retard, ce que c'est agaçant.

— Je suis désolé, madame, dit l'uniforme, mais nous ne voyons pas de solution praticable.

— Vraiment ? s'étonna Madeleine.

Tous regardaient le long chemin qui conduisait au proscenium. Des cris retentissaient ici et là, tous les yeux, de l'orchestre aux balcons, étaient braqués sur le petit groupe, on va pouvoir commencer, oui ou non ?

— Il suffirait, ajouta-t-elle, de demander aux spectateurs qui bordent la travée de se lever un court instant, est-ce impossible ?

Léonce s'avança, adressa un sourire ravageur aux deux jeunes porteurs en bleu de travail.

— Je crois que nous avons ici des hommes assez… puissants pour hisser le fardeau à bout de bras, non ?

On les aurait piqués à la testostérone, les deux garçons n'auraient pas attrapé le fauteuil avec plus de détermination.

Le personnel entama alors un difficile périple dans la travée centrale, se confondant en excuses, juste vous lever pour un très court instant, merci monsieur, merci madame, oui, ça ne sera pas long, le temps de faire passer le fauteuil du petit, merci, oui, je sais, très aimable à vous…

Derrière eux, porté à bout de bras, le fauteuil avançait au-dessus des têtes, comme celui d'un roi fainéant, Paul rayonnait. On le déposa à trois mètres de la fosse d'orchestre.

Madeleine et Léonce à peine assises, la salle plongeait dans l'obscurité, le rideau s'ouvrait.

Solange Gallinato n'était pas venue à Paris depuis huit ans. Elle boudait depuis qu'une presse quasiment unanime l'avait conspuée dans *Gloria Mundi* du jeune Maurice Grandet, un opéra qui commençait par la fin de l'histoire et, par des retours en arrière libérés de toute chronologie, racontait une aventure de Romains et d'esclaves assez difficile à suivre. Les caricaturistes s'en étaient donné à cœur joie, le public ne s'était déplacé que pour siffler. Après la troisième représentation, Solange avait quitté Paris et juré de ne plus jamais y remettre les pieds.

Elle avait poursuivi une carrière exceptionnelle que cet échec n'avait pas entamée. Elle avait chanté *Fidelio* à Londres, *Médée* à Milan, *Orphée et Eurydice* à Melbourne, la chronique internationale avait brûlé du feuilleton hallucinant des trois milliardaires qui s'étaient lancé le pari de l'épouser et qui l'avaient fait crouler sous les cadeaux les plus excentriques, ce qui ne l'avait pas empêchée, deux ans plus tard, de convoler avec Maurice Grandet, de huit ans plus jeune qu'elle. Le monde avait vibré de cette histoire d'amour extravagante, on avait vu le couple en Suisse, en Italie, en Angleterre, où le beau Maurice, cheveux ondulés, démarche féline, sourcils ténébreux, avait causé d'autant plus de ravages dans les cœurs féminins qu'il faisait montre d'une passion totale pour Solange, jamais démentie malgré Dieu seul sait le nombre d'occasions qu'il avait eues, liaison éminemment romantique qui s'était achevée trois mois après leur mariage lorsqu'il s'était tué sur la Côte d'Azur, au volant de sa Rolls-Royce.

Solange avait arrêté sa carrière du jour au lendemain.

L'un des milliardaires, élégance de perdant, avait payé les énormes dédits d'un calendrier artistique saturé pour les cinq années à venir.

Solange Gallinato était entrée en réclusion le 11 juin 1923. Ce n'est qu'au printemps 1928 que la rumeur de son retour commença à enfler. Personne ne doutait que la diva tenterait de briller à nouveau dans La *Traviata* qui avait été son plus grand succès. Deux démentis coup sur coup entraînèrent la stupéfaction. Ce ne serait pas dans un opéra, mais en récital, et ce serait à Paris ! Le récital était un choix exigeant qui contraignait l'artiste à passer d'une émotion et quasiment d'une voix à l'autre à chaque morceau, le programme ne pouvait être qu'ambitieux et faire se succéder les airs les plus difficiles. Quant à Paris, c'était le lieu qui l'avait chassée quelques années plus tôt. C'était une provocation.

Solange avait quarante-six ans. Les dernières photos d'elle montraient une femme terriblement grossie (elle n'avait jamais été mince, mais on n'avait pas imaginé qu'elle en arriverait là). Les métaphores sportives abondaient. L'opéra était comparé au tennis, à la natation, disciplines qui nécessitent un entraînement forcené et de fréquentes compétitions. Dans la salle, selon la règle immuable qui aimante la foule vers les exécutions publiques, Solange Gallinato n'avait que quelques fervents supporters étranglés par l'angoisse et des contempteurs prêts à hurler de rire que la presse avait chauffés à blanc pendant des semaines.

Solange n'entra pas en scène, elle était là lorsque le rideau s'ouvrit, revêtue d'une immense robe longue en tulle bleu garnie d'une quantité effarante de rubans, un diadème dans les cheveux. Le public applaudit, mais la diva ne bougea pas, ne sourit pas, n'esquissa pas le moindre geste. Il se fit alors un étrange silence. On aurait dit une institutrice s'apprêtant à réprimander une classe dissipée.

Le premier morceau, que la moitié de la salle se préparait à siffler et à huer, était l'entrée de *Gloria Mundi,* opéra de sinistre mémoire et qui avait la particularité, c'était l'une des raisons de son échec, cela avait choqué les habitudes, de n'être accompagné qu'au piano. Cette fois, il n'y eut même pas de piano, la Gallinato l'entama *a capella.* C'était inouï. Mais ce qui le fut plus encore, c'est que la salle se trouva comme hypnotisée dès les premiers instants par la voix tragique de Solange exprimant la passion, le regret, la solitude. Qui avait été un jour passionnément amoureux, jaloux ou abandonné ne pouvait qu'être terrassé par cette voix.

Comme par un accord secret entre la salle et l'artiste, aucun applaudissement ne vint conclure la fin de ce premier morceau qui fut considéré comme l'apurement d'une dette, celle du public, et la prescription d'une rancune, celle de la diva.

Solange ne bougea pas, l'orchestre arriva dans un silence recueilli.

On ne sait d'où, Solange sortit alors une rose rouge qu'elle prit entre les dents. Cette grosse femme entama « L'amour est un oiseau rebelle » avec une sensualité, une joie de vivre, une tonicité qui laissèrent pantois. Sa voix, prête à tous les défis, se montrait d'une fluidité et d'une aisance stupéfiantes dont elle n'abusa pas, tout lui était facile, heureux, lorsqu'elle acheva « Si je t'aime, prends garde à toi ! », le public resta une demi-seconde sous le choc. Dans le silence abasourdi, c'est la petite voix aigrelette et naïve de Paul Péricourt hurlant « Bravo ! » qui déclencha le tonnerre, tout le monde était debout non parce que la Gallinato avait plus de talent qu'auparavant, mais parce qu'elle avait su réveiller en chacun ce besoin quasiment biologique de fabriquer des héros.

Extraits de Schubert, Puccini, Verdi, Borodine, Tchaïkovski... La représentation fut un triomphe, on bissa, on trissa, on en avait mal aux mains, on était bouleversé et épuisé, Solange Gallinato vint enfin devant le rideau fermé, on se tut, elle laissa couler quelques secondes, murmura simplement « Merci », ce fut du délire.

La sortie fut mouvementée. Le fauteuil roulant de Paul gênait les premiers rangs, on râla de nouveau. La grande salle était vide lorsque les responsables autorisèrent enfin le départ. Les lumières s'éteignaient les unes après les autres. On hissa le fauteuil à bout de bras, on remonta la travée, on déposa Paul dans le hall. Ce qui arriva alors, c'est une montagne de tissus, de parfums, de rires, de mots italiens, de fard, de cheveux, un déplacement d'air, une présence qui, à elle seule, emplissait l'espace, s'avançait, l'index droit tendu vers le fauteuil de Paul.

— Je t'ai vu, toi, petit Pinocchio ! Je t'ai vu au parterre, ah là là, oh oui que je t'ai vu !

Solange s'agenouilla, elle n'avait dit bonjour à personne. Paul, ébahi, souriait de toutes ses dents.

— Comment t'appelles-tu ?

— P... P... Paul Pééé... Pér...

— Ah ! Le petit Paul ! Tu m'as écrit ! Ah, Paul, c'est donc toi !

Les deux poings serrés sur son énorme poitrine, on aurait juré qu'elle allait fondre.

Madeleine la trouva encore plus vieille que grosse.

On allait se revoir, s'écrire, Solange proposa des places au parterre pour d'autres représentations, si ta maman est d'accord, bien sûr..., Madeleine se contenta de fermer les yeux, on verra. Ah là là, Paul, le petit Paul ! Solange avait une sorte de boa, une fanfreluche orange à poils longs, elle le passa autour du cou de l'enfant, l'embrassa sur les joues, mon petit Paulo, elle en faisait beaucoup, Léonce s'efforçait de ne pas rire, Madeleine interrompit les étreintes, il est tard, nous devons rentrer, ah là là, déjà...

Solange insista pour que Paul reparte avec une des gerbes qu'elle avait reçues à l'issue de la représentation.

La voiture était avancée.

Paris était merveilleusement chaud, calme, émouvant. Madeleine fit mettre les fleurs dans le coffre arrière.

En route, elle désigna l'espèce de boa.

— Paul, tu peux éloigner ça, s'il te plaît... Ce parfum est très incommodant...

15

Les confrères du *Soir de Paris* qui avaient boycotté André toute l'année précédente ne manquaient plus de le saluer. Il n'était plus le quatorzième couvert qui dépanne les situations embarrassantes, mais figurait dans les dix premiers que l'on invitait lorsqu'on voulait un repas animé et pas une de ces soirées d'ennuyeux dont on se gardait comme de la peste.

Comme il était jeune et beau garçon, il ne manquait pas de propositions, mais préférait, par prudence, continuer de visiter Vladi les jours où ni le chauffeur, ni M. Raymond, ni le mari de la cuisinière, ni leur fils n'occupaient la place. La domestique polonaise était engageante, cordiale et lui prodiguait, quelle que soit sa performance, l'illusion d'une reconnaissance consolatrice.

La plume d'André tapait un peu partout avec une prédilection pour les sujets qui relevaient d'une certaine morale, assez primaire et séduisante pour être partagée par le plus grand nombre. Était-il normal, en stabilisant le franc, de ruiner les petits épargnants qui avaient eu confiance dans les finances de leur pays ? Était-il acceptable qu'en 1928 les loyers des familles

les plus modestes, bloqués en 1914, soient multipliés par six ou par sept ? Des choses simples pour des gens simples, immédiatement saisissables et qui frappaient comme des évidences. Il jouait sur du velours.

La réussite aidant, André s'était demandé si le moment n'était pas venu d'aller travailler pour un journal dont la réputation ne serait pas entachée par celle de son propriétaire.

À côté du *Soir de Paris*, il existait une presse de qualité et des journalistes autrement plus consciencieux et plus libres que ceux qu'embauchait Guilloteaux. Mais André était un « journaliste maison » comme il y a des « ingénieurs maison », il n'était pas certain que sa valeur serait reconnue ailleurs. Il rêvait tout de même de gagner un peu plus et surveillait sa cote. À la première occasion, il renégocierait ses appointements.

On lui faisait, ici et là, toutes sortes de cadeaux.

Cela commença par un dessus de cheminée en bronze monumental représentant une chasse à courre. Sa chambre de bonne étant trop exiguë pour l'accueillir, il refusa. Par manque de place, il passa pour incorruptible.

André Delcourt était en passe de trouver son style.

Madeleine allait mieux, mais les épreuves l'avaient secouée. Pour s'en convaincre, il lui avait suffi, un après-midi, de croiser M. Dupré.

Dupré, Dupré… Mais si, souvenez-vous, un type assez corpulent, massif, d'une grande force physique, avec des oreilles très décollées, des yeux qui pleuraient toujours un peu, il avait servi comme sergent-chef pendant la guerre sous les ordres du lieutenant Pradelle. En 1919, celui-ci l'avait embauché pour organiser et surveiller les exhumations dans les cimetières militaires. Plus tard, il avait été cité comme témoin dans le « procès d'Aulnay-Pradelle ». Madeleine et lui s'étaient croisés au tribunal, bonjour madame, bonjour monsieur Dupré. Il avait fait, à la barre, une déclaration digne et retenue et s'était montré loyal envers un homme qui pourtant n'avait pas fait grand-chose pour le mériter.

Madeleine et lui s'étaient rencontrés par hasard. La maladresse, la surprise, l'embarras les avaient arrêtés un instant, fatale erreur, ils avaient dû parler un peu, échanger quelques propos de circonstance. M. Dupré était contremaître dans une entreprise de serrurerie, rue de Châteaudun. La conversation s'était vite épuisée. Comme Madeleine souriait gauchement, il prit l'initiative de la libérer d'une situation visiblement gênante. « Les temps sont difficiles… », lâcha-t-il en partant. Peut-être avait-il eu connaissance, par les journaux, de la mort de M. Péricourt, de l'accident de Paul ou bien faisait-il référence au fait que l'ex-mari de Madeleine moisissait encore en prison, mais elle attribua cette observation à son propre changement physique et elle en fut affectée.

Elle se consolait en constatant que la maison avait repris une vie à peu près normale, du moins, autant que pouvait l'être un lieu qui voyait cohabiter un enfant à demi paralysé, une nurse qui ne parlait pas un mot de français, un journaliste appointé pour ne rien faire, une dame de compagnie qui avait tapé dans la caisse plus de quinze mille francs et l'héritière d'une banque familiale qui n'avait aucune idée de ce qu'étaient un seuil de cession ou une valeur nominale de créance.

Vers Noël 1928, André, qui disposait maintenant d'un petit salaire, annonça son départ de la maison Péricourt. Il avait « trouvé quelque chose », il n'avait pas dit où.

— Je suis heureuse pour vous, André, le chauffeur se chargera de transporter vos affaires.

Il avait remercié Madeleine avec une gêne palpable, presque de la rancune, on en veut toujours un peu à ceux qui nous ont fait du bien.

Les soirées à l'hôtel Péricourt n'avaient plus la tonalité émotionnelle et angoissée de l'année précédente. Madeleine continuait de ruminer sur les raisons d'agir de Paul, mais, depuis qu'il revivait, mangeait presque normalement, prenait un peu de poids, elle s'était ouverte à d'autres sujets. Elle attendait le dernier moment pour intervenir auprès de Paul, le personnel a besoin de dormir, mon chéri, il va falloir arrêter la musique. On rangeait silencieusement les disques, on tirait la porte et, dès que Vladi montait chez elle, Madeleine et Léonce entamaient leur soirée, on lisait un roman, on feuilletait des revues, Madeleine adorait les mosaïques mystérieuses qui venaient d'arriver en France. « Moi, je ne pourrais pas... », assurait Léonce, horrifiée.

Madeleine levait un sourcil circonspect quand elle entendait, dans l'escalier de service, le pas alerte de Vladi qui gagnait sa chambre. La jeune femme était plus virevoltante que jamais, bavarde comme une pie ; elle n'avait pas appris un seul mot de français en un an.

Elle allait fidèlement chaque dimanche à la messe de l'église polonaise. Dans son esprit, l'office commençait peut-être dès la sortie de l'immeuble parce qu'elle mettait une voilette pour s'y rendre, c'était une autre femme. Le lundi, elle reprenait son commerce habituel avec le primeur de la rue de Chazelles, le pharmacien du carrefour Logelbach ou l'apprenti plombier de la place de Vigny.

— Vous ne pensez pas que cette fille pourrait devenir… dangereuse pour Paul ? demanda Madeleine à Léonce.

— Vous voulez dire… Oh non, c'est un enfant !

Madeleine était sceptique, mais, hormis avec Léonce, c'est l'attitude qu'elle adoptait vis-à-vis de toutes les femmes qui approchaient Paul de trop près. Prenez Solange Gallinato. Après leur rencontre, le soir de la grande première à Garnier, la diva avait invité Paul à trois représentations, sa mère avait toujours tenu à être présente. Depuis, Solange avait quitté Paris et entamé une tournée européenne triomphale, elle envoyait à Paul des lettres enthousiastes, accompagnées d'un programme signé, d'un menu du dîner de l'ambassadeur qu'elle assortissait de commentaires assez drôles que Madeleine trouvait ridicules, de photos, d'articles de journaux, toutes sortes de courriers que Madeleine oubliait fréquemment de remettre à Paul, ah oui, en effet, tu as reçu quelque chose, hier ou avant-hier, où l'ai-je mis, déjà… ? Paul souriait, agitait l'index en disant m… m… ma… man…

— Mais elle n'a donc que Paul dans sa vie, cette femme-là ? demandait Madeleine.

— Allons, ne soyez pas jalouse, Madeleine…

— Moi, jalouse de cette matrone ? Vous plaisantez !

Léonce lisait les journaux.

— Dites donc, dit-elle avec admiration, le pétrole roumain, c'est quelque chose !

Elle désignait un article dans *Le Gaulois.*

— De quoi parlez-vous ?

— Des actions en Bourse du pétrole roumain. Elles ont monté de 12 % l'an depuis quatre ans et les profits vont encore augmenter pendant au moins quatre ou cinq années, c'est à peine croyable…

Depuis que Joubert l'avait prise la main dans le sac, tout ce qui, peu ou prou, touchait à l'argent, jetait entre Madeleine et Léonce un silence embarrassé. Cette fois, c'en était trop, Madeleine ne voulut pas laisser passer.

— Léonce, dit-elle en posant son crayon, je suis consciente que la situation dans laquelle Gustave Joubert vous a placée est… délicate. Je le comprends. Mais je vous en conjure, pour tenter de rembourser plus vite, n'allez pas vous lancer dans des opérations boursières.

— Mais, c'est un profit sûr. C'est dans *Le Gaulois* ! Et il n'est pas le seul, je l'ai lu aussi dans *Le Figaro* il y a quelques semaines !

Avec la boxe et le cyclisme, le boursicotage était le sport à la mode depuis la fin de la Grande Guerre. Tout le monde s'y mettait, les hommes, les femmes, les riches s'enrichissaient, ça aidait les pauvres à patienter, la valeur de l'habileté commençait à remplacer celle du travail. La question brûlait les lèvres de Madeleine depuis longtemps :

— Combien avez-vous remboursé à Gustave ? Je veux dire… combien devez-vous encore ?

Quatorze mille francs. Le temps nécessaire à l'extinction de la dette se comptait en années. Maintenant que le sujet avait éclos entre elles, Madeleine se sentait soulagée. Le chiffre même la libérait. Elle alla à son secrétaire, sortit des papiers, se pencha et revint avec un chèque de quinze mille francs.

— Oh non ! s'écria Léonce en repoussant la main tendue de Madeleine.

— Si, si, je vous en prie, prenez, Léonce.

La jeune femme, très pâle, s'était levée à son tour.

— Je ne peux pas accepter cela, Madeleine, vous le savez !

— Encaissez-le, mais ne remboursez pas Joubert trop vite ! Il se douterait de quelque chose… Dites que vous avez fait des profits en Bourse.

Madeleine tenta un sourire.

— Au moins, votre pétrole roumain aura servi à quelque chose.

Elles restèrent un instant ainsi face à face avec ce chèque entre elles que Madeleine tendait d'une main tremblante.

Et que Léonce saisit enfin du bout des doigts.

Elle se lança soudain vers elle et la prit dans ses bras.

Ce mouvement avait été d'une telle fulgurance, Léonce la tenait si serrée contre elle que Madeleine crut défaillir. Elle l'embrassait sur les joues, merci, merci, j'ai tellement honte, vous le savez, n'est-ce pas, Madeleine, la honte qui est la mienne, oui, oui, disait Madeleine, prête à étouffer ou à exploser, elle hésitait, où mettre ses mains, Léonce s'était collée à elle, elle s'était tue, c'étaient juste ses mains, ici, sur les épaules, dans le cou puis enfin, merci de nouveau.

Madeleine crut entendre, dans le corridor, la voix du curé de Saint-François-de-Sales.

Elles se séparèrent, Léonce était au portemanteau, sa veste sur le dos, elle revenait, prenait Madeleine par les épaules, l'embrassait à nouveau sur la joue, en laissant ses lèvres longtemps immobiles, comme si elle attendait quelque chose, étaient-ce des baisers ? Puis d'un coup elle quitta la pièce. D'habitude, elle disait à demain, cette fois, rien, elles ne pouvaient parler ni l'une ni l'autre.

Madeleine ne bougea pas tant que le parfum léger de Léonce resta dans l'air, se demandant, mon Dieu, et si…

Mon Dieu…

16

Le départ d'André qui clôturait une certaine période de sa vie, peut-être la plus heureuse, la plus épanouie, l'étrange liaison que, de Vladi à Solange Gallinato, Paul entretenait avec les femmes, l'ambiguïté de ses relations avec Léonce (les fêtes avaient été pénibles, elles s'étaient embrassées sous le gui, joue contre joue, les lèvres dans le vide)… Madeleine se trouvait déjà dans un état assez confus lorsque, en janvier 1929, son oncle Charles vint encore ajouter au désordre en lui rendant visite, visage sévère, sourcils froncés, ça n'annonçait rien de bon.

Il n'avait pas demandé rendez-vous, il était entré suant et soufflant, s'était effondré sur un fauteuil.

— Je suis venu te parler d'argent, commença-t-il.

Ce n'était pas une surprise.

— Principalement du tien.

C'était plus inattendu.

— Mon argent se porte bien, mon oncle, je vous remercie.

— Parfait. En ce cas…

Charles claqua ses mains sur ses genoux, effectua une poussée de reins accompagnée d'un rugissement de suffocation et marcha vers la porte.

— On en reparlera l'année prochaine. Quand tu seras ruinée…

Charles savait ce qu'il faisait. Ce mot avait scandé toute la vie de Madeleine ; aux yeux de son père, hormis celui de « faillite », il n'y en avait pas de plus terrible.

— Et pourquoi diable voulez-vous que je sois ruinée ? Allez, mon oncle, venez vous rasseoir et expliquez-moi ça.

Il ne lui en fallait pas davantage, Charles revint sur ses pas, s'effondra sur le fauteuil en soufflant.

— Ça va mal, Madeleine. Très mal.

Madeleine cette fois ne put réprimer un sourire.

— À ce point ?

Charles, irrité, tourna la tête vers la fenêtre. Les femmes…

— Que sais-tu de l'économie américaine, Madeleine ?

— Qu'elle se porte comme un charme.

— Oui, ça, c'est l'apparence. Moi, je te parle de la réalité.

— Bien, alors… Qu'est-ce que je devrais donc savoir de la réalité que je ne sais pas ?

— Que l'Amérique est en surproduction dans tous les secteurs. La croissance américaine est trop rapide, elle va finir par exploser.

— Diable !

— Et si les États-Unis font faillite, personne ne sera à l'abri.

— Je n'ai pourtant pas l'impression qu'ici…

— Nos financiers ne jurent que par la rente foncière, ils ont un siècle de retard ! Ils pensent que leur système passera toujours à travers la crise, ces imbéciles !

— Mais… quelle crise ?

— Celle qui arrive ! C'est inéluctable. Ce sera un raz de marée économique. Et tu es sur un bateau promis au naufrage.

Charles adorait les métaphores : les marines, les cynégétiques, les florales, toutes. Son intelligence, purement pratique, ne pouvait rien inventer, elle ne s'exprimait qu'à partir du connu. Cette grandiloquence, typique du style de Charles, était fatigante comme la maladie d'un autre, elle provoquait des impatiences que vous preniez sur vous de maîtriser. Madeleine prit une longue inspiration.

— Que te conseille Joubert ? demanda alors Charles.

Il avait croisé les bras, il attendait. Ce qui était plus surprenant encore pour Madeleine que la situation américaine, c'est que Joubert ne l'avait jamais abordée. Cette constatation l'emplit d'une révolte qui se retourna contre Charles :

— Je suis très étonnée, mon oncle ! Si c'était aussi inéluctable, aussi grave, les journaux ne parleraient que de ça !

— Ils ne sont pas payés pour en parler, voilà tout ! Paye-les, ils en parleront. Paye-les à nouveau, ils se tairont. Ils ne sont pas là pour informer, les journaux, où te crois-tu ?

Ce jugement à l'emporte-pièce était loin d'être vrai, mais c'était le monde tel que Charles le connaissait.

— Il n'y a donc que vous qui êtes aussi bien informé que vertueux…

— Je suis député, ma petite, je participe à la commission des finances depuis des lustres. Nous ne sommes pas payés pour répandre la panique, mais suffisamment informés pour regarder le monde tel qu'il est ! J'ai parlé de tout cela avec Joubert, peine perdue. Que veux-tu, ce type a fait toute sa carrière dans le même bocal, il ne connaît que ce qu'il maîtrise. Et ce qui se prépare, il ne l'a jamais vu. C'est un esprit borné, totalement aveugle, je t'assure ! La crise va arriver ici, ce n'est qu'une question de temps. Et lorsqu'elle va déferler sur la France, ce sont d'abord les banques qui en feront les frais.

— Le gouvernement ne pourra pas faire autrement : il sauvera les banques.

C'est ce qu'elle avait toujours entendu, dans la famille.

— Oui, les grandes, mais il laissera crever les autres.

Madeleine n'avait jamais pensé qu'elle devrait un jour s'inquiéter pour sa situation personnelle. C'est vrai qu'ici et là, on évoquait parfois cette crise, mais enfin, elle ne s'était jamais sentie directement concernée.

Madeleine commençait à accuser le coup.

— Ce qui m'échappe, mon oncle, c'est votre intérêt. Ce n'est pas dans vos habitudes de rendre ainsi service…

— C'est à moi que je pense et c'est à moi que je rends service ! Je ne veux pas qu'une fois de plus, tu fasses honte au nom de Péricourt. J'ai une carrière, moi, je ne suis pas un héritier ! Porter le nom d'une banqueroute va me coûter ma députation l'an prochain, je ne le veux pas. Je n'en ai pas les moyens.

Charles se pencha. Il avait l'air vraiment compatissant.

— Et toi non plus. Que va devenir ton fils si tu es ruinée ?

Il se releva, se carra dans le fauteuil, certain d'avoir

trouvé l'argument qui ferait basculer la conversation à son avantage. Il n'avait pas tort, même si c'était une victoire facile.

— La banque est un secteur trop fragile. Il te faut choisir un investissement moins exposé.

— Mais… à quoi pensez-vous, mon oncle ?

Il leva les yeux au ciel, il n'en savait rien.

— C'est à cela que devrait servir Joubert, nom de Dieu ! Qu'est-ce qu'il fait de ses journées, cet âne-là ?

Madeleine était ébranlée. La perspective d'être giflée par une crise était difficile à concevoir pour une femme qui avait toujours vécu dans un univers où il y avait tant d'argent qu'on ne le voyait plus.

Elle se mit à la lecture de la presse financière. On parlait bien, quoique vaguement, de risques du côté de l'Amérique, mais la plupart des observateurs étaient d'accord : grâce à Poincaré, la France ne risquait rien, elle disposait du système monétaire le plus solide du monde, son industrie familiale, provinciale, la mettait à l'abri des fluctuations boursières.

— Croyez-vous à une crise, vous, Léonce ?

— Une crise de quoi ?

— Économique.

— Je n'en sais trop rien… Qu'en dit M. Joubert ?

— Je ne l'ai pas encore interrogé…

— À votre place, je le ferais… Je ne le porte pas dans mon cœur, mais il sait de quoi il parle, on peut bien lui demander conseil, non ? Si on ne peut plus faire confiance aux hommes qui gèrent votre fortune, c'est la fin du monde.

Joubert fronça les sourcils.

— Charles est venu vous raconter ces âneries… ? Ferait mieux de s'occuper de ses électeurs, celui-là.

— En matière économique, Gustave, l'Assemblée n'est pas la plus mal informée.

— Le Parlement, c'est une chose. Charles, c'en est une autre…

Écoutant Madeleine évoquer les arguments de son oncle, Gustave regardait par terre et hochait la tête, c'était rare de le voir énervé à ce point. Il avait envie de parler de l'excédent budgétaire de la France, du stock d'or de la Banque de France, mais il préféra un raccourci :

— Vous voulez m'apprendre mon métier, Madeleine ?

— Non, ce n'est pas…

— Si ! C'est exactement ce que vous faites ! Vous voulez me donner des leçons de finance et d'économie ?

Il était effaré.

Il s'était levé, il avait quitté la pièce. Pour lui, l'incident était clos.

Sauf que si l'on décryptait les nouvelles à l'aune d'une crise économique rampante, on trouvait toujours de quoi s'inquiéter ; c'est ce qui arrivait chaque jour à Madeleine depuis qu'elle ressentait des craintes pour son avenir, mais plus encore pour celui de Paul.

La relation entre Solange Gallinato et Paul s'était intensifiée sous la forme d'une correspondance assidue, deux lettres par semaine, parfois trois. Il commentait, avec ses mots à lui, les nouvelles interprétations qu'il découvrait. « Au scherzo, on se demande si une fanfare n'est pas venue remplacer l'orchestre » ou « Elle chante tellement juste qu'elle en est ennuyeuse ». Sa chambre tout entière était consacrée à son unique passion, plusieurs gramophones, une collection impressionnante de disques et de coffrets, à quoi s'ajoutaient maintenant des étagères surchargées de partitions qu'il commandait par correspondance aux quatre coins de l'Europe.

C'est à ce moment que Solange évoqua le voyage à Milan.

Ah, on en entendit parler, dans la maison Péricourt, de ce projet de voyage ! Sacré sujet de polémique, vous pouvez me croire.

Solange : « Mon petit Pinocchio, merci mile fois pour ta carte. Tes gentille pensers m'aident bien, tant je suis fatiguée. Cette nouvelle tournée est épuisente. Et justement, il m'est venu une idée. Que dirais-tu d'un petit séjour en Italie, cette été ? Je donne un récital à la Scala le 11 juillet, nous pourrions dîner gentiement, visiter un peu de la Lombardie, tu serais de retour à Paris pour la Fête Nationale. Il faut, bien sûr, que ta chère maman soit d'accord et même qu'elle t'acompagne si elle le souhaite, mais ce serait charment, non ? Présente-lui d'ailleurs, mes plus chalereuses amitiés. Ta, Solange »

Pour Léonce, l'Italie, la Scala, un dîner en terrasse sonnaient comme une promesse romantique.

— Quelle proposition délicieuse…

— Enfin, Léonce ! Elle s'adresse à Paul comme s'il avait vingt ans et qu'elle voulait en faire son amant, ce n'est pas seulement ridicule, c'est malsain.

— Pensez à Paul…

— Justement ! C'est un voyage trop long pour un enfant dans sa situation. Et puis, cette lettre bourrée de fautes d'orthographe… Elle a bien fait d'être chanteuse parce que comme institutrice… « Tu seras de retour pour la Fête Nationale » ! Je vous demande un peu ! On dirait qu'elle veut faire défiler Paul dans son fauteuil roulant, c'est presque injurieux…

— Madeleine…

Le silence retombait.

— Que dit Paul ?

— Que voulez-vous qu'il dise, le pauvre enfant ! On lui fait miroiter un voyage en Italie, rien de plus facile !

Si Madeleine ne répondait pas franchement à la question, c'est que Paul, électrisé par cette proposition, avait simplement écrit : « Je n'ai jamais voyagé, tu voulais que je fasse des choses qui me rendent heureux… J'ai très envie d'y aller. »

Léonce, dont Paul avait discrètement demandé le soutien, se montra, comme à son habitude, délicate et persuasive.

Un soir, au moment de rentrer chez elle, d'embrasser Madeleine, à demain, elle lui prit les épaules et s'approcha très près, comme si Madeleine avait une poussière dans l'œil, Madeleine en eut la vue brouillée.

— Tout le monde a droit à ses plaisirs, Madeleine, vous ne pensez pas ?

Elle pencha la tête, les lèvres entrouvertes, et serra longuement Madeleine contre elle.

— Vous n'allez pas priver notre petit Paul de ce voyage ?

Madeleine qui lui achetait son parfum, *Pour troubler*

de Guerlain, parce qu'il était assez cher, en fut enveloppée. Elle percevait aussi, très diffuse, son haleine légèrement parfumée de tilleul.

Allez réfléchir sereinement dans des conditions pareilles !

Madeleine commençait à être hantée par le spectre de la pauvreté.

Certaines nuits, elle était ruinée, Paul pleurait dans sa chaise roulante, ils n'avaient plus de personnel, elle devait faire elle-même la cuisine dans une chambre sous les toits comme dans les romans d'Émile Zola…

La presse financière, elle, était résolument optimiste.

— Justement, disait-elle à Léonce, de plus en plus inquiète. Les catastrophes sont d'autant plus terribles que personne n'y a cru…

Elle ne savait que penser, ni de quel côté se retourner.

Elle revint à la charge.

Gustave se lança alors, à contrecœur, comme on se tue à expliquer à une enfant des choses déjà mille fois dites, dans un vaste exposé sur l'économie française, des phrases longues comme le bras, Madeleine l'écoutait à peine, elle suivait son idée et l'interrompit :

— J'ai pensé au pétrole roumain.

Elle tendait un article du *Gaulois* : « … l'industrie pétrolière roumaine, avec une nouvelle progression de 1,71 %, confirme sa position d'investissement leader en Europe. »

— *Le Gaulois* n'est pas un journal financier…, trancha Joubert. Je ne sais pas qui est ce Thierry Andrieux qui signe l'article, mais je ne lui confierais pas mes économies.

Son regard bleu exprimait une colère mal maîtrisée, ses mains tremblaient.

— Ne me dites pas… que vous envisagez de céder vos parts dans la banque de votre père contre… un portefeuille pétrolier ?

Elle ne l'avait jamais vu dans un tel état de fureur. Il avala sa salive.

— Il n'en est pas question, Madeleine. Et si vous m'y contraignez, vous recevrez aussitôt ma démission.

C'était assez étrange, mais plus Joubert s'arc-boutait, plus Madeleine donnait foi aux critiques de son oncle. Elle repensa à Charles : « Nos financiers ont un siècle de retard… »

Le *Soir de Paris* consacra, fin janvier, un grand article à la filière pétrolière roumaine. Il y avait même, chose rare dans le *Soir*, un graphique éloquent sur les profits des derniers mois. Cette information tombait à un moment où toute la fantasmatique de Madeleine était mobilisée dans des cauchemars de ruine et de déclassement.

Ce qui l'épuisait, c'était la résistance qu'elle rencontrait chez Joubert alors qu'elle avait besoin d'aide et de soutien.

— J'ai les plus mauvais renseignements sur cette affaire, assurait-il. Par un homme très bien informé. Le pétrole roumain sera un feu de paille ! Si vous voulez absolument du pétrole, c'est vers la Mésopotamie qu'il faut regarder…

Madeleine soupira. Elle n'avait jamais trouvé Gustave aussi vieux. Dépassé.

Les capitaux perdus dans cette malheureuse affaire Ferret-Delage lui revinrent à l'esprit. Trois cent mille francs, ce n'était pas rien ! Elle eut soudain la certitude qu'il n'était plus l'homme de la situation. Il n'était pas adapté aux périodes de crise. Il gérait la banque familiale comme au siècle passé, en boutiquier. Le pétrole irakien… Alors que tout le monde ne jurait que par le roumain ! Sur quelle planète vivait-il ?

— Je vais encore réfléchir, Gustave. Mais je veux un rapport exhaustif, m'entendez-vous ? Ces rumeurs de crise ne me conviennent pas, je veux des informations. Faites simple, pour une fois. Faites clair. Je veux aussi les chiffres de l'industrie pétrolière. Un point complet sur la Roumanie. Ajoutez ce que vous voulez sur l'Irak si vous y tenez.

Charles eut beau soigner son retard jusqu'à la limite de l'acceptable, peine perdue.

— Ne vous excusez pas, Charles, moi-même je viens tout juste d'arriver.

Si Charles était salué comme un membre du Club, Gustave était considéré comme un habitué. Au premier on demandait ce qu'il désirait, pour le second, on savait : la bouteille de crozes-hermitage, les couverts à poisson… Très agaçant. Même la conversation devait obéir à Gustave. Il restait le maître des sujets, se gardant bien d'aborder le seul qui intéressait Charles, ce qui redoublait son inquiétude.

La langouste passa, puis le loup, on attendait la pêche blanche caramélisée, Charles n'y tenait plus :

— Des nouvelles de ma nièce, peut-être ?

Joubert laissa s'égrener les quelques secondes qui donnaient tout leur prix aux informations dont il disposait :

— L'idée du pétrole roumain fait son petit bonhomme de chemin…

Qu'est-ce que cela voulait dire exactement ?

— Elle est partagée. C'est une grave décision qu'elle doit prendre.

— Mais alors, que faites-vous ?

— Je rame à contre-courant, mon cher. Depuis cette affaire Ferret-Delage, ma cote professionnelle est en baisse chez Mlle Péricourt. Et c'est heureux parce que je n'aurais pas aimé perdre volontairement trois cent mille francs pour rien…

Que Joubert puisse perdre volontairement une pareille somme, Charles, ça le dépassait.

— Tout va bien, Charles, rassurez-vous ! Grâce à cela, je suis à peu près discrédité, c'est parfait. Plus je m'oppose au roumain, plus elle insiste ; plus je nie la crise, plus elle y croit. Sa suspicion à mon égard lui fera sauter le pas. Nous allons y arriver…

Charles respirait. Maintenant qu'il était lancé, Joubert prenait un plaisir manifeste à dérouler les effets positifs de sa stratégie.

— Je déconseille vivement à Madeleine un investissement dont je sais qu'il va s'écrouler, mais que voulez-vous, elle n'a plus aucune confiance en moi. C'est très irrationnel, très féminin, on n'y peut rien… J'ai menacé de démissionner.

Charles en resta bouche bée. Gustave, lui, se reculait légèrement pour laisser travailler le serveur qui apportait le plat, ajoutant, en souriant :

— Que voulez-vous, je suis le seul qu'elle n'écoute plus.

Cette affaire provoquait chez Charles une sorte de vertige.

— Pendant ce temps, reprit Joubert, l'irakien se porte à merveille. Il chute vertigineusement. Les actions valent moins de cent francs.

La stratégie était simple : celle des vases communicants. Si un investisseur achetait massivement du pétrole roumain, tout le monde se désintéresserait de l'irakien.

— Et nous ramasserons les actions à cinquante francs. Je ne désespère pas de tomber à moins de trente francs.

— C'est à ce moment qu'il faudra en acheter…, risqua Charles.

Silence. Il avait préparé sa phrase :

— À propos, je tiens à votre disposition les deux cent mille francs que vous m'avez prêtés…

Dans son idée, Joubert ne devait pas le laisser achever. Charles avait parfaitement rempli sa mission vis-à-vis de Madeleine, il avait utilisé tous les arguments que Gustave lui avait fournis, il avait ébranlé la citadelle Péricourt. Grâce à lui, Madeleine n'avait plus aucune confiance en Gustave et s'apprêtait à commettre un acte dramatique pour elle, mais qui allait les enrichir au-delà de toute espérance…

En contrepartie, Joubert, à cet instant, devait lever une main généreuse et balayer cette proposition de remboursement. Au lieu de quoi il le fixa, oui ?

— Dites-moi ce que je dois faire…, reprit Charles. Je veux dire, sous quelle forme…

Joubert prit une gorgée de vin. Très longue et très lente.

— J'ai pensé à quelque chose, dit-il enfin. Ces deux cent mille francs que vous me devez, pourquoi ne les placeriez-vous pas sur l'irakien ? Ils vous feraient un million en quelques mois.

Charles faillit renverser la table. Pour le prix de sa trahison, Joubert ne lui proposait même pas d'apurer sa dette ! Il avait vendu sa nièce à Joubert pour rien ! Un fonds de civilité lui interdit de faire un esclandre. Il parvint, en serrant les dents, à produire une sorte de grimace approximative. Joubert le fixait calmement. Et… il souriait ! Mais oui, se dit Charles, ce mince trait sur ses lèvres, ce doit être un sourire !

— Vous pourriez même investir davantage, reprit Joubert. Vous pourriez aller jusqu'à cinq cent mille, je pense.

Charles souffla, il ressentait encore les violents à-coups des palpitations cardiaques qui l'avaient étranglé un instant plus tôt. Mais cela allait mieux. Cinq cent mille francs. C'était le prix que Joubert lui proposait, à la condition de les investir dans son pétrole. Sa forfaiture vis-à-vis de Madeleine lui sembla mieux rémunérée.

— J'avais imaginé investir… sept cent mille, lâcha-t-il.

Joubert observait la nappe.

— Je ne vous le conseille pas, Charles. À votre place, je ne placerais pas plus de six cents.

Allons. Six cent mille francs qui deviendraient près de deux millions en quelques mois, Charles était satisfait et soulagé.

— Vous avez sans doute raison, conclut-il. Six cent mille, ce sera très bien.

— Avant tout, Madeleine, c'est à Paul que vous devez penser ! disait Léonce. Il a hérité de son grand-père des obligations, mais il n'en disposera qu'à sa majorité. Si d'ici là, votre fortune venait à sombrer dans une crise comme celle qui, dites-vous, va nous atteindre, comment l'élèverez-vous ?

Les chiffres arrivèrent enfin. La crise économique était une planète lointaine que ne discernaient que les pessimistes, or, sans vouloir jouer les tragiques, il est rare que les optimistes aient raison bien longtemps. Quant au pétrole roumain, il se portait fort bien, tandis que le pétrole irakien, lui, était encore dans les limbes. Ses actions ne cessaient de chuter.

Joubert sembla moins soigné que d'habitude, un col légèrement de travers était chez lui le signe du plus grand désordre. Il donnait, plus que jamais, l'impression d'un condamné vivant ses derniers jours. Quelle que soit la décision de Madeleine, il était battu.

— J'ai décidé…, commença Madeleine.

Était-elle en train de jouer sa vie aux dés ? « Il y a toujours un moment, disait son père, où tout bien pesé, tout bien mesuré, il faut trancher. Les informations alors ne servent plus à rien. Bonne ou mauvaise, il faut faire confiance à son intuition. » La sienne ne l'avait jamais trompé, ajoutait-il, en quoi il se vantait un peu. Mais Madeleine devait reconnaître que cette maxime, à cet instant précis, prenait tout son sens.

Cette affaire Ferret-Delage lui trottait encore dans

la tête, trois cent mille francs de perte, résultat de l'intuition de Joubert. À l'instant des grandes décisions, le jugement de Joubert ne valait pas plus que celui de M. Brochet… ou que le sien propre.

— J'ai décidé…

— Oui… ? interrogea Joubert.

Puisque le pétrole roumain, de l'avis de tous, était le plus rentable des investissements disponibles, quel risque prenait-elle ? Elle ne plongeait pas dans l'inconnu, il y avait des chiffres tout de même.

Elle trancha. Silence.

— Très bien, dit enfin Joubert.

Il adopta l'air pincé des hommes à qui on vient de reprocher leur mauvaise haleine.

— Nous allons faire comme vous l'entendez. Mais pas plus de la moitié de vos avoirs dans votre… « pétrole roumain » (dans sa bouche l'expression devenait un gros mot). La moitié en actions pétrolières. Et pour le reste, il faut diversifier, cela tombe sous le sens. La logique vous dicte d'investir le reste dans des titres coordonnés. Voilà l'essentiel, Madeleine, la cohérence !

Il revint le lendemain, posa, sans le moindre commentaire, un énorme dossier sur la table.

Madeleine signa des documents pendant près de deux heures.

Joubert, le regard fermé, les lèvres closes, pointait sobrement l'index sur les endroits à parapher, comme d'habitude, ici, et ici, et là… De temps à autre, il se contentait de souligner « cette signature veut dire que…, cette autre entraîne que… » Madeleine ne s'arrêtait même pas pour l'écouter. Alors, il se taisait et continuait de tourner les pages.

En fin de journée le 10 mars 1929, si la part d'héritage de Paul restait placée en obligations d'État, Madeleine, quant à elle, avait investi l'essentiel de sa fortune dans un portefeuille d'actions pétrolières en Roumanie et de sociétés connexes et ne pesait plus que 0,97 % du capital de la banque de son père.

Madeleine trouva que Joubert avait le pas lourd en quittant la pièce.

M. Brochet, qui attendait dans le couloir, discerna au contraire sur le visage de son patron le sourire discret des bons jours.

17

Le temps reprit son cours. Et les nouvelles étaient bonnes.

La vente des avoirs de Madeleine fut un succès : la banque Péricourt était une institution de confiance, ses actions trouvèrent preneurs immédiatement. Quant au grand emprunt émis par le consortium roumain, littéralement catapulté par l'achat massif d'actions par Madeleine, il entraîna l'enthousiasme d'autres investisseurs, une incontestable réussite, les parts s'arrachèrent. Le *Soir de Paris* titra sur « la formidable énergie roumaine ». Au fil des semaines, les actions roumaines poursuivirent leur lente et prospère ascension.

Joubert, qui devait maintenant apporter ses parapheurs à d'autres administrateurs majoritaires, ne venait plus qu'occasionnellement, comme on visite non plus la propriétaire de l'entreprise (à la prochaine assemblée générale, Madeleine ne serait plus tournée en ridicule), mais l'une des plus grosses fortunes gérées par la banque Péricourt.

Concernant ce voyage à Milan auquel Paul était convié, à bout d'arguments, Madeleine avait dû céder.

Il fallut des semaines pour que soit établi un

protocole extrêmement précis prévoyant notamment que Madeleine accompagnerait son fils. Évidemment ! Je ne vais pas laisser Paul tout seul avec cette folle !

Solange, elle, enthousiasmée par la venue de Paul (« et je suis si contante que ton adorable maman t'accompagne »), lui écrivait deux fois par jour, dès qu'elle pensait à quelque chose elle postait un nouveau courrier. Les deux femmes échangeaient beaucoup sur les détails du voyage et du séjour, mais, hélas, peinaient souvent à tomber d'accord, cette affaire était pleine d'imprévus regrettables. Madeleine n'avait pas pu obtenir des billets pour le train qui arrangeait le mieux Solange pour venir les chercher ; Solange, de son côté, était désolée de n'avoir pu réserver dans le restaurant que Madeleine avait choisi sur le guide ; Madeleine avait demandé que quelqu'un aille à la gare de Milan récupérer les malles dès leur arrivée, malheureusement Solange n'avait pas de personnel disponible avant le lendemain. Quant à Madeleine (« Je suis vraiment au regret, très chère Solange… »), il lui avait été impossible d'aller acheter l'eau de toilette que la diva ne trouvait qu'à Paris, tandis que Solange espérait dénicher un guide pour la cathédrale le vendredi après-midi comme Madeleine le souhaitait, « malheureusemant rien n'est certain, les Italiens, vous le savez, chair Madeleine, sont des gens très imprévisibles… », etc. Il avait vraiment fallu que Solange menace, quoique de façon allusive, d'annuler ce voyage pour que Madeleine consente à ce que la chanteuse passe une soirée seule au restaurant avec son « petit Pinocchio ».

— Une soirée aux chandelles, autant dire ! avait bramé Madeleine. Je vous demande un peu, Léonce !

— Vous en profiterez pour sortir de votre côté. Moi, si j'étais vous…

Contrairement à Léonce qui devait avoir son idée, Madeleine n'imaginait absolument pas ce qu'une femme comme elle pourrait faire d'une soirée seule à Milan.

— Et puis, l'appeler Pinocchio, je trouve ça déplaisant, Paul n'est pas une marionnette ! Elle va devoir changer de ton, moi je vous le dis !

Paul regardait cette rivalité avec une certaine jubilation, comme une dispute de filles dans un bac à sable. « Ça… n… n'a au… aucune imp… portance », répondait-il à Léonce, que cela agaçait.

Le départ aurait lieu le 9 juillet par le train de 18 h 43. Les valises étaient bouclées depuis l'avant-veille, les malles de vêtements parties quatre jours plus tôt. Madeleine avait vérifié, à peu près toutes les heures, qu'elle disposait bien des billets, des passeports, elle avait harcelé le personnel de maison avec un tas de détails qui traduisaient son manque d'expérience des voyages, le plus loin qu'elle était allée, c'était Aurillac, chez une cousine par alliance, elle avait neuf ans…

Mais le 9 juillet, jour du départ, une nouvelle éclata comme un coup de tonnerre : *Le Matin* titra en première page « Grave menace sur le pétrole roumain ».

Madeleine était assise au guéridon où elle entamait son petit déjeuner en attendant l'arrivée de Léonce. La tasse de thé chuta au sol, Madeleine fut saisie d'un vertige qui l'obligea à se retenir au bord de la table qui bascula aussitôt, tout était par terre, elle aussi tombée à genoux. Avec la certitude des esprits intranquilles, elle savait que cette nouvelle en annonçait d'autres.

Plusieurs minutes lui furent nécessaires pour maîtriser ses tremblements et parvenir à lire l'article dans son entier :

> Le consortium roumain chargé du forage et de l'exploitation des gisements pétroliers en plaine de Pannonie vient de se déclarer « en difficulté majeure » et, menacé de faillite, sollicite l'aide du gouvernement roumain.
>
> Le gouvernement français aurait déjà, par l'intermédiaire du conseiller commercial en poste à Bucarest, exigé des explications des autorités roumaines, car le grand emprunt a été principalement servi par des investisseurs français qui ont toute raison, aujourd'hui, de craindre le pire. Le dernier espoir pour les actionnaires se nomme l'État roumain…

Madeleine marchait dans la pièce, déchiquetant fiévreusement le journal, en proie à une angoisse qui l'empêchait de penser, de réfléchir, et Léonce qui était en retard…

Elle sonna, donna l'ordre au chauffeur d'aller chercher Mlle Léonce chez elle, tout de suite, c'était urgent.

Un doute l'assaillit. L'information du *Matin* était-elle si certaine que cela ?

Elle se précipita sur *Le Temps*, sur *Le Figaro*. Tous reprenaient, à la virgule près, la même information. Ne variait que la perception de la gravité de la situation qui, d'un titre à l'autre, passait de « vivement préoccupante » à « alarmante ». Charles ? Gustave ? André ? Léonce ? Vers qui devait-elle se tourner ?

Elle fit téléphoner à Joubert.

— Non, appelez plutôt M. Charles Péricourt.

La femme de chambre regardait, sur le tapis, le plateau, les toasts, le confiturier, la théière renversés.

— Non, appelez…

Joubert ? De quel conseil serait-il aujourd'hui ? Charles ?

— Oui, c'est cela, faites appeler M. Péricourt !

Le bureau de Charles ne répondait pas, appelez M. Joubert. Mais M. Joubert était occupé.

Madeleine, comme prise d'une brusque inspiration, remonta en courant, lissa des deux mains les articles froissés, les relut… Respire, se disait-elle, ça ne peut pas être une telle catastrophe. C'était bien cela ! Le consortium « vient de demander » l'aide du gouvernement roumain ! Rien n'était encore joué ! Le pire n'était pas certain. Et d'ailleurs… Elle se précipita sur le secrétaire, en arracha littéralement les tiroirs et, à genoux sur le parquet, elle dépeça les dossiers que Gustave lui avait laissés.

C'est ça ! Ouf. Elle était hors d'haleine, son cœur battait à une cadence alarmante. Elle fit un effort pour retrouver un semblant de calme. Voilà, c'est ce que Joubert avait dit : « Pas plus de la moitié de vos avoirs dans votre… pétrole roumain. » Cela représentait la moitié de sa fortune. De sa fortune à elle ! Parce que celle de Paul était indemne, placée en obligations du Trésor ! Dame, se dit-elle, on peut vivre avec la moitié de la fortune de Madeleine Péricourt, quoiqu'elle n'imaginât pas concrètement quelle incidence cela aurait sur sa vie.

« Il faut diversifier, cela tombe sous le sens, avait

scandé Gustave. Composer un portefeuille cohérent. » Elle feuilletait l'énorme dossier à la recherche de… Là ! Gustave lui avait fait prendre des actions dans des sociétés anglaises (Somerset Engineering Company), italiennes (Gruppo Prozzo), américaines (Forster, Templeton & Grave)…

Maintenant qu'elle était certaine de n'avoir pas tout perdu, mais seulement la moitié, ce risque de débâcle lui provoquait une colère, une rancune dont elle était la seule exclue : c'était de la faute de tout le monde, de Charles qui l'avait alertée sur une crise hypothétique qui n'était finalement jamais survenue, de Gustave qui n'avait pas trouvé les mots pour la convaincre, des journaux qui se gardaient bien de rappeler qu'ils étaient les premiers à avoir vanté les avantages d'une affaire dont ils annonçaient à présent la déconfiture, de Léonce qui la première avait évoqué… Et d'ailleurs, où était-elle ? S'il y avait un jour où la présence de son amie était indispensable, c'était bien… Mon Dieu, il était dix heures du matin, on partait par le train du soir et elle n'était pas encore montée voir Paul pour l'informer.

En découvrant le visage dévasté de sa mère, il voulut poser une question, mais lorsqu'il était en proie à une émotion trop vive, il ne trouvait même pas les premières syllabes. Il saisit son ardoise : « Qu'y a-t-il, maman ? »

Madeleine éclata en larmes. Agenouillée près du fauteuil de son fils, elle pleura longuement en balbutiant, ce n'est rien mon chéri, un petit problème, je t'assure, mais Paul avait du mal à croire que ce qui jetait sa mère dans un tel désespoir puisse n'être rien.

« Léonce n'est pas avec toi ? » écrivit-il. Cette

question eut au moins le mérite d'interrompre la crise de larmes de Madeleine qui se releva difficilement.

— C'est fini, mon chéri, ça va passer, ce n'est rien. Mais ce voyage, mon ange, ça ne va pas être possible...

Le hurlement de Paul tétanisa la maison entière.

Madeleine fut glacée par le visage de son fils, méconnaissable, et par son cri qui venait de la gorge, du ventre, de l'âme, si intense et désespéré que sa première pensée fut que Paul allait à nouveau se précipiter par la fenêtre. Elle pressa sa tête contre elle, ça va aller mon amour, là, on va trouver une solution, il sanglotait, je te le promets, là, là, maman va trouver...

— Je vais être retenue... pour affaires. Mais Léonce va partir avec toi !

Elle était très heureuse de son idée. Elle éloigna Paul pour le regarder dans les yeux.

— Qu'en dis-tu ? C'est Léonce qui t'accompagnera, tu veux bien ?

D'accord, fit-il, il était très pâle, oui, d'accord, Léonce.

La femme de chambre vint alors prévenir que M. Joubert était là.

Madeleine portait son déshabillé du matin froissé, taché de thé et de confiture, elle était décoiffée, le visage ravagé par les larmes et l'inquiétude... Elle comprit, dans le regard de Gustave, la vulgarité du spectacle qu'elle offrait. Il n'avait pas prononcé un mot, elle était déjà sortie en murmurant je reviens. Quand elle fut de retour, après s'être donné un coup de peigne et avoir enfilé un peignoir décent, Gustave n'avait pas bougé. C'était rare de le voir les mains vides, presque inquiétant.

— Quand j'ai lu les nouvelles, dit-il sobrement, j'ai pensé qu'il valait mieux que je vienne…

Il désigna les journaux épars sur le sol.

— J'ai vérifié… Ces… Roumains nous ont caché la réalité de leurs comptes.

Sa voix était plus cassante que d'habitude, plus tranchante, en proie à une émotion qu'il contrôlait difficilement. Madeleine s'écroula sur le fauteuil. Abdiquant toute prétention à la pudeur, elle se remit à pleurer.

— Je vous avais prévenue, dit Gustave… Vous n'avez pas voulu m'écouter…!

Ce rappel avait quelque chose de si brutal et insultant qu'il poursuivit :

— Rassurez-vous, l'État roumain ne va pas laisser tout cela sombrer !

— Mais… s'il refusait son aide ?

— Impensable. Les pourparlers doivent avoir commencé au plus haut niveau, l'affaire n'est pas seulement financière, elle est politique. Peut-être votre oncle en saura-t-il plus…

Mais Charles restait injoignable, Madeleine laissa une douzaine de messages à l'Assemblée, à sa permanence, chez Hortense, personne ne pouvait dire où il se trouvait. On devait être en réunion, sans doute avait-on déjà envoyé au gouvernement roumain des avertissements sévères, Gustave l'avait dit, l'affaire devenait politique, Charles devait être débordé.

Déjà onze heures.

Elle avait promis à Paul que Léonce l'accompagnerait, il fallait aller la chercher, s'organiser. Elle s'habilla à la hâte, le chauffeur la conduisit rue de Provence, au numéro quatre. Mais il n'y avait plus personne du nom de Picard « depuis bien longtemps », assura la concierge, une femme courte, ronde, joviale, qui portait un fichu démesuré sur la tête, comme une Indienne enturbannée.

— Comment ça, bien longtemps... ?

— Oh, ça remonte à une bonne année, je dirais. Attendez (elle posa l'index sur ses lèvres et plissa les yeux), c'est pas difficile... M. Bertrand, cette charogne qui doit rôtir en enfer, a crevé en mai de l'an dernier, moi je retiens la date comme un anniversaire, c'est pas tous les ans qu'on apprend de si bonnes nouvelles, si vous...

— En mai, dites-vous...

— C'est ça. Et Mlle Picard est partie quoi, une ou deux semaines plus tard. Ça nous fait treize mois, je disais un an, je n'étais pas loin, hein ?

Elle tendit la main, Madeleine donna vingt francs.

Dans la voiture, elle fit le compte sur ses doigts. Mai de l'an dernier, cela correspondait à la période où Gustave avait découvert ses « indélicatesses ». Cette ponction exercée sur son salaire devait peser trop lourd pour qu'elle reste rue de Provence, Léonce avait été contrainte de chercher quelque chose de moins cher.

Elle avait déménagé et, de honte, n'en avait parlé à personne.

Madeleine se faisait de nouveaux reproches sur son égoïsme, elle n'avait rien vu, ne s'était enquise de rien. Dans quel taudis Léonce était-elle allée vivre ? Madeleine ne laisserait pas cette situation perdurer. Elle exigerait la vérité... non, pas la vérité, ce serait humiliant, non, elle annoncerait à Léonce... qu'elle pouvait venir habiter dans la maison Péricourt. C'est cela. Sans modification de son traitement. Maintenant qu'André était parti, rien n'empêchait Léonce d'occuper cette petite chambre, il faudrait la rafraîchir, l'égayer un peu, bien sûr, mais ce serait vite fait…

Elle se rendit alors compte qu'elle faisait comme si la vie continuait, que rien d'exceptionnel ne risquait de se passer, que cette histoire de placements boursiers n'était qu'un cauchemar que le retour à son quotidien pouvait facilement chasser…

Aucun disque ne tournait, Paul l'attendait. L'heure était grave. Vladi, étonnamment silencieuse, était assise sur une chaise contre le mur, les jambes serrées, les mains sur les genoux, comme dans une salle d'attente. Paul fixa sa mère.

— Ce sera difficile pour Léonce de t'accompagner, mon ange…

Paul desserra lentement les lèvres. À cet instant précis, il avait le visage presque mortuaire que Madeleine lui avait vu à l'hôpital de la Pitié. Elle enchaîna sans penser à ce qu'elle disait :

— C'est Vladi qui va venir avec toi. N'est-ce pas, Vladi ?

— Tak, oczywiście ! Zgadzam się !

— Je vais m'occuper des papiers…

Se rendre à l'ambassade italienne, faire rectifier les noms sur les billets de chemin de fer et livrer en urgence deux valises à Vladi, établir une autorisation pour l'infirmière d'emmener son fils mineur jusqu'à Milan, tout cela prit la journée. Mais à 17 h 30, tout le monde était à la gare, Paul dans le costume de voyage que Léonce avait recommandé d'acheter, Vladi endimanchée, on aurait juré qu'elle s'était taillé une robe dans un tissu à rideaux, et Madeleine tendue, mais qui avait renoncé à renouveler ses recommandations à Paul qui les avait déjà entendues une bonne douzaine de fois et à Vladi qui ne comprenait rien et avait serré dans un porte-feuille sans âge l'épaisse liasse de lires italiennes donnée par Madeleine avec une parfaite désinvolture, ça n'était pas de nature à mettre en confiance.

Les porteurs attendaient ponctuellement sur le parvis de la gare de Lyon, Vladi poussa Paul jusqu'au train. Dans un mouvement incessant de valises, de malles, de voyageurs préoccupés, de familles excitées, de couples émus, on alla installer le fauteuil roulant dans la réserve à l'extrémité du wagon et l'on porta Paul jusqu'à sa place, près de la vitre, dans un compartiment de première classe en velours rouge et boiseries claires. On déposa dans les filets, au-dessus des sièges, les effets personnels des voyageurs. Madeleine ne put s'empêcher d'aller recommander Paul et son accompagnatrice au chef de rame, un homme d'une trentaine d'années, torse large, jambes courtes, et dont le regard était rendu sauvage par d'épais sourcils qui pointaient vers le ciel comme des antennes de TSF.

Madeleine avait le cœur serré de voir partir son petit garçon qui, lui, était rayonnant, inconscient de ce qui se passait dans la vie de sa mère. Inconscient ? Sans doute pas tant que cela, parce que, lorsqu'elle dut quitter la voiture (le contrôleur se faisait pressant, nous allons bientôt démarrer, madame, il faut descendre maintenant), Paul lui murmura dans l'oreille :

— Ça… a v… va all… aller, ma… man. Puisque j… e t'ai… me.

Madeleine était encore debout sur le quai alors que le train avait quitté la gare depuis plusieurs minutes.

Paul s'était éloigné d'elle pour la première fois, c'était un chagrin calme qui, étrangement, la fortifiait. Tout pouvait lui arriver, elle pourrait tout supporter tant que Paul en serait protégé.

Paul était partagé lui aussi, alourdi par la mauvaise conscience de laisser sa mère… Ce qu'il avait entendu, c'est-à-dire à peu près tout, présageait des temps difficiles. Quoi qu'il arrive, demeurerait le souvenir de ce voyage, il serait allé à la Scala, il y aurait écouté Solange, ce qu'il aurait vécu là, personne ne pourrait jamais le lui prendre.

Le responsable de la rame qui se croyait une mission parce que Madeleine lui avait remis cinquante francs était le fils d'immigrés polonais. Quoique français, il parlait fort bien la langue de ses parents et, lorsque le train fut parti, qu'il eut achevé de satisfaire aux consignes de sa charge, il entreprit avec Vladi une conversation dont Paul devinait sans peine la teneur et les conséquences par les rires, les gloussements, les ricanements de la jeune femme, les mêmes que ceux qui avaient accompagné ses rencontres avec le fils du bougnat de la rue de Miromesnil ou avec le liftier de la tour Eiffel qui habitait rue de Tocqueville.

Paul et elle s'installèrent à leurs places réservées au wagon-restaurant, une jolie table à nappe blanche aux lettres de la compagnie de chemin de fer, avec la petite lampe à lumière diffuse, les couverts argentés, les verres en cristal comme sur les publicités des magazines, Vladi commanda une demi-bouteille de vin rouge, elle était aux anges.

Lorsque la nuit commença, allongé sur sa couchette, recroquevillé sous les draps empesés et les couvertures écossaises, Paul laissa une agréable somnolence le gagner, ne perçut bientôt plus que les voix de Vladi et du chef de rame et quelques minutes plus tard fut bercé par les halètements de la jeune infirmière mêlés au tempo entêtant des roues du wagon qui évoquaient les mesures lancinantes du *Boléro* que le vendeur de Paris-Phono lui avait fait découvrir deux semaines plus tôt. Il plongea dans un sommeil palpitant d'excitation.

Madeleine n'avait même pas tenté de se coucher, elle avait passé la plus grande partie de la nuit à relire les documents qui lui assuraient la propriété d'actions anglaises, américaines, italiennes.

Dès six heures, elle était coiffée, habillée, mais elle avait l'estomac noué, la gorge serrée. Curieusement, son visage n'était pas celui d'une femme dévorée par l'anxiété. Pâle, sérieux, concentré, il ressemblait à celui que l'on prête à ces condamnés qui, épuisés d'attendre leur exécution, marchent à la mort avec calme et détermination. Léonce ne serait pas là avant huit heures et demie. Elle commanda le chauffeur et se mit en route.

— Ah, c'est toi !

Hortense portait une robe de chambre à ramages, des chaussons fourrés. La tête hérissée de bigoudis, elle ressemblait effroyablement à l'épouse que tous les hommes redoutent d'avoir un jour. Sans inviter Madeleine à entrer, elle croisa les bras.

— Je cherche mon oncle, j'ai besoin de lui parler.

— Charles est très occupé, imagine-toi ! C'est,

comme tu sembles l'ignorer, un éminent parlementaire très sollicité et qui n'a pas une minute à lui.

— Même pour sa nièce ?

— Parce qu'il a une nièce ? Ah, première nouvelle !

— Je dois le voir…

Hortense éclata de rire.

— Ah, voilà bien la famille Pé-ri-court-Mar-cel ! Toujours au-dessus du lot ! On parle et tout le monde exécute !

Cette hostilité soudaine tranchait avec son habituelle imbécillité.

— Je ne comprends pas ce…

— Rien d'étonnant ! Ton père non plus ne comprenait pas.

Hortense parlait d'une voix suraiguë, elle secouait la tête si énergiquement que quelques bigoudis se balancèrent, puis se déroulèrent, elle ne s'en rendit pas compte, son visage était encadré par un essaim de papillotes qui, comme montées sur ressorts, lui dansaient autour de la tête.

— Tout le monde doit être aux ordres ! Eh bien, c'est terminé tout ça ! Ah ! Ils vont tomber de haut les Pé-ri-court-Mar-cel !

Hortense fit un pas furieux vers Madeleine, pointa un index vengeur sur elle.

— Primo, Charles n'est pas aux ordres de Mademoiselle. Deuzio, rira bien qui rira le dernier. Tertio…

N'imaginant pas ce que pourrait être ce tertio, elle conclut :

— Ça t'en bouche un coin, hein !

Madeleine se retourna sans un mot et sortit.

Elle se fit conduire au *Soir de Paris*.

La conférence de rédaction, c'est-à-dire la réunion au cours de laquelle les journalistes prenaient les ordres de la direction, n'était pas encore achevée, on fit installer Madeleine dans un salon.

Guilloteaux arriva quarante minutes plus tard. Il se confondit en excuses, ma chère, ce journal m'épuise, je crois que je suis trop vieux pour ce métier, il disait cela depuis plus de dix ans à tous ses visiteurs qui savaient pertinemment qu'il mourrait dans son fauteuil. Madeleine ne s'était pas levée, elle le fixait, attendant qu'il en finisse avec les banalités d'usage. Il s'installa près d'elle, comme à regret.

— J'imagine que pour vous, la situation est bien compliquée.

— À qui la faute ?

Guilloteaux fut frappé par cette question comme par une décharge électrique. Il posa une main sur sa poitrine dans une attitude outragée.

— Votre journal, poursuivit Madeleine, n'a cessé de vanter les mérites de cette affaire roumaine à longueur de colonnes.

— Ah oui, ça… Oh…

Il était rassuré, cela se voyait.

— Ce n'était pas à proprement parler de l'information, c'étaient des nouvelles. Un quotidien diffuse les nouvelles utiles à ceux qui le font vivre.

Madeleine peinait à comprendre.

— Quoi… Ces articles… étaient payés ?

— Tout de suite les grands mots ! Un journal comme le nôtre ne peut pas exister sans appuis, vous le savez bien. Lorsque l'État soutient un emprunt de cette importance, c'est qu'il l'estime nécessaire à l'économie du pays ! Vous n'allez tout de même pas nous reprocher d'être patriotes !

— Vous publiez sciemment des informations mensongères…

— Pas mensongères, là, vous allez trop loin ! Non, nous présentons la réalité sous un certain jour, voilà tout. D'autres confrères, dans l'opposition par exemple, écrivent l'inverse, ce qui fait que tout cela s'équilibre ! C'est de la pluralité de points de vue. Vous n'allez pas, en plus, nous reprocher d'être républicains !

Madeleine était ulcérée et honteuse d'avoir fait preuve de tant de naïveté, elle claqua la porte.

18

Dès l'aube, Vladi, installée près de la fenêtre, commentait à grand renfort de superlatifs polonais le paysage qui n'avait pourtant rien de bien spectaculaire. Après quoi, le train avait laborieusement cahoté sur des aiguillages pendant une demi-heure avant d'entrer dans une gare enfumée et surpeuplée.

Solange, elle, avait appris par un télégramme que Paul serait accompagné non par sa « chère maman », mais par une nurse. Elle changea immédiatement ses plans et, au lieu de se mettre en scène pour les attendre dans le salon du Principe di Savoia, elle décida d'aller elle-même chercher son invité à la gare.

La présence de la Gallinato en Italie excitait les journaux, d'autant que dans la grande tradition des divas, elle n'était avare ni de caprices, ni de déclarations. En annonçant qu'elle se rendrait à la gare de Milan, elle avait fait grand mystère de l'identité de son invité. Les reporters et les photographes pensèrent à une nouvelle histoire d'amour, mais personne n'y crut réellement.

Solange avait énormément grossi ces deux dernières années et elle se déplaçait lentement. Ni sa voix ni son talent d'interprète n'en avaient été affectés, c'en était surprenant, elle chantait même de mieux en mieux, la maturité, disait-on, elle était au sommet de son art.

Elle avait donc quitté son hôtel entourée d'un nuage de journalistes et de reporters. Des employés de la gare s'étaient pliés en quatre pour l'escorter malgré la foule. Le train la trouva debout sur le quai, recouverte d'un déluge de tulle blanc, coiffée d'un immense chapeau, enveloppée d'une fumée bleutée, imposante, hiératique et offerte, figurant assez bien le type idéal de la femme hystérique, on fit de très belles photos. La descente de Paul d'abord, dans les bras de Vladi, puis son installation dans son fauteuil roulant firent rugir la presse de plaisir. Les flashs crépitèrent, Paul souriait de toutes ses dents, c'est, je crois, la seule image que l'on conserve de lui à un tel degré de bonheur. Solange agenouillée, Solange marchant lourdement en serrant la petite main de son Pinocchio… Dès le soir, ces clichés étaient en une des quotidiens, le public imprévoyant se précipita sur les locations à la Scala, on vendit des places au marché noir à des tarifs hallucinants.

Paul disposait d'une suite, dont une porte communiquait avec celle dans laquelle Vladi poussait des hurlements d'admiration. La jeune Polonaise vit arriver un repas spécial, accompagné au champagne, elle se pâmait et adressait au serveur des sourires incitateurs dont la réputation fit le tour de l'établissement en moins d'une heure.

Quelques minutes plus tard, le couple fit sensation dans le restaurant du palace où, d'un geste désintéressé, Solange refusa l'emplacement préparé à son intention au centre de la salle pour préférer à l'extrémité, près d'immenses miroirs, une petite table plus discrète, plus effacée, c'est-à-dire où les photos seraient d'un plus bel effet.

Solange mangeait avec une grande distinction, mais elle ingurgitait une quantité effrayante de nourriture, aussi le déjeuner dura-t-il si longtemps qu'elle aurait juste le temps, c'était son programme habituel, d'aller faire une longue sieste digestive avant de se rendre, une heure et demie avant l'entrée du public, dans la salle où elle se produisait le soir.

C'était la première fois qu'ils étaient ainsi ensemble, face à face.

Paul bégayait peu, Solange souriait. Ils parlèrent opéra, voyages. Elle évoqua des souvenirs de son enfance à Buenos Aires (bien qu'elle fût née à Parme, de mère italienne), de son père, propriétaire d'un haras de pasos péruviens dans la vallée de Lerma, de ses modestes débuts, à treize ans, dans la petite salle de Santa Rosa où elle avait reçu le soir même quatre demandes en mariage.

Paul, rêveur, écoutait ces confessions. Il faisait partie des rares qui savaient, pour avoir passé beaucoup de temps en bibliothèque à rechercher des documents très anciens, que Solange Gallinato, née Bernadette Traviers à Dole (Jura), était, en fait, la dernière fille d'un cantonnier alcoolique, incarcéré à Besançon le jour de sa naissance survenue avec trois mois d'avance pour cause de violences conjugales.

Paul la regardait avec gravité. Dès le premier regard, il avait retrouvé en elle l'immense tristesse qu'il avait toujours perçue dans ses enregistrements. Solange était une femme triste, cela lui serra le cœur. Que se passa-t-il au cours de ce déjeuner qui eut un tel effet sur Solange, nul ne le sut jamais. L'évocation de la destinée tragique des personnages du répertoire qu'elle avait interprétés entra-t-elle en brutale résonance avec sa propre vie ? La vision de ce petit garçon subjugué lui fit-elle ressentir le désert affectif qui était le sien depuis la mort de Maurice Grandet ? Un sentiment de fatalité et d'injustice vint-il l'accabler devant cet enfant condamné à une chaise roulante ? Allez savoir. Tout ce qu'on sait, c'est que le soir, elle ne parvint pas, au cours des répétitions, à se tenir debout suffisamment longtemps, elle chanta assise. Elle ne se releva jamais plus.

Le directeur de la Scala, paniqué, vint sur la scène prendre de ses nouvelles. Des fleurs, dit-elle simplement. On fit venir un monceau de gerbes et de corbeilles, des piédestaux, des colonnes.

Lorsque le rideau s'ouvrit, le public la découvrit assise, très droite sur une chaise légèrement surélevée grâce à un praticable rendu invisible par un drap en satin, au milieu d'un décor luxuriant de fleurs et de plantes, on aurait dit qu'elle chantait dans un jardin botanique.

Elle bouleversa aussi l'ordre du programme, que jamais plus elle ne modifia. Elle commença, d'une voix déchirante, *a capella*, comme elle l'avait fait autrefois à Paris, par l'ouverture de *Gloria Mundi* :

Mon cher amour,
Nous revoici, dans les ruines du palais
Où pour la première fois nous nous vîmes……

À l'instant où Paul, dans la grande salle de la Scala, entendait les premières notes de l'opéra de Maurice

Grandet, il était dix-neuf heures trente à Paris, sa mère découvrait le titre du *Soir* :

L'État roumain refuse son aide
au consortium pétrolier qui l'a sollicité

Il restera sourd aux appels pressants de l'État français.

Madeleine parcourut l'article, mais elle ne le comprenait pas, les mots se refusaient à elle.

Plus d'un quart d'heure lui fut nécessaire pour percer la gangue de ce message et se convaincre enfin que, contrairement à ce que tout le monde avait espéré, une bonne partie de sa fortune venait de s'évaporer.

Léonce, sans doute ruinée, ne s'était pas encore montrée. Madeleine ne parvenait pas à arrêter ses larmes, de quel réconfort serait-elle pour son amie si, comme c'était probable, elle aussi était touchée ?

Elle n'arrivait pas à imaginer ce que cette faillite allait signifier concrètement dans sa vie. Moins de personnel ? Oui, sans doute. Pour le reste, à quoi fallait-il renoncer, sa vie n'avait rien d'extravagant ! On ne perd pas une large part de ses revenus sans conséquence, il devait y avoir des dispositions à prendre, mais lesquelles ? Tout cela était très confus. Penser à Paul l'aida à rassembler son courage. Il fallait affronter la réalité. Elle appela Gustave Joubert. Il venait de quitter les bureaux de la banque. Elle se changea et commanda le chauffeur.

Elle avait emporté l'exemplaire du *Soir de Paris*, dont le titre, dans la semi-pénombre de la voiture, lui paraissait maintenant deux fois plus gros et plus menaçant. Immobilisée dans un encombrement à la hauteur du quai de la Seine, elle relut les articles qui, tous, rappelaient cruellement l'euphorie boursière que cette entreprise avait connue.

Elle s'arrêta soudain sur un autre titre :

En Irak, découverte d'un gisement pétrolier d'une ampleur exceptionnelle

Les actions boursières avaient perdu 80 % de leur valeur lorsqu'elles ont été acquises massivement par un organisme financier français qui s'apprête à réaliser l'une des plus fortes plus-values de l'histoire de la Bourse de Paris dans un délai aussi bref.

Ainsi Joubert avait raison. Madeleine était atterrée.

Sur la scène de la Scala, les lumières avaient insensiblement diminué et s'étaient colorées d'un ocre clair. Solange tenait ses poings fermés contre sa poitrine.

De quelle jalousie avez-vous été pris ?
Ces ruines où nous sommes
Sont donc tout ce qui reste
De nous ?

Gustave descendit, calme, rigide. Il portait des babouches de couleur et une veste d'intérieur aux parements de soie, comme un mari.

Madeleine ne dit pas bonjour, la gorge serrée. Il suffisait de regarder la haute stature de Gustave, ce regard bleu clair, froid et perçant, sans hostilité ni sympathie, pour comprendre qu'une page définitive de leur relation venait d'être tournée.

— Il n'y a donc aucun recours ? demanda-t-elle abruptement.

— Je le crains, Madeleine…

Elle avala sa salive.

— L'essentiel de ce que je possède était engagé là-bas, n'est-ce pas ? Mais… pas tout ! Vous avez bien constitué un portefeuille avec 50 % d'actions dans d'autres entreprises, n'est-ce pas ?

Elle avait posé la question avec l'autorité de classe qu'on lui avait inculquée, mais qui, dans cette circonstance, était hors de propos.

— C'est vrai, Madeleine, mais…

— Mais… ?

— Ce sont des sociétés qui, pour la plupart, sont liées à la même filière, des sous-traitants, des fournisseurs, des clients…

— J'ai des titres anglais, américains, italiens… ! Le gouvernement roumain ne gère pas les affaires étrangères, que je sache !

— Ces sociétés étrangères, Madeleine, appartiennent toutes à la filière pétrolière. Elles vont sombrer, elles aussi, dans les jours à venir.

— Combien ai-je perdu ? Que me reste-t-il, Gustave ?

— Vous avez perdu beaucoup, Madeleine. Il vous reste… très peu.

— J'ai… tout perdu ? Toute ma fortune ?

— Pour l'essentiel, oui. Il va vous falloir prendre des mesures drastiques.

— Vendre la maison ?

Silence.

— Tout vendre ?

— À peu près tout, oui. Je regrette…

Madeleine sembla perdre plusieurs centimètres. Elle s'était retournée, hébétée, avait gagné la porte d'un pas mécanique, mais elle s'arrêta brusquement, se tourna vers Joubert, elle serrait entre ses mains son exemplaire du *Soir* qu'elle tendit vers lui.

— Dites-moi, Gustave…, « l'organisme financier » qui a fait monter le pétrole roumain pour acheter à bas prix les actions irakiennes, c'est vous ?

Joubert était un homme froid, dur, mais cette fois l'aveu était de taille, le courage lui manqua. Il répondit à côté :

— Je vous ai conseillée au mieux, Madeleine, vous n'avez pas voulu m'écouter…

Elle se sentait dans un état de lucidité presque terrifiant. Sa colère montait à mesure que son cerveau reconstituait le fil des événements des derniers mois.

Charles d'abord. Venu lui expliquer qu'une crise économique la menaçait et que Joubert était dépassé…

Dans le *Soir de Paris*, des informations sur la réussite éclatante du pétrole roumain…

Gustave lui-même qui faisait tout pour apparaître comme un homme dispensant de mauvais conseils qu'il était impératif de ne pas suivre…

Madeleine prenait toute la dimension de la manipulation dont elle avait été l'objet.

Elle eut envie de le tuer, de l'écraser comme un serpent.

— Vous me retrouverez sur votre route, Gustave.

Je vais utiliser les obligations de Paul dont j'assure la gestion pour réorganiser notre vie et…

— De quelles obligations parlez-vous, Madeleine ?

— De celles dont Paul a hérité de son grand-père.

— Mais, Madeleine, vous les avez vendues…

Sous le choc, elle dut se retenir à la poignée de la porte. Comment cela, vendues ?

— Madeleine, je vous ai conseillée, et vous avez accepté, de restructurer votre fortune. C'était en août dernier, souvenez-vous, je vous ai apporté des tableaux, des chiffres, des courbes… Les actions d'État, vous ai-je expliqué, ne rapportent plus rien et ça ne s'arrangera pas avec le temps… Vous avez accepté de céder tous les titres de votre fils, ce que je vous ai conseillé. J'ai attiré votre attention sur cette décision capitale.

Oui, elle se souvenait vaguement : « Vous abandonnez des titres pauvres, avait-il expliqué, et vous consolidez la banque familiale… »

Joubert avait ce ton docte, vaguement humiliant, qu'il adoptait lorsqu'il voulait lui faire sentir son infériorité intellectuelle.

— Lorsque nous avons procédé à cette restructuration, vous m'avez assuré que vous compreniez clairement de quoi il s'agissait.

— Les obligations de Paul… ont été vendues ?

— Plus exactement, vous avez autorisé la banque à…

— Où est l'argent de Paul ?

Madeleine avait hurlé.

— Vous l'avez investi, avec le reste, dans le pétrole roumain, Madeleine. Contre mon avis. Vous n'avez aucun reproche à me faire.

— J'ai tout perdu ?

— Oui.

Joubert enfonça ses mains dans ses poches.

— Et Paul aussi a tout perdu ?

— Oui.

— Laissez-moi comprendre, Gustave… Pour faire chuter les actions pétrolières que vous vouliez acquérir, il vous fallait un faire-valoir puissant. Et c'est la totalité de ma fortune qui vous a servi, c'est bien cela ?

— Je ne dirais pas cela comme ça…

— Comment le diriez-vous ?

— Je dirais que vous avez refusé de me faire confiance.

— Vous m'avez menti…

— Jamais !

Cette fois, c'est Gustave qui avait crié.

— Vous avez pris vos décisions seule et contre mon conseil. Je vous ai toujours fourni d'amples explications, mais cela vous barbait, vous soupiriez… Vous ne pouvez vous en prendre qu'à vous-même.

— Vous êtes un…

Le mot lui vint. Qu'un reste de décence lui interdit de prononcer.

Joubert l'avait manipulée pendant des mois et des mois. Il avait agi selon un plan mûrement réfléchi.

— Ma fortune tout entière est passée dans vos mains…

— Non. Vous avez perdu votre fortune en même temps que je constituais la mienne, c'est tout à fait différent.

Elle titubait, la femme de chambre lui porta secours, elle la repoussa, descendit les marches du perron, monta en voiture.

À l'instant où le chauffeur s'apprêtait à refermer la portière, Madeleine l'arrêta, le regard rivé sur une fenêtre du premier étage.

De là-haut, Léonce la regardait.

Gustave apparut derrière elle un court instant, puis s'effaça.

Les deux femmes restèrent ainsi un long moment.

Puis Léonce, d'un geste lent, laissa tomber le rideau.

La lumière avait quasiment fondu au noir.

Le public, fasciné, tentait maintenant de distinguer sur la scène la source de cette voix poignante qui achevait :

Je vous ai tant aimée
Comment vous haïrais-je ?
Mais voyez dans quel chaos
Vous avez plongé ma vie…

19

L'hôtel Péricourt fut vendu le 30 octobre 1929, bien en dessous de sa valeur parce que Madeleine était pressée.

Un commissaire-priseur fit apposer des petits chevalets indiquant le prix de chaque meuble, tableau, bibelot, livre, rideau, tapis, lit, plante, lustre, miroir, à l'exception du peu que Madeleine pourrait emporter avec elle. On vit défiler un grand nombre de ceux qui, deux ans plus tôt, étaient venus là assister à l'enterrement de Marcel Péricourt.

Madeleine entra et resta pétrifiée.

Hortense déambulait dans le salon, les reins cambrés, comme un général d'infanterie visitant le champ de bataille après la victoire, un petit carnet à la main, s'arrêtant devant une commode ou une tapisserie, reculant pour se faire une idée de ce que cela rendrait chez elle, puis passant à l'article suivant ou notant soigneusement le prix et le numéro du lot.

— Dis-moi, Madeleine, demanda-t-elle sans prendre la peine de la saluer, ce guéridon… deux mille francs, tu ne trouves pas ça excessif, toi ?

Elle s'approcha du meuble, passa dessus un index

comme elle le faisait pour montrer à ses domestiques qu'il restait encore de la poussière.

— Bon, allez, admettons !

Elle nota ce prix dans son carnet et poursuivit sa déambulation.

Madeleine, pour retenir ses larmes et son désir de la gifler, préféra monter rapidement l'escalier. Dans la chambre de Paul gisaient des cartons ouverts, des caisses, de la paille…

— Ça doit être bien difficile de choisir, non ? dit-elle d'une voix basse et émue.

— N… non, ma… man… T… tout v… va bien !

Ils restèrent un instant silencieux.

— Je regrette, tu sais, j'ai…

— Ça n'a au… aucune im… portance, ma… man.

Paul pouvait tenter de la rassurer, la situation n'était pas brillante. La vente de la maison Péricourt avait dégagé juste de quoi acheter deux appartements. Dans le premier, situé rue Duhesme, Madeleine, Paul et Vladi auraient eu leurs aises, mais, constituant le seul revenu notable de la famille, il était destiné à la location.

Le second montrait bien comme il avait fallu réduire les ambitions : un salon, une salle à manger, deux chambres et, sous les combles, une chambre pour Vladi, plus petite encore que la précédente et moins éclairée, mais dont elle se déclara ravie.

C'était au 96, rue La Fontaine, au second étage. L'ascenseur était trop étroit pour le fauteuil roulant de Paul. Pour sortir, Vladi devrait installer le garçon dans la cabine sur une chaise pliante et descendre le fauteuil par l'escalier à bout de bras. On ne pourrait conserver qu'une bonne à tout faire.

Chez Madeleine, la dépression le disputait à la culpabilité. En quelques semaines, elle était ravalée au niveau de vie d'une petite-bourgeoise qui, pour tenir un rang déjà bien modeste, devrait calculer, renoncer souvent, compter toujours. Elle pleurait des heures sans parvenir à s'arrêter, mais elle acceptait ce qui lui arrivait avec un fatalisme qui lui venait d'une mauvaise conscience aiguë et obsédante. Certes, elle avait été mal conseillée, mais elle avait suivi les recommandations sans s'interroger suffisamment, tout cela était sa faute. Elle avait hérité d'une fortune qu'elle avait été incapable de conserver, voilà la vérité. Gustave Joubert avait eu raison de lui rappeler qu'elle avait « signé en toute connaissance de cause », qu'il n'aurait tenu qu'à elle de s'intéresser aux affaires.

Elle avait reçu une éducation de femme. Son père, même s'il l'avait beaucoup aimée, l'avait élevée dans l'idée que pour les grandes choses, elle ne serait jamais à la hauteur. Perdre la fortune qu'il lui avait léguée confirmait ce jugement.

L'emménagement rue La Fontaine eut lieu le 1er décembre.

Quelques jours plus tôt étaient publiés les bans du mariage de Mlle Léonce Picard et de M. Gustave Joubert.

Repenser à la duplicité de celle qu'elle avait cru son amie, qui avait joué de sa présence, de son charme, jusqu'à troubler Madeleine sur ses penchants intimes…, tout cela lui fit très mal.

Quatre jours plus tard, elle se rendit chez maître Lecerf pour signer des documents. En consultant le relevé de la vente du mobilier, elle apprit qu'Hortense avait finalement emporté le petit guéridon pour deux mille francs exactement, personne n'avait surenchéri. Le grand tableau représentant Marcel Péricourt avait été acquis par le nouveau propriétaire « en souvenir du grand homme qui avait bâti ce magnifique immeuble ».

— M. Joubert en a donné deux mille francs, précisa le notaire.

— Je croyais que ce tableau avait été acheté par…

Madeleine laissa sa phrase en suspens. Le notaire, embarrassé, se contenta de tousser.

C'est de cette manière que Madeleine apprit que Gustave Joubert était maintenant le propriétaire de la maison Péricourt.

En fin d'année, Madeleine adressa ses vœux à André. Il répondit par une lettre timide avec des bons sentiments auxquels Madeleine eut envie de croire. Elle appela au journal, l'invita :

— Vous n'allez pas refuser une petite visite à votre amie qui n'a plus que vous, n'est-ce pas ? Et Paul serait si content de vous voir…

Il était très occupé, ça n'était pas très facile…

— Vous ne fréquentez plus les gens modestes, c'est cela ?

Madeleine fut elle-même surprise de cet argument. Elle en eut honte, voulut s'excuser, mais André fut le plus prompt :

— Vous savez bien que non ! Je serais ravi au contraire, c'est seulement que…

Alors, mardi, non, plutôt en fin de semaine, je veux dire de la semaine prochaine, un après-midi, ou un soir, c'est plus facile, alors jeudi… Rien n'allait, il y avait toujours un obstacle.

— Écoutez, André, votre jour sera le nôtre. Et si vous ne trouvez pas de date, cela ne nous empêchera pas de penser à vous avec tendresse.

— Disons vendredi de la semaine prochaine, je ne pourrai pas rester bien longtemps, je devrai être au *Soir* pour le bouclage…

C'est une chose qu'il ne faisait jamais, le bouclage n'avait jamais eu besoin de lui.

André posa un petit paquet sur la commode. Il serra les mains de Madeleine dans un geste ambigu qui pouvait signifier l'intimité comme le respect, elle désigna Paul qui dormait profondément, je suis désolée, chuchota-t-elle. André comprenait, il sourit légèrement, fit trois pas vers le fauteuil comme un jeune père timide s'approchant d'un couffin.

Paul s'éveilla, vit André, et ce fut comme un orage soudain, violent, imprévisible, le hurlement qu'il poussa n'avait pas de limite. Les yeux exorbités, les bras autour de la tête comme s'il voulait se protéger d'un bruit assourdissant, et ce cri, mon Dieu, d'où venait-il pour être aussi puissant, un hurlement à la mort. Vladi fit irruption (« Co się stało, aniołku ? »), se précipita vers Paul qui la repoussa, il était en transe, dodelinait fiévreusement de la tête, les yeux révulsés, on aurait dit qu'il voulait s'arracher la poitrine.

Madeleine pressa André, le fit sortir de la pièce, mais les rugissements de Paul étaient d'une telle intensité qu'il n'entendit pas ce qu'elle tentait de lui dire, il était effaré, fit signe qu'il comprenait et dégringola les escaliers comme s'il était poursuivi par le diable.

Madeleine courut à Paul, immobilisa sa tête entre ses bras croisés en berceau, elle disait des mots de consolation.

Paul pleurait à chaudes larmes, allez-y, Vladi, dit Madeleine, je vais m'occuper de lui, éteignez, je vous prie, elle le berça un très long moment dans la pénombre.

Lorsqu'il fut plus calme, elle n'alluma que la petite lampe à abat-jour orangé qui, la nuit, plongeait le salon dans une ambiance vaguement orientale. Elle s'assit devant lui, lui caressa les mains, presque tranquille malgré les larmes encore abondantes de Paul.

Elle savait que le moment était enfin venu, auquel elle s'était préparée et dont elle pressentait la douleur abyssale qu'il allait lui causer. Elle essuya le visage de son fils, le moucha, revint à sa place.

Le petit garçon regardait par la fenêtre, comme naguère. Madeleine ne posa pas de questions, elle lui tint les mains simplement.

Deux heures s'écoulèrent ainsi, puis une troisième. Le salon, l'immeuble, la rue, la ville plongèrent tour à tour dans une nuit profonde. Paul demanda de l'eau. Sa mère lui apporta un verre, reprit sa place et les mains de son fils.

Il se mit à balbutier d'une voix grave, presque adulte. Il bégayait beaucoup. Les larmes remontèrent, abondantes, et avec elles, la vérité.

C'était très lent, très long, les lèvres butaient sur chaque syllabe, parfois les mots s'agglutinaient, Madeleine attendait, patiente, mais le cœur retourné, et elle voyait se dérouler la vie de son fils, une vie dont elle ne savait rien, qui parlait d'un enfant qui était le sien et qu'elle ne connaissait pas.

Défilèrent d'abord les longues séances de dictée où André lui attachait le bras gauche dans le dos pour le contraindre à écrire de la main droite, des heures dans cette camisole, le corps ankylosé, les muscles déchirés et cette main désespérément maladroite qui ne voulait pas obéir… Alors, la règle en fer sur l'extrémité des doigts à la première erreur… On ne pleure pas, Paul, exigeait André. Jusque dans ses rêves, l'arrivée du précepteur lui provoquait des accès de transpiration, il se retournait, faisait des sauts de carpe dans le lit.

André le surprenait avec, sous le drap, un roman de Jules Verne. « Avons-nous autorisé cette lecture, Paul ? » Sa voix était très rauque.

Il est plus de vingt heures, il y a un dîner au salon, on entend jusqu'ici le cliquetis des verres, une odeur de cigarette monte par l'escalier. Paul, rougissant, reconnaît sa faute, alors la fessée, pyjama baissé, sur les genoux d'André, sale petit garçon. Après quoi Paul est recouché, André se penche, compatissant, il écoute lui aussi les bruits du dîner, les éclats de voix, se tranquillise, revient vers son élève, caresse ses fesses rougies d'un air navré, il se passe un long moment, puis c'est un frôlement de tissus près du lit, deux chaussures qui tombent lourdement sur le parquet tandis que du rez-de-chaussée arrive un brusque accès de rires, quelqu'un vient sans doute de raconter une anecdote, puis il y a un brouhaha, les hommes se dirigent vers le fumoir, les femmes, entre elles, vont s'entretenir de l'éducation des enfants, quelle responsabilité… Paul ferme les yeux, la tête dans l'oreiller, il sent André s'allonger contre lui. Sa respiration, son souffle, ses mots… Ses mains, puis son poids. Et la douleur. Allons, allons, c'est fini, là, tu vois c'est déjà fini, et la douleur dans les reins, cette impression d'être déchiré en deux, tu vois, André parle d'une voix grave, très basse, il geint, il dit comme il est malheureux quand Paul ne travaille pas bien, puis il geint de nouveau. Petit Paul va promettre à son ami André, n'est-ce pas ? Sinon, le châtiment, ce ne sera pas la règle sur le bout des doigts.

À cette époque, Madeleine s'en souvient, elle entre dans sa chambre jusqu'à quatre fois dans la nuit. Allons, mon cœur, calme-toi, maman est là, elle lui caresse le front. Il est agité comme un chaton, Léonce arrive à son tour, allez vous allonger Madeleine, je vais le veiller un moment, je partirai ensuite.

Parce que Paul se réveillait chaque nuit et guettait les bruits de pas dans l'escalier de service, tremblant qu'André s'arrête, entre dans la chambre en catimini, se déshabille furtivement. Parfois il n'émergeait du sommeil qu'aux effluves de l'haleine d'André dans son cou, chargée d'alcool, d'odeur de cigare, ses mains partout… « Il ne veut pas que je sorte, le petit chameau », disait Madeleine en riant car Paul pleurait à l'annonce des dîners à la maison, des spectacles où elle devait se rendre. Allons, disait-elle en s'asseyant au bord de son lit, elle était en robe de soirée, parfois son manteau sur le dos, maman ne va pas rentrer tard, il s'accrochait à son bras comme un petit animal, tu dois grandir Paul et puis il faut que tu dormes, je ne veux pas sortir fâchée contre toi mon chéri, tu le comprends, il disait oui, Madeleine pensait qu'il avait peur du noir, je vais laisser la lumière du couloir allumée et je ne l'éteindrai que lorsque je serai rentrée, je te le promets. Bonsoir André, entendait-il, Madeleine parlait bas, vous veillez sur Paul, n'est-ce pas, merci, vous êtes un ange, il y avait un petit bruit que Paul ne savait pas interpréter, ça ressemblait à un baiser furtif, parfois même un rire, chttt, allons, disait Madeleine, la voix était rieuse. Ensuite, c'était un froufrou de tissu dans l'escalier, la nuit qui tombait, la lumière restée allumée, comme elle avait dit, jusqu'à ce que l'ombre d'André vienne s'interposer, Paul se retournait contre le mur, son cœur s'affolait, envie de vomir, le pas près du lit, le feutré des chaussures qui chutent sur le tapis.

L'image de grand-père arriva. Cet homme large et lourd qui sentait le tabac pour la pipe, que Paul trouvait le plus souvent assis derrière sa table de travail, qui levait les yeux quand la porte s'ouvrait, ah, c'est toi mon bonhomme, qu'est-ce qu'il se passe, allez viens, jamais il ne refusait de s'occuper de lui, ça n'était jamais arrivé, jamais. Sa chambre embaumait le café noir. Grand-père, lui, sentait l'eau de Cologne, il avait des moustaches drues qui grattaient dans le cou lorsqu'il vous embrassait.

Madeleine fut transpercée par la vision de son père assis dans son bureau, tenant son petit-fils pelotonné contre lui.

M. Péricourt avait un jour risqué, l'air de rien :

— Dis donc, tu ne ferais pas mieux de le mettre dans une institution, qu'il soit avec d'autres garçons de son âge ?

— Ne te mêle pas de ça, papa ! C'est mon fils, c'est moi qui l'élève et je le fais à mon idée !

M. Péricourt n'était pas aveugle. Ni sourd. Il devait bien entendre, comme les autres, les pas étouffés de Madeleine quand, en pleine nuit, elle grimpait ou descendait l'escalier de service, mais comment dire ça à sa fille, c'était impossible. Il n'avait pas insisté, mais elle avait souvent trouvé Paul dans le bureau de son grand-père, endormi dans ses bras.

Paul ne parlait pas de tout cela avec son grand-père, il n'avait pas les mots pour le dire. Mais c'est auprès de lui, dans cette odeur de tabac pour la pipe, dans les replis en laine de sa robe de chambre, qu'il venait se réfugier, s'endormir, se consoler. Son bureau était le refuge. Le seul.

Et un jour, grand-père était mort.

Vint cette journée de l'enterrement.

Madeleine envoie Léonce le chercher, un André furieux d'être distrait dans sa première grande mission journalistique, un André hors de lui qui grimpe l'escalier quatre à quatre, déniche Paul dans la bibliothèque de son grand-père, le somme de descendre.

L'enfant tarde, bégaye. André le gifle à la volée et redescend, exaspéré.

Paul est en larmes. Il est seul. Plus personne ne le défendra, maintenant que grand-père est mort.

Paul ouvre la fenêtre, monte sur l'appui.

Et lorsqu'il voit André apparaître sur le perron, il se jette dans le vide.

Il dort dans les bras de sa mère. Une lumière bleutée annonce le jour qui vient. Il y a plusieurs heures qu'elle est ainsi, ankylosée par le poids de l'enfant, courbatue, vrillée par les crampes, mais elle ne bouge pas. Elle respire lentement. Elle se surprend à penser qu'elle fait à présent avec Paul ce qu'autrefois son père faisait.

On entend les premiers bruits, Vladi entre, s'arrête au seuil de la pièce et chuchote :

— Wszystko w porządku ?

Avec un instinct très sûr la jeune Polonaise n'attend pas la réponse, s'avance, elle prend Paul dans ses bras, va l'allonger dans son lit.

Madeleine reste assise, le regard dans le vide.

Elle eut envie de le tuer. Elle irait chez lui, elle frapperait à la porte et, quand il ouvrirait, il comprendrait aussitôt, reculerait d'un pas et elle lui viderait un chargeur entier dans la poitrine.

Ces idées de meurtre faisaient de violentes percées dans un magma bouillonnant de souvenirs et de reproches. Cette longue période où elle n'avait rien vu, rien entendu, celle de l'effroyable malheur de Paul, était celle où elle grimpait l'escalier en catimini pour rejoindre André.

Elle l'aurait tué si elle s'était précipitée chez lui aussitôt, si elle était montée sans réfléchir. Elle aurait frappé et, dès l'ouverture de la porte, elle se serait jetée sur lui les deux bras tendus. Elle l'aurait alors repoussé si puissamment qu'il aurait reculé jusqu'à la fenêtre ouverte et, à l'instant où ses jambes auraient senti l'appui, il aurait compris, et il aurait basculé dans le vide en hurlant. Elle se serait penchée, aurait assisté à sa chute, le corps curieusement replié en position fœtale serait d'abord tombé sur le capot d'un camion, aurait rebondi et atterri sur la chaussée avec un bruit sourd, une voiture aurait freiné, mais n'aurait pu éviter le choc…

Oui, si elle s'était précipitée tout de suite, peut-être…

Mais elle ne l'avait pas fait et cela ne tenait pas

seulement à l'énergie qui lui manquait, à la peur des conséquences auxquelles, pour être honnête, elle ne songea pas un instant.

Non, c'est parce qu'elle aussi était coupable.

Qu'avait-elle fait, mon Dieu, quel épouvantable champ de ruines elle avait provoqué…

Paul retrouva son calme. Ces révélations l'avaient épuisé, mais deux jours plus tard, il recommençait à manger, à écouter un peu de musique, Madeleine eut le sentiment confus qu'il était soulagé.

Mais pas elle.

On irait au commissariat. Mieux : le commissaire viendrait ici recueillir la plainte, enregistrer les faits, c'est tout.

Paul s'agitait, tournait la tête en tous sens en criant :

— Je… j… ja… ja… mais !

Madeleine jura qu'on ferait comme il voudrait, mais elle revint à la charge à deux reprises, provoquant chaque fois une nouvelle crise de panique, Paul ne voulait pas répéter tout cela, à personne ! Jamais !

Quand il regrettait de lui en avoir parlé à elle, elle se jetait à ses pieds, lui demandait pardon, elle ne savait même plus pourquoi.

Ce qui ressortit clairement de cette semaine confuse, c'est que Paul ne témoignerait jamais, il serait incapable de surmonter pareille épreuve.

Elle lui jura de ne jamais plus en parler, Paul fit signe qu'il comprenait, mais toute sa personne trahissait une rancune contre sa mère qui mit du temps, beaucoup de temps à s'apaiser.

Madeleine ajouta à la liste des fautes et des maux celui d'avoir proposé à Paul de souffrir une seconde fois en faisant des aveux qui avaient mis de longues années à émerger.

Des années qui débouchaient sur une décision prise en une seconde.

Elle alla à son secrétaire, l'ouvrit et, d'une traite, sans une hésitation, sans une rature, écrivit :

Paris, le 9 janvier 1930

Cher André,

Je suis bien navrée de ce qui est arrivé lors de votre venue. Paul a fait un affreux cauchemar qui nous a fait bien peur. Et qui, hélas, nous a privés de votre aimable visite.

Ne lui en veuillez pas, ne nous en veuillez pas. Vous êtes toujours le bienvenu, vous le savez.

Il y avait un petit quelque chose pour vous, pour la Noël, que Paul brûlait d'envie de vous offrir.

Ne nous faites pas languir, revenez-nous vite.

Votre amie et affectionnée,

Madeleine

1933

Pour que les dieux s'amusent beaucoup, il faut que le héros tombe de haut.

D'après Jean Cocteau

20

Le 7 janvier, à la Tour d'Argent, Lobgeois fut le dernier à se lever à l'arrivée de Gustave Joubert, ce qui en disait long sur son état d'esprit. Sacchetti frappa discrètement deux fois dans ses mains ; après un instant de flottement on se mit à applaudir, brièvement, mais c'était suffisant pour que Gustave dise, allons, allons, mes amis. Il souriait largement, on le saluait avec chaleur. Lobgeois lui tendit la main en détournant les yeux, Gustave s'excusa pour le retard, quelle modestie, on était prêt à tout lui pardonner. Depuis quinze jours, il était le grand homme.

Brouhaha, chaises remuées, cliquetis de couverts, on entendit un premier bouchon de champagne, les serveurs approchèrent, on leva son verre. Une voix, quelque part : Un discours !

Gustave refusa humblement.

— Mais le champagne est pour moi !

On rit, ha ha ha, Gustave n'était pas plus drôle que l'an passé, mais c'était l'an passé.

Lobgeois, dans un geste de désespoir, s'était placé face à lui, on se frottait les mains d'avance de la passe d'armes que cela annonçait. Les hostilités ne seraient pas déclenchées avant l'arrivée du canard aux navets, en attendant, on papota en commençant comme toujours par la politique. Cette année, pas de place pour la polémique, l'unanimité fut spontanée, la gauche revenue au pouvoir, quelle plaie.

Aux dernières législatives, les espoirs que le petit groupe de centraliens avait placés en Tardieu n'avaient pas été partagés par les électeurs. Rien d'étonnant, ce modernisateur n'avait pas réussi à moderniser grand-chose, sa confiance dans une politique de prospérité n'avait guère été qu'une confiance en lui-même.

— Le pays, dit quelqu'un, devrait tout de même prendre conscience que les réformes sont indispensables !

Cela traduisait bien l'état d'esprit du groupe, mais c'était sentencieux comme une phrase politique, or, dans ce groupe comme à peu près partout ailleurs, la politique n'avait pas bonne presse. Outre que les scandales à répétition avaient usé les meilleures volontés et ébranlé les plus solides convictions, on estimait que personne n'avait eu le courage de prendre les mesures nécessaires contre les pesanteurs françaises. Sacchetti synthétisa l'opinion générale avec son habileté légendaire :

— Il serait temps de laisser faire ceux qui savent faire !

On achevait seulement les entrées, la grande idée était déjà sur la table. Cela traduisait l'impatience d'entendre Joubert.

Pour bien comprendre cette fébrilité, il est sans doute utile d'expliquer au lecteur ce qui s'était passé pendant ces trois années, depuis qu'à la fin de 1929

Gustave s'était outrageusement enrichi grâce au pétrole irakien dans les conditions que l'on sait.

Pour la première fois de sa vie, l'argent lui donnait le sentiment d'avoir le choix. L'industrie l'excitait et ce, d'autant plus que ses doutes sur l'avenir des banques ne cessaient de se confirmer. Le naufrage spectaculaire de la banque Oustric entraînant celle de la banque Adam avait envoyé par le fond plus d'un milliard de francs. Les établissements petits ou moyens, comme celui que Marcel Péricourt avait fondé, étaient les plus fragiles et, partant, les plus menacés.

Gustave s'était alors intéressé aux Éts Souchon, une entreprise de mécanique générale de Clichy toujours dirigée par son fondateur, dont les deux fils étaient morts pendant la Grande Guerre. Six machines-outils un peu obsolètes, une vingtaine d'ouvriers d'une moyenne d'âge inquiétante, une clientèle qui rétrécissait comme peau de chagrin… Le profil idéal pour recevoir une proposition de rachat, à laquelle Alfred Souchon, faute de descendants, s'était résolu. Gustave Joubert n'avait pas tardé à se féliciter de son intuition. La faillite du Creditanstalt, qui avait précédé celle de la Danat Bank allemande, qui elle-même avait précédé de peu celle de la Banque nationale de crédit, confirma que le bateau bancaire prenait l'eau de toutes parts.

Joubert s'était lancé. Il avait démissionné pour se consacrer à ses propres affaires.

Son départ avait entraîné une brutale crise de confiance chez les administrateurs et les clients de la banque Péricourt. Une panique, née dans une filiale de province, gagna le siège parisien. Il fut impossible de rendre leur argent aux déposants qui l'exigeaient.

Les pouvoirs publics avaient d'autres chats à fouetter, la banque Péricourt avait péri corps et biens en moins de deux semaines.

Charles Péricourt avait fait une déclaration très digne qui lui permettait d'enterrer son frère une seconde fois.

On ne songea pas à interroger Madeleine qui n'existait plus pour personne.

Le nouveau patron de la Mécanique Joubert avait déjà négocié l'acquisition de quatre machines-outils modernes et le remplacement de la vieille classe d'âge de ses ouvriers par la génération suivante, décroché de bons contrats auprès de clients recrutés au Jockey et à l'Amicale des anciens élèves de Centrale. Après quoi un important marché avec Lefebvre-Strudal pour la fourniture de pièces de moteurs d'avion mettait la Mécanique Joubert à l'abri des intempéries pour deux années au moins, affaire rondement menée. Gustave, en capitaine d'industrie, se sentait enfin à sa place.

N'allez pas croire pour autant que cette réussite rapide, mais somme toute banale, était la raison pour laquelle ce jour-là, à la Tour d'Argent, on fêtait Gustave Joubert, non, la véritable cause de cette admiration se nommait… la *Renaissance française*, une idée nouvelle dont il était à la fois le créateur, le missionnaire, le penseur et le promoteur, bref la Renaissance française, c'était lui. Lui qui avait posé le constat en termes clairs : le rayon sismique de la crise américaine a enfin touché les côtes françaises, l'Allemagne se réarme dangereusement, l'Europe craque de partout, mais la classe politique française macère dans le copinage, trafique ses influences et n'apprend rien. Il est temps, expliquait-il, que le pouvoir accorde toute leur importance à des hommes sages, expérimentés, sûrs, patriotes et surtout, surtout, com-pé-tents. À des techniciens !

C'était cela la Renaissance française, un mouvement, un « laboratoire d'idées » formé d'experts qui allait régénérer la France.

Le Parlement avait fait mine d'applaudir parce qu'on ne pouvait ignorer ni combattre ouvertement un groupe qui, de l'électricité à l'automobile, du téléphone à la chimie, de la métallurgie à la pharmacie, fédérait la fine fleur de l'industrie française.

— Les politiciens ont fait leurs preuves, dit Joubert, elles sont accablantes... Il est grand temps que des hommes apolitiques et patriotes disent enfin la vérité au peuple français !

Par « apolitiques », entendre « anticommunistes ».

— Je vois mal comment on peut être apolitique et patriote à la fois, lâcha Lobgeois, ça me dépasse !

Joubert sourit.

— Apolitique, mon cher Lobgeois, cela veut dire que nous sommes avant tout des gens pragmatiques. Qu'elle soit de droite ou de gauche, une mesure qui participe au redressement du pays est une bonne mesure. Quant au patriotisme... Nous pensons simplement qu'il faut être prêt à toute éventualité.

— Quelle éventualité ?

Joubert éclata d'un petit rire suffisant.

— Hitler remporte les élections en juillet, l'Allemagne quitte la conférence sur le désarmement en septembre, et toi, ça ne t'ébranle pas ?

— Éternel jeu de la diplomatie ! Moi, je trouve Hitler plutôt rassurant. Il va remettre de l'ordre dans cette pétaudière qu'est devenue l'Allemagne... Tu te trompes d'ennemi, Joubert. Hitler et nous avons le même : le communisme.

Petit brouhaha d'approbation.

— C'est parce que tu ne sais pas lire.

La réplique tournait à l'insulte, or c'était contraire à la règle tacite du groupe, on pouvait être en désaccord, on restait des camarades. Joubert se précipita donc :

— Pardon, Lobgeois, je me suis mal exprimé. Ce que je veux dire, c'est que tu ne sais pas lire l'allemand.

— Et qu'aurais-je donc appris si je le savais ?

— Qu'Hitler, qui se dirige vers le pouvoir, considère la France comme l'ennemi juré…

— Ah oui, j'ai lu des choses là…

— Ça ne semble pas t'avoir beaucoup intéressé. Pourtant que diable : « … *der Todfeind unseres Volkes aber, Frankreich…* » Pardon, tu ne sais pas l'allemand : « *l'ennemi mortel de notre peuple, la France, nous étrangle impitoyablement et nous épuise. Aucun renoncement ne doit nous paraître impossible pour abattre l'ennemi qui nous hait si rageusement* ». Je ne vois pas ce qu'il te faut…

— C'était dans les journaux ?

— Non, c'est dans *Mein Kampf*, les mémoires de M. Hitler, le bréviaire du parti nazi.

— C'est de la politique, Gustave, rien d'autre ! Personne ne veut d'une nouvelle guerre. Hitler fait monter les enchères pour devenir chancelier, il hausse le ton, mais il cherchera une voie pacifique. Les conflits coûtent trop cher.

— Chacun jugera… Et l'histoire dira.

Gustave Joubert n'avait pas cru bon de poursuivre parce qu'il devait y avoir, autour de la table, autant d'opinions favorables à sa thèse qu'à la thèse adverse, le sujet divisait.

Fort de ce silence, Lobgeois voulut pousser ce qu'il croyait être son avantage :

— Et puis, c'est très abstrait, ton affaire. Ta Renaissance française va publier des études, qui les lira ? Elle va proposer un programme de réformes, qui le mettra en œuvre ?

Un observateur attentif aurait remarqué à cet instant que le groupe, comme sur le sujet précédent, s'était insensiblement divisé en deux. C'était un signe des temps, tout était objet de division, de contestation, de désaccord.

— Nous ne resterons pas abstraits, Lobgeois, je te le promets, dit Joubert avec calme. Rendez-vous à la fin du mois.

— Que se passera-t-il dans un mois ?

Joubert se contenta de sourire.

Sacchetti qui, mieux que quiconque, comprenait que le match avait suffisamment duré, lança :

— Notre dîner d'annuel va donc devenir mensuel ?

Rires, détente, on refit sauter des bouchons de champagne. Le moment était venu de parler des femmes. Joubert consulta discrètement sa montre en pensant à la sienne…

… Léonce, qui au même instant était à quatre pattes et haletait sous les vigoureux coups de reins d'un jeune homme nommé Robert.

On tapa au mur, alors, c'est bientôt fini ! Une voix de femme, criarde, énervée. Léonce éclata de rire et s'effondra sur le lit, mon Dieu ce que j'ai joui, c'est pas Dieu possible, elle était en nage. Robert, lui, était en forme. Deux minutes, mon chéri, supplia-t-elle. Elle roula sur le dos. La chambre était petite, mal ventilée, l'atmosphère était saturée d'une odeur de sexe, de goudron, de transpiration, la condensation faisait couler des rigoles sur les carreaux, ouvre un peu, mon chéri, tu veux ? L'air frais lui fit du bien. Elle s'éventa, des gouttelettes de sueur perlaient sur son ventre, sur ses seins. Robert alluma une cigarette et s'assit sur le bord du lit. Léonce prit machinalement son sexe dans sa main libre et le caressa sans même y penser, pour elle, c'était comme un rosaire à égrener.

— Je vais peut-être devoir y aller, quelle heure est-il ?

Robert fit mine de chercher l'heure.

— Où est ta montre ?

Il rougit.

— Oh non ! Tu l'as déjà revendue ?

Une montre à mille francs, avec des tas de cadrans, que Léonce lui avait offerte le mois dernier !

De colère, elle se leva et se dirigea vers le paravent qui masquait la cuvette et les serviettes. On ne pouvait pas imaginer silhouette plus mince, hanches plus galbées, seins plus délicats, fesses plus rondes et fermes, delta mieux épilé, Robert lui-même, qui n'était pas spécialement émotif, en resta le souffle court.

Tandis qu'elle faisait une rapide toilette, elle passa discrètement la tête. Il était encore assis sur le lit, l'air penaud. Léonce sourit, elle le trouvait émouvant.

C'était un homme d'une trentaine d'années au nez long et droit, aux yeux rapprochés, aux arcades sourcilières basses. Ses grosses lèvres ne se fermaient presque jamais et laissaient voir des dents jaunâtres ; lorsqu'on lui demandait d'où lui venaient cette joue tirée sur l'arrière et cette oreille déchirée, il répondait qu'il avait été victime d'un accident de chasse, ce qui était en partie vrai. Conséquence de cet épisode, selon la manière de le considérer, on pouvait lui trouver un air candide ou franchement intimidant. Parfois, il faisait un peu peur aux filles. Léonce, avec son goût marqué pour les petites frappes, avait tout de suite adoré.

Dans le civil, il était mécanicien automobile. Du moins, il avait commencé sa carrière ainsi parce qu'il avait de grandes paluches et qu'il n'était pas doué pour l'école, jamais aucun résultat, le certificat d'études primaires était un horizon inatteignable, on l'avait rapidement placé en apprentissage. Il en avait passé du temps à nettoyer des pièces à l'essence pour des ouvriers qui se prenaient pour des patrons parce qu'ils avaient un employé à leur botte ! Robert aimait les voitures, mais moins pour leur mécanique que pour le plaisir de rouler, de se montrer au volant ; il y avait des filles que ça émoustillait et c'était exactement le genre de filles qu'aimait Robert. Il n'avait pas fallu un an d'apprentissage avant que, les dimanches de beau temps, il lève secrètement le rideau de fer à l'arrière du garage et emprunte les voitures qui attendaient les clients. Au retour, faute d'argent, il fallait piper un peu d'essence dans tous les autres véhicules pour refaire un plein à peu près correct, un rien déplaisant, ce goût dans la bouche, mais pas de quoi décourager.

À dix-neuf ans, il avait déjà fait un nombre incalculable de virées dans des autos assez luxueuses, du genre qu'il ne pourrait jamais s'offrir. Son frère trouvait les filles, lui sortait les voitures, à la fin de la soirée on rentrait les voitures et on gardait les filles, quelle belle époque ç'avait été ! Qui s'était achevée le jour où, dans une Farman A6B Super Sport, Robert, sur le coup d'une heure du matin, et alors qu'une passagère, euphorisée par le mousseux, avait passé la tête sous le volant pour lui manifester une reconnaissance enthousiaste, avait embouti successivement une Bébé Peugeot, une Fiat Type 3 et une 11 CV avant de terminer sa course dans la vitrine d'un fleuriste. Curieusement, le patron du garage l'avait gardé à son service. Il l'avait simplement changé d'établissement.

À compter de ce jour, Robert paya sa dette en démontant les pièces de voitures volées et en en maquillant d'autres destinées à l'exportation. De quoi apprendre pas mal de choses, autant que son cerveau pouvait en emmagasiner.

Robert était purement instinctif. Capable de penser, mais pas longtemps. Anticiper au-delà de la semaine lui avait toujours été difficile. Cette incapacité à imaginer les perspectives avait fait de lui un jouisseur. Il avait ceci d'enfantin que, pour lui, seul le présent existait. Tout effort lui coûtait, il aimait saisir ce qui s'offrait, une voiture, une fille, un billet, il n'est pas certain qu'il sût faire clairement la différence entre les trois. Robert ne pensait pas beaucoup, mais il était doté d'une sorte d'intelligence pulsionnelle, il sentait les choses, les situations, il savait se mettre à couvert lorsqu'il le fallait, profiter quand il le pouvait, se satisfaire si c'était possible et se sauver dès que le danger survenait.

Après deux années de purgatoire dans les cales du navire, Robert se réveilla un matin avec la certitude, purement intuitive, que sa dette était payée. Il était ainsi, sans nuances, c'était oui ou non, et maintenant, c'était non.

À mesure qu'il approchait du garage de Saint-Mandé, il acquit même la conviction qu'ayant largement remboursé, il avait du crédit, il voulait partir avec une voiture, pas forcément une grosse, une « de luxe », mais, dans son échelle de valeurs, une voiture était ce qui incarnait le plus clairement sa légitimité à recouvrer sa liberté. Le patron ne l'entendit pas de cette oreille. Robert attrapa un cric de sa grosse paluche droite et passa deux mois à la Santé où il se fit de nouveaux amis.

À la sortie, il était un autre homme. Finis les garages (même si sa passion pour les automobiles restait intacte) et le travail pour les autres, Robert se mit à son compte. Habile manuellement, astucieux dans les questions mécaniques et peu impressionnable, il remplissait les conditions minimales pour devenir cambrioleur, à ceci près qu'il manquait de stratégie. Commença alors une longue suite d'opérations dont le point commun fut de ne jamais se dérouler comme prévu. Après deux heures à s'escrimer sur les serrures, il entrait dans un appartement vide parce que le propriétaire avait déménagé l'avant-veille, il trouvait des coffres déjà ouverts ou des bijoux tellement faux qu'ils faisaient marrer les receleurs, il tombait sur deux flics à la sortie du jardin, il lui était assez difficile de gagner sa vie.

Jamais Robert n'imagina qu'il y avait, dans son organisation, une carence de méthode. Pour lui, ces aléas étaient ceux du métier. Il eut néanmoins un doute le jour où il fut surpris, au rez-de-chaussée d'un magasin, par une femme qui, sans sommation, lui tira dessus au fusil de chasse. Il baissa la tête juste à temps, des éclats de porcelaine lui arrachèrent le haut de la joue et la moitié de l'oreille, il parvint à s'enfuir en perdant du sang comme un cochon. En quittant l'hôpital, il s'interrogea sur sa vocation.

C'est à ce moment-là que la Grande Guerre l'avait happé.

Blessé à l'épaule au premier engagement, il avait vécu un conflit sans peine ni gloire, passant l'essentiel de son temps à tenter de se faire muter dans un nouvel hôpital, dans un nouveau service.

Libéré, il avait « bricolé », c'est ainsi qu'il appelait pudiquement la ribambelle de petites affaires louches qui l'avaient conduit, un beau jour, à quitter précipitamment le territoire français. C'est à Casablanca qu'il avait fait la connaissance de Léonce.

Léonce entendit sonner quatorze heures, je ne suis pas en avance. Il y avait tout juste l'espace pour se laver, rien pour poser les vêtements qu'elle accrochait au-dessus du paravent. Elle détestait cet hôtel. Il passait, dans les couloirs, plus de prostituées que de voitures place de l'Opéra. Mais Robert, c'était son truc. Dès que c'était trouble, il était comme un poisson dans l'eau. Et l'hôtel se trouvait dans le neuvième arrondissement. Rue Joubert. C'est aussi pour ça qu'il l'avait choisi.

— Rue Joubert ! C'est marrant, non ? Moi, je l'adore, ce type...

« C'est pas toi qui couches avec... », avait failli répondre Léonce, mais Robert avait des jalousies sélectives, capricieuses, et parfois la main leste, quoique Léonce aimât bien les fessées, mais Robert ne s'en tenait pas toujours là.

Elle enfilait sa combinaison lorsqu'il passa la tête, lui caressa le téton, « À demain ? ». Le temps de se retourner, il avait quitté la chambre pour foncer voir les résultats des courses qu'il avait manquées.

En achevant une toilette des plus sommaires, Léonce pensait à Joubert qu'elle allait retrouver. Elle n'avait jamais pu le souffrir, ce type, elle n'aimait rien chez lui, ni son odeur, ni sa peau, ni son haleine, ni sa voix. Elle se demandait à quoi avait servi sa défunte femme, côté sexe, il était plus ignorant qu'un communiant. Et encore, elle, quand elle avait fait sa communion, il y avait belle lurette qu'elle avait vu le loup. C'est le problème avec les hommes tardifs, ils veulent rattraper le temps perdu, mais au fond, elle était plus gênée par son ronflement que par ses excentricités de séminariste, il n'était pas résistant, un gros quart d'heure à fixer le plafond, ça n'était pas grand-chose.

Léonce avait gagné beaucoup à cette aventure. L'argent (Joubert n'était pas regardant sur les dépenses) et l'emploi du temps (il fermait les yeux). Il avait juste fallu se marier.

Elle quitta l'hôtel rapidement, rejoignit le boulevard, elle avait encore les jambes en coton. Elle se regarda dans une vitrine avant de héler un taxi. Elle avait moins d'une demi-heure pour se recomposer un physique de jeune bourgeoise, plus de temps qu'il ne lui en fallait.

Joubert et sa femme consultèrent leur montre au même instant.

Il était un peu inquiet. La tradition avait établi qu'ici on parlait de femmes, mais qu'on n'en voyait pas. Aussi, lorsque Léonce, conformément aux ordres de son époux, avait fait irruption dans la salle en s'excusant, elle avait cru le repas terminé, je suis désolée, elle fit mine de s'en retourner…, Gustave comprit qu'il venait de marquer un ultime point sur ses condisciples, la beauté de Léonce stupéfia tout le monde, non, non, madame Joubert, ne vous excusez pas, les regards étaient rivés tantôt sur ses yeux, tantôt sur ses hanches, ceux qui l'apercevaient de profil reluquaient ses fesses d'anthologie, la gorge nouée. Elle portait une ravissante robe en crêpe de Chine ivoire, dans les cheveux un peigne de galalithe noire. Restez madame, prenez place ! Joubert buvait du petit-lait. Sacchetti, à côté de qui Léonce s'installa, trouva que derrière les fragrances de Coty, ce diable de femme dégageait des effluves furieusement sexuels.

M. Dupré marqua un temps d'arrêt et fut bousculé par les autres ouvriers qui, eux aussi, sortaient de l'atelier. Madeleine Péricourt, plantée sur le trottoir d'en face, ne pouvait être là par hasard, d'autant qu'elle le fixait. Il traversa.

— Bonjour, monsieur Dupré.

Il se contenta d'un court geste de l'index vers la visière de sa casquette, cette présence le mettait mal à l'aise. Ils s'étaient rencontrés par hasard, quand était-ce, à l'automne précédent, et ils n'avaient rien eu à se dire, souvenir assez pénible. Il lui avait dit qu'il était contremaître dans une entreprise d'ajustage et de soudage, rue de Châteaudun, pas difficile à trouver.

— Pourrions-nous…

Elle désigna la rue, elle voulait lui parler, le trottoir n'était pas le bon endroit.

Ils marchèrent jusqu'à la rue Saint-Georges, il s'effaça

en lui ouvrant la porte de *Chez Germaine* où il déjeunait de temps en temps. Il la précéda jusqu'au fond. Dans la salle d'à côté, les joueurs de billard s'exclamaient, personne ne pourrait les entendre. Elle commanda une limonade, lui une eau de Vichy. Ne boit-il jamais de bière, de vin, comme tous les autres hommes ? se demanda-t-elle. Pour gagner du temps, elle détaillait l'établissement avec un intérêt exagéré, comme s'il l'avait emmenée dans un lieu dont il lui aurait souvent parlé et qu'elle découvrait avec émerveillement. Cette bourgeoise en chapeau avait attisé la curiosité des consommateurs, mais M. Dupré était un homme très trapu, qui dégageait une grande force physique. Ses oreilles décollées, ses yeux un peu chassieux ne donnaient pas envie d'aller se mêler de ses affaires, les joueurs revinrent à leur billard.

— Que puis-je pour vous, madame Péricourt ?

Elle reprit une gorgée de sa limonade, il n'avait pas touché à son verre, il la fixait sans bouger, rigide.

— Je suis venue… vous demander conseil.

— À moi… ?

Elle sentait sa méfiance à fleur de peau. Son regard passait rapidement de ses mains au zinc puis à la salle de billard, revenait à lui. Elle se lança :

— Je cherche quelqu'un, voyez-vous…

— Qui cela ?

— Oh, personne en particulier, je veux dire, non, je cherche… quelqu'un… pour un travail. Voilà, pour un travail.

— De quel genre ?

Nouveaux regards ici et là, elle tapota nerveusement la table du bout des doigts.

— Un travail… d'enquête en quelque sorte. Sur des gens.

Il approuva de la tête, d'enquête, d'accord. La situation prenait un tour étrange, il attendait la suite, l'encourageait à continuer, mais Madeleine s'était arrêtée là, elle semblait avoir tout dit. Il entama son eau de Vichy. Les « enquêtes sur des gens » ne concernaient jamais que des histoires de couple, d'adultère. Que Mme Péricourt veuille enquêter sur un amant, un futur mari, une rivale, quel rapport cela avait-il avec lui ?

— Il y a des gens qui font ça, madame Péricourt, des détectives. Ils surveillent les endroits, ils connaissent les lois… Ils savent faire déplacer le commissaire au bon moment… Enfin, vous voyez, pour prendre les couples sur le fait.

— Oh, fit Madeleine en comprenant la méprise, il ne s'agit pas de cela, monsieur Dupré !

— De quoi s'agit-il alors ?

— Eh bien… de surveiller, comme vous avez dit, certaines gens, pour trouver certaines choses…

— Pour leur nuire, c'est cela ?

— C'est cela !

Madeleine était soulagée. Elle sourit, satisfaite.

— En quoi cela me concerne-t-il ?

— Je me demandais si par hasard…

— Si je serais homme à faire ça ?

— Oh non, monsieur Dupré, pas du tout ! Non, pas vous, oh mon Dieu, non… Mais peut-être connaissez-vous quelqu'un…

M. Dupré croisa les bras devant lui. Pour rassembler ses idées, il ramassait ses muscles.

— Vous pensez que je connais des gens qui le feraient.

— Eh bien, oui, j'ai pensé que…

— Vous cherchez une crapule et, comme votre mari n'est plus disponible, vous vous adressez à moi.

— Non, je vous assure, ce n'est pas…

— Si, c'est exactement ce que vous faites. Je ne sais pas ce que vous voulez au juste, mais visiblement vous avez besoin d'une canaille. Et vous vous dites que ça doit certainement se recruter chez les ouvriers.

Quelqu'un qui aurait observé la scène de l'extérieur n'aurait pu deviner, à la tranquillité de M. Dupré, combien la conversation prenait un sale tour.

— Pour une fille de banquier, de l'ouvrier à la racaille, il ne doit pas y avoir bien loin.

Madeleine voulut l'interrompre.

— Et puis, vous vous dites que l'ancien contremaître de votre mari doit être de la même corde que son patron, qu'il doit connaître un tas de gens capables de tout, c'est très logique.

L'accusation tombait sous le sens. Ce qui attristait Madeleine, ce n'était pas de revenir bredouille et de devoir se reposer une question qu'elle avait espéré régler, c'est qu'au fond, ce que disait M. Dupré était juste.

— Vous avez raison, monsieur Dupré. Je me conduis mal vis-à-vis de vous.

Elle s'était levée.

— Et je m'en excuse.

Sa sincérité ne faisait pas de doute. Elle n'avait fait qu'un pas lorsque Dupré l'interrompit :

— Vous ne m'avez pas répondu, pourquoi me demander cela à moi ?

— Je ne connais plus personne, monsieur Dupré. Et plus personne ne me connaît. Alors, je ne sais pas, j'ai pensé à vous, voilà.

— À qui voulez-vous nuire, madame Péricourt ?

Tout était devenu simple. Il n'y avait plus à mentir.

— À un ancien banquier, à un député de l'Alliance démocratique et à un journaliste du *Soir de Paris.*

Elle sourit largement.

— Comme vous voyez, ce sont des gens très bien. Ah, il y a aussi une ancienne empl… enfin, une ancienne amie, enfin…

— Asseyez-vous, madame Péricourt.

Elle hésita, reprit place.

— Combien payez-vous pour ce travail ?

— Ce serait à convenir… Je n'ai pas l'expérience…

— Mon salaire est de mille vingt-quatre francs par mois.

L'importance de la somme gifla Madeleine. Elle économisait difficilement depuis trois ans, mais elle était encore loin du compte.

— C'est un travail long et difficile qui demandera du doigté, du savoir-faire. Je suis un ouvrier très qualifié. Il est hors de question de travailler pour moins.

Après une seconde de réflexion, il ajouta :

— Plus les frais, bien entendu.

— Parce que vous… ?

M. Dupré planta ses coudes sur la table et approcha son visage de celui de Madeleine. Il parla à voix très basse :

— Madame Péricourt, je ne vous demande pas pour quelle raison vous souhaitez faire tomber ces gens-là. Vous cherchez quelqu'un pour le faire, je saurai le faire, je vous le garantis. Mon prix, c'est le montant de mon salaire actuel, pas un sou de plus, pas un sou de moins. Réfléchissez. Vous savez où me trouver.

Ils étaient debout, tout cela était allé très vite, ils étaient à la porte. Madeleine ouvrit précipitamment son sac lorsqu'elle se rendit compte que M. Dupré s'apprêtait à régler les consommations. Il l'arrêta d'un geste.

— Vous avez déjà failli m'insulter, n'essayez pas une seconde fois.

Il paya et, sur le trottoir, il la salua d'un signe de tête et tourna les talons.

Il demeurait à quatre stations de métro de là, mais qu'il pleuve qu'il vente, il faisait toujours le trajet à pied, affaire de principe. M. Dupré avait des principes.

Il remâchait la décision qu'il venait de prendre si soudainement. Plus il y repensait, plus il était convaincu d'avoir eu raison. Le fondé de pouvoir d'une banque, avait-elle dit, un député de l'Alliance démocratique, tout cela ressemblait fort à la Banque d'escompte et de crédit industriel, dite banque Péricourt, qui avait fait faillite quelques mois plus tôt en emportant par le fond des centaines de petits épargnants et au parlementaire du même nom qui avait su échapper au désastre. Quant au journaliste du *Soir*, quotidien réactionnaire, peu importe de qui il s'agissait, ils devaient tous se valoir.

Vous vous demandez sans doute, comme Madeleine d'ailleurs, quelle étrange raison avait pu pousser un ouvrier comme Dupré à accepter pareille proposition. C'est que, voyez-vous, il était autrefois parti à la guerre avec la conviction, partagée avec pas mal d'autres, qu'il allait livrer la Der des Ders. Il avait répondu à l'appel de la nation, tenu sa parole, mais la nation, elle, n'avait pas tenu ses promesses. Après avoir vécu plus de trente mois un indescriptible enfer où il avait perdu ses deux frères et tout ce qu'il possédait (il était natif du Nord où tout avait été rasé), il lui semblait de plus en plus probable qu'à cette guerre en succéderait une autre. Démobilisé, il avait travaillé pour Henri d'Aulnay-Pradelle, le mari de Madeleine Péricourt, cet aristocrate déchu et arriviste qui, dans le civil, avait exploité ses ouvriers, à commencer par Dupré, tout comme, officier, il avait exploité ses troupes. Il aurait pu envoyer à la mort les premiers comme il l'avait fait des seconds. La puissance du capital, le cynisme des capitalistes, l'injustice sociale avaient hurlé aux oreilles d'un Dupré que les nouvelles de la révolution de 1917 avaient déjà pas mal ébranlé. Il n'avait pas fallu plus que la démobilisation, la difficulté de retrouver un travail dans une France indifférente à ses héros et la déprimante expérience de contremaître dans l'entreprise d'Aulnay-Pradelle pour que Dupré se sente pousser des velléités communistes. Il avait adhéré au Parti communiste en 1920 et rendu sa carte un an plus tard. Après quatre années de guerre, il avait trop de mal à supporter la hiérarchie et à respecter la discipline. Mais comme il avait conservé de furieuses envies de tout faire péter, il avait basculé dans une forme assez personnelle d'anarchie. Trop rationnel pour, comme on faisait autrefois, poser des bombes n'importe où (il ne croyait pas à l'utilité des victimes), ou pour assassiner un président de la République (il ne croyait pas aux symboles), et trop individualiste pour militer dans des organisations (il ne croyait pas au collectif), il vivait seul et parlait peu parce qu'il trouvait rarement des gens avec qui partager un avis.

Son individualisme qui frisait l'égoïsme avait fait de lui un reclus. La société a vraiment de la chance que je ne sois pas devenu plus violent, pensait-il souvent. Il était libertaire dans l'âme, comme d'autres sont croyants, pour lui-même, sans besoin d'en offrir aux autres la manifestation. La perspective d'un monde sans propriété privée et régi par la libre association ne l'avait pas davantage convaincu. Non qu'il n'adhérait pas aux théories anarchistes, mais parce que, vidé par la guerre et l'expérience de l'après-guerre, ses ressorts étaient purement négatifs.

Il changeait souvent d'emploi car il saisissait toujours l'occasion, dès qu'elle se présentait, de soutenir les revendications, de plaider pour la grève, de s'opposer au pouvoir, ça ne finissait jamais bien.

Au fond, pour Dupré, aider à ruiner un banquier, à écraser un député de la bourgeoisie, à dessouder un journaliste réactionnaire, c'était une mission comme une autre en faveur du désordre, de la déstabilisation, une action de sape modeste, sans héroïsme (il ne croyait pas aux héros), tout à fait le genre de chose qui pouvait lui donner le sentiment de participer utilement à la montée du chaos.

C'était une pièce assez petite, mais l'exiguïté n'était pas l'inconvénient principal, non, le problème, c'était le bruit. Pas celui des voisins, celui qu'ils vous interdisaient de faire.

Dès que Paul, la chambre à peine aménagée, avait mis le premier disque sur le plateau du gramophone (*Turandot*, acte II, Solange : « *In questa reggia, or son mill'anni e mille, un grido disperato risono*»), M. Clérambeau avait tapé au plafond de furieux coups de balai. Deux minutes plus tard, il avait sonné. Vladi, un grand sourire aux lèvres, avait ouvert largement la porte comme pour faire entrer un cortège de mariage.

— Witam !

M. Clérambeau fut horrifié.

— W czym mogç pomoc ?

Il remonta chez lui. « Je ne vais quand même pas discuter avec une Polak ! » assura-t-il à Madeleine lorsqu'il revint à la charge.

Chaque fois que Paul mettait un disque sur le plateau, M. Clérambeau saisissait son balai. Madeleine fut jetée dans le trouble. Faire circuler le fauteuil de Paul était une difficulté, mais pas insurmontable. Lui interdire la musique était proprement impensable.

« Ça… ç… ça ne f… fait r… rien… ma… man… », disait Paul.

Vladi et Madeleine restèrent un long moment à fixer le gramophone éteint, la rangée de disques, les affiches et les photos sur les murs, impuissantes.

— Chyba znalazłam rozwiązanie…, déclara Vladi, l'index vers le ciel.

Elle disparut une grande partie de l'après-midi. Madeleine dut porter Paul elle-même pour le conduire aux toilettes, pas de doute, il avait pris du poids.

Vladi revint vers dix-huit heures en compagnie d'un jeune ouvrier brun au teint pâle, aux yeux très écartés, vêtu d'un bleu de travail poussiéreux et qui frottait ses mains l'une contre l'autre en signe de nervosité. Vladi le couvait du regard et lui faisait de grands signes du menton pour l'inviter à s'expliquer. Il préféra ouvrir le sac marin qu'il avait posé au sol et en sortit une plaque de liège épaisse comme son pouce.

— Ça se colle au mur. Et au plafond.

Madeleine trouvait l'idée très prometteuse, mais le problème de l'argent l'inquiétait, on en revenait toujours à ça. Pas question de demander un rabais, mais… Il faudrait un nombre considérable de plaques pour… Sans compter la colle, et la main-d'œuvre…

Le jeune ouvrier (il s'appelait Jacques, on l'apprit la veille du jour où il disparut de la circulation) ouvrit la bouche, Vladi lui prit la main, la pressa contre sa poitrine, elle faisait une demi-tête de plus que lui, elle lui souriait avec fierté, comme à un fils qu'elle aurait encouragé à réciter son poème.

— C'est arrangé, dit-il. Avec…

Il ne se souvenait pas du prénom de Vladi, mais c'était arrangé.

Cela prit deux semaines.

La chambre sembla avoir diminué d'un mètre carré. Quand on entrait, son atmosphère ouatée provoquait une désagréable impression auditive, mais l'efficacité était incontestable. Paul remit *Turandot* sur le gramophone.

Si cela n'avait été rendu nécessaire par l'intense correspondance qu'il entretenait avec elle, peut-être Paul n'aurait-il jamais informé Solange de son changement d'adresse. Elle posa des questions : « Est-tu bien dans ton nouveau domicille ? J'imagines que tu dispose d'une chambre plus grande, non ? » Elle s'étonna que le garçon ne lui donne pas de détails.

Ils ne s'étaient pas revus depuis la soirée de Milan, alors que Solange l'avait invité tout d'abord à Londres où elle s'était produite en octobre 1931, puis à Vienne quatre mois plus tard. Paul avait décliné avec gentillesse, il y avait toujours des empêchements qu'il ne précisait pas, mais qui rendaient un tel déplacement impossible. Paul n'en parla jamais à sa mère. Quelques mois plus tôt, son père, Henri d'Aulnay-Pradelle, récemment sorti de prison, était venu, officiellement, « pour dire au revoir à son fils », en réalité pour demander de l'argent, il partait pour les colonies tenter « de se refaire en attendant l'issue de son procès ». La situation de quasi-pauvreté de son ex-femme avait dessiné sur son visage un sourire cruel et suffisant, comme s'il avait vu là l'accomplissement d'une justice supérieure. Humiliée, Madeleine avait beaucoup pleuré. Depuis, Paul évitait les sujets liés à l'argent et, du coup, il y avait beaucoup de choses dont il était difficile de parler. L'argent était vraiment un problème.

Le malaise qui naissait dans l'esprit de Solange ne portait sur rien de tangible, les lettres de Paul étaient de plus en plus intéressantes, il grandissait, il mûrissait, et sa connaissance de l'opéra devenait impressionnante, mais elle aurait juré qu'il achetait moins de partitions, il ne demandait plus les affiches des concerts, quoiqu'il remerciât toujours chaleureusement lorsque Solange lui en adressait. Avait-il été déçu de son voyage en Italie ? Sa mère l'avait-elle mal pris ? D'ailleurs, les raisons que Paul avait données quant à l'absence de sa mère étaient assez vaseuses… Si Solange ne se rendait pas compte que Paul n'achetait plus de nouveaux disques, c'est qu'il allait les écouter chez Paris-Phono où le vendeur était conciliant.

Entre-temps, la carrière de Solange avait pris un tour

assez curieux. Depuis Milan, elle chantait assise, ce qui était un défi aux lois de la physiologie et un mystère. Techniquement, une colonne d'air ainsi contrariée ne pouvait pas produire de pareilles sonorités, c'était impossible. Et pourtant, les récitals étaient toujours plus réussis. La voix de Solange s'était imperceptiblement voilée, mais n'en avait que plus de personnalité, le souffle rendu moins long par le poids de la diva la contraignait à des acrobaties vocales aux effets étourdissants qui donnaient une couleur unique à ses interprétations. Solange était imposante comme une cathédrale, inclassable et tragique. Son large visage, les yeux perdus, les joues tombantes, la masse de son corps rendue plus auguste encore par les flots de tissu dont elle se recouvrait, c'était surprenant comme un bouddha avec une voix de haute-contre.

Les fleurs dont elle s'était entourée au début avaient rapidement cédé la place à des décors. Quelques semaines après Milan, elle avait sollicité un décorateur célèbre, Robert Mallet-Stevens, pour créer une toile de fond, ce fut une réussite. Le geste, devenu systématique, faisait maintenant partie du spectacle. Quand Solange passa à Londres, elle commanda un décor à Stephen Owenbury. Pour des récitals à Rome, elle invita Vassily Kandinsky à lui peindre des toiles monumentales ; pour un programme à Madrid, elle sollicita Picasso. Au fil des mois, de Raoul Dufy à Mickaël Zeug, nombre d'artistes fournirent des œuvres, des créations gigantesques destinées à accompagner un récital de celle qu'on appelait maintenant la Gallinato et qui constituait toujours un événement. Dans le choix des artistes, elle manifesta une prédilection pour les femmes. Sonia Delaunay lui fit une mer de voiles bleus esquissant de discrètes vagues grâce à une soufflerie située en coulisse, ce fut le signal de départ pour de véritables installations dues à Violetta Gomez, Laura Mackiewicz ou Katia Noaraud et qui connurent une sorte d'apogée avec l'immense ensemble de motifs Art déco descendus un à un des cintres tout au long de la représentation, créés par Vanessa Newport pour le concert de mars 1932 au Metropolitan de New York.

La tradition s'installa peu à peu de faire grand mystère sur ces productions artistiques. Seul le programme du récital était livré à la presse ; le nom de l'artiste invité et la nature du décor étaient un secret mieux gardé que le réarmement de l'Allemagne, jusqu'au lever du rideau personne ne savait à quoi cela ressemblerait. Il y avait toujours des fuites, qui se vendaient assez bien auprès des journaux locaux, cela devint une discipline à part entière de voler des images ou des informations qui faisaient les angoisses des directeurs de salle, mais ravissaient Solange qui adorait les indiscrétions pourvu qu'elle en soit la vedette. Dès le surlendemain du concert, les photos du spectacle et celles des décors se monnayaient en cartes postales, en dépliants, en cahiers, dont Solange adressait toujours un exemplaire à Paul avec un commentaire ponctué de points d'exclamation. On procéda même, au début de 1932, à une vente aux enchères des œuvres de Fernand Léger créées pour le récital de mai à Lisbonne au profit des victimes des inondations du fleuve Jaune.

En septembre 1932, Solange se produisit à Paris Salle Gaveau (décors de Roger Harth). Paul eut droit, avec sa mère, à deux places au premier rang, à côté des ministres. Solange apparut dans un déluge de voiles mauves et verts, impressionnante comme une statue du Commandeur, et, fidèle à sa manière, entama son récital par l'ouverture de *Gloria Mundi*, *a capella*, qui était en passe de devenir un classique, déjà quelques concurrentes s'y étaient essayées. Ce fut un triomphe.

Solange, comme on sait, était exubérante. Elle donnait l'impression de ne jamais rien voir d'autre qu'elle-même, et quoiqu'elle fût maintenant assise pour recevoir les hommages, elle brassait l'air comme personne. Mais elle avait un œil d'une acuité terrible et il ne lui fallut pas une demi-seconde pour saisir, en voyant entrer Paul et sa mère, qu'ils étaient des déclassés. Madeleine était très bien habillée, très soignée, mais elle avait perdu ce quelque chose de l'aisance des femmes fortunées, c'était un pas plus court, un regard moins sûr de soi, presque rien, Solange comprit. Elle renonça aussitôt au dîner fastueux qu'elle avait programmé et prétexta de la fatigue pour inviter Madeleine et Paul à un « en-cas sans façon » qui serait servi par le room service dans sa chambre du Ritz. C'était déjà trop luxueux, selon elle, mais pas moyen d'improviser autre chose en un temps si court…

Rien de tout cela n'échappa à Madeleine. Bien qu'elle en fût vexée, elle sut gré à la cantatrice de sa retenue. Pour la première fois, les deux femmes purent avoir un dialogue sans enjeu et ressentirent ce qu'il y avait de triste à renoncer à leur ancienne rivalité. Madeleine discerna l'ombre qui voilait parfois le regard de cette énorme femme aux manières extravagantes et ridicules dont la voix tragique transperçait les âmes. Peut-être, sans se le dire, communièrent-elles dans cette impression de se trouver l'une et l'autre devant une sœur qui avait dû elle aussi beaucoup souffrir.

Solange commença à envoyer, des quatre coins du monde, quelques partitions, les photographies furent remplacées par des disques, les affiches par des coffrets.

La vie de sa mère était difficile et tendue, mais Paul n'était pas malheureux. C'était une découverte pour Madeleine que l'on pût être plus heureux avec moins d'argent. Soulagé de son lourd secret, Paul vivait peut-être même l'une de ses périodes les plus radieuses. Ses cauchemars, autrefois si fréquents, se raréfièrent. Vladi était une compagne irradiante de joie et d'activité. Paul lisait beaucoup, passait des après-midi entiers à la bibliothèque. Vladi l'installait dans la grande salle avec les journaux et les livres qu'il avait demandés et lui disait avec un clin d'œil : « A teraz pójdę na zakupy… »

Paul fermait les yeux comme s'il couvrait les frasques d'une sœur plus jeune dont il aurait eu la charge.

21

Les femmes d'abord. Pour être anarchiste, on n'en est pas moins un homme. Pour Dupré, les femmes étaient toujours le point faible. Et en découvrant la donzelle, son jugement s'en était trouvé mille fois confirmé. Il lui avait suffi de l'apercevoir de face. Ravissante. En la suivant jusqu'à la station de taxis, il évaluait sans peine le danger que cette fille faisait courir à tout ce qu'elle rencontrait, on redoutait un carambolage de voitures à chaque instant. Elle exhalait le sexe comme certains hommes exhalent l'argent. Elle ne marchait pas, elle ondulait. Rue Saint-Honoré, elle dépensa en deux heures le salaire de dix ouvriers. Pour Dupré, c'était l'échelle de valeurs, le salaire d'un ouvrier. Il n'était pas difficile de savoir ce qu'elle faisait avec son mari, l'ancien fondé de pouvoir de la banque Péricourt, elle siphonnait sa fortune. Cela dit, il devait en rester. L'hôtel particulier était à soi seul un sacré capital, ce qu'il y avait à l'intérieur devait en doubler le prix, deux voitures, une palanquée de domestiques, une belle entreprise avec de superbes machines flambant neuves et des ouvriers payés au minimum syndical, la famille Joubert se portait bien, ça donnait vraiment envie de trouver quelque chose.

Lorsque, vers dix heures du matin, il vit Léonce Joubert se diriger vers la rue de la Victoire, il n'insista pas, entra dans un café, commanda un bock. Elle allait rue Joubert retrouver son loustic, le Robert Ferrand, une tête de demi-sel, la casquette penchée sur l'œil, avec ça, épais comme un sandwich, des airs de marlou, Dupré lui aurait bien collé une beigne, à cet inutile, mais ça n'était pas son boulot. Il perdait aux courses tout ce que la fille lui donnait et Dupré avait fait le compte en allant le voir à l'hippodrome, c'était quelque chose… C'en était même triste. Que les riches soient riches, c'était injuste, mais logique. Qu'un garçon comme Robert Ferrand, visiblement né dans le caniveau, se complaise à être entretenu par la grue d'un capitaliste, ça renvoyait tout le monde dos à dos, l'humanité n'était décidément pas une bien belle chose.

En sirotant sa bière, il se disait qu'il faudrait sans doute prendre la question par un autre bout. Il ne pouvait pas décemment rapporter à Mme Péricourt le pedigree d'un petit voyou et la preuve que Mme Joubert faisait vivre son amant, c'était loin d'être suffisant. Et loin de ce qu'elle attendait de lui.

Il consulta sa montre, paya et prit la direction de la mairie du treizième arrondissement.

André Delcourt était resté fidèle au salon de Mme de Marsantes, qu'il appelait familièrement Marie-Aynard, parce qu'elle l'avait reçu du temps où il n'était rien. Il était maintenant quelque chose (selon les critères du boulevard Saint-Germain, ce qui est assez relatif) et il était passé du statut de jeune protégé de son salon à celui de mascotte puis de pièce maîtresse.

Sa chronique dans le *Soir* était lue et attendue. Il s'épanouissait dans le rôle de l'intellectuel monacal adopté au début de sa carrière par manque de moyens. Il quittait les dîners de bonne heure. Selon lui, un homme rare, travaillant tard et se levant de bonne heure était un homme de valeur. Il mangeait peu, ne buvait pas. Cette frugalité qui touchait à l'ascétisme impressionnait beaucoup et l'autorisait à accepter à peu près toutes les invitations, jusqu'à six certaines semaines, à ne manquer aucune rencontre utile pour sa carrière et à conserver un statut d'homme hors du commun. Il disposait d'un carnet d'adresses très riche, mais pas un avocat, pas un sénateur, pas un fonctionnaire de ministère ne pouvait se targuer d'avoir aidé André Delcourt. N'ayant contracté de dette auprès de personne, il était imprenable. Vie calme. Il passait pour un reclus, un pur esprit, ça n'était pas loin de la vérité. Il se masturbait beaucoup.

Jules Guilloteaux fréquentait aussi le salon de Mme de Marsantes. Elle adorait la presse, les journalistes, c'était sa spécialité. André, dans ces cas-là, faisait comme si son patron n'était pas là, répondait à ses saillies de manière indirecte et laissait sourdre une rancune que Guilloteaux faisait mine de ne pas sentir. Question d'argent toujours. Car André avait beau être devenu le chroniqueur vedette du quotidien le plus vendu à Paris, le plus visible, ses émoluments n'avaient augmenté que de quatre francs par article depuis le premier jour.

Ce soir-là, André retrouva autour de la table Adrien

Montet-Bouxal, avec qui il avait fait le voyage de Rome en 1930 à l'occasion des fêtes en l'honneur de Virgile et de Mistral. L'académicien y avait fait un discours très brillant. Les conversations sur la Renaissance italienne, l'art de Michel-Ange, les relations scabreuses du Caravage, auxquelles André avait tenté de participer, lui avaient laissé un souvenir cuisant, il s'était senti médiocre en tout. Il y avait maintenant prescription. D'autant qu'André avait rapporté de ce voyage une série d'articles assez retentissants sous le titre de « Nouvelles chroniques italiennes », ce qui, comme on voit, ne brillait pas par sa modestie.

Au cours du repas, le vieil académicien avait évoqué ce séjour, mais ce qui avait été naguère, pour André, une fête de l'intelligence, était maintenant réduit à une circonstance médiocre, saturée de petitesses.

— Que voulez-vous, c'est à moi qu'on avait confié l'éloge de Virgile, alors, forcément, j'avais toute la délégation contre moi…

Avec Montet-Bouxal, le voyage se résumait à des affaires de chambres d'hôtel plus ou moins grandes, de plan de table chez l'ambassadeur qui ne lui avait pas été favorable, de préséance dans la signature d'un livre d'or. Mme de Marsantes comprit clairement qu'André ressentait ces commentaires comme une insulte parce qu'ils rendaient son propre voyage et ses chroniques insignifiants. Elle saisit la première occasion :

— Et vous, cher André, vous y croyez, à l'Italie ?

La perche lui était tendue pour un couplet qu'il affectionnait particulièrement :

— La civilisation occidentale est la fille de la Rome antique…

Quand il était lancé sur le sujet, il devenait quasiment lyrique.

— Le « bloc latin », France-Italie : voilà le meilleur rempart contre la menace germanique !

Farouchement hostile au communisme autant qu'au nazisme, membre actif du Comité France-Italie, André voyait dans le fascisme italien la solution aux errements du parlementarisme qui, selon lui, rongeait l'Europe et la conduisait à la décadence. La conversation sur les vertus du fascisme agitait ce petit monde en permanence, c'était vraiment dans l'air du temps.

— Des nouvelles de notre chère Madeleine Péricourt ? demanda Jules Guilloteaux.

Ils étaient sur le trottoir et attendaient un taxi.

— Assez peu…

Elle lui écrivait de temps à autre un billet, lui proposait de boire un thé quelque part. Dans la vie d'André, Madeleine n'existait plus qu'au rang de souvenir. Il aurait aimé qu'elle cesse tout à fait de le solliciter, mais elle le rattachait sans doute au souvenir d'une existence ancienne, peuplée de regrets, dont elle devait avoir besoin pour subsister. Il s'était rendu une fois chez elle. Par bonheur, le petit Paul était de sortie, l'appartement était lugubre. Chez les pauvres de fraîche date, c'est comme chez les nouveaux riches, tout se voit. Le déclassement de Madeleine, comparé à sa propre ascension, le blessait, car il se souvenait avoir eu besoin d'elle. Et c'est la seule chose qu'il craignait. Qu'elle le lui rappelle. Pire, qu'elle en parle ici ou là, que l'information se répande. Il ne s'était pas élevé au rang qui était le sien sans se faire de nombreux ennemis qui seraient trop heureux de gloser sur son passé de « jeune homme entretenu », sur tous ces mois où il avait vécu dans la maison Péricourt sans rien faire, en amant qu'on héberge à l'étage des domestiques… La difficulté qu'il aurait à se sortir d'une pareille situation ! Aussi, par précaution, se rendait-il chez elle de temps à autre à son insistance, cela durait le temps minimum, le moins possible. Madeleine ne lui faisait jamais aucun reproche, aucune demande, non, elle voulait simplement le voir, parler un peu avec lui, elle avait vieilli, grossi, elle parlait de Paul qui, paraît-il, grandissait. André faisait mine de s'intéresser à l'une et à l'autre et, à la première occasion, il prétendait un rendez-vous, une obligation, et s'enfuyait avec une rage contre lui-même de s'être mis dans une pareille position.

— Dites-moi, Jules…

— Oui ?

Guilloteaux se penchait vers la rue, comme pour guetter un taxi imaginaire.

— J'ai des propositions…, avança André.

— Ah, encore ! Vous avez un peu de notoriété et vous trouvez que mon journal n'est plus assez bien pour vous !

— Ce n'est pas la question.

— Mais allons, bien sûr que c'est la question ! Vous aidez à vendre le journal et vous trouvez que votre part est trop modeste ! Mais savez-vous ce que sont les comptes ?

Guilloteaux avait toujours dans ses tiroirs quelques colonnes de chiffres truqués qui prouvaient de manière indiscutable que le *Soir*, loin de rapporter, coûtait beaucoup, qu'il était à la limite de la cessation de paiement depuis des mois et qu'on ne devait qu'à l'énergie de son directeur, voire à ses fonds personnels, qu'il continue à sortir, et si ça ne tenait qu'à moi, je vous assure que je mettrais tout de suite la clé sous la porte, mais que voulez-vous, cette entreprise nourrit une centaine de familles, je n'ai pas le cœur de jeter tout ce monde-là à la rue, etc.

— Ce n'est pas seulement une question d'argent, mais aussi de principe.

— Diable ! Depuis quand a-t-on des principes, dans ce métier ?

— Je mérite mieux que ce que je reçois !

— Eh bien, allez le chercher ailleurs, moi je n'ai plus un sou vaillant. Que voulez-vous, c'est la crise.

André serra les mâchoires. Son patron savait parfaitement ce qu'il faisait : si André était très demandé et recevait des propositions financièrement plus conséquentes, aucun quotidien n'avait autant de lecteurs que le *Soir*. Changer de journal, même pour plus cher, serait pour lui une régression.

Il était prisonnier. Il avait commencé à haïr Guilloteaux.

Midi passé, Léonce n'était pas en avance.

Chaque fois qu'elle passait devant le grand portrait en pied de Marcel Péricourt, elle en tremblait, brrr, ce type qui vous toisait comme ça, hautain, sévère… Joubert avait payé cette croûte deux mille francs, elle n'en aurait pas donné le centième. C'est la seule chose qu'il avait exigé de conserver.

Lorsqu'il en avait été question, la perspective d'aller habiter dans la maison de son ancienne amie (ou de son ancienne patronne, question de point de vue) l'avait torturée. La mauvaise conscience continuait de la travailler, elle aurait voulu s'expliquer avec elle, mais il y aurait eu tant à dire… Et une femme qu'elle avait contribué à ruiner ne devait pas être prête à entendre ses raisons et à les trouver justes.

Léonce allait sortir lorsque la voix de Gustave monta du rez-de-chaussée, mon Dieu, qu'est-ce qu'il faisait là, était-ce une heure pour rentrer chez soi ! Elle se faufila sur le palier, attendit qu'il passe dans la bibliothèque puis descendit en pressant le pas jusqu'à la cuisine d'où elle tira le cordon.

— Vous direz à Monsieur que je suis sortie avant son arrivée, voulez-vous ?

La femme de chambre lui apporta son manteau, son chapeau et ses gants. Léonce lui glissa un billet. Elle partit par la porte de service pour aller attraper un taxi rue de Prony, en colère contre elle-même, comme chaque fois qu'elle sollicitait la complicité du personnel, elle ne serait jamais une vraie patronne. Gustave, qui le savait parfaitement, évoquait souvent la possibilité d'embaucher une intendante. Ce n'était évidemment qu'une menace, une manière de dire à sa femme qu'elle devait faire attention à ce qu'elle lui volait et, dans ce domaine comme dans tous les autres, se montrer raisonnable, allusion discrète à cette scène de vaudeville où, à l'époque où elle était encore sa dame de compagnie, Léonce avait dû jouer la comédie devant Madeleine. Joubert l'avait surprise la main dans le sac parce que Robert avait toujours besoin de quatre sous, parfois elle ne savait plus où donner de la tête. Inutile de tricher, Joubert comptait comme personne. Avec un instinct très sûr, elle avait pressenti que l'attitude austère, rigide, empesée de Joubert masquait une inexpérience sexuelle à peu près totale. Il ne lui avait pas fallu plus d'une heure pour le faire sauter en l'air comme un bouchon de mousseux. Sur ses directives, elle avait ensuite joué son rôle face à Madeleine, mauvais souvenir, montrer de la contrition, pleurer, avoir honte, Madeleine se tordait les mains tant elle était embarrassée. La trahison avait valu à Léonce un doublement de ses gages… La porte ouverte dans les fantasmes de Joubert ne s'était jamais refermée. Léonce était sur la voie royale de la femme entretenue. Robert se rendait maintenant au champ de courses tous les jours.

Et puis patatras, voilà que Joubert n'avait pas vu la chose de la même manière. Il avait exigé le mariage. Léonce avait blêmi. Elle avait tout fait pour devenir la maîtresse parfaite, elle était ravalée au rang d'épouse. Elle avait alors utilisé ses meilleurs arguments, recollé le Joubert au plafond pour lui expliquer que ce qu'on peut se permettre avec une maîtresse, on ne le fait plus avec sa femme, mais quand il avait repris son souffle, il n'avait pas changé d'idée, elle serait Mme Gustave Joubert ou elle pouvait déguerpir immédiatement. Elle s'était bien gardée de faire part de cette proposition à Robert qui ne lui aurait pas laissé un instant de répit jusqu'à ce qu'elle cède. Lui aussi avait de l'instinct. Trois jours plus tard, il avait cinq mille francs de dette. Léonce avait accepté d'épouser Joubert et demandé une avance de six mille francs sur les frais de noce.

Ah là là, ce mariage, quand elle y pensait… ! Voilà-t-il

pas que Robert avait voulu assister à la fête et s'était fait passer pour un invité. Dans cette assistance de banquiers, de femmes du monde, d'actionnaires et de politiciens, il avait débarqué dans son costume à carreaux, je vous jure... Il avait bu comme un trou, on l'avait pris pour un pique-assiette, il s'était fait jeter dehors en rigolant, en lançant des clins d'œil à la mariée... Léonce n'avait pas pu s'empêcher de rire à la dérobée. Heureusement, Joubert n'avait rien vu, il était à l'autre bout du parc.

Treize heures. Léonce respira. Elle serait rue Joubert dans moins d'une demi-heure, Robert devait déjà être allongé sur le lit en train de fumer.

De la fenêtre du salon, Gustave reconnut Léonce dans le taxi qui empruntait le boulevard de Courcelles.

Il l'avait fait suivre dès le début, non pour en savoir plus sur ses frasques qui faisaient implicitement partie de leur contrat, mais pour s'assurer qu'elles ne le placeraient pas un jour dans une position difficile, au cœur d'un scandale.

René Delgas, avait-il appris. Soit, allons-y pour René Delgas. Parmi tous les amants qu'elle pouvait s'offrir, celui-ci était le plus pratique parce qu'il était en permanence sans le sou. On lui avait rapporté qu'il faisait dans la petite escroquerie, mais ne roulait pas sur l'or. Tant mieux, il ne quitterait pas Léonce tant qu'il aurait besoin d'argent et Gustave se devait d'avoir une femme stable. Autrefois, il pouvait se permettre d'être la victime de quelques ragots, mais à présent, il était un autre homme.

Oui, un autre homme... Il se surprenait lui-même.

Tenez, les chaussures... Ça ne lui serait jamais venu à

l'esprit avant. Et maintenant, il adorait ça. Sur mesure. Deux mille francs la paire, il avait même un cireur, un petit négrillon qui passait trois fois par semaine à son bureau. Les costumes aussi, et les chemises… Il ne savait pas qu'il pouvait devenir élégant. Cette Léonce avait du goût pour ces choses-là. Sans elle, il aurait pu bâtir une fortune de quaker, se tenir assis, dans son trois-pièces vieux de dix ans, sur un tas d'or à faire pâlir Rothschild. Quand elle avait grimpé dans son lit avec une vélocité de chatte et l'avait collé au mur à la vitesse d'une fusée, le feu d'artifice lui avait coupé la respiration. Avec elle, il avait vraiment tiré le gros lot. Il pouvait se targuer d'avoir une femme parmi les plus ravissantes de Paris, délicate en société, effacée dans les dîners en ville, très convenable en toute occasion et pour le reste, salope comme pas possible.

Une fortune rapide, une position enviable, une épouse merveilleusement décorative… Bon Dieu, il avait même racheté l'hôtel Péricourt. Quand il quittait la maison, il jetait toujours un regard sur le grand portrait de Marcel Péricourt. Ce qu'avait fait cet homme-là, à côté de ce que Joubert s'apprêtait à réaliser, n'était quasiment rien.

Léonce se fit déposer à l'angle de la rue Caumartin. Par prudence. Gustave lui avait collé un détective aux fesses avant de publier les bans, histoire de savoir à qui il avait à faire. Comme si elle n'allait pas s'en douter… Joubert était peut-être un grand esprit en matière de finance, mais côté expérience de la vie, c'était un débutant.

L'enquêteur était assez gros, avec un nez en forme de navet, il portait une épaisse barbe noire et ressemblait assez au Ribouldingue des *Pieds nickelés.* Elle l'avait promené dans les magasins, dans les musées (qu'est-ce qu'elle s'était barbée, la peinture, vraiment, quel intérêt, ça la dépassait), elle devait ralentir le pas pour qu'il ne la perde pas de vue. Elle l'avait baladé un jour ou deux puis l'avait traîné jusque dans un hôtel de la rue du Bac où elle s'était enfermée avec René. René Delgas, un copain que Robert avait connu « en voyage », c'est comme ça que Robert parlait de ses mois de prison. Léonce avait été très exigeante sur le candidat, elle ne voulait pas que son futur mari s'imagine qu'elle prenait pour amant le premier tocard venu. Ni qu'il découvre Robert, bien sûr.

René lui avait convenu. Un beau garçon qui traficotait dans pas mal de domaines. En réalité, cela restait un secret bien gardé, il était faussaire, l'un des meilleurs de Paris, disait-on, mais pas travailleur. Ils avaient passé l'après-midi dans la chambre d'hôtel à fumer et à discuter, après quoi Léonce était sortie en rasant les murs comme une voleuse et en se retournant plusieurs fois pour simuler l'inquiétude et vérifier que Ribouldingue ne l'avait pas perdue de vue.

Gustave était du genre suspicieux, elle avait été suivie plus de quinze jours.

Puis il avait été rassuré. Ribouldingue était passé à d'autres couples, d'autres hôtels, d'autres clients. Ça tombait bien parce qu'elle commençait à en avoir vraiment assez. René demandait quand même cent francs de l'après-midi pour roupiller. Sans compter la chambre.

22

Une grande agitation régnait aux ateliers du Pré-Saint-Gervais. Des ouvriers, sur des échelles, achevaient de poser une large enseigne :

RENAISSANCE FRANÇAISE
ATELIER D'ÉTUDES AÉRONAUTIQUES

À l'intérieur, Joubert avait réuni les reporters présents, une vingtaine, qui observaient avec curiosité la coursive qui, à l'étage, faisait le tour du vaste hangar et où, dans des bureaux vitrés, on poussait des tables, des fauteuils, des tableaux noirs.

D'un gros véhicule, on déchargea deux énormes machines-outils Lefebvre-Strudal flambant neuves.

— L'aviation française, expliqua alors Joubert, c'est une centaine d'avions de dix marques différentes équipés de moteurs de quinze types différents, c'est totalement incohérent !

Les participants eurent l'impression d'avoir manqué un épisode. On ne comprenait pas ce qu'on faisait ici.

— Eh bien, dit Joubert, cet Atelier d'études, c'est

l'union des plus importantes entreprises aéronautiques de France et d'Angleterre…

La question flotta au-dessus du groupe comme un nuage de perplexité : pour faire quoi ?

Joubert sourit largement et répondit…

— Hein ? Quoi ? hurla quelqu'un, j'ai pas entendu, vous pouvez répéter, poussez-vous, répétez s'il vous plaît.

Joubert se tourna à droite, à gauche, avisa une caisse qui se trouvait là par le plus grand des hasards, il monta dessus, on fit silence, Joubert répéta sa réponse d'une voix calme qui soulignait la simplicité du propos :

— Ici, nous allons construire le moteur du premier avion à réaction du monde. Nous allons révolutionner l'aéronautique.

Personne ne savait exactement ce que voulait dire « avion à réaction ». On ne retint qu'une chose : les avions avaient jusqu'à présent volé à l'aide d'hélices et l'avion à réaction, non seulement n'en avait pas, mais il volerait beaucoup plus vite.

C'est ce qui était sur toutes les lèvres, trois jours plus tard, à l'immense table de La Closerie des Lilas.

Les apéritifs coulaient à flots, il régnait déjà une belle ambiance lorsque Joubert arriva en compagnie de son épouse qui fut admirée parce que, justement, elle ne ressemblait pas à une épouse.

Joubert serra chaleureusement les mains et plus particulièrement celle de M. Lefebvre, propriétaire et dirigeant de Lefebvre-Strudal, qui assurait soixante pour cent du chiffre d'affaires de la Mécanique Joubert…

André Delcourt lui-même n'avait pas pu résister à l'invitation. Il n'avait jamais aimé Gustave Joubert qui, de tout temps, le lui avait bien rendu. Mais il avait assisté, de loin, au succès de la Renaissance française, il avait envie de montrer que lui aussi était devenu quelqu'un, perpétuel besoin de se rassurer.

— Delcourt ! Par ici, mon cher ! Venez !

Gustave était debout, ouvrant largement les bras.

André fit humblement signe qu'il se contenterait d'une place en bout de table, non, non, non, répondit Gustave par des gestes démonstratifs. On se poussa, bruits de chaises, tintements de fourchettes, un verre se renversa, Joubert rentra la tête dans les épaules, ce qui fit rire l'assemblée, on intercala un couvert près de Gustave, qui se trouva avoir ainsi Sacchetti et Guilloteaux en face de lui, Léonce à sa droite, André Delcourt à sa gauche.

— Alors, mon cher Joubert, hurla Guilloteaux par-dessus la table, comme ça, vous comptez gagner la prochaine guerre à vous tout seul !

L'affirmation fit rire. Joubert accepta la saillie avec bonhomie.

Le journaliste du *Figaro* enchaîna :

— L'aviation française n'est pas à la hauteur, selon vous ?

Joubert posa sa fourchette, ses mains à plat de chaque côté de son assiette, sembla réfléchir à la meilleure manière de s'expliquer.

— L'État a acheté, il y a deux ans, un avion dont le prototype n'a toujours pas décollé. Et savez-vous combien il en a commandé ? Cinquante ! Or, avec Hitler, l'Allemagne va se réarmer. Ses intentions sont belliqueuses. Notre armée aura besoin d'avions très rapides.

Cette notion de vitesse résonnait dans tous les esprits. Depuis dix, quinze ans, la rapidité ne cessait de croître, celle des automobiles, celle des trains, le monde tournait de plus en plus vite, on voyait mal pour quelle raison le ciel serait épargné par cette universelle course aux records. L'idée d'un conflit qui surviendrait soudainement et d'une armée qui avancerait comme la marée du Mont-Saint-Michel, à la vitesse d'un cheval au galop, était familière à chacun.

— L'idéal, ce serait de se rapprocher de la vitesse du son, ajouta Joubert. Mais nous nous contenterons de 700 à 800 kilomètres-heure, ce sera déjà très bien.

Cette déclaration conquérante et vaniteuse partagea aussitôt le public de Joubert entre ceux qui le trouvaient arrogant et ceux qui le trouvaient fou.

— Et pour cela, lança d'une voix exaspérée le reporter de *L'Intransigeant*, vous avez la recette !

— Nous avons un brevet anglais très solide…

Ce brevet avait appartenu à un physicien anglais qui, faute de disposer des cinq livres sterling nécessaires pour le prolonger, l'avait perdu. Joubert l'avait ramassé dans le ruisseau. Précaution élémentaire, il l'avait acquis à titre personnel. Puisque la Renaissance française, c'était lui, le brevet, ce serait lui aussi. Logique. Il avait créé, spécialement pour le gérer, une belle entreprise au nom ronflant, la Française d'aéronautique, rien que ça. Les partenaires financent, l'État subventionne, l'Atelier passe de grosses commandes à la Mécanique Joubert, après quoi, au bout du compte, on ramasse la mise, on distribue quelques royalties aux actionnaires, on reçoit les félicitations de l'État et on empoche les bénéfices. Ces gens-là allaient apprendre ce que c'est qu'un industriel issu du secteur bancaire.

— Et si l'État ne vous suit pas ? demanda Guilloteaux.

Joubert passa lentement son regard clair sur l'assistance.

— Nous ferons les choses sans lui. Nous le faisons pour la France. Les gouvernements, c'est provisoire. La France, elle, reste…

Applaudissements épars, puis plus nets.

Un convive se leva, entraînant les autres, ce fut une ovation, Joubert désigna les membres de son association qui à leur tour baissèrent le regard avec modestie.

— Dites-moi, mon cher…

Joubert avait posé sa main sur l'avant-bras d'André. C'était une demi-heure plus tard, le repas battait son plein, les journalistes emportaient leur verre pour aller s'asseoir près des autres industriels présents, histoire de glaner quelques informations supplémentaires.

— … j'espère que vous allez ouvertement soutenir notre mouvement, n'est-ce pas… ?

— Je ne doute pas, répondit André, que vous trouverez dans la presse nombre de mes confrères prêts à soutenir « ouvertement » votre action.

Joubert hocha la tête, bien, d'accord, je vois, il soupira, l'air un peu las, regarda en face de lui avec un soudain intérêt comme s'il avait pendant quelques instants oublié la présence de ses convives. Puis il se pencha vers André.

— Avez-vous des nouvelles de notre chère Madeleine ?

— Peu… Nous nous croisons parfois…

— Dites-moi, combien de temps avez-vous habité dans la maison Péricourt ?

André avala sa salive.

— Non, ne cherchez pas, dit aussitôt Joubert en reposant sa main sur l'avant-bras du jeune homme, c'était pure curiosité, ça n'a aucune importance.

Le lendemain, Madeleine découvrit, à la une du *Soir de Paris*, les tonitruantes déclarations de Gustave Joubert à La Closerie.

Elle ne put s'empêcher de sourire en voyant sur la photo de première page un Gustave Joubert criant de fausse modestie, entre une Léonce portant chapeau cloche et collier à triple rang, plus ravissante que jamais, et un André Delcourt au visage de marbre, l'air du type qui est là par accident, qui n'est pas réellement concerné par la circonstance.

Madeleine était très heureuse. Elle qui n'avait jamais fumé de sa vie aurait volontiers allumé une cigarette.

Elle replia consciencieusement le journal, appela le garçon, paya sa consommation et sortit.

Il était temps d'aller trouver cette chère Léonce.

23

Ils faisaient le point chaque semaine, M. Dupré tenait beaucoup à rendre des comptes, à justifier son salaire. Ils s'étaient d'abord retrouvés dans un café, mais c'était assez bruyant et puis le soir, une femme dans un café… Elle ne voulait pas que ces rencontres aient lieu chez elle, avec Paul et Vladi dans les parages. Il avait alors proposé que cela se fasse chez lui. Aussi, tous les mercredis Vladi passait-elle la soirée avec Paul, et Madeleine se rendait-elle dans le petit appartement au troisième étage d'un immeuble de la rue Championnet.

L'endroit avait mis Madeleine légèrement mal à l'aise, domicile d'un homme célibataire, assez déroutant, propre, net, impersonnel, pas de photos dans des cadres, pas de reproductions au mur, une légère odeur d'encaustique, peu de vaisselle, pas de livres, c'était assez spartiate, ce côté anonyme que l'on trouve dans les chambres d'hôtel.

Le rituel était immuable. Il saluait Madeleine, elle enlevait son chapeau, il prenait son manteau qu'il accrochait à la patère, faisait du café, puis ils s'installaient face à face de chaque côté de la table. Sur la toile cirée, les deux tasses, le sucrier et la cafetière, sans doute achetés spécialement pour cette occasion, juraient un peu dans le décor. M. Dupré faisait son rapport en sirotant son café qu'il ne terminait jamais. Il y avait quelque chose de minéral en lui, on ne l'imaginait pas tomber malade, se disputer avec un voisin, ou face à une situation insoluble.

De temps à autre, ils se retrouvaient ailleurs, quand les circonstances l'imposaient. Elle était si habituée à le voir chez lui que dans un autre décor, elle avait l'impression que quelque chose n'allait pas, comme lorsqu'on croise dans la rue un commerçant qu'on ne connaissait que dans sa boutique. Comme aujourd'hui, dans ce salon de thé de la rue de Chazelles. Madeleine le vit traverser la salle, passer entre les guéridons à nappe blanche et les lampadaires à abat-jour guilloché, il n'était pas le genre de client que l'on rencontrait là.

— La voie est libre, dit-il en se penchant légèrement vers Madeleine. Si vous avez besoin que je reste…

Madeleine était déjà debout.

— Non, je vous remercie, monsieur Dupré. Tout ira très bien.

Ils se séparèrent sur le trottoir, Madeleine prit la direction du boulevard de Courcelles, M. Dupré la direction opposée.

Elle revit sans émotion la large et lourde grille de ce grand hôtel particulier qu'on appelait encore la « maison Péricourt », comme ces immeubles emportés par un incendie, mais dont le nom perdure, on continue de dire la maison du Dr Leblanc alors que trois familles s'y sont déjà succédé, ou le carrefour Bernier qui a pourtant été rasé vingt ans plus tôt.

À l'intérieur, Madeleine découvrit la nouvelle décoration et la trouva de bon goût. La femme de chambre la conduisit dans la bibliothèque. Là, elle entendit un petit cri, elle se retourna, souriante.

— Bonjour, Léonce, je ne vous dérange pas, j'espère ?

Léonce ne bougea pas, elle aurait voulu, elle aussi, adopter un air détaché, presque léger, mais elle ne le pouvait pas. Une idée lui traversa l'esprit :

— Gustave va rentrer !

Cela se voulait menaçant. Madeleine sourit.

— Non, non, rassurez-vous, Gustave vient de sortir, il ne sera pas là avant ce soir. Il y a conseil d'administration de la Renaissance, ça ne se termine jamais avant vingt-trois heures, vous savez ce que c'est. Et encore ! S'il ne décide pas d'emmener quelques amis au Café de Paris, vous le connaissez, il a toujours aimé les huîtres…

Cette réponse fusilla Léonce. Non seulement parce que Madeleine était aussi bien, sinon mieux renseignée qu'elle-même, mais surtout parce que sa formulation donnait le sentiment qu'elle était, elle, l'épouse de Joubert et Léonce la visiteuse.

— Venez vous asseoir ici, Léonce, venez…

La femme de chambre revint, Madame désirait-elle quelque chose ?

— Oui, du thé…

Et Léonce ne put s'empêcher d'ajouter :

— N'est-ce pas, Madeleine ?

— Du thé, ce sera parfait.

Assises ainsi l'une à côté de l'autre, chacune mesurait le chemin parcouru en un peu plus de trois ans. C'est Léonce qui, aujourd'hui, était luxueusement vêtue et Madeleine qui portait des vêtements sobres de bourgeoise attentive aux détails. Plus de bijoux, et plus rien de cet air de sérénité que Léonce avait détesté, cette certitude que le monde tournerait toujours dans le même sens pour elles deux. Le mouvement s'était inversé. Léonce fixait ses ongles manucurés en attendant le service et s'étonnait que Madeleine se contente de la regarder de haut en bas avec plus de curiosité que de rancune. Que voulait-elle ? Dans ce silence où chacune remuait ses pensées, Léonce pensa à Paul.

— Il va bien, dit Madeleine, je vous remercie.

Léonce calcula mentalement son âge. Pourquoi ne lui avait-elle jamais envoyé d'argent de poche ? Elle avait terriblement envie de savoir si le petit garçon avait été informé de sa trahison.

— Je ne lui ai pas dit que je venais vous rendre visite, il aurait été jaloux, j'en suis certaine…

On servit le thé. Léonce se lança :

— Vous savez, Madeleine…

— Ne vous faites pas de reproches, la coupa Madeleine. D'abord, c'est trop tard, et puis… vous ne pouviez peut-être pas faire autrement. Je veux dire…

Elle tendit le bras, attrapa son sac, l'ouvrit.

— Allons, nous n'allons pas devenir sentimentales !

Elle posa sur la table basse un document officiel que Léonce reconnut immédiatement puis elle se resservit calmement une tasse de thé.

Mairie de Casablanca.

Acte de mariage de Mlle Léonce Picard et de M. Robert Ferrand.

— Je comprends qu'on aime les hommes, dit Madeleine, mais de là à en épouser deux en même temps…

Comment Madeleine s'était-elle procuré cela ?

— Ça n'est pas compliqué. Enfin, pas plus que

d'obtenir un faux acte d'état civil pour se marier une seconde fois. Vous êtes bigame, Léonce. Et les juges n'aiment pas ça, c'est un an de prison et trois cent mille francs d'amende…

Léonce était sidérée. C'est ce qu'elle craignait le plus. La pauvreté, elle avait connu, elle savait ce que c'était, mais la prison…

— Et autant pour Robert Ferrand…

Madeleine le vit tout de suite, cet argument tombait à plat. Léonce n'était certainement pas prête à jouer sa liberté contre celle de Robert. Léonce regarda la porte.

— Vous devriez y réfléchir à deux fois. Pour vous enfuir, il vous faudra beaucoup d'argent. De combien disposez-vous ? Vous imaginez que vous pourrez acheter de nouveaux papiers, payer un billet pour l'étranger et vivre quelques mois avant de vous retourner avec quelques milliers de francs dérobés à Joubert ? Vous n'irez pas loin, Léonce… Non, je ne vous le conseille pas. D'autant que vous serez sous le coup d'une recherche, vous devrez choisir un pays qui n'extrade pas, vous cacher, ça coûte cher, vous ne serez tranquille nulle part. Il n'y a que les bandits expérimentés qui peuvent réussir de pareilles choses. D'ailleurs, pour vous empêcher de faire une bêtise, vous allez me remettre votre passeport.

Silence. Léonce se leva, quitta la pièce, monta dans sa chambre. Et tâcha de réfléchir à la situation. Joubert ne lui donnait jamais de grosses sommes, il préférait qu'elle demande plus souvent, manières de banquier plus que manières de mari. Elle disposait de moins de mille francs et encore, il en fallait quatre cents pour Robert qui les devait à je ne sais qui, il avait toujours une histoire à raconter, on ne savait jamais ce qui était vrai. Madeleine allait exiger beaucoup d'argent, mais au risque de tuer la poule aux œufs d'or, elle ne pourrait jamais réclamer plus que Léonce ne pourrait payer. Elle redescendit avec son sac à main, tendit son passeport que Madeleine ouvrit.

— Vous n'êtes pas bien jolie sur cette photographie, elle ne vous rend pas hommage…

Elle avait l'air content.

— Voulez-vous me passer votre sac, je vous prie ?

Léonce obéit. C'était un beau sac Lamarthe en cuir retourné. Madeleine allait-elle le lui voler ? Elle en tira simplement le portefeuille, les cartes de visite.

— C'est joli avec ces anglaises, très luxueux…

Puis elle se leva.

— Vous serez mes yeux dans cette maison, Léonce, je veux tout apprendre de ce qui concerne Joubert. Si vous me cachez quelque chose que je devrais savoir, je ne vous appellerai pas, je ne vous écrirai pas, je ne passerai pas vous voir, je vous enverrai directement le commissaire muni de votre acte de mariage. Suis-je claire ?

Léonce hésita.

— Vous dire… quoi exactement ?

— Tout. Avec qui il parle, avec qui il dîne, avec qui il signe des contrats, les cadeaux qu'il fait à ses clients, ce qu'il distribue aux politiciens, les quotidiens dont il achète les journalistes, tout, ne triez pas, c'est moi qui m'en charge. Écoutez ses conversations téléphoniques, lisez son agenda, notez tout, copiez les adresses, les numéros de téléphone. Nous prendrons le thé chaque semaine à seize heures chez Ladurée, rue Royale. Si un jour vous n'y venez pas, je…

— Oui, je sais, j'ai compris !

— Ne vous énervez pas, Léonce !

Madeleine serra son manteau. Elle allait partir sans demander d'argent, Léonce n'osait pas y croire. Mais soudain, la question se présenta à son esprit sous un angle nouveau :

— Vous n'allez pas me le ruiner au moins ?

— L'époque est compliquée, Léonce. Vous ne pourrez pas garder à la fois votre mari le second, son argent, votre mari le premier, et votre liberté. Croyez-moi, de tout ce que vous possédez, c'est encore votre liberté qui a le plus de prix.

Madeleine devina les pensées de Léonce.

— Et il va falloir en parler avec votre mari le premier, Robert Ferrand. Parce que je vais avoir besoin de lui aussi.

Léonce écarquilla les yeux. Madeleine sourit gentiment.

— Eh oui, c'est ça, le mariage. Pour le meilleur… et pour le pire.

Elles étaient debout, face à face. Madeleine observa Léonce en penchant légèrement la tête, s'approcha et colla ses lèvres sur les siennes. Brièvement, mais assez tout de même pour en ressentir la douceur, la chaleur mouillée, le délicat parfum. Le geste de Madeleine n'était pas amoureux, seulement exécuté afin de ne plus y songer, comme on ramasse la monnaie. Elle s'était reculée d'un pas et fixa Léonce avec une sorte de satisfaction maternelle. Puis elle se dirigea vers la porte, se retourna, elle souriait.

— Ne considérez pas cela comme un solde de tout compte.

Elle fut aussitôt persuadée qu'elle n'évoquerait pas cette circonstance avec le curé de Saint-François-de-Sales.

24

Charles était convaincu d'être un homme économe parce que chaque dépense, un coffret de cigares, un dîner au *Grand Véfour*, une soirée au bordel, était, selon lui, une exception et il ne lui était jamais venu à l'esprit que la somme des exceptions pouvait dépasser ses possibilités. En cela comme en politique, il pratiquait la technique du bouc émissaire, il fallait toujours que quelqu'un d'autre soit responsable. Sa femme, Hortense, était une cible parfaite.

Aux yeux de Charles, rien n'illustrait sa mauvaise fortune de manière plus lumineuse que son mariage avec elle. Ce malheureux événement, qu'il était convaincu de n'avoir pas désiré, pesait sur sa vie comme une destinée. Hortense l'épuisait. Heureusement qu'il y avait ses filles. Quoique de ce côté-là il n'y eût pas non plus que des joies. Les spécialistes qui s'étaient relayés pour tenter de maîtriser le désastre dentaire de Rose et Jacinthe avaient conclu à la nécessité d'une éradication totale. Des journées de clinique, un cadeau pour chaque dent et deux râteliers magnifiques qui, à ce tarif-là, auraient pu être en or massif. Les deux filles affichaient maintenant une denture d'une régularité suspecte et d'une blancheur neigeuse assez gênante, comme celle des statues de cire du musée Grévin. Privées de sourire pendant toute leur enfance, elles prenaient leur revanche. La fin de leur adolescence s'était passée à exhiber un dentier qui hélas, parce que leurs gencives n'étaient pas très bien conformées, glissait fréquemment, se décrochait, avançait brutalement hors de la bouche, on sentait que conserver le râtelier à sa place était un combat de tous les instants. Elles avaient maintenant dix-neuf ans, elles étaient maigres, cagneuses, crayeuses de teint, avec les seins de leur mère, pointus et haut perchés. Charles trouvait ses filles plus magnifiques que jamais et ne comprenait pas pour quelle raison elles avaient si peu de soupirants et jamais aucun prétendant. Selon lui, elles n'étaient pas suffisamment dotées. Encore la question de l'argent, on en revenait toujours là.

Hortense consacrait à la recherche de maris potentiels toute l'énergie dont elle disposait. Thés dansants, bals, soirées, invitations, sorties, rallyes, rien n'était négligé pour que Rose et Jacinthe trouvent un bon parti, mais on allait de déception en déconvenue. Charles estimait pourtant que ses « perles rares » présentaient des atouts non négligeables. Elles ne dansaient pas très bien, c'est vrai, mais elles mangeaient assez proprement, ce qui n'avait pas toujours été le cas. Côté maintien, elles avaient eu des professeurs et se tenaient moins voûtées qu'auparavant. Pour la vie en société, on avait acheté des livres de conversation dont elles avaient appris le contenu par cœur, leur unique difficulté consistant à placer le bon sujet au bon endroit dans la discussion. Rose s'était récemment lancée dans une longue récitation de la page « Égypte » alors que l'on parlait de l'Église, mais l'incident n'avait pas eu de suite. Cette année, elles étaient folles du macramé, la maison était inondée de napperons, de rideaux, de nappes, de pièces toutes plus ravissantes les unes que les autres. Malgré cela, jamais personne ne se présentait. « Comprends pas ! » disait Charles, ça le dépassait. Comme elles étaient parfaitement jumelles, c'était la théorie d'Hortense, peut-être pensait-on qu'il fallait prendre les deux...

Charles fermait les yeux, ce qu'elle pouvait être bête, ça n'était pas croyable.

Lorsqu'à la mi-février Hortense annonça à Charles qu'à force de manœuvres et d'allusions dont on devine la finesse, elle était parvenue à attirer sur les jumelles l'attention de Mme Crémant-Guérin, qui avait un fils, Alphonse, garçon de vingt ans qui préparait les Grandes Écoles, Charles crut venue la sortie du tunnel.

La rencontre eut lieu un soir. Il ne se pressa pas pour rentrer à la maison et adopta la nonchalance étudiée d'un futur beau-père qui ferait attendre son consentement.

Hortense l'accueillit.

— Il est là..., chuchota-t-elle.

Elle se tenait légèrement pliée à cause de ses douleurs de ventre qu'elle tâchait de masquer parce qu'elle savait que cela agaçait son mari, mais son visage exprimait une fébrilité joyeuse et vaguement inquiète.

Charles avait réfléchi autant qu'il le pouvait à cette rencontre entre les jeunes gens et ressentait pour cet Alphonse qu'il n'avait jamais vu une mansuétude, une compassion très sincère parce qu'il s'était projeté dans sa situation d'avoir à choisir entre deux filles si parfaitement jumelles, quel embarras, lui-même n'aurait su comment s'y prendre.

Les images du film

Photos : © Guy Ferrandis.

« Bien que très ébranlée par la mort de son père, Madeleine était partout, efficace et retenue, donnant des instructions discrètes, attentive aux moindres détails » (p. 9).

« Dans la cour, les invités commençaient à compter les minutes, on était venu pour se montrer, on n'allait pas non plus y passer la journée. Le plus difficile n'était pas d'éviter le froid, c'était impossible, mais de trouver des subterfuges pour cacher son impatience d'en finir » (p. 14).

« André, furieux, claqua son carnet sur sa cuisse, rempocha rageusement son crayon et, à grand renfort d'excuses et de sourires contrits autour de lui, tâcha de se frayer un chemin jusqu'à l'entrée » (p. 16).

« Le testament de Marcel Péricourt ordonnait les bénéficiaires dans l'ordre de leur importance. Depuis la mort de son fils Édouard, Madeleine était son unique héritière. Elle héritait d'un peu plus de six millions de francs, ainsi que de la maison de famille. Joubert, son représentant, se contenta d'un battement de cils. Ce que Madeleine empochait, c'est exactement ce qu'il avait perdu » (p. 56).

« La représentation fut un triomphe, on bissa, on trissa, on en avait mal aux mains, on était bouleversé et épuisé, Solange Gallinato vint enfin devant le rideau fermé, on se tut, elle laissa couler quelques secondes, murmura simplement “Merci”, ce fut du délire » (p. 147).

« C'était la première fois qu'ils étaient ainsi ensemble, face à face. Paul bégayait peu, Solange souriait. Ils parlèrent opéra, voyages. Elle évoqua des souvenirs de son enfance à Buenos Aires (bien qu'elle fût née à Parme, de mère italienne), de son père, propriétaire d'un haras de pasos péruviens dans la vallée de Lerma, de ses modestes débuts, à treize ans, dans la petite salle de Santa Rosa où elle avait reçu le soir même quatre demandes en mariage » (p. 192).

« Madeleine prenait toute la dimension de la manipulation dont elle avait été l'objet. Elle eut envie de le tuer, de l'écraser comme un serpent » (p. 197).

« Pour la première fois de sa vie, l'argent lui donnait le sentiment d'avoir le choix. L'industrie l'excitait et ce, d'autant plus que ses doutes sur l'avenir des banques ne cessaient de se confirmer » (p. 219).

« Robert était purement instinctif. Capable de penser, mais pas longtemps. Anticiper au-delà de la semaine lui avait toujours été difficile. Cette incapacité à imaginer les perspectives avait fait de lui un jouisseur. Il avait ceci d'enfantin que, pour lui, seul le présent existait » (p. 226).

« [...] il évaluait sans peine le danger que cette fille faisait courir à tout ce qu'elle rencontrait, on redoutait un carambolage de voitures à chaque instant. Elle exhalait le sexe comme certains hommes exhalent l'argent. Elle ne marchait pas, elle ondulait » (p. 245).

« C'est Léonce qui, aujourd'hui, était luxueusement vêtue et Madeleine qui portait des vêtements sobres de bourgeoise attentive aux détails » (p. 265).

« Elles avaient maintenant dix-neuf ans, elles étaient maigres, cagneuses, crayeuses de teint, avec les seins de leur mère, pointus et haut perchés. Charles trouvait ses filles plus magnifiques que jamais et ne comprenait pas pour quelle raison elles avaient si peu de soupirants et jamais aucun prétendant. Selon lui, elles n'étaient pas suffisamment dotées. Encore la question de l'argent, on en revenait toujours là » (p. 271).

« Gustave était dans un bon jour. Un bon jour qui durait depuis des semaines, il n'avait jamais été plus heureux de sa vie, il réussissait tout ce qu'il touchait » (p. 286).

« Trente mille personnes s'étaient massées au Palais des Sports pour écouter le chancelier Hitler parler de sa politique raciste, visiblement ça bougeait pas mal de ce côté-là de l'Europe » (p. 292).

« "Le Reich s'enorgueillit de la venue de Solange Gallinato à Berlin, déclare Joseph Goebbels", "Le chancelier Hitler recevra la Gallinato comme un chef d'État" » (p. 347).

« *Comœdia*, le même jour, titrait "Solange Gallinato, nouvelle égérie du Reich" » (p. 347).

« La presse, elle, se régalait d'avance, il ne manquait pas un reporter, pas un photographe » (p. 373).

« Le douanier tiqua un peu, la photo du passeport était loin de la réalité, mais on ne dit pas cela à une dame, surtout quand elle voyage en première et qu'elle a cet air d'assurance, on garde ça pour soi, je vous en prie, madame, faites bon voyage » (p. 402).

« De nombreuses oriflammes à croix gammée étaient apposées sur les bâtiments officiels, la gare, l'université, la poste centrale, mais, s'il n'y avait eu quelques boutiques vides dont les vitrines étaient effondrées et qui portaient encore de grandes lettres dont la peinture avait coulé, il ne se serait pas cru à Berlin » (p. 403).

« La frontière.
Le train s'arrête, il fait nuit, on descend, les fonctionnaires grimpent, font ouvrir les bagages. Les autres, sur le quai, montent la garde, filtrent les voyageurs qui sortent » (p. 437).

« — Tout s'est bien passé ? demande-t-il en démarrant. Vous semblez épuisée...
— Je suis morte... » (p. 437).

« — Si vos principes vous l'imposent, vous pouvez m'abandonner ici, en effet, vous avez raison. Notre convention ne prévoyait pas… d'en arriver là.
— Et votre morale, à vous, l'autorise-t-elle ?
— Oh oui, monsieur Dupré, répondit Madeleine avec un accent de sincérité qui le frappa au cœur. Elle me dicte les pires choses… » (p. 498).

Hortense avait, elle aussi, conscience de la difficulté et avait convaincu Rose et Jacinthe, qui avaient toujours refusé de s'habiller différemment l'une de l'autre, de ne pas porter dans les cheveux des rubans de la même couleur. À défaut de rendre le choix moins cornélien, cela faciliterait le repérage. Il fut convenu, après d'interminables palabres, que Rose serait en vert, Jacinthe en bleu.

La première avait enturbanné son chignon si généreusement qu'il disparaissait sous les volutes d'un ruban large comme une cuillère à soupe qui lui donnait l'allure d'une femme de ménage dans un hôpital psychiatrique. Jacinthe s'était démarquée de sa sœur en truffant sa coiffure en forme de pièce montée d'épingles destinées à retenir des morceaux de ruban frisés. Elle avait maintenant les cheveux dressés sur la tête, comme si elle était en permanence saisie de frayeur.

Charles entra.

Il n'avait fait qu'un pas dans le salon, il s'arrêta, stupéfié par une brutale révélation qui lui fit, dans l'estomac un précipité chimique.

Le jeune homme était assis dans un fauteuil, les genoux serrés, les mains sur les cuisses.

En face, sur la banquette, Rose et Jacinthe se tenaient côte à côte.

Charles passa alternativement du prétendu prétendant au regard craintif à ses filles en tenue de cérémonie, il découvrit cet Alphonse mince, élancé, aux cheveux bruns ondulés, aux yeux clairs, à la jolie bouche sensuelle et, face à lui, ses jumelles vêtues de la même robe de tulle à volants et au décolleté plongeant…

Il fut foudroyé par cette découverte.

Parce que ce jeune homme était beau comme tout.

Parce qu'il n'avait jamais vu ses filles dans une circonstance où elles étaient aussi évidemment offertes et désireuses de plaire.

Il se rendit compte qu'elles étaient hideuses.

Elles souriaient de toutes leurs fausses dents, les joues et la poitrine creuses, les genoux maigres. Excitées par la venue de ce prétendant, palpitantes comme des volailles, elles laissaient s'échapper de leurs lèvres entrouvertes des petits rires étranglés qui trahissaient un désir sexuel rendu obscène par l'incroyable ressemblance qui dupliquait leur laideur.

Comment Charles avait-il fait pour ne pas s'en rendre compte ? Son aveuglement d'hier comme la révélation d'aujourd'hui s'expliquaient simplement : il les aimait, il les aimait terriblement. Il aurait voulu chasser ce jeune homme, presser ses filles contre lui. Cette découverte poignante l'aurait fait pleurer. Elles étaient ridicules. Il eut envie de mourir.

La séance fut un calvaire.

Hortense proposa qu'elles jouent un morceau de piano à quatre mains, Alphonse sourit avec gentillesse, mais ne parvint pas à prononcer un mot. Elles massacrèrent un air que personne n'aurait pu reconnaître. Le jeune homme applaudit silencieusement, les filles firent une petite révérence, Rose faillit se foutre par terre et se retint de justesse, puis elles coururent reprendre leur place sur la banquette où elles se perchèrent comme des poules. Leur parfum à la noix de coco fit une vague dans la pièce.

— Alors ? demanda Hortense.

Elle souriait de toutes ses dents, qu'elle n'avait pas

bien belles non plus. La pomme ne tombe pas loin de l'arbre, se dit Charles.

Alphonse était parti.

— Merci, monsieur, avait-il dit, j'ai passé un moment très… très agréable.

Charles le regarda de plus près, non seulement il était beau et élégant, mais en plus, il était poli. Tout ce qu'il avait rêvé comme gendre.

— Allez mon vieux, dit-il, rentrez chez vous, tout ça a suffisamment duré.

Ils se serrèrent la main. Charles fut alors animé d'une intuition soudaine, il ne savait pas d'où cela venait :

— La politique vous intéresse, Alphonse ?

Le visage du jeune homme s'illumina.

— Bon, dit Charles, on verra ce qu'on peut faire pour vous.

Hortense trouvait que cela s'était très bien passé, elle avait de grands espoirs. Tant mieux, pensa Charles, ça t'occupe. Hortense l'avait suivi dans sa chambre. Il se déshabillait, il n'avait pas mangé, pas d'appétit.

— Dommage qu'il soit fils unique, cet Alphonse. Il aurait eu un frère…

— Allez Hortense, lâcha Charles en ôtant son caleçon, fous-moi la paix. Demain, j'ai du travail.

Hortense leva une main, je comprends, je comprends, et elle sortit.

Quelle bonne journée elle avait passée.

La demande de Gustave Joubert d'un soutien explicite à son initiative aéronautique avait beaucoup préoccupé André. En évoquant les années auprès de

Madeleine Péricourt, ne fallait-il pas craindre qu'une vilaine rumeur, celle d'un homme qui se serait laissé entretenir par une riche héritière, soit propagée et ruine sa réputation montante ?

Il lui parut moins compromettant d'accéder à la demande.

La France mérite mieux que sa classe politique

Nos gouvernants seraient bien avisés d'écouter les forces vives de la Nation.

Voilà un groupement d'industriels inspirés par un sentiment de patriotisme désintéressé, prêts à étudier les questions brûlantes du pays pour y apporter des solutions, bref, voilà l'élite qui se met en marche. Saluons-la.

Face aux périls qui nous menacent, ces hommes se proposent de construire le premier moteur d'avion à réaction, capable de tenir tête à nos adversaires les plus belliqueux. L'aventure est enthousiasmante, ambitieuse, patriotique. Il leur faut le soutien du gouvernement, c'est-à-dire de la Nation. N'imaginons pas un instant que cet appui vienne à leur manquer.

Voilà. André avait fait ce qu'on lui demandait.

Il reçut d'ailleurs le lendemain une petite carte de visite à l'enseigne de la Renaissance française qui le félicitait, à défaut de le remercier, pour cet « excellent article, si parfaitement juste ».

André s'était rangé du côté de Gustave Joubert. Mais il l'avait fait contraint et forcé.

À la première difficulté, Joubert pouvait être certain de trouver André sur sa route.

25

Chaque fois que Paul s'attaquait à un nouveau livre, qu'il entamait un cahier, Vladi levait les yeux au ciel, ah, ces intellectuels ! Elle regardait fréquemment par-dessus son épaule quand il lisait ou qu'il écrivait, ce qui amusait toujours Paul.

Cela avait donné lieu à une petite mise au point avec sa mère, quelques mois plus tôt, lorsque Madeleine s'était imaginé que Vladi pourrait l'assister dans l'éducation de Paul qu'elle prenait intégralement en charge.

— Au moins, te faire réviser les récitations, je ne sais pas moi... Elle ne parle pas le français, mais elle peut quand même faire un effort, non ?

— Non, ma... man, elle n... ne peut p... pas.

Paul tenta de changer de conversation, mais quand sa mère avait une idée en tête !

— Elle n'a qu'à lire phonétiquement ! Même si elle ne comprend pas, elle peut au moins vérifier que...

— Non, ma... man, elle n... ne peut p... pas.

— Je voudrais bien savoir pourquoi.

Alors Paul, à regret, s'était senti obligé de lui dire :

— Pa... parce que Vladi n... ne sait p... pas lire.

Dix fois Madeleine avait vu la jeune femme s'installer,

souvent à la demande de Paul, avec *Król Maciuś pierwszy*, cette histoire du roi Mathias Ier, et elle ne s'était aperçue de rien. Paul, qui avait l'oreille bien plus fine et plus éduquée, avait observé que, d'une lecture à l'autre, à certaines pages, les syllabes n'étaient jamais les mêmes. Des formules revenaient sans cesse, comme souvent dans les contes, mais pour le reste, Vladi ne lisait pas l'histoire, elle la lui racontait en tournant arbitrairement les pages d'un livre qu'elle aurait été incapable de lire.

Lorsqu'il se rendait dans une bibliothèque, Vladi prenait entre le pouce et l'index les ouvrages qu'il avait demandés et les reposait avec lassitude comme si elle ne comprenait pas que l'on puisse s'intéresser à de pareilles choses.

Paul fréquentait plusieurs bibliothèques dans Paris. Je dis plusieurs parce que Paul savait exactement ce qu'il voulait et devait souvent changer d'établissement pour satisfaire ses curiosités. Aucune n'avait un accès facile pour sa chaise roulante, Vladi en avait monté et descendu des étages avec son garçon dans les bras ! Il n'écumait plus seulement les rayons musique et opéra, il avait des centres d'intérêt très variés. Lorsqu'il sympathisait avec un employé, il ne manquait jamais de demander s'il pouvait rapporter les journaux, les quotidiens et les magazines dont on n'avait plus l'usage, il découpait des articles, Paul était devenu vraiment industrieux.

Madeleine, lorsqu'elle s'en aperçut, fut aussi fière qu'heureuse. Devait-il faire des études ? Pouvait-on aller à l'université en fauteuil roulant ?

— Non m... merci, ma... man, ça... i... ira.

Cela déplut à Madeleine, c'était une attitude de dandy. Avec les moyens dont ils disposaient maintenant, Paul ne pouvait pas espérer vivre de ses rentes et sa mère n'était pas immortelle. Au fait, elle ne comprenait pas exactement à quoi il s'occupait. Elle regardait les piles de livres qu'il empruntait et ne parvenait pas à y trouver une logique. Paul était un esprit éclectique, certes, mais il y avait dans sa curiosité une sorte de fièvre, d'empressement qu'elle ne saisissait pas.

Un après-midi qu'il était parti à la bibliothèque Sainte-Geneviève, Madeleine tourna longtemps en rond dans le salon, s'apprêtant à faire quelque chose dont elle avait honte, mais à quoi elle était incapable de résister.

Elle entra dans la chambre de Paul, chercha ses cahiers, trouva des formules de chimie, mais aussi un répertoire de publicités découpées dans les journaux et les magazines. Madeleine fut effarée de découvrir des réclames pour des produits féminins (« Qui dit belles dents, dit Dentol... »), qui avaient en commun d'exhiber des jeunes femmes en petite tenue (« Les femmes vraiment modernes portent les combinaisons Nylar »), émerveillées d'elles-mêmes (« Elle a maigri grâce aux pilules Galton ! »)... Elle se figea à la découverte des réclames pour un produit nommé « Gyraldose pour les soins intimes de la femme », qui montraient une jeune fille en déshabillé (dès qu'elles avaient un message à communiquer, toutes ces filles commençaient par enlever leurs vêtements) et pour la Quintonine : « Le printemps vous travaille ? Vous êtes mélancolique, sans entrain... » Ah, comme elle avait l'air triste, la jeune fille nonchalante qui illustrait la situation ! Avec ses cheveux blonds, son petit nez retroussé et son regard perdu, qui n'aurait eu envie de la consoler, de lui apporter de la joie de vivre ! « Quintonine : la fillette devient jeune fille… » Tu parles…

Madeleine éclata en sanglots.

Ce n'était pas parce que Paul était travaillé par ces choses-là, il allait sur ses treize ans, ma foi, ce devait être l'âge, non, mais parce qu'il ne pourrait pas s'y prendre comme les autres… Il faudrait bien, tôt ou tard, se préoccuper de la sexualité de Paul, mais Madeleine n'était pas prête à le faire maintenant.

Que faire… Quand la nature réclamait ses droits, un garçon dans une situation normale finissait toujours par rencontrer une jeune fille plus délurée que lui, une femme plus âgée désireuse de faire une bonne action, il pouvait aussi casser sa tirelire, mais Paul, en chaise roulante, comment voulez-vous… Autrefois, elle avait eu Léonce auprès d'elle, de bon conseil dans ce genre d'affaires, maintenant elle n'avait plus que Vladi.

Vladi…

Madeleine secoua la tête, tenta de lutter contre les vilaines idées qui lui vinrent…

Il ne servait à rien de continuer à espionner, elle voulut ranger les cahiers, mais elle n'en eut pas le temps, Vladi, justement, entrait dans la pièce. Madeleine avait encore dans la main le dessin d'une femme ravissante dont le décolleté très avantageux plongeait assez bas, qui semblait se plaindre de boutons sur le visage et à qui on proposait un remède. Madeleine le tendit à Vladi, sans un mot. L'infirmière était visiblement au courant et nullement alarmée.

— Mais…, risqua Madeleine, vous ne pensez pas… que…

Vladi n'hésita pas une seconde :

— Nie, nie, to jeszcze nie ta chwila !

Elle était très sûre d'elle. Devant le lit de Paul, Madeleine, offusquée, esquissa un geste, non ! Mais c'était trop tard. La jeune femme, d'un large revers de main, avait chassé édredon et couverture, désignait le drap du dessous, immaculé…

— Sama pani widzi !

Madeleine était rouge de honte, comme s'il s'était agi de sa propre sexualité. Vladi faisait non de la tête et bordait le lit, elle se parlait à elle-même, catégorique :

— Nie, nie teraz ! Jeszcze nie !

Madeleine ne partageait pas cette tranquille assurance. Peut-être qu'en Pologne, à treize ans, les garçons pensaient à autre chose, mais Paul ne collectionnait pas ces réclames par curiosité pour le linge de nuit !

C'est la première fois que son ancien mari lui manquait. Pour ces choses-là, au moins, elle aurait pu compter sur lui.

Raison de plus, s'il en fallait une, pour ne pas laisser Paul partir en voyage comme elle l'avait imaginé un court instant. Car Solange l'invitait à Berlin. Elle se targuait (c'était sans doute vrai, mais cette manière de tout ramener à soi !) de l'amitié de Richard Strauss. Rien de moins. Il paraît qu'il était « un fervent admirrateur » de la Gallinato. Madeleine se demandait si, en allemand, il y mettait deux *r*, lui aussi. Il l'avait entendue dans *Salomé*, il en avait été chaviré, le pauvre homme. Bref. Solange avait accepté d'aller en février en Allemagne participer aux festivités du cinquantième anniversaire de la mort de Wagner, « mais j'ai été allitée ». Savoir si c'était vrai ou pas, cette femme mentait comme elle respirait. Il paraît que les Teutons avaient été très déçus, là-bas. À lire les lettres de Solange, on se demandait même comment ils avaient trouvé le courage de maintenir cette commémoration malgré l'absence de la diva ! Pas rancunier, Strauss avait aussitôt renouvelé l'invitation et, dans son infinie générosité, Solange avait daigné venir en septembre « céllébrer la musique allemande. Imagine un peu, mon petit Pinocchio : un programme Bach, Beethoven, Schuman, Brahms, Wagner. Tu ne va pas abandonner ta vieille amie un jour pareille ! ».

Le concert aurait lieu le 9 septembre à l'Opéra de Berlin.

Depuis juillet 1927 à la Scala, Paul ne s'était rendu à aucune des nombreuses invitations de Solange à l'étranger. Il s'était finalement lancé dans une demande et Madeleine avait été bien près d'accepter, mais on ne pouvait pas laisser Paul partir seul, avec cette sexualité exacerbée... Il faudrait au moins deux billets de chemin de fer, plusieurs nuits d'hôtel, de la restauration... Madeleine avait mauvaise conscience parce qu'elle disposait de l'argent nécessaire, mais ce n'est pas à un voyage, fût-ce pour Paul, qu'elle avait décidé de l'employer, mais à payer M. Dupré...

Elle refusa. « Je... com... comprends, ma... man. »

L'annonce d'une série de récitals de Solange à Berlin à l'automne fut très commentée dans les journaux. La chanteuse hurlait haut et fort sa joie de venir « rencontrer le peuple allemand, dont on sait l'âme si musicienne ». Les nouvelles autorités du Reich, de leur côté – nous étions fin février, M. Hitler n'était chancelier que depuis un mois –, se félicitaient que la grande artiste vienne rendre un si vibrant hommage au génie musical allemand. Passablement décrié pour ses initiatives musclées vis-à-vis des Juifs et d'une partie de la culture jugée décadente, le régime était fier de tenir en Solange Gallinato une admiratrice de choix, le tapis rouge serait déroulé, le chancelier lui-même serait présent à la première. Solange avait déclaré ici et là qu'elle en serait heureuse et flattée.

C'est vrai qu'au cours de sa vie, Madeleine n'avait pas fréquenté beaucoup d'ouvriers, mais celui-ci ne ressemblait pas du tout à l'idée qu'elle s'en faisait. Ce foulard autour de la gorge, ce pantalon à pinces, ces chaussures vernies… Léonce sentit cela très bien.

— Robert n'est plus vraiment ouvrier depuis qu'il est… rentier. Mais il a fait son apprentissage !

Madeleine croisa les mains devant elle, racontez-moi ça.

— Chez Dumont, dit Robert, à Vincennes.

En face de lui, M. Dupré reposa son bock d'un geste las. Il fixait la carte d'identité établie au nom de Roger Delbecq. Il la jeta devant Robert.

— Pour faire fabriquer ça, on t'a donné six cents francs. Combien tu nous as carotté pour obtenir cette saloperie ?

Robert fit une petite lippe. C'est vrai qu'il avait un peu exagéré. René Delgas lui avait fait ça pour cent trente francs. Léonce vola à son secours :

— Oui, le résultat n'est pas très bon, mais c'est à cause du délai. Forcément, dans la précipitation… Mais on va la faire refaire ! Hein, poussin ?

Poussin était d'accord, mais ça ne voulait pas dire grand-chose, il était toujours d'accord sur tout. Si elle avait eu un passeport et suffisamment d'argent pour s'enfuir de France, elle aurait dû considérer Robert comme une valise supplémentaire.

Madeleine, elle, pensait aux échéances. Les entretiens d'embauche se feraient dans deux ou trois jours. Elle sentait l'affaire mal emmanchée.

— Dites-moi, monsieur Ferrand, qu'est-ce que vous y faisiez exactement chez Dumont, à Vincennes ?

Robert fit une petite grimace.

— Bah, un peu de tout, vous voyez…

Madeleine ne voyait pas très bien. M. Dupré prit une large inspiration. On crut un court instant qu'il allait se lever et le gifler. Léonce préféra intervenir :

— Chéri, Mlle Péricourt te demande plus précisément en quoi consistait ton travail.

— Ah… ! Bah, on changeait les moteurs, on effaçait les numéros à l'acide, on repeignait les voitures, des choses comme ça.

— Et cela remonte à quand ?

Embarrassé, Robert se frotta le menton, voyons voir…

— Je dirais bien vingt ans… Bah oui, je suis rentré de voyage en 13, je suis parti à la guerre en 14, faites le compte…

Madeleine regarda Léonce, puis M. Dupré, puis elle revint à Robert.

— Je peux vous demander un instant, monsieur Ferrand ?

— Pas de problème, dit Robert en croisant les bras.

— Chouchou, dit Léonce avec patience, Mlle Péricourt aimerait que tu nous laisses seuls un moment, s'il te plaît.

— Ah, d'accord !

Chouchou se leva et hésita. Le zinc ? Le billard ? Il opta pour le billard.

Léonce dut elle-même en convenir :

— Oui, je sais, il a un peu perdu pied avec le métier…

Elle était bien consciente que la candidature de Robert était assez difficile à défendre. Il n'était bon qu'au lit. Ça valait de l'or, mais il fallait reconnaître que ça avait peu à voir avec la mécanique.

M. Dupré ne disait rien, il épluchait une nouvelle fois le document que Léonce avait recopié, d'une belle écriture, la nuit précédente. Papier volé dans le dossier de Gustave pendant son sommeil. La liste, non exhaustive, des questions que l'on poserait aux candidats à l'embauche.

Madeleine avait espéré faire entrer Robert Ferrand dans les ateliers de la Renaissance française, mais elle voyait mal ses chances face à des ouvriers réellement qualifiés et dont l'expérience ne remontait pas à l'avant-guerre.

L'accablement saisit le petit groupe. On entendit dans la salle de billard un grand éclat de rire, celui de Robert qui hurlait :

— Ah ! Deux bandes, t'as vu ça ! Champion, hein !

M. Dupré regarda Léonce.

— Je ne veux pas être désagréable, mademoiselle Picard, mais… qu'est-ce que vous voulez qu'on en fasse de votre jules ? C'est une équipe d'ingénieurs d'élite à la recherche d'ouvriers spécialisés très expérimentés, très pointus. Si on lui demande une figure au billard, à la rigueur, il peut s'en tirer. Sinon... il n'a pas vu une machine-outil depuis plus de vingt ans, on va lui rire au nez.

Et c'est exactement ce qui se passa.

L'ingénieur italien, le premier, pouffa de rire dans sa manche. Sa gaieté se communiqua à ses deux collègues, même Gustave ne put réprimer un sourire.

— Allons, messieurs, dit-il. Un peu de compassion.

Ce type est-il totalement idiot ? se demandait Gustave. Il nous a présenté un curriculum truffé de références invérifiables et n'a pas su répondre, même de travers, à une question sur huit. Était-il charitable de le conduire devant une machine pour un essai et de le voir s'humilier davantage ? Il y avait encore huit candidats à recevoir, Gustave referma le dossier avec un geste d'impuissance.

— Vous comprenez que pour cet emploi...

Robert plissa les lèvres et leva les épaules, bah oui, forcément...

Gustave était dans un bon jour. Un bon jour qui durait depuis des semaines, il n'avait jamais été plus heureux de sa vie, il réussissait tout ce qu'il touchait.

Le turboréacteur qui allait sortir de ses ateliers, il le voyait déjà.

Il avait vécu un grand moment deux mois plus tôt, le 10 février 1933, devant les ministres de l'Industrie et de l'Aéronautique venus en visite, accompagnés de journalistes et de reporters. Il avait présenté un à un les membres de l'équipe, voici le spécialiste de l'aérodynamisme, l'expert en combustion, le géant de l'allumage, le seigneur des souffleries, le dieu du profilé, le Vulcain de l'alliage, c'était lassant, cette litanie, mais Joubert y tenait. Deux jours plus tard, le gouvernement annonçait qu'il « participerait activement » au projet, comment l'éviter… Les subventions allaient tomber. Et, au fil des mois, Gustave avait bien l'intention de siphonner la plus grande partie du budget dont l'État disposait en la matière. C'était l'euphorie.

Deux mois après la mise sur orbite de l'équipe, il fallait des ouvriers capables de réaliser les pièces qui avaient été dessinées.

Joubert se leva, bon allez, au suivant. Robert serra les mains du jury, sans rancune, il souriait toujours, on imaginait mal ce qui pouvait l'atteindre.

Gustave, d'humeur débonnaire, le raccompagna à la porte.

— Bon… Au moins, on sait que vous aimez les voitures.

— Ça oui…

— Je suis comme vous, les automobiles… Et vous, c'est quoi, votre voiture de rêve ?

— Bah, vous savez, j'ai conduit la Blue Train Special, alors après ça…

Gustave resta une seconde en arrêt.

— Vous… Mais, comment… Quand ça ?

— En 29. J'avais un copain en carrosserie. Il avait fait un raccord de peinture et il a fallu l'emmener à Mantes-la-Jolie, c'est moi qui ai pris le volant…

Joubert était sidéré. En 1928, Bentley avait sorti un modèle de voiture six cylindres, la Speed Six, avec laquelle Barnato avait fait la course contre le rapide Cannes-Calais. À l'issue d'un inénarrable périple, il était arrivé avec quatre minutes d'avance ! Pour commémorer l'événement, la six-cylindres suivante de chez Bentley avait été surnommée la Blue Train Special et n'avait été produite qu'en… un seul exemplaire. Personne ne savait réellement où elle se trouvait. Avec sa cylindrée de 6597 cm^3 développant 180 CV, c'était une voiture mythique.

L'ingénieur italien passa.

— Il faudrait prendre le candidat suivant, monsieur Joubert, le temps presse…

Gustave, presque fiévreux, ne put s'empêcher de se tourner vers Robert.

— Et cette Blue Train, alors… c'était comment ?

Robert ouvrit la bouche, chercha ses mots :

— Vous imaginez pas, m'sieur…

C'est de cette manière que Robert échoua à devenir ouvrier spécialisé à l'Atelier de la Renaissance française, mais se vit proposer un emploi de balayeur.

Il y avait plus de deux mois que Madeleine venait retrouver M. Dupré chez lui pour faire le point sur ses investigations. Il n'omettait aucun détail sur les gens qu'il avait vus, qu'il avait interrogés, les lieux où il s'était rendu, le nombre d'heures qu'il avait attendu, l'argent qu'il avait dépensé. Madeleine s'impatientait, mais elle se sentait moins le droit d'interrompre cet ouvrier qu'autrefois le fondé de pouvoir de la banque familiale, aussi les soirées duraient-elles longtemps, le café refroidissait-il dans les tasses.

Si M. Dupré était parvenu à d'excellents résultats concernant Léonce, il était également parfaitement informé des faits et gestes de Charles. La concierge de l'immeuble et la secrétaire du dentiste avaient été dûment soudoyées, un huissier du Parlement se montrait volontiers bavard au troisième Cinzano, M. Dupré raconta à Madeleine la visite d'Alphonse Crémant-Guérin qui avait été un fiasco. Il avait aussi consacré un temps fou à André Delcourt, mais en vain, cette fois. Il se rendait au journal, dans des dîners en ville, ne jouait pas. Rentré chez lui, il écrivait tard.

— Rien à faire ? insista Madeleine.

Dupré ne voulait pas le dire, mais il craignait bien que chez cet homme-là les failles soient difficiles à trouver.

— Je ne pense pas non plus qu'il soit corruptible, ajouta-t-il, comme si Madeleine avait eu les moyens d'acheter qui que ce soit. Il ne fréquente pas les établissements spécialisés. Il ne regarde pas beaucoup les femmes…

— Ce n'est peut-être pas de ce côté qu'il faut chercher.

La phrase était osée, Madeleine en rougit. M. Dupré était assez scrupuleux et prudent pour s'être renseigné. Sans doute savait-il que Madeleine avait été naguère la maîtresse d'André, ce qui donnait à cette remarque la couleur d'une confession intime.

M. Dupré, sceptique, haussa les épaules. Le sang de Madeleine ne fit qu'un tour.

— Écoutez, monsieur Dupré, je peux v…

— Il se fouette.

— Pardon ?

M. Dupré était entré chez lui.

— Comment avez-vous fait ?

— Je suis serrurier de profession.

— Ah… Et vous dites qu'il…

— Il a un fouet chez lui, un objet colonial, exotique. Usagé.

Madeleine fut surprise, mais pas étonnée. Cela ressemblait bien à André. Et s'il trouvait dans cet exutoire un moyen suffisant pour calmer ses pulsions, il serait difficile à attraper.

Pour autant, Madeleine restait tranquille. La seule question qui la préoccupait était celle de l'argent. Ce qu'elle avait scrupuleusement économisé fondait vite. Elle pourrait aller jusqu'en décembre s'il n'y avait pas de mauvaise surprise. Après…

Sur Léonce, M. Dupré fit, comme à son habitude, un rapport calme, long et détaillé. Après quoi, Madeleine se leva. Dupré alla chercher son manteau, le lui tendit, elle enfila les manches, elle se tourna vers lui, ils s'embrassèrent, il la porta sur le lit où il la baisa longuement, calmement et en détail.

26

Paul comprenait sa mère. On comptait les sous, on vivait sur un train modeste, un voyage à Berlin était impensable. Mais il avait d'autant plus envie d'entendre Solange de nouveau en récital qu'elle se produisait de moins en moins. « Ton amie est bien fatiguer, mon petit loup, elle a reffusé des dates, elle en a annulé d'autre, c'est une vieille touppie que cette Solange, tu sais… »

Elle aimait se faire plaindre alors Paul la plaignait : « Vous avez raison de vous reposer. Si vous êtes fatiguée, c'est que vous avez voulu faire plaisir à tout le monde, chanter partout où l'on vous demandait. Ce n'est pas une mauvaise chose parfois, de refuser. »

Cette phrase, qu'il avait écrite machinalement, s'était mise à tourner dans son esprit. Quelque chose remuait en lui, il ne savait pas quoi.

Il commença à le comprendre lorsque les journaux annoncèrent qu'un syndicaliste néerlandais du nom de van der Lubbe avait incendié le Reichstag de Berlin dans la nuit du 27 au 28 février, à la veille des élections. Paul vit des images de ce bâtiment en flammes et lut les déclarations vengeresses du haut-commissaire Hermann Goering sur un vaste plan terroriste conçu par des communistes.

Paul ne comprenait pas très bien ce qui se passait là-bas, mais il n'était pas difficile de voir que l'atmosphère était lourde. À quelques jours des élections, la presse sociale-démocrate avait été interdite pour quinze jours, deux cents personnes avaient été arrêtées, des articles de la Constitution concernant les libertés individuelles avaient été suspendus, trente mille auxiliaires à croix gammée avaient été affectés au maintien de l'ordre. On leur donnait le matin un brassard et un pistolet chargé, le soir on leur versait trois marks. Trente mille personnes s'étaient massées au Palais des Sports pour écouter le chancelier Hitler parler de sa politique raciste, visiblement ça bougeait pas mal de ce côté-là de l'Europe.

Curieusement, deux événements mineurs frappèrent Paul. Une comédie théâtrale et un bal costumé organisé par un club hollandais avaient été interdits à Berlin. Il avait du mal à superposer ces informations à l'enthousiasme de Solange qui lui écrivait de Lucerne où elle se reposait : « Je prend des bains, j'y passe mes journée. Mais je continue de travailler, sais-tu ? Il n'est pas trop tart pour préparer ce grand récital de Berlin. À propos, est-tu bien certain que ta chère maman ne te laissera pas venir ? Ce n'est pas une question d'argent, j'espère ! Tu n'aurait pas ce genre de secret pour ta vieille amie, n'est-ce-pas ? Car pour Berlin, je suis en train de caugiter un programme tout ce qu'il y a de plus allemand avec des choses inattendus, que tout le monde n'écoute pas tout les jours. Mais il faut faire vite. Et comander un décor ! »

Elle avait joint à son courrier des pages de journaux français et étrangers qui claironnaient sa venue en Allemagne à l'automne : « La Gallinato chantera pour Hitler», «Solange Gallinato célébrera la musique allemande à Berlin»…

Le doute de Paul se creusa encore à la mi-mars lorsqu'il lut l'annonce d'un décret du Reich qui avait permis de dissoudre un grand nombre d'associations musicales qui n'avaient pas l'heur de plaire au nouveau régime. Que l'on s'attaque à des mouvements qui se consacraient à la musique dans un pays réputé si mélomane, il ne le comprenait pas.

Et c'était précisément là que Solange se faisait une joie d'aller se produire.

Paul s'interrogeait. Quelque chose lui échappait. Ordinairement, dans ce genre de situation, il se tournait vers sa mère, mais, outre que la rivalité entre les deux femmes était destinée à ne s'éteindre qu'avec elles, il s'était senti retenu, par quoi, mystère… Il craignait que le projet de Solange ne soit pas une bonne idée.

André se rendit au domicile de Montet-Bouxal en traînant les pieds. Le genre d'invitation difficile à refuser, une corvée. Et une épreuve aussi, parce que André entra dans un appartement immense, doté d'une bibliothèque gigantesque et d'un bric-à-brac impressionnant d'objets d'art, de gravures, de livres, de bibelots, comme un cabinet d'amateur, et tout cela lui montrait ce qu'il aurait aimé être et posséder, ce qu'il rêvait de devenir et qui lui semblait si loin.

Il posa une fesse sur le canapé, il partirait dès que ce serait possible.

— Ah, l'Italie…

Montet-Bouxal se lança dans une vaste dissertation

bourrée de références, San Vitale, le Bernin, la Vierge de Tarquinia… Proféré par ce petit vieillard rabougri et tassé, ce fatras encyclopédique ressemblait à une collection de clichés. André était au purgatoire. Que faisait-il là, bon Dieu !

Nous étions au début d'un mois d'avril qui s'était montré clément. L'arrivée du printemps, à laquelle le vieil académicien n'avait jamais prêté attention, devenait avec l'âge un petit événement. De temps à autre il se tournait vers la fenêtre laissée entrouverte, il plissait les yeux, comme un chat, en respirant la fraîcheur qui entrait dans la pièce et il replongeait dans ses papiers comme à regret, avec un soupir.

— Et nous avons pensé à vous.

Tout à ses pensées, André avait manqué le sujet de la phrase.

— À moi… ?

— Oui.

André avait bien entendu ? Une revue ?

— Non, un quotidien ! C'est plus dense, comprenez-vous. Si nous voulons faire passer nos idées, convaincre, il faut ça.

Des membres influents du Comité France-Italie, des industriels, quelques grandes familles éclairées avaient décidé de financer un journal destiné à véhiculer les thèses qui avaient refait de l'Italie d'aujourd'hui une grande nation latine.

Montet-Bouxal se leva péniblement, fit quelques pas jusqu'au divan sur lequel il se laissa tomber. Il tapota du plat de la main la place à côté de lui, venez là.

— Le fascisme est une doctrine moderne, nous sommes bien d'accord.

Le vieil écrivain avait les mains froides et rêches, André faillit retirer les siennes, mais un reste de civilité l'en empêcha.

— À Paris, il y a pléthore de belles plumes qui seraient ravies de collaborer à un organe de presse politique destiné à convaincre. À faire gagner cette belle cause.

La tête tournait à André. Diriger un quotidien parisien !

— Nous avons des locaux avenue de Messine, ça ne s'invente pas !

Montet-Bouxal partit d'un petit rire assez féminin. Il n'y aurait, au début, que trois ou quatre journalistes, mais enfin…

— Il vous faudrait rencontrer nos généreux donateurs. Nous pourrions démarrer en septembre. Si l'affaire vous intéresse, bien entendu… Il nous manque un titre, mais cela se trouve.

— *Le Licteur.*

C'était venu tout seul.

— N'est-ce pas un peu… savant ? Allez, nous verrons.

Montet-Bouxal s'était levé, avait refermé les pans de sa robe de chambre, l'entretien était terminé.

André était exalté.

Dans quelques semaines, il pourrait être sous les projecteurs de l'actualité, à la tête d'un nouveau quotidien modeste encore, mais éminemment prestigieux…

Où il ne gagnerait pas moins que chez Guilloteaux.

Robert saluait toujours en disant : « Putain, dis, t'as vu ce temps ? » Ce qui était valable quelle que soit la météo, même la nuit, et n'appelait pas de réponse. Ce soir-là n'avait pas fait exception, après quoi Robert était monté en voiture et avait regardé la route en fumant cigarette sur cigarette, le regard vide et la mine ravie, Dupré avait envie de le passer par la portière.

Ils arrivèrent à Châtillon vers minuit.

Dupré éteignit les phares à la sortie de la ville et roula très lentement jusqu'à l'usine. Il avait prévu de se garer assez loin.

Sur les consignes d'organisation, avec Robert, il avait tout essayé. En vain. Il manquait toujours un élément, ah oui, c'est ça, j'avais oublié ! disait Robert en rigolant, rien n'avait d'importance à ses yeux. Dans la voiture plongée dans la pénombre, Dupré fit une dernière tentative.

— Ah bon ? faisait Robert à chaque phrase comme s'il l'entendait pour la première fois, c'était à hurler.

Dupré fit alors ce qu'il ne voulait pas faire. La mort dans l'âme, il sortit un papier avec les consignes, écrites en majuscules, les mots bien espacés. Laisser une trace pareille entre les mains de ce type revenait à commettre un geste suicidaire qui n'était pas dans son tempérament, mais comment faire autrement ?

Robert le déchiffra tant bien que mal à voix haute. On ne pouvait jamais être certain qu'il comprenait ce qu'il lisait.

— Bon, allez, fit Dupré en désespoir de cause, vas-y.

Il avait bien pensé à intervertir les rôles, mais ça revenait à confier la voiture à Robert, et il y avait neuf chances sur dix pour qu'il se taille à la première alerte et abandonne Dupré dans une situation impossible…

— D'accord, dit Robert.

Il n'était pas contrariant. Il descendit, ouvrit la malle.

— Qu'est-ce que tu fous, bordel ! hurla Dupré en sortant précipitamment du véhicule.

— Bah, je prends les…

— Bougre de con, qu'est-ce qu'il y a sur ton papier ?

Robert fouilla toutes ses poches.

— Où c'est que je l'ai mis, ce papelard… Ah, voilà !

Il faisait très sombre, Robert saisit son briquet que Dupré lui arracha de justesse.

— Pour se faire repérer, ça…

Dupré, en désespoir de cause, lui rappela la consigne. Robert opinait du bonnet.

— Ah oui, c'est ça, je me souviens maintenant…

— C'est ça, oui. Allez, barre-toi, Ducon.

Il le regarda s'éloigner, la pince à la main comme un chandelier. En cas de pépin, il le planterait là, se disait-il en sachant qu'il n'en ferait rien. Malgré l'agacement et même le dégoût que lui inspirait Robert Ferrand, sommeillaient toujours, quelque part dans son esprit, des valeurs de solidarité ouvrière dont il reconnaissait combien elles étaient mal placées avec un malfaisant comme lui, mais auxquelles il aurait été incapable de déroger.

Il fixa, droit devant lui, la silhouette sombre des murs de l'usine qui se profilait vaguement dans le lointain.

Robert arriva aux ateliers. Sur la droite ? Sur la gauche ? Il ne se souvenait pas très bien. Ça devait être écrit sur le papier, mais il aurait fallu le retrouver, on ne sait jamais dans quelle poche on a mis les choses, et puis le déchiffrer, comme ça, sans lumière… Il décida que ce serait sur la gauche.

Au bout d'un moment, il douta. Il s'apprêtait à faire

demi-tour lorsqu'il aperçut la grille. Rassuré sur la fiabilité de son instinct, il continua à marcher, utilisa la pince pour se ménager un passage dans le grillage, il était maintenant dans la cour de l'usine. Les bâtiments l'impressionnaient un peu.

Dupré était assez nerveux. L'affaire, en soi, n'avait rien de compliqué, mais avec cette andouille, on ne pouvait être sûr de rien. Aussi fut-il très surpris d'entendre des pas et de voir arriver Robert, tout sourire.

— C'est fait ? demanda-t-il, inquiet. Tu as vu passer les gardiens de nuit ?

— Bah ouais !

Dupré soupira.

— Et tu as ouvert la vanne ? Légèrement ?

— Bah ouais, comme tu m'as dit.

Dupré n'en revenait pas.

— Bon, allez, on y va.

Ils déchargèrent les deux jerricans et se mirent en route.

À la grille, Robert se faufila de nouveau. Dupré lui passa les bidons un par un, qu'il courut apporter dans l'atelier dont il avait ouvert la porte au passe-partout. Dupré, qui avait observé les lieux trois nuits de suite, savait que la prochaine ronde n'interviendrait pas avant une heure.

— Bon allez, murmura-t-il, tu m'attends là.

— D'accord !

— Et tu ne fumes pas !

— D'accord !

Dupré entra silencieusement dans l'atelier. Ça sentait l'essence. Il se dirigea vers la citerne dont la vanne, en effet, était légèrement ouverte, le carburant coulait en filet jusque sur le sol en ciment. Il vida lentement les deux jerricans en différents endroits, l'odeur commençait à le prendre à la gorge. Il déposa ensuite les deux bidons près de la porte, observa longuement les lieux, prit dans sa poche le journal qu'il avait torsadé, l'alluma et le jeta sur la flaque. Il sortit précipitamment, referma d'un tour de clé, regagna le grillage.

Il était à une trentaine de mètres de la voiture lors de l'explosion. Une chose assez modeste, mais les flammes durent suivre rapidement les traînées d'essence parce que les lueurs de l'incendie se virent depuis la route au moment où ils reprenaient le chemin vers Paris.

27

La référence de Madeleine aux préférences sexuelles d'André avait longuement tourné dans la tête de Dupré. Était-ce la raison pour laquelle elle poursuivait André de ses foudres ? Avait-il regardé Delcourt « avec les bons yeux » ?

Il reprit sa surveillance, tâche ennuyeuse comme la vie d'André elle-même.

Il le suivit de nouveau au journal, dans les immeubles où il allait dîner, rue Scribe, au Luxembourg, au square Saint-Merry, à la bibliothèque Saint-Marcel où il allait parfois travailler. Et un matin où il était justement de faction devant cet établissement, ce fut le déclic.

Square Saint-Merry, Delcourt s'installait vers seize heures sur un banc, toujours le même, d'où, M. Dupré en fit l'expérience dès son départ, on pouvait assister à la sortie du Cours élémentaire Saint-Merry, établissement pour garçons dont les portes ouvraient une demi-heure plus tard. Au Luxembourg, c'était près du bassin, là où les garçonnets se penchaient sur leurs bateaux. Rue Scribe, son emplacement favori se trouvait exactement en face de l'École de danse, Delcourt connaissait les horaires comme personne, jamais il ne s'y installait lors de la sortie des petites filles.

Une semaine après, Delcourt retourna à la bibliothèque Saint-Marcel. Dupré alla s'asseoir non loin de lui avec un ouvrage sur la culture chinoise, le premier qu'il avait attrapé. Delcourt passa la fin de la journée à regarder le jeune bibliothécaire, les jambes croisées, une main sous la table.

— Ça ne nous conduit pas bien loin..., dit M. Dupré.

— En effet, répondit Madeleine. Je commence à penser qu'il va falloir s'y prendre tout autrement.

Ce fut alors plus fort que lui :

— Votre rancune à son égard tiendrait-elle... à ces penchants ?

Elle fit mine de n'avoir pas entendu, mais comprit aussitôt que ce silence serait mal interprété. Quoi, M. Dupré allait-il croire qu'elle était une femme simplement vexée d'avoir eu pour amant un homme qui préférait les hommes ? Raison basse, Madeleine avait des préjugés, mais pas ceux-là.

M. Dupré, dans ces situations, fixait sa cuillère.

Madeleine dit :

— C'est Paul, voyez-vous...

Elle se mit à sangloter. Il se leva pour s'approcher.

— Merci, monsieur Dupré, dit-elle en l'arrêtant, ça n'est pas nécessaire.

Elle continua de pleurer puis elle expliqua et cet aveu raviva une blessure restée intacte. Elle fut très malheureuse, elle se chargea de tous les maux, d'inattention, d'indifférence.

— Non, dit monsieur Dupré, ce type est un salaud, voilà tout.

Il avait raison, il n'y avait rien d'autre à dire.

Madeleine respira. Ce mot vulgaire exprimait simplement une vérité simple. Tous deux, dans le taxi du retour, eurent des pensées pour le petit Paul. Chacun les siennes, évidemment, sauf leurs colères qui devaient se ressembler.

La question de la malchance, le lecteur s'en souvient, hantait Charles Péricourt. À plusieurs reprises, il avait cru déjouer la fatalité qui, selon lui, l'avait toujours accablé. Et jamais il n'en avait été aussi près que ce soir-là.

C'était aujourd'hui le grand jour, c'était maintenant, c'était il y a une heure, c'était fini, c'était trop tard, il aurait eu un revolver, il se serait brûlé la cervelle. Il écoutait son souffle qu'il trouva court et rauque, il avait l'impression de râler, d'être prêt à mourir.

— Mais ça va venir ! dit Berthomieu. Allons, Charles ! Pas d'inquiétude, ces choses-là réclament du temps.

Il avait invité à dîner Berthomieu, un député bien informé qui, malheureusement, n'était venu qu'avec un solide appétit, il avait bouffé comme quatre.

— Le gouvernement va augmenter l'impôt sur le revenu de dix pour cent, lâcha Berthomieu en attaquant la forêt-noire, il va devoir faire un geste pour calmer le contribuable.

Ça, Charles le savait aussi bien que lui, merci bien !

En quatre ans la dette du pays avait gonflé de quatorze milliards. Il fallait renflouer les caisses de l'État, diminuer le salaire des fonctionnaires, dégraisser les services publics, on avait imaginé des taxes indirectes sur les automobiles, les pierres à briquet, les taxis, il avait quand même fallu taper sur les revenus en échange de quoi, comme chacun pensait qu'il payait plus que son voisin, on avait promis de renforcer le contrôle fiscal dont on espérait une rentrée de sept cent cinquante millions.

C'est là que la chance de Charles s'était manifestée.

Le gouvernement préparait une proposition de loi pour traquer l'évasion fiscale. Une commission parlementaire allait être créée pour étudier, amender ou enrichir le projet. L'Alliance démocratique n'ayant hérité que du ministère de la Marine, l'équilibre gouvernemental conseillait de faire un geste de plus en sa direction. Et le nom de Charles Péricourt avait été prononcé !

Pour comprendre son excitation, il faut savoir que les commissions étaient alors puissantes au point de dicter certaines de leurs volontés au gouvernement, les ministres redoutaient de devoir s'expliquer devant elles, ils y passaient parfois de sales quarts d'heure.

Pour Charles, c'était énorme.

Il y aurait une élection à laquelle l'opposition, par principe, ne participerait pas. La rumeur selon laquelle il pourrait être l'unique candidat à la présidence de la commission avait enflé au cours des dernières quarante-huit heures, nombre de ses collègues étaient déjà venus le féliciter, Charles se détournait avec nervosité, ces types vont me porter la poisse.

Il n'avait fait qu'une entorse à sa décision de ne parler de rien. En direction d'Alphonse Crémant-Guérin qu'on n'avait plus revu à la maison à l'immense surprise d'Hortense et à la grande déception des deux fleurs jumelles. Deux Crémant-Guérin avaient été députés. Sa mère, que les uniformes faisaient rêver, insistait pour Polytechnique. Lui en tenait pour Sciences po. Elle voulait un général, il voulait être ministre. Plus haut peut-être, même. « Ah, président », avait dit sa mère, c'est autre chose. Elle avait cédé, d'accord pour Sciences po, et entamé aussitôt une tournée trépidante, obstinée, parfois humiliante, des anciennes relations familiales susceptibles de ménager à son fils unique une porte d'entrée dans les coulisses du pouvoir. Alphonse voyait d'un mauvais œil sa mère se conduire en véritable princesse Droubetskoï, mais lorsqu'il avait été invité par Hortense, il avait reconnu que cette insistance, pour pénible qu'elle fût, n'avait pas été vaine. Excité par la perspective d'être adoubé en politique par un député expérimenté comme Charles Péricourt, le jeune homme, après avoir passé une soirée face aux jumelles, s'était plusieurs fois présenté au bureau de Charles à l'Assemblée. Aussi, lorsque l'hypothèse d'une présidence de commission s'était fait jour, Charles n'avait-il pu résister, il avait envoyé un télégramme à Alphonse : « Question politique – stop – passez me voir – stop – Charles Péricourt. »

Alphonse avait accouru ventre à terre.

— Alors, où en êtes-vous, côté études ?

Alphonse « préparait ». Charles, autodidacte dont le seul diplôme avait été un frère banquier, ne savait pas exactement ce que cela recouvrait.

— On va me proposer une présidence de commission.

Le jeune homme était sidéré.

— C'est tout à fait confidentiel !

Alphonse, affolé, leva les mains, il était prêt à jurer sur sa mère, sur la Constitution, sur la Bible…

— Si tout se passe comme prévu, je vais avoir besoin d'un assistant efficace, comprenez-vous.

Alphonse avait blêmi. Maintenant que le mot était lâché, Charles était sur orbite :

— Mon épouse m'a dit que vous n'aviez pas visité nos filles depuis quelque temps…

Alphonse était sorti du bureau en titubant.

Quand il y repensait, Charles regrettait. Non d'avoir soudoyé le jeune homme, mais d'avoir vendu la peau de l'ours.

Il était maintenant vingt-deux heures trente, Berthomieu sirotait son armagnac et rien n'était arrivé du ministère où Charles avait pourtant prévenu deux fois qu'on pouvait le trouver toute la soirée au *Sarrazin*.

Les serveurs étaient respectueusement alignés près de la porte d'entrée pour souligner qu'elle était aussi la porte de sortie. Il fallait partir. Berthomieu se contenta de roter bruyamment et de livrer un ultime commentaire sur la blanquette qu'il avait trouvée un peu trop salée, après quoi il saisit, dans la boîte présentée par la maison, quelques barreaux de chaise qu'il enfourna dans sa poche intérieure et rejoignit Charles dès que ce dernier eut réglé l'addition.

— Ça va venir, mon vieux, ça va venir, dit Berthomieu.

— À cette heure-ci…

Charles était au trente-sixième dessous.

Première déception, il n'y avait pas eu de candidat unique. On avait évoqué Brillard, Sénéchal, Mordreux,

Filipetti… Cette élection qu'il espérait facile risquait de se transformer en une course d'obstacles face à des gens qui avaient de réelles qualités.

Berthomieu, lui, le ventre rempli, avait hâte d'aller se coucher, il tapotait ses poches, bon, c'est pas le tout…

— Allez, adieu, Charles.

Il héla un taxi, monta. Puis, parce qu'il lui restait un peu de savoir-vivre, il crut bon, tandis qu'il s'éloignait, de baisser sa vitre et de hurler :

— Et ne vous laissez pas frapper par les autres candidats, que diable ! Ce sont des ânes, ils ne vous arrivent pas à la cheville. Vous les enterrerez tous !

Il est vrai que Charles avait sur ses concurrents un avantage considérable : la question fiscale était au cœur de ses préoccupations politiques depuis le début de sa carrière. En vérité, il n'avait plaidé contre les fraudeurs qu'en plaidant contre l'impôt, la dénonciation de « l'inquisition fiscale » était depuis toujours son fonds de commerce. Présider une commission chargée de traquer le contrevenant serait, s'il était élu, une contorsion délicate, mais ce ne serait pas la première fois qu'il procéderait à un revirement politique. Il aimait à rappeler que c'est le changement de stratégie qui avait fait le succès des guerres napoléoniennes.

Il retourna sur ses pas, frappa à la vitre du *Sarrazin*, un serveur vint ouvrir, Charles voulait s'assurer qu'aucun message n'était arrivé à son intention. Non, rien, on avait hâte d'aller se coucher.

Charles était très déprimé. Alphonse avait interrogé son secrétariat pour demander « respectueusement » s'il y avait du nouveau. Avoir à se dédire devant ce jeune homme lui était indifférent, mais que cela compromette davantage encore l'avenir de ses filles le rendait triste à mourir.

— Ah, te voilà !

Allez savoir pourquoi, Hortense gardait toujours un bol de soupe au chaud dans le four, elle devait avoir de lointaines origines paysannes.

— Que dirais-tu d'un…

— Ne m'emmerde pas avec ta soupe !

Charles accrocha son chapeau, repoussa sa femme qui était « toujours dans ses pattes », entra dans sa chambre et claqua la porte. Il ne ferma pas l'œil de la nuit, on élisait Brillard, on ne lui proposait même pas un strapontin dans la commission, des élections-surprises survenaient, il était battu, lessivé, rincé, il finissait dans la rue…

Il se réveilla en nage vers quatre heures, passa le reste du temps à fixer les fissures du plafond. Il quitta sa chambre vers sept heures, les filles se levaient vers onze heures, on interdisait le bruit dans la maison.

Hortense, dans le salon, se redressa dès qu'elle vit son mari et lui adressa son plus fier sourire.

— Bien dormi, mon loup ?

Charles ne répondit même pas.

— Ah, tiens, hier soir…

Hortense lui tendit un pneumatique. Arrivé la veille, à vingt heures.

— Tu étais fourbu, je n'ai pas voulu t'ennuyer avec le travail.

C'est ainsi que Charles Péricourt découvrit qu'il était élu à la présidence de la commission parlementaire contre l'évasion fiscale.

28

Gustave était arrivé à l'Atelier quasiment à l'aube. Davantage pour se calmer les nerfs que pour faire quelque chose. Il passa un moment à discuter avec l'homme de ménage, se fit raconter une nouvelle fois ce trajet Paris-Mantes dans la Blue Train Special, dommage que ce type ne dispose que de deux cents mots de vocabulaire, « formidable » et « sacrément rapide », « quelle impression ! », « et une douceur ! »... Quelle andouille, il aurait voyagé dans l'Orient-Express, il aurait dit les mêmes choses.

En fait, Robert ne l'avait aperçue qu'une seule fois, cette satanée voiture. Et d'assez loin, même, elle passait simplement dans la rue. Quand Joubert abordait le sujet, il devait se creuser la tête pour trouver quelque chose à dire...

Le job à l'Atelier aéronautique lui plaisait beaucoup. On faisait le ménage la nuit, ce qui lui permettait de baiser Léonce en début de matinée et d'aller aux courses l'après-midi. Une fille faisait les bureaux d'études de l'étage. À lui le rez-de-chaussée, les ateliers et les réserves. Joubert avait insisté : « Nous faisons ici un travail de haute précision. Je veux un espace propre comme un sou neuf. » Robert se contentait d'un coup de balai très superficiel, les poussières finissaient sous les machines. Après deux rapides allers-retours de serpillière, il vidait au sol des bouteilles entières de détergent pour que l'odeur se répande partout, en entrant on avait vraiment l'impression que c'était impeccable. Moyennant quoi, Robert occupait l'essentiel de son temps à jouer aux cartes avec les gardiens de nuit en attendant, le matin, l'arrivée du personnel et l'heure de rentrer à la maison.

Pour tromper son attente et apaiser sa nervosité, Joubert était monté sur la coursive et regardait l'Atelier.

Le monde de l'industrie était beaucoup plus violent que celui de la finance. Du temps qu'il administrait la banque Péricourt, on pressurait tout autant les employés, on en licenciait, on refusait les augmentations et on accélérait les cadences, mais tout cela se faisait de manière feutrée, il n'y avait pas de cris dans les couloirs, on ne claquait pas les portes. Quand on foutait une dactylo dehors, on entendait ses sanglots dans les toilettes, les ronds dans l'eau se refermaient vite, on passait à autre chose sans peine et sans effort. L'industrie était toute différente, tout se passait à ciel ouvert. Les aléas qui s'étaient succédé ces dernières semaines n'étaient pas restés secrets, toutes les équipes n'avaient parlé que de cela, le moral général s'en était ressenti et la spirale avait commencé à se dérouler dans le mauvais sens.

L'incendie survenu plus tôt chez Lefebvre-Strudal avait d'abord été un sacré coup dur pour Joubert.

Incendie criminel, avait conclu la police. L'enquête n'était pas allée plus loin.

Ce fournisseur, qui pesait plus de la moitié du chiffre d'affaires de la Mécanique Joubert, avait aussitôt mis ses ouvriers au chômage technique et annulé toutes ses commandes. Cas de force majeure, Joubert n'avait rien pu faire, sa trésorerie commençait à prendre l'eau.

Le turboréacteur était encore dans les limbes que le budget, lui, avait déjà décollé, il avait fallu négocier une rallonge de deux cent mille francs alors que les incidents techniques se succédaient, décalant le programme d'une semaine, de deux semaines, tout s'allongeait, le calendrier et le budget.

Autant Robert détestait le travail, autant il adorait le sabotage. Il s'attribuait, à juste titre, la paternité de plusieurs des perturbations survenues depuis l'ouverture. Il en comptait cinq, qui, chacune, avaient retardé l'avancement de plusieurs jours. Le dernier en date avait consisté à jeter trois dés à coudre de poussière dans une citerne. La poussière était tombée au fond de la cuve, comme un poisson dormant. Quand on avait refait le plein, elle était remontée. Les essais de fin de semaine en avaient été bigrement perturbés. Encore quatre jours de perdus.

— Sabotage ? avait demandé Joubert.

Le mot, maintenant qu'il l'avait en tête, l'obsédait. Dans cette période de tensions internationales et de suspicion, ce mot effrayait tout le monde. Joubert faisait le compte des incidents... C'est qu'il y en avait du personnel, dans cet Atelier, comment surveiller tout le monde ? Le spécialiste des fluides avait aussitôt réagi :

— Sabotage ? Oh non, monsieur Joubert ! Mais que voulez-vous, on a beau filtrer, filtrer, il y a toujours des impuretés qui passent.

Il pensait que cette fois il y en avait un peu beaucoup, mais il n'en avait rien dit parce que justement, c'est lui qui avait la charge du filtrage, il n'avait aucune envie qu'on entre dans le détail.

Comme si ces difficultés n'étaient pas suffisantes, il avait fallu se rendre à l'évidence : l'hypothèse retenue d'un compresseur radial avait été le mauvais choix.

Les études montraient que seul le compresseur axial serait suffisamment performant à condition de modifier le profil des aubes. On ne revenait pas à la case départ, mais le calendrier reculait d'un seul coup de presque un semestre…

Cette nouvelle avait épuisé la patience de la Renaissance française qui avait décidé de procéder à… une visite d'expertise. Rien que ça. Une délégation de cinq personnes qui exigea de voir les livres, les plannings, les comptes, les fournitures, les fiches du personnel, Joubert n'en croyait pas ses oreilles, ça ressemblait à un contrôle fiscal ! Il était le créateur de cette entreprise, l'âme de ce mouvement, et on le contrôlait comme un contribuable suspect !

Lobgeois prit son rôle d'inspecteur très au sérieux.

— Ces cent vingt mille francs, dis-moi, Gustave, qu'est-ce que c'est ?

— Un versement de mon entreprise au compte de l'Atelier qui avait besoin d'une rallonge budgétaire…

— Cette affaire est un gouffre et tu essayes de le cacher !

La gêne était palpable.

Même Robert, qui faisait semblant de faire le ménage dans la pièce d'à côté, comprit que les choses tournaient mal pour son patron. Il avait passé sa soirée entière à découper des morceaux de chambre à air gros comme des rognures d'ongle. Une odeur de caoutchouc brûlé fit soudain tourner la tête à tout le monde.

Le bourdonnement de la turbine qui baignait l'Atelier avait brusquement ralenti, comme si la machine s'essoufflait, Joubert était déjà debout, il s'avançait vers la coursive.

Une fumée s'élevait en un nuage noir, il y eut un fort bruit d'implosion.

L'agent de sécurité se précipita avec deux seaux de sable, techniciens et ingénieurs quittèrent leurs bureaux, coururent sur la passerelle. Vue de haut, la turbine offrait un spectacle désolant, on aurait dit une machine jetée à la casse. Joubert descendit quatre à quatre.

La turbine avait chauffé, chauffé…

— Les durites n'ont pas tenu le coup, dit l'Italien. Désintégrées…

Il avait enfilé une paire de gants en toile de parachute et dévissait les carters. On faisait cercle autour de lui, les visages étaient inquiets. Tout ce qu'on pouvait dire, c'est qu'il y avait du caoutchouc fondu, la désagrégation des durites était-elle la cause ou la conséquence, allez savoir, c'était impossible à déterminer. Personne n'éleva la voix, tout le monde connaissait le calendrier et mesurait la conséquence de cette panne. Onze jours perdus.

Les cinq hommes de la délégation qui avaient suivi Joubert ne purent s'empêcher de réagir à la présence de cette odeur âcre qui s'échappait de la turbine, mélange de caoutchouc brûlé, d'essence, d'huile chaude, ils battaient l'air du plat de la main comme pour chasser les mouches, la fumée était très incommodante.

— C'est grave ? demanda quelqu'un.

— Un incident, répondit évasivement Joubert.

Mais il était très pâle. Les hommes qui composaient la délégation étaient tous des ingénieurs et il n'était pas nécessaire de leur expliquer ce qui se passait.

Joubert ne voulut pas se retourner, mais il sentit dans son dos le sourire de Lobgeois, effilé comme un poignard.

André déployait beaucoup d'énergie pour rencontrer les personnalités prêtes à donner au nouveau quotidien d'obédience fasciste, dont il prendrait la direction à l'automne, articles, chroniques, comptes rendus d'événements, critiques de livres. Ils étaient nombreux, ce qui réconfortait André : le fascisme était dans l'air et les intellectuels, les écrivains qu'il contactait étaient tous enthousiasmés, convaincus qu'il constituait le meilleur rempart à un nazisme qui se montrait de plus en plus fort et conquérant.

André était bien à son affaire, convaincant, séduisant.

Le dossier était encore secret, mais l'argent était sur la table. Il devait recruter trois journalistes, il choisirait des débutants sur lesquels il aurait la main. Il ne voulait pas les payer trop cher. En attendant, il se servait du *Soir* pour diffuser des idées qu'il porterait bientôt plus haut et plus fort.

Le crime

L'avortement, ce terrible fléau, est une double faute : politique et morale.

Politique, d'abord. Dans une France qui vieillit, peut-on tolérer que des femmes attentent à la vie d'enfants dont le pays a le plus ardent besoin ? Nos voisins allemands ne s'y trompent pas : ils veulent une nation forte grâce à une jeunesse vigoureuse. Trouveront-ils, sur leur route, une France débile à la jeunesse clairsemée ?

Mais c'est surtout une faute morale parce que cet acte est une intolérable atteinte au droit fondamental, celui de vivre !

À quoi condamne-t-on les criminels de sang coupables de cruauté et de préméditation ? À la peine de mort. Pourquoi donc ne le ferait-on pas ici ? Il devient impératif de vouer les meurtriers de cette sorte, la plus basse, à la sanction la plus sévère, au nom de la force suprême contre laquelle personne ne peut aller : celle de l'amour.

Les criminels de l'avortement ne sont pas seulement des coupables de droit commun, ils sont coupables de crimes contre l'amour, l'amour qui prévaut sur tout, sur le sort, sur le destin, sur le malheur…

L'amour qui est le bien sacré de tous les êtres de Dieu.

29

Je suis chez moi ! se dit Madeleine en tentant de s'en persuader. Elle avala sa salive et, tandis qu'elle montait vers le cinquième, elle répétait mentalement ses arguments qu'elle avait classés dans l'ordre. Il fallait aborder cette discussion avec calme, mais avec détermination. Elle appuya sur le bouton de la sonnette.

M. Guéneau ouvrit la porte lui-même.

— Maître Guéneau ! corrigea-t-il aussitôt.

C'était un homme assez grand, large et lourd, au cheveu rare, à la mine un peu violette avec, au-dessus des joues, des poches immenses, fripées, d'une vilaine couleur. Son regard était marqué par un fort strabisme divergent, un œil à Elbeuf, l'autre à Colmar, comme dans la chanson. Il portait une robe de chambre chamarrée qui avait connu des jours meilleurs.

— Vous permettez que j'entre un instant ? demanda Madeleine.

— Non, je ne le permets pas.

À cette voix ferme et décidée, il n'était pas difficile de deviner un Guéneau impatient d'en découdre. Calmer le jeu, se dit Madeleine, montre-toi conciliante, évite le conflit.

— Je viens pour…

Aux autres portes du palier, Madeleine en était certaine, des oreilles s'étaient collées. La situation était délicate. La perspective de rentrer les mains vides lui procura l'élan nécessaire :

— Je vous ai écrit, à trois reprises. Sans réponse, je suis venue.

Il se contenta de la regarder, décidé à lui compliquer la tâche. Madeleine rassembla son courage.

— Vous avez deux mois de retard, mons… maître Guéneau.

— C'est exact.

C'est ce qu'elle redoutait. Un locataire embarrassé feint la surprise, plaide l'accident, promet, s'engage, mais face à un occupant qui ne conteste pas, que faire ?

— Je suis venue… Je souhaite… Enfin… pouvons-nous parler de ce petit problème ?

— Non.

Elle se sentit vaciller alors qu'elle aurait dû se montrer, elle aussi, catégorique, dire : « Le droit, c'est le droit, j'ai la loi pour moi. » Elle était allée voir le notaire qui avait établi le bail, il était formel.

— Alors, dit-elle, si vous ne voulez pas discuter de ce retard, il va falloir y mettre fin. Et payer vos loyers.

— C'est impossible.

Il ne bougeait pas, mais malgré son calme apparent, il se remplissait de colère, son teint s'assombrissait, ses poches se boursouflaient. Ses réponses minimales n'étaient qu'un barrage à un flot de paroles qui ne demandaient qu'à dévaler la pente.

— Alors, je vais être contrainte de vous déloger de chez moi !

— Vous voulez dire de chez moi ! J'ai un bail, madame Péricourt ! À ce titre, je suis chez moi.

— Mais pour être chez soi, il faut payer le loyer.

— Absolument pas. Le défaut de paiement n'annule pas le bail.

Oui, le notaire s'était entortillé sur ce sujet, il fallait séparer le droit d'occuper le lieu de l'obligation de payer, il paraît que ça n'avait rien à voir.

— Mais… vous êtes obligé de régler votre loyer !

— En théorie, oui. Mais comme je n'ai pas d'argent pour le faire, il va falloir l'accepter.

Ce loyer était la seule ressource de Madeleine.

— Je vais vous contraindre à payer, monsieur !

Il sourit. Madeleine comprit immédiatement que c'est là qu'il avait voulu la conduire et qu'il y était parvenu.

— Pour cela, vous allez devoir entamer une procédure d'expulsion. C'est très long. Le locataire convenablement informé, un avocat à la retraite, par exemple…, dispose de nombreux leviers permettant de reculer l'échéance. La démarche est longue, vous n'imaginez même pas. Cela peut durer des années.

— C'est impossible ! J'ai besoin de cet argent pour vivre, moi !

Il lâcha la porte et, des deux mains, il serra sa robe de chambre.

— Nous en sommes tous là, madame Péricourt. Vous avez placé votre argent dans un appartement qui ne vous rapportera plus rien avant très longtemps. J'avais, moi, placé le mien dans une banque qui a fait faillite en novembre dernier…

Madeleine était soufflée.

— D'ailleurs, vous la connaissez fort bien, cette Banque d'escompte et de crédit industriel.

— Je n'ai rien à voir avec cette banque !

Ce qu'il aurait fallu dire pour se défendre était insurmontable.

— Ce n'est pas celle que l'on appelait aussi la banque Péricourt ? Votre famille, dans sa ruine, a emporté tout ce que je possédais. Je considère comme une légitime compensation d'occuper ces lieux et je n'en partirai jamais. Je vais consacrer toutes les forces qui me restent à demeurer ici parce que si je dois quitter cet appartement, je serai à la rue. Vous n'y êtes peut-être pour rien, mais cela m'indiffère.

Madeleine ouvrit la bouche, mais la porte venait de se refermer.

Il régnait sur le palier un silence vibrant comme une turbulence dans un aéronef, les tempes lui battaient, elle était au bord du malaise.

Elle esquissa le geste d'appuyer sur la sonnette, mais elle renonça parce qu'elle ne savait pas quoi dire. Le petit anneau du judas était sombre. Derrière la porte, M. Guéneau l'observait.

Ce qui arrivait était pire que tout ce qu'elle avait imaginé. Nous étions à la mi-mai. Elle pouvait tenir jusqu'en décembre. Si elle comptait le salaire qu'elle versait à M. Dupré, les frais qu'elle engageait, le terme remontait même à septembre.

Que seraient sa vie et celle de Paul si elle ne trouvait pas rapidement une solution ?

Puis, brusquement, sa colère retomba. Elle comprit que c'était un signe de l'époque : elle était devenue terriblement brutale.

Chaque mardi, M. Guéneau faisait son marché rue du Poteau. Il traversa la cour où s'alignaient les poubelles, mais, arrivé à l'ascenseur, entendant du bruit derrière lui, il se retourna.

— Monsieur… Jénot ? Grénot ?

L'homme, un type aux yeux rapprochés, aux lèvres entrouvertes, lisait un papier, il n'avait pas l'air bien sûr de lui.

— Guéneau ! Et pas monsieur : maître !

Robert fit un grand sourire de satisfaction, remit le papier dans sa poche. Il semblait tellement content que M. Guéneau eut un instant l'impression qu'il allait repartir, comme si sa mission avait consisté à vérifier l'orthographe de son nom.

— Vous permettez ?

D'un geste plein de prévenance, Robert prit le cabas en toile écossaise de M. Guéneau et le posa précautionneusement sur la première marche de l'escalier. Il tenait à la main une canne très épaisse portant, à une extrémité, un gros nœud de bois, comme on en voyait parfois chez les manifestants des Croix-de-Feu ou de l'Action française.

La massue atteignit l'avocat au fémur droit. Cela fit un vilain bruit, sec. M. Guéneau ouvrit la bouche, la douleur était telle que pas un son ne sortit. Le jeune homme s'était aussitôt avancé pour l'aider à s'asseoir sur la première marche, à côté de son cabas, disant, voilà, vous serez mieux, mettez-vous là.

M. Guéneau, en nage, fixait sa jambe d'un regard hypnotisé et s'apprêtait à l'enserrer à deux mains lorsque le second coup arriva, exactement au même endroit, avec une précision d'horloger. Le bruit ne fut pas tout à fait le même, un peu plus sourd, plus mou, mais la puissance était très supérieure. D'ailleurs, son fémur faisait maintenant un angle de quarante-cinq degrés.

L'annonce de la douleur atteignit enfin son cerveau, il fut empêché de hurler par Robert, qui lui colla une main en bâillon sur la bouche en faisant tsst, tsst, tsst.

— C'est rien. Un bon plâtre et ça va se ressouder, vous verrez.

Maître Guéneau, les yeux exorbités, faisait des allers-retours entre sa jambe repliée dans le mauvais sens et le sourire du jeune homme qui dodelinait de la tête.

— Évidemment, si vous ne payez pas votre loyer, pour la deuxième jambe, ça sera pas pareil du tout. Je vous péterai les deux genoux, vous ne serez pas près de remarcher. Et si vous vous rendez au commissariat, je vous péterai aussi les deux coudes. Pour vous coucher, vous pourrez vous plier en quatre, comme une serviette éponge.

Robert plissa les yeux. Il tâchait de se souvenir s'il n'avait rien oublié. Non. Tout était en ordre. Il se leva.

— Bon, le loyer. C'est très important, hein !

Il désignait la jambe de l'avocat.

— Je vous ai fait un petit pense-bête.

Lorsqu'il traversa la cour, le hurlement de M. Guéneau commençait à emplir la cage d'escalier.

Dans le salon de thé, les dames étaient installées à une table ronde.

— Tout s'est bien passé, poussin ? demanda Léonce.

Quand elle parlait à Robert, elle achevait toujours

ses phrases par un sourire d'encouragement, comme Madeleine avec Paul quand il tentait désespérément de dire quelque chose.

— Comme sur des roulettes, dit Robert.

Léonce se tourna vers Madeleine, vous voyez, je vous l'avais dit.

— Merci, monsieur Ferrand.

Robert mit la main à sa casquette.

— À vot' service. Si vous avez besoin que j'y retourne... On a bien sympathisé, tous les deux.

L'appartement de M. Dupré sentait l'encaustique, quelqu'un devait venir faire le ménage. L'idée d'une femme entrant dans ce lieu si impersonnel, monacal, était tellement incongrue que Madeleine imagina, le dimanche matin, M. Dupré à genoux passant lui-même la paille de fer et cirant le parquet.

— C'est un imbécile plein de bonne volonté, avait prévenu Dupré. Ces gens-là sont difficiles à canaliser.

Depuis que Robert Ferrand s'était fait embaucher à l'Atelier, la terreur de Madeleine était de le voir faire trop de zèle et d'être démasqué. Elle lui donnait des consignes très strictes et ne manquait jamais de renouveler, en cas de désobéissance, ses menaces de police, de prison, il n'y avait que cela pour lui faire entendre raison.

Madeleine regarda sa montre. Vingt et une heures trente, certains soirs le bilan était plus rapide que d'autres. Elle avait un peu de temps devant elle. Elle se retourna.

— Monsieur Dupré, voulez-vous m'aider à délacer cette gaine, je vous prie...

— Bien sûr, Madeleine.

Sexuellement comme en toutes choses, M. Dupré était un homme efficace. Ça n'avait rien à voir avec les emballements juvéniles d'autrefois avec André, mais d'une certaine manière, c'était mieux. Elle découvrait les préliminaires. Ni son mari, homme pressé, ni André, homme passif, ne les avait pratiqués avec elle. Il y avait de plus en plus de choses dont elle ne s'ouvrait pas au curé de Saint-François-de-Sales. Durant leurs rapports, ils parlaient peu ; à la fin toutefois, Madeleine ne manquait jamais de dire :

— Merci, monsieur Dupré.

— C'est un plaisir, Madeleine.

Mais ce soir-là, lorsqu'elle fut rhabillée, après le bref moment de toilette qu'elle s'octroyait derrière le paravent (M. Dupré allait fumer à la fenêtre, dans l'autre pièce), elle ne se dirigea pas vers la porte comme elle le faisait habituellement.

— Peut-être savez-vous cela, monsieur Dupré..., à quel âge les garçons sont-ils... je veux dire, à quel âge ?

— Cela dépend beaucoup des tempéraments. Certains sont de vrais petits hommes à douze ans, d'autres restent étrangers à cela jusqu'à seize ans et plus, c'est très variable.

Ça n'arrangeait pas Madeleine.

— C'est que... Paul m'inquiète un peu à ce sujet...

M. Dupré plissa les lèvres.

— Dans son cas, c'est en effet... délicat.

Il imaginait sans peine la difficulté à laquelle Madeleine était confrontée. Et il ne savait pas ce qu'il ferait si elle lui demandait le service de... Pourrait-il emmener un garçon mineur en fauteuil roulant et qu'il n'avait jamais vu dans une de ces maisons où lui-même avait si rarement mis les pieds ? Ça semblait difficile.

Un peu de temps coula. Madeleine attendait un geste que M. Dupré n'avait pas envie de faire, un mot qu'il n'avait pas envie de prononcer.

— Vous vous alarmez peut-être un peu tôt ?

— C'est possible...

Elle se résolut alors à parler avec Paul.

Mon Dieu, comment s'y prendre, par quoi commencer, et puis, que pouvait-elle pour lui ? Demain, c'est cela, demain elle s'entretiendrait avec Paul, elle verrait, elle improviserait.

Quand elle arriva, Paul ne dormait pas, il écoutait de la musique. Elle passa rapidement à la salle de bains, elle ne voulait pas aller l'embrasser sans avoir fait d'abord... une toilette complète.

Même seule, elle rougissait de pareilles pensées.

Une fois en déshabillé, elle se planta devant le grand miroir en pied. Elle n'était pas grosse à proprement parler, seulement un peu enveloppée, tous les hommes ne détestaient pas ça. Mais c'étaient des formes plus rondes que la mode ne le permettait, voilà le problème. Madeleine n'était pas malheureuse, elle se sentait démodée. Le style d'aujourd'hui, c'était des femmes minces, voire maigres, il suffisait de regarder les réclames, pas plus épaisses que l'auriculaire avec juste des fesses et des seins menus et fiers, pas comme les siens. Elle se tira la langue, poussa un cri, et bien qu'elle soit en déshabillé, elle cacha précipitamment sa poitrine. Paul était là, qui la regardait, par la porte restée entrouverte. Devant la réaction de sa mère, il se mit à rire.

— M… mais, ma… man…

Madeleine attrapa en hâte son peignoir puis elle vint jusqu'à lui et s'accroupit près du fauteuil comme elle le faisait habituellement.

— Mais qu'est-ce que tu fais là, mon cœur ?

Paul saisit son ardoise : « Je t'ai entendue rentrer, je voulais te souhaiter une bonne nuit. »

Elle regarda son fils. Lui aussi avait grossi. Il avait maintenant une petite bouille ronde, il faudrait surveiller les sucres et les graisses…

Il était tard, l'immeuble était plongé dans un silence parfois entrecoupé par le ronflement du calorifère, quelques pas dans l'escalier, un véhicule dans la rue… Le moment était propice aux conversations intimes, Madeleine sentit que l'occasion de parler avec son fils se présentait à elle et comprit qu'elle n'en aurait pas le courage.

Elle choisit la fuite :

— Je suis grosse…

La réponse de Paul fusa :

— P… pas du t… tout !

— Si, je vais faire un régime.

Il sourit, attrapa son ardoise.

« Tu devrais essayer une de ces crèmes amincissantes, ça vaut une fortune, mais… je peux te conseiller. »

Madeleine n'eut pas le loisir de s'interroger, Paul avait déjà fait demi-tour.

Elle était mal à l'aise lorsqu'il sortit ses cahiers de réclames qu'il posa sur sa table, dont un qu'elle ne connaissait pas et qu'il feuilleta patiemment. Il s'arrêta soudain.

— Di… dis-moi, ma… man…

— Mon chéri ?

Il recourut à son ardoise :

« L'homme que tu rencontres le soir… Pourquoi est-ce un secret ? »

Madeleine rougit, ouvrit la bouche pour répondre, mais Paul était déjà passé à autre chose. Il désignait une réclame :

— Là !

C'était une femme assez forte, qui avait l'air abattue. Le message assurait : « L'obésité est une infirmité ridicule et dangereuse. C'est la seule qui provoque les rires moqueurs et les réflexions désobligeantes. » L'alternative s'imposait : sombrer dans la dépression ou recourir aux pilules Mattel.

Paul souriait largement. Madeleine, encore sous le coup de la question qu'il lui avait posée, se sentit prise d'une sorte de vertige. Les mots parvinrent enfin à son esprit : « L'obésité est une infirmité ridicule. » Elle hésitait à comprendre.

— Il faut que j'achète ça ?

— Ou… ç… ça…

Paul tournait les pages sur lesquelles défilèrent les pilules du professeur Potal, la crème Lophyral, l'onguent Sainte-Odile, la pommade Vertey. Les femmes y étaient parfois minces et rayonnantes ou grosses et accablées selon qu'elles avaient ou n'avaient pas eu recours au remède conseillé par la réclame.

— J'en… j'en ai… p… plein…

Madeleine n'avait trouvé qu'un seul cahier, il y en avait trois qu'il se mit à feuilleter d'un air grave et satisfait. Dentol, pour des dents saines et blanches ;

Charbon de Belloc, mangez tout ce qui vous plaît; vaseline Chesebrough, choisissez la qualité… Et le clou: Thermogène contre la toux, les rhumatismes, la grippe et les lumbagos, rien que ça.

— C'est très intéressant, dit Madeleine.

C'est ce qu'elle disait autrefois à Gustave Joubert lorsqu'il lui parlait des prêts contre nantissement ou des taux actuariels d'obligations.

On arriva au cahier que Madeleine connaissait, mais ça ne lui fit pas le même effet dévastateur qu'auparavant. Elle regardait à la dérobée le beau profil de Paul, réflexif et… – elle chercha le mot – … satisfait.

— Dis-moi, mon chéri, qu'est-ce que c'est que tout ça… ?

Paul déplaça son fauteuil, alla jusqu'à son armoire et revint avec un autre cahier, plus épais, de grand format, comme un registre de mairie. C'étaient des formules mathématiques.

— N… non, dit Paul, chi… chimiques.

Il saisit son ardoise: «Ces produits se vendent par milliers, maman…»

— Je sais…

«Mais sais-tu ce que c'est?»

— Des produits nouveaux destinés à…

«Non, maman, rien de nouveau là-dedans! La plupart sont des choses connues depuis très longtemps. On ajoute simplement quelques plantes, un parfum, quelque chose pour donner de la texture, de la couleur, rien de plus.»

— J'ai un peu de mal à te suivre, mon cœur…

Paul désigna son registre.

«Tous ces produits ne sont rien d'autre que des formules du Codex à peine améliorées.»

— Ah, le Codex…

« C'est le recueil des formules approuvées par la Faculté. C'est public, tout le monde peut s'en servir. Et c'est ce qu'ils font. »

D'accord. Madeleine comprenait enfin. Elle était contente. Soulagée d'abord que l'intérêt de Paul pour ces produits soit purement scientifique et heureuse que son activité intellectuelle ne s'arrête pas à l'opéra.

— Eh bien, dis donc, tu m'as vraiment appris quelque chose.

Paul la fixait, interrogatif.

— Oui, c'est très intéressant, ajouta Madeleine. Maintenant, il est tard…

« Sais-tu pourquoi ces produits se vendent ? »

— On pourra discuter de tout cela demain, Paul, il va falloir aller te coucher.

« À cause de la réclame. Ces produits n'ont aucune valeur, ils sont faciles à fabriquer et les gens les achètent quand la réclame est bien faite ! »

Madeleine sourit.

— C'est astucieux, pas de doute.

« Ce sont des produits chers, maman, parce que, pour les gens, le corps compte tellement que le prix, lui, ne compte plus. »

Madeleine se fendit d'un petit rire.

— Je suis très heureuse que tu aies enfin trouvé quelque chose, je veux dire, un métier… La chimie, c'est une bonne idée.

« Oh non, maman, la chimie, ça ne m'intéresse pas du tout ! »

— Ah bon ? Alors, tu veux faire… de la réclame, c'est ça ?

« Non, maman… »

Il désigna les coupures de presse.

— Eux, ils f… font de la ré… clame. Moi je v… veux f… faire d… de la pu… blicité.

Charles Péricourt avait embauché Alphonse Crémant-Guérin comme assistant et l'avait officiellement présenté à ses collègues.

— Vous avez besoin de quelque chose, n'hésitez pas, adressez-vous à lui, il est très efficace.

Après quoi, Charles avait dit au jeune homme :

— On serait content de vous voir à la maison.

La semaine suivante, Alphonse avait répondu :

— Président, je ne veux pas être importun, mais j'aurais aimé venir présenter mes hommages à votre épouse et à vos charmantes filles…

Cette invitation avait mis Hortense dans tous ses états. Sur laquelle Alphonse allait-il jeter son dévolu ? Et, accessoirement, comment allait réagir celle qui ne serait pas choisie ?

— Tu n'as pas un autre assistant à embaucher, Charles ?

Charles ne répondit pas.

Alphonse vint dîner. Il n'était pas idiot, il avait bien compris ce que Charles Péricourt espérait, mais ses deux filles étaient tellement laides que son cerveau s'était en quelque sorte figé.

Les jumelles, elles, avaient eu à cœur de lui simplifier la tâche. Elles comprenaient qu'il n'y avait qu'un seul garçon et, bien qu'elles n'aient pas plus brillé en arithmétique que dans les autres disciplines, elles savaient qu'il lui faudrait choisir. Rose estimait que sa position d'aînée lui assurait une priorité, ce que Jacinthe, qui avait toujours été dominée par sa sœur, avait accepté en attendant son tour.

C'est donc Rose qui fut chargée d'apporter les biscuits, service acrobatique. Chacun dans le salon fut admiratif devant la prouesse technique de la jeune fille.

Charles était effondré. Il souffrait deux fois, d'aimer Rose et de comprendre Alphonse.

Pour faire diversion, on discuta politique.

La création de la commission présidée par Charles Péricourt faisait beaucoup parler. Pas toujours en bien.

Les hommes politiques étaient si discrédités aux yeux des électeurs que même lorsqu'ils disaient vrai, ils étaient inaudibles. Cette fois, l'intention n'était pourtant pas suspecte. La dette du pays souciait sincèrement les parlementaires. Beaucoup entretenaient cette idée, assez fantasmatique, que la France pourrait revenir à l'économie saine qu'elle avait connue autrefois, ils pensaient que l'on traversait une crise, par définition passagère, et ne comprenaient pas que c'était un nouvel état du monde qui s'était installé durablement.

Les journaux avaient tous parlé de la « commission Péricourt ».

— C'est très encourageant, dit Alphonse.

Rose, les coudes plantés sur la table, le menton entre les mains, poussa un gloussement d'admiration.

— Vous trouvez ? demanda Charles.

— Le sujet est dans les esprits. Il y a même de l'impatience. Le gouvernement aura beaucoup de mal à refuser vos mesures. C'est une position très solide.

Charles soupira. C'était bien vu. Ah, ce qu'il aimerait l'avoir pour gendre.

30

Depuis plusieurs jours, Léonce filait droit. Robert avait souvent la main leste, mais c'était Robert, et ce qu'elle autorisait à son premier mari, elle n'avait pas l'intention de le supporter du second. Joubert n'était pas violent, du moins pas trop, bien des maris étaient moins regardants. Mais il était très énervé, irascible, de temps en temps ça le prenait comme ça, il attrapait Léonce, la retournait, et, tandis qu'il la besognait, il la fixait comme s'il la haïssait ou qu'il avait posé une question et attendait la réponse avec une sourde impatience. Il se répandait en elle sans ciller, sans le moindre grognement. Léonce, ça lui faisait un peu peur.

C'est un homme sous pression qui jeta son manteau, son chapeau, claqua les talons sur le carrelage, pas un mot, pas un regard pour elle. Il s'enferma dans son bureau.

Léonce alla écouter à la porte, les domestiques passaient, la toisaient, courbée en deux, l'œil à la serrure, elle s'en fichait, elle n'en était plus là.

Gustave téléphonait, envoyait des pneumatiques. Des convocations. Madeleine demanderait à qui elles étaient destinées. Pas difficile, à tout le monde. On se réunirait le soir même. Impérativement.

Entre deux appels au service du télégraphe, Gustave avait tout le temps de ruminer. De Clichy au Pré-Saint-Gervais, les nuages s'étaient brusquement densifiés.

Le résultat de l'inspection ne s'était pas fait attendre. La Renaissance française coupait les vivres, on voulait des « résultats tangibles » avant de remettre la main au portefeuille.

Il raccrocha, il venait d'envoyer son dernier pneumatique. Il se leva, juste le temps pour Léonce de faire semblant de passer dans le couloir.

— Fais-moi monter un repas froid, dit-il comme s'il s'adressait à la cuisinière. Tout de suite, je vais devoir repartir bientôt.

Pendant ce temps, Robert Ferrand fermait les yeux et entendait à nouveau « belote, rebelote et dix de der ». C'était lassant.

— Laisse-les gagner ! Tu vas te les mettre à dos !

C'était un ordre de Léonce qui recevait ses ordres de Madeleine.

C'est vrai que ça n'était pas le moment de se fâcher avec les gens parce que l'atmosphère était déjà très tendue. Forcément. Au début, Robert ne croisait quasiment personne puisqu'il commençait à l'heure où le personnel terminait sa journée, mais au fil des semaines, tout le monde travaillait de plus en plus tard, il devait slalomer pour passer la serpillière et il était plus difficile qu'avant de faire semblant de faire le ménage.

— Pet ! hurla le gardien qui, par chance, était allé aux toilettes entre deux parties.

Il revint en courant, une voiture entrait dans la cour. On ramassa les cartes à toute vitesse, on boutonna les tenues réglementaires à la hâte, Robert fila dans sa réserve. Lorsque le patron passa la porte, il lançait un grand seau d'eau par terre qui obligea Joubert à enjamber les flaques pour atteindre l'escalier.

— Désolé, patron…

Joubert ne répondit pas. Il était de moins en moins aimable, il entrait et sortait d'un pas rageur ou préoccupé, donnait ses ordres d'une voix cassante, vraiment déplaisant. Robert ne lui en tenait pas rigueur, et même il le comprenait, tous ces ennuis qui se succédaient jour après jour…

Vers vingt-trois heures, tout le monde était là, assis autour de la grande table de la salle de réunion.

Conséquence de l'inspection de la Renaissance française, des vingt-trois personnes présentes au départ, ils n'étaient plus que treize. Les entreprises partenaires avaient toutes rapatrié qui un ingénieur, qui deux techniciens. Oui, bien sûr, avait dit Joubert, évidemment, reprenez-les, ici tout va bien, nous sommes même un peu en avance. Tu parles…

Sur la foi de plusieurs articles assassins dans la presse qui suspectaient l'Atelier de n'avoir plus de réserve de trésorerie, un fournisseur avait soudainement exigé un règlement avant toute livraison. Le gouvernement venait de suspendre les subventions. La crise de confiance gagnait. Joubert avait été banquier suffisamment longtemps pour savoir qu'il ne présentait plus la garantie suffisante pour négocier un prêt quelque part. Il était au bord du précipice et il était seul.

— La décision du gouvernement, dit-il à ce qui restait de son équipe, nous place dans une situation plus difficile que prévu.

Il n'était pas un psychologue hors pair, mais il avait des réflexes de patron et savait que des employés malmenés travaillent mal.

— Ce qui arrive aujourd'hui, c'est ce qui se produit dans n'importe quelle aventure de grande ambition. Je vous ai fait venir pour vous confirmer ma totale confiance. C'est dans les moments difficiles que se jugent les âmes fortes.

Il était assez content de cette formule. On bougea les épaules, on se redressa sur sa chaise.

— Mais il va nous falloir des résultats. Un essai concluant, quelque chose d'un peu spectaculaire. Après, nous aurons la paix un sacré bout de temps.

On s'était attendu au pire. À la fermeture de l'Atelier, peut-être. Au lieu de cela, Joubert relançait l'échéance. Un mince sourire aux lèvres, il ajouta :

— Une preuve apportée par un modèle réduit du turboréacteur ouvrirait à la fabrication du prototype grandeur nature. Une présentation au tout début septembre, cela vous semble-t-il raisonnable ?

Dix semaines.

— Possible, lâcha l'un.

Tour de table. Chacun fit le bilan de son secteur. Les nouvelles aubes arriveraient dans un mois, l'étagement des pales serait opérationnel dans six semaines, les turbines nécessitaient encore des réglages, mettons trois semaines de plus, les questions de mélange de carburants, d'aérodynamisme pourraient se régler plus tard...

Oui, dix semaines, rien d'impossible.

Il faudrait travailler dur, mais on ferait bientôt les tests du nouvel alliage, on était à deux doigts de la solution. Il n'était pas impensable d'organiser un essai public du modèle réduit de réacteur dans ce délai.

Voilà, se dit Joubert. Serrer les boulons, mais pas désespérer le personnel.

André Delcourt restait « difficile à prendre », dixit M. Dupré, qui entrait régulièrement dans son appartement avec des précautions d'Indien, lisait les lettres, soulevait les livres, détaillait les draps, l'état du fouet à buffles, et repartait avec tantôt quelques feuilles d'un papier qu'André appréciait particulièrement, une vieille robe de chambre roulée dans la poubelle (il y en avait une nouvelle, pendue à la patère de l'entrée, verte, matelassée, tout à fait dans sa prétention, voltairienne), un stylo-plume dont la poussière indiquait qu'il ne s'en servait plus, une bouteille d'encre remplacée par une neuve, le brouillon d'une lettre trouvé chiffonné dans la corbeille, toutes sortes d'objets secondaires que M. Dupré saisissait avec un mouchoir et qu'il serrait dans sa poche avant de les ranger à son tour dans un petit coffre placé sous son lit.

— C'est une question de temps, disait Madeleine.

On aurait dit qu'elle voulait le rassurer. Comme s'il s'agissait de son affaire à lui et non à elle.

Tous deux lisaient attentivement les chroniques d'André dans l'espoir d'y trouver une information, un élément qui leur serait utile. Tâche vaine, depuis plusieurs semaines André n'écrivait que pour complaire. C'était l'occasion pour Madeleine de feuilleter les journaux, l'actualité l'intéressait plus qu'auparavant.

— « M. Dovgalevski, ambassadeur des Soviets, s'entretient avec le gouvernement français sur la situation politique générale. Un rapprochement progressif avec l'URSS semble de moins en moins improbable. » On aura tout vu !

— Vous préférez peut-être un rapprochement avec l'Allemagne ! répondit M. Dupré.

— Sûrement pas ! Mais de là à s'allier avec les traîtres de 1917, merci beaucoup !

— L'ennemi, c'est le fascisme, Madeleine, pas le communisme.

— Eh bien moi, monsieur Dupré, je n'ai pas envie de les voir à nos portes ! Des barbares, voilà ce qu'ils sont !

Madeleine avait croisé les bras.

— Vous voulez que les prolétaires viennent semer la révolution chez nous ?

— Qu'est-ce qu'ils vous prendraient ?

— Pardon ?

— Je dis : si les prolétaires débarquaient chez vous, ils auraient quoi à voler ? Votre argent ? Vous n'en avez plus. Vous avez peur pour vos casseroles ? pour votre carpette ?

— Mais… mais…, monsieur Dupré, je n'ai pas envie qu'on bolchévise mon pays, qu'on nous retire nos enfants !

— Là, c'est du fascisme et du nazisme que vous parlez, c'est autre chose.

Madeleine était outrée.

— Mais ces gens-là veulent semer le désordre. Avec eux, plus de morale, pas de Dieu !

— Parce que Dieu, vous estimez qu'il vous a bien aidée ?

M. Dupré reprit sa lecture. Madeleine ne répondit pas.

Ce genre de conversation n'était pas rare et les idées de Dupré, très nouvelles pour Madeleine, la plongeaient souvent dans de profondes réflexions. On voyait qu'elle essayait de réfléchir à tout cela.

— Monsieur Dupré, je vais vous demander un petit service…

Il était tard, il l'avait raccompagnée en taxi. La voiture s'était arrêtée rue La Fontaine, à l'autre extrémité, comme chaque fois, à cause des voisins.

— Bien volontiers.

— Ce serait de venir discuter quelques minutes avec Paul.

Il y eut un blanc.

— Discuter de quoi ?

Madeleine faillit rire. Le ton précipité de M. Dupré traduisait son inquiétude. Madeleine ne résista pas à la tentation de laisser planer le mystère :

— Question… personnelle, je crois. Mais si cela vous ennuie…

— Pas du tout, Madeleine. Pas du tout…

Mais il avait sa voix des mauvais jours. Comme quand il se trouvait face à Robert Ferrand, on voyait bien qu'il avait envie de lui botter le derrière.

— Bonsoir, monsieur Dupré.

Elle souriait en poussant la porte.

— Bonsoir, Madeleine.

M. Dupré avait mis son costume. C'est la première fois qu'il entrait là.

Vladi arriva aussitôt, minaudant comme si elle était la jeune fille de maison.

— Milo mi pana poznać !

— Oui, moi aussi, répondit M. Dupré.

On se tourna vers l'entrée du salon où Paul venait de s'avancer.

— Paul, dit Madeleine, voici M. Dupré.

Le garçon tendait la main à son tour, mais de loin parce que le fauteuil ne passait pas. M. Dupré alla jusqu'à lui.

— Bonjour, Paul.

Tout le monde restait là, emprunté, Madeleine prit sur elle :

— Monsieur Dupré, voulez-vous une tasse de café ?

Il n'en voulait pas. Depuis que Madeleine l'avait piégé avec cette demande, il était agité, anxieux. Lui qui ordinairement dormait si bien se réveillait la nuit avec des questions très nouvelles qui n'auraient pas dû le concerner. Maintenant qu'il était là, il avait hâte d'en finir. Il ne se déroberait pas. Il avait son projet, mûrement réfléchi. Il ne reprochait rien à Madeleine, une mère seule trouve du secours où elle le peut, mais, selon lui, elle n'avait pas agi correctement, pas franchement, alors, il lui en voulait.

M. Dupré désigna Paul.

— Je suis venu discuter avec ce jeune homme, je crois.

Vladi a fermé la porte, Madeleine a annoncé « J'en profite pour aller faire quelques courses », M. Dupré n'a pas relevé, ça non plus n'est pas très courageux.

Il regarde Paul qui ne ressemble pas à l'image qu'il se faisait de lui. Il a presque quatorze ans, il est un peu plus gros que sa mère le prétend et doit se raser la lèvre supérieure pour accélérer la venue d'une moustache encore embryonnaire, il s'est légèrement coupé quelques jours plus tôt. Le problème, ce sont ses jambes. Très maigres. Un beau visage, son père aussi était bel homme. Un sacré malfaisant, mais séduisant, toujours une femme dans les bras, jamais la sienne. La petite chambre est surchargée de livres, de dossiers, de piles de disques, le tapis est élimé à l'endroit où passe le fauteuil.

— A… sseyez-v… vous…

Mauricette. Une petite de la rue Froidevaux. Elle annonce dix-huit ans, mais elle n'en a pas plus de seize. Jolie, vraiment. Un sourire… Ce qui a décidé M. Dupré, c'est qu'elle a un visage gracieux. Oui, ça ne veut rien dire, ça pourrait être une vraie peste avec une figure d'angelot, mais il faut bien se fier à quelque chose. Et elle ne fait pas le trottoir à proprement parler. C'est une intermittente. Et dégourdie. Tout de suite sur le lit, à retirer ses bas en bavardant gentiment, pas comme d'autres, pour le peu qu'il en connaît. Et futée parce que, lorsqu'elle a vu qu'il s'asseyait simplement au lieu de se déshabiller, elle a flairé le client qui allait demander autre chose.

« T'es venu pour quoi, au juste ? »

Debout au pied du lit, bien décidée à ne pas se laisser faire, c'est très triste de penser que des situations comme celle-ci, elle allait en connaître des dizaines et que toutes ne se termineraient pas aussi facilement.

M. Dupré s'est contenté de sortir son argent, de payer la passe comme s'il allait consommer, d'expliquer qu'il ne venait pas pour lui. Elle a discuté pied à pied, sou à sou, mais tout s'est bien passé.

— Alors, Paul, dit-il, tu as besoin d'aide, à ce que j'ai compris.

Le garçon rougit, Dupré regrette sa phrase, maladroite, il ne voulait pas être blessant.

— Ma… man vous a… dit… ?

— Dans les grandes lignes. Mais je pense que j'ai saisi l'essentiel.

Bien. Paul paraît soulagé.

— Vous… vous per… mettez ?

Il désigne son ardoise.

— Oui, bien sûr.

« Je vois trois problèmes, écrit Paul : trouver la bonne personne, la question du lieu, et celle de l'argent. »

— C'est bien vu, sourit Dupré.

Ce môme a la tête sur les épaules. Avec Mauricette, il va être en pays de connaissance.

« Pour l'argent, maman dit que, pourvu que ça ne soit pas excessif, elle a ce qu'il faut. »

— Elle a raison, c'est une question qui devrait s'arranger.

Paul hoche la tête, oui, cette question l'a pas mal turlupiné, mais sa mère a dit qu'on trouverait les sous. N'importe comment, mais on trouverait. « Si ça reste raisonnable ! » a-t-elle ajouté.

Bonne nouvelle.

« Pour le lieu, poursuit Paul, j'hésite sur ce qui conviendrait le mieux. » Il a l'air confus, son écriture devient plus fébrile. « En fait, je ne sais pas très bien comment ça se passe. »

Il regarde M. Dupré et se reprend :

« Je veux dire… concrètement. »

Il rougit de son ignorance.

— Il n'est pas nécessaire que ça soit très grand, Paul. Ce qu'il faut, c'est y être bien, tu dois te sentir en sécurité. Je crois avoir trouvé ce qu'il faut.

Le visage de Paul s'éclaire.

— C… c'est v… vrai ?

— Je crois.

Ils se sourient. Tout se passe bien. Il est adorable, ce môme, ça fait plaisir de lui faire plaisir.

« Maintenant, pour la bonne personne, je pense mettre une annonce dans le journal. Genre… »

Il se tourne pour attraper son cahier.

— Oh, ça ne sera pas nécessaire, Paul, j'ai sans doute ce qu'il te faut.

— Aaaah… oui ?

Il en est baba, le petit Paul. Il éclate de rire. C'est de la joie pure. Il écrit sur son ardoise, tout à son excitation :

« Si vous avez le lieu pour le laboratoire, que maman a l'argent pour se lancer et que vous connaissez un pharmacien compétent…, ça peut aller très vite alors, non ? »

M. Dupré sourit à son tour. Un peu jaune.

— Oui… Normalement… Mais enfin, le mieux serait quand même que tu m'expliques tout ça de nouveau… Je veux dire… avec tes mots à toi.

Paul est d'accord. Il a très envie de détailler son projet :

« Alors voilà, mon idée, c'est de créer un laboratoire pharmaceutique… »

31

C'était un hôtel particulier, rue de la Tour, à l'angle de la rue de Passy, un immeuble cossu que rien ne distinguait de ses voisins, les domestiques pressaient le pas sur les trottoirs. L'annonce était parue dans *Le Temps*, c'est Paul qui l'avait repérée.

— Ma… man…

Il avait écrit : « C'est curieux, non ? »

— Qu'est-ce qui est curieux, mon trésor ?

« L'argument publicitaire. »

C'était son truc, il mettait de l'opéra en toile de fond et passait son temps à lire les annonces, à détailler les textes promotionnels, à analyser les slogans.

« Quand tu lis ça et que tu te demandes ce qu'ils ont à vendre, qu'est-ce que tu réponds ? »

Madeleine avait ébouriffé les cheveux de Paul, tu es un malin, toi.

L'annonce ne donnait pas l'adresse, juste un numéro de téléphone. Une voix de femme, un très léger accent.

— Et… c'est de la part de madame… ?

— Joubert. Léonce Joubert.

— Où peut-on vous joindre ?

On ne vous répondait pas directement, puis on vous

téléphonait chez vous, façon discrète de vérifier votre identité. Trois jours s'étaient écoulés quand Léonce avait appelé Madeleine :

— Ils m'ont donné un numéro. J'ai fait comme vous m'avez dit.

— Parfait, je vous écoute…

— M. Renault. Passy 27-43.

On lui avait aussitôt passé un monsieur, voix onctueuse, chaude, presque caressante, une voix de cinéma.

— Renaud, avec un d, pas comme les automobiles…

Pour le rendez-vous, elle avait emprunté à Léonce un tailleur en velours côtelé, un peu difficile à enfiler.

— Mais n… non, t… u es t… t… très belle, ma… man.

Il était gentil, Paul, mais on voyait qu'il n'avait pas à serrer la ceinture à boucle de métal. Bon, le principal était qu'elle pouvait passer pour Mme Joubert.

M. Renaud avait quinze ans de plus que sa voix et un physique d'employé de préfecture. Pour un banquier, c'était bien décevant. Son crâne brillait comme une boule d'escalier. Il était charmé par sa visiteuse, mais c'était son métier d'être ravi de vous rencontrer.

On avait servi du thé dans son bureau qui était en fait un salon avec canapé, fauteuils, table basse.

M. Renaud comprenait tout à fait que M. Joubert ne puisse pas se déplacer en personne. Il envoyait son épouse qui avait posé sur le guéridon une belle carte de visite en relief avec des lettres en capitales anglaises.

— Quelle triste fin pour cette banque Péricourt…

Il avait l'air sincèrement contrarié. Pour un banquier,

la faillite d'un établissement de crédit, c'est comme un deuil familial.

— En revanche, cette Renaissance française, quelle belle initiative… Et cet Atelier aéronautique, quelle ambitieuse entreprise !

— Pourtant, les temps sont difficiles…

Oui, il lisait les journaux. Qu'une pareille affaire puisse se trouver en difficulté, il le vivait comme une cruauté insupportable.

— Justement, monsieur Renaud, c'est la raison de ma venue.

Il ferma douloureusement les yeux, un long moment, il comprenait.

— Au cas où les choses tourneraient… au désavantage de monsieur votre mari, il ne souhaite pas que l'État…

Il se reprit, affolé par son audace :

— Attention ! Loin de moi l'idée de critiquer votre gouvernement !

Madeleine répondit par un signe, ne vous excusez pas, on sait à quoi s'en tenir.

La cérémonie mondaine venait de s'achever, on s'était flairé, on s'était compris, on partageait les mêmes valeurs. À la veille d'une déconfiture, M. Joubert cherchait à planquer de l'argent avant que le fisc ne le lui barbote, M. Renaud était là pour supprimer ce genre d'obstacle.

Dans sa seule et discrète annonce, l'Union bancaire de Winterthour garantissait à ses futurs clients que les comptes individuels restaient « parfaitement discrets », rien de nouveau sous le soleil, le secret bancaire suisse avait acquis une réputation quasiment planétaire. Elle assurait également qu'un représentant se rendait régulièrement à Paris et ailleurs en France pour « rencontrer ses clients » et « rester au plus près de leurs préoccupations ». C'est ce qui avait attiré l'attention de Paul.

Pour percevoir les intérêts de votre argent placé dans une banque suisse, il fallait aller en Suisse. Et en revenir, avec les risques que cela comportait. On avait arrêté, ces dernières années, des voyageurs qui avaient été contraints d'ouvrir leurs valises et de s'expliquer sur leurs petites affaires, c'était très déplaisant.

L'Union bancaire de Winterthour était un établissement extrêmement serviable. Elle vous dispensait des fatigues du voyage et vous apportait votre argent à domicile. C'était le rôle du « représentant à l'écoute de ses clients ». Vous donniez vos titres, l'agent de la banque encaissait pour vous les bénéfices et vous rapportait tout cela chez vous en monnaie sonnante et trébuchante, le fisc n'y voyait rien.

— Nous avons un système… tout à fait nouveau. De notre invention.

M. Renaud n'était pas un homme hanté par une grande haine de soi, mais la satisfaction, cette fois, débordait. Madeleine ne posa pas de questions, elle attendit sereinement.

— Le compte à numéro.

Elle se fendit d'une petite grimace traduisant sa difficulté à cerner l'objet. M. Renaud se pencha vers elle.

— Un client ouvre un compte dans une banque, disons, classique. Ce compte porte son nom. Toutes les opérations, les versements, les retraits, sont, en quelque sorte, estampillés à son nom. Si l'on veut lui chercher des poux dans la tête, rien de plus facile, on consulte les livres, voilà sa vie entière étalée au grand jour.

— Il me semble que le secret bancaire…

— Bien évidemment, chère madame ! Mais ce n'est qu'une garantie relative. Nous, nous offrons une protection absolue. Avec nous, si je puis dire, c'est ceinture et bretelles !

Il n'avait pas pu s'en empêcher, plus fort que lui. Il se racla la gorge pour effacer la mauvaise impression que cette fine plaisanterie avait pu provoquer et reprit d'un ton ferme :

— Nous ouvrons des comptes sans identité. Que les livres apparaissent au grand jour, vous n'y trouverez rien d'autre qu'un numéro qui ne vous conduira nulle part.

Il prit sa tasse, se renversa dans son fauteuil.

— Si je vous dis 120.537, comment pouvez-vous savoir de qui il s'agit ? C'est impossible.

Madeleine approuva.

— Mais, demanda-t-elle, intriguée, il faut bien, pour effectuer les opérations, que vous sachiez à quelle personne correspond tel ou tel numéro…

— Mon carnet ! C'est le seul document qui établisse une correspondance entre les comptes numérotés et l'identité de nos clients. Je dis, le seul… Il y en a un autre, mais celui-là se trouve dans le coffre de notre maison mère, il n'en sort jamais. Prudence, prudence. Quant à mon carnet, il est soit au coffre, soit sur moi. C'est le secret le plus absolu, pas de dactylo informée, pas de copie carbone qui va traîner dans les corbeilles. Il n'y a pas trois personnes au monde capables de rapprocher les numéros de nos comptes et l'identité de nos clients.

Il éclata du petit rire finaud de ces hôteliers qui, au

sujet de leur confiture maison, déroulent trois cents fois par an la même plaisanterie qu'ils estiment irrésistible.

Madeleine appréciait.

— Mon mari va être très impressionné. Les échéances sont peut-être proches... Il va devoir prendre des dispositions rapidement. Pour le cas où, vous comprenez.

— Dites-le-lui. C'est où et quand il le voudra.

Madeleine remercia d'un sourire. La question la plus difficile à poser pour un banquier, mais qui lui brûle les lèvres, est toujours la même : combien ? Chacun a sa recette. M. Renaud abordait cette délicate question comme un point de détail :

— Et il s'agit de...

— Au début... huit cent mille francs.

M. Renaud approuva sobrement, huit cent mille francs, très bien. Il souriait. Dieu que l'argent sent bon quand il passe de la poche du client à la vôtre.

Ce fut un soulagement de retirer cette ceinture, ce tailleur, ouf. Madeleine le replia soigneusement et le remit dans le grand carton, sans regret, trop serré, il faudrait maigrir un peu quand même...

Début avril, on vit à la une des quotidiens des photographies de boutiques allemandes avec, sur les vitrines, des mots peints en caractères majuscules et des soldats devant les portes. Elles illustraient une « grande journée de boycottage des commerçants juifs ».

L'*Excelsior* expliquait que « dans la nuit, on avait dessiné sur leurs vitrines des têtes de mort et des inscriptions comme celle-ci : “Danger ! Magasin juif ! ” ». Paul était impressionné.

Une large partie de la presse française dénonçait les exactions commises par les miliciens nazis. « Hitler cherche à instaurer contre les Juifs une lutte systématique et sans merci, plus redoutable que toutes les violences. »

Depuis le 4 avril, les passeports des Allemands qui voulaient sortir du pays devaient porter la mention « Sans inconvénient », faute de quoi, il leur était impossible de partir.

Comœdia, le même jour, titrait « Solange Gallinato, nouvelle égérie du Reich ».

Si Solange n'avait pas parlé de ce récital à Berlin et si elle n'avait tant insisté pour qu'il s'y rende, Paul ne se serait pas plus intéressé à l'Allemagne qu'à tout autre sujet, mais maintenant qu'il y prêtait attention, il voyait que ce pays était l'objet de nombreuses et profondes préoccupations, beaucoup d'articles évoquaient ce qui se passait là-bas.

Le Petit Parisien n'y allait pas avec le dos de la cuillère : « L'hitlérien est un sectaire farouche qui déteste tout ce qui n'est pas de son bord et qui est prêt à piétiner quiconque s'oppose à sa volonté ou à ses idées. »

Était-ce dans ce pays-là que Solange se faisait une telle joie de se rendre et de se produire ? Elle envoyait des coupures de presse : « Le Reich s'enorgueillit de la venue de Solange Gallinato à Berlin, déclare Joseph Goebbels », « Le chancelier Hitler recevra la Gallinato comme un chef d'État ».

« Mon petit poulet, ça y est, je suis heureuse comme tout, mon programme est arêté, je l'ai envoyé au gens de là-bas. Je suis certaine que sa va leur faire beaucoup d'effet ! Viendras-tu, enfin ? »

Paul ne se sentait guère autorisé à émettre un jugement sur des affaires d'adulte. Il risqua seulement, dans une lettre : « Est-ce une bonne chose, Solange, d'aller chanter en Allemagne… en ce moment ? »

« Mais, mon petit asticot, bien sur que s'est maintenant qu'il faut aller en Allemagne ! Cette grande nation musiciene a plus que jamais besoin que des artistes vienne s'y produire ! »

Cette réponse de Solange lui était parvenue à la mi-mai (« Solange Gallinato veut servir la cause de la culture allemande »), quelques jours à peine après que la presse eut publié la grande photo d'un bûcher dressé sur la place de l'Opéra de Berlin avec cette légende : « Autodafé géant ! 20 000 livres anti-allemands ont été brûlés hier soir ! »

Tout ce que Paul savait des bûchers, il l'avait appris en histoire sur Jeanne d'Arc et Giordano Bruno, ça n'étaient pas des précédents bien rassurants. « Une foule énorme était rassemblée autour du bûcher, écrivit-on dans *L'Intransigeant.* Elle chantait sur un ton grave des hymnes patriotiques comme dans un temple. L'Allemagne est le seul pays au monde où la barbarie prenne une forme mystique et soulève les âmes dans une pieuse allégresse. »

Barbarie, bûcher, musiciens chassés, Juifs pris en étau… Paul n'aurait pas pu argumenter, mais il savait que tout ça n'était pas bien.

« Je ne veux pas te donné le détail de mon programme, parce que j'espère que tu sera si désireux de le connaitre que tu viendra m'écouter à Berlin ! Se sera un très grand moment dans ma carière, le plus grand peut-être, te rend-tu compte, le chancelier en personne, les ministres du Grand Reich et tout le grattin ! Je vais te faire salivé encore un peu. J'ai retenu pour le décor un artiste que tu va adorer, je ne te dit que sa. Tout le monde en sera baba, je t'assure ! » L'enthousiasme de Solange peinait Paul.

« Si le Reich me le demande, je chanterai dans toute l'Allemagne », avait-elle déclaré, ça ne pouvait pas être seulement de la naïveté, de la crédulité. Ce qu'il lisait dans les journaux, chacun pouvait le lire. Même Solange.

Le 10 juin, huit cents comédiens, musiciens et chanteurs juifs étaient « démissionnés », dont Otto Klemperer, l'ancien chef d'orchestre de l'Opéra d'État.

À la fin du mois, les œuvres de Mendelssohn, Meyerbeer, Offenbach, Mahler furent bannies des programmes de concert. La musique moderne devait être considérée comme une décadence de la véritable tradition allemande représentée par Bach, Beethoven, Schumann, Brahms, Wagner et Strauss, musiciens que précisément Solange Gallinato se faisait une joie d'aller chanter à Berlin au profit de ce qu'elle appelait « le Grand Reich ».

Paul recommença sa lettre de nombreuses fois, il hésitait surtout sur la fin :

Chère Solange,

Votre décision d'aller chanter à Berlin me fait beaucoup de souci. Je lis dans les journaux qu'il y a là-bas plein de gens malheureux, beaucoup de musiciens ! Je ne m'y connais pas beaucoup, c'est vrai, mais on a brûlé des livres, on a saccagé des magasins juifs, j'ai vu des photos. Ce qui me fait de la peine, ce n'est pas que vous chantiez à Berlin, c'est de vous voir aussi enthousiaste pour les gens qui font ça. Je ne sais pas comment vous le dire. J'ai tourné les mots dans ma tête pendant longtemps avant de prendre la plume. Je vous dois beaucoup. Quand j'ai entendu votre voix pour la première fois, c'est comme si je renaissais. Si je suis encore vivant, c'est grâce à vous. Mais ce que vous faites là ne peut pas aller avec ma vie. C'est pourquoi je vous écris. Pour vous remercier du fond du cœur. Mais vous dire aussi que je ne répondrai plus à vos lettres parce que la personne qui aime ces gens-là, sans s'occuper du reste, n'est plus celle que j'ai tant aimée.

Paul

La vague de pessimisme qui avait submergé l'Atelier aéronautique s'était achevée par un de ces revirements soudains comme on en observe parfois dans le monde des affaires. L'horizon s'était de nouveau dégagé, presque aussi radieux qu'au départ.

L'annonce de cet essai début septembre, au lieu de paralyser les équipes, avait déclenché un réflexe collectif d'amour-propre. Il n'était pas rare qu'on passe la moitié de la nuit à l'Atelier pour être de retour à la première heure. Il n'y avait plus ni samedis ni dimanches. La courbe du découragement s'inversa parce que le résultat était là, à portée de main. On refit des tests de carburant, de soufflerie, de résistance à la chaleur. Joubert passait ses journées avec le personnel, il était partout, se préoccupait de tout, avec une énergie qui forçait l'admiration. Toujours un mot pour l'un, pour l'autre, un encouragement. S'il en avait été capable, il aurait fait de l'humour.

Et la spirale vertueuse avait commencé à se dérouler.

Le rendement des turbines avait dépassé les espérances, et surtout, surtout, le nouvel alliage avait confirmé tous les espoirs. Dix jours plus tôt, on avait procédé au premier essai. Lorsque le réacteur s'était mis en route, personne n'avait osé y croire. La brutale poussée avait déclenché des applaudissements. Joubert, dont on sait comme il était peu émotif, sentit les larmes monter, il se moucha pour donner le change, ordonna deux autres tests, dont le premier eut lieu quatre jours plus tard. Plus concluant encore que le précédent. Joubert maintenant était sûr de son coup.

D'ailleurs, il le fallait. C'était urgent.

La trésorerie du projet prenait l'eau de toutes parts. Plusieurs fois par semaine, Joubert devait répondre à des demandes de la Renaissance. Tableaux, état d'avancement de la recherche, planning des techniciens, stocks disponibles, dépenses, il devait tout justifier. Sacchetti disait : « Que veux-tu, ils n'ont pas ton ambition, tout les affole ! » Joubert rongeait son frein et protégeait ses équipes. Consacrez-vous à la tâche principale, je m'occupe du reste.

Le dernier test de soufflerie fut couronné de succès. Il fut décidé qu'en début de semaine, on commencerait la fabrication des coques définitives, un calendrier parfait qui permettait même d'avaler quelques contretemps comme il s'en présentait toujours.

Tout le monde attendait les nouvelles aubes avec impatience. Réalisées au quart de millimètre près, résultat de plusieurs semaines d'études, de calculs, dont la réalisation avait été confiée à l'entreprise la plus performante et donc la plus chère… À elles seules, ces pièces valaient plus de deux cent mille francs.

Robert n'était pas le moins impatient. Il avait reçu des instructions claires et presque véhémentes de Madeleine :

— Si vous ratez votre coup, monsieur Ferrand, le temps d'enfiler un manteau et je suis au commissariat pour déposer votre acte de mariage.

Léonce était aussi inquiète que Madeleine, parce que, sauf au lit, elle avait rarement vu Robert réussir trois choses de suite.

— Tu vas y arriver, hein, poussin ?

— Bah ouais…

Lui ne doutait jamais de rien, ce qui n'avait rien de rassurant.

Sauf qu'il eut de la chance et que, contre toute attente, il sut la saisir.

Robert venait de terminer son service, il était sorti des ateliers quand il avait jeté un œil sur les arrivées de la matinée. Le gros paquet estampillé « Compagnons Frères » était là. Sans réfléchir, il en aurait été incapable, il le prit sous son bras et rentra chez lui.

Le lendemain matin, il trouva l'Atelier dans un état à peine descriptible.

Quand on avait cherché le colis, impossible de remettre la main dessus. Le gardien était formel, il désignait l'endroit où il l'avait entreposé. On avait retourné les lieux dans tous les sens, on avait passé au peigne fin les bureaux, les réserves. Un colis ne se perd pas comme ça ! Et comme ici la sécurité était une névrose, qu'on tenait un registre précis des visiteurs et qu'aucune « personne étrangère au service » ne pouvait se déplacer dans l'Atelier sans escorte, deux jours après l'annonce officielle de la disparition du colis, on avait entendu de nouveau le mot redouté de tous : sabotage.

Les équipes s'étaient dévisagées, il y avait des techniciens de cinq nationalités différentes, on commença à murmurer, des rumeurs filtrèrent sur l'un, sur l'autre, tout cela rendait Joubert très nerveux.

Ce bruit de fond, ce malaise, plomba l'atmosphère, le rythme de travail ralentit, quelqu'un parla même « des Allemands », on avait lu des articles sur leurs recherches en aéronautique, n'y aurait-il pas une taupe à l'Atelier ? Les conversations s'arrêtaient quand vous entriez dans un bureau, on chuchotait plus qu'on ne parlait, chacun se surveillait et surveillait les autres.

Dix jours plus tard, Robert reçut l'ordre de Madeleine de retrouver miraculeusement le colis, tout poussiéreux, près du réduit où l'on entreposait les arrivages, mais sous la cuve à électrolyse où on pensait pourtant avoir regardé à plusieurs reprises.

Il fut traité en héros, mais c'était trop tard, on avait commandé de nouvelles pièces à Compagnon Frères…

Deux jeunes journalistes avaient été pressentis. André se rendait trois fois par semaine dans les dîners des familles qui finançaient le projet, présentait la maquette du quotidien (finalement, faute de mieux, *Le Licteur* avait été accepté par les actionnaires) et chez Montet-Bouxal qui en était le mentor.

Les locaux de l'avenue de Messine, appartenant à une aristocrate retirée en Toscane, étaient vastes, on avait acheté du mobilier. André se rendait dans les imprimeries pour faire établir des devis. Il n'y avait jamais suffisamment d'argent, mais André était exalté comme jamais.

L'échéance avait été repoussée. On envisageait un démarrage à la mi-octobre. André grillait d'impatience.

Ses chroniques dans le *Soir* se ressentaient de plus en plus de son projet et de ses convictions.

— Dites-moi, mon vieux, avait demandé Guilloteaux, intuitif comme personne. Vous n'y allez pas un peu fort, là ? Elle prend une drôle de tournure, votre chronique…

La France a-t-elle besoin d'un dictateur ?

Ce mot prestigieux habite tous les esprits depuis que l'Italie, dotée d'un pouvoir fort, peut de nouveau prétendre à prendre les rênes d'une Europe latine retrouvée.

Rappelons que la dictature est une invention républicaine. Loin de l'infâme personnage de caricature, le dictateur est un magistrat élu, à qui, dans une situation de crise, on remet les pleins pouvoirs pour une durée limitée.

Face à notre classe politique totalement disqualifiée et à notre régime parlementaire qui ne conduit qu'au désordre, la solution de nos voisins s'offre à nous comme une possibilité, car il n'y a rien d'infamant à donner à un homme de valeur les moyens de mettre en œuvre une politique de redressement. Les démocraties ont besoin d'hommes exceptionnels, d'âmes bien trempées, telles que la France en a connu à d'autres époques.

Si demain cet homme-là se présentait à nous, ne serait-il pas temps de tirer la leçon de nos erreurs et du vibrant spectacle de la réussite italienne ?

Kairos

— Mais, Madeleine, nous avons discuté de cela il y a trois jours…

Elle trouvait toujours un prétexte, elle n'aurait pas pu dire les choses directement.

— Je le sais, monsieur Dupré ! Il n'empêche… J'ai besoin de faire le point.

Très bien. Madeleine est la patronne, c'est elle qui paie, pas de problème. Et donc ils s'asseyaient face à face dans la petite salle à manger de Dupré et se taisaient parce qu'il n'y avait rien à dire de nouveau depuis la dernière fois. Après avoir pensivement touillé son café, Madeleine disait :

— Bon, eh bien, je crois que nous avons fait le tour, non ?

— Oui, oui, Madeleine, nous avons fait le tour.

Elle ôtait alors son chemisier, les yeux rivés sur les boutons, elle n'aurait pas aimé regarder M. Dupré pendant qu'elle faisait ça. Il s'avançait calmement vers elle, il ne la laissait jamais en situation difficile.

Concernant sa conversation avec Paul, il n'avait pas voulu s'expliquer dans le détail parce que le petit quiproquo qu'ils avaient vécu n'en était pas réellement un. Paul avait quatorze ans, le teint pâle, les traits tirés, et la question de la puberté que Madeleine espérait évacuée était, en fait, très actuelle. Dupré le rencontrait une ou deux fois par semaine. Un garçon vif, entreprenant, très avancé pour son âge…

Il lui avait déniché un pharmacien, M. Brodsky, Alfred, un Allemand enrhumé d'un bout à l'autre de l'année, arrivé en France un mois plus tôt parce que son « officine juive » avait été détruite. Il avait rapporté de Breslau juste de quoi vêtir la famille. Chose surprenante, il avait reçu un beau jour les trois caisses que, sans espoir de retour, il avait préparées avant son départ, entièrement remplies d'alambics, pots, distillateurs, réchauds, tubes et balances rescapés du désastre.

Côté pharmacie, M. Brodsky était un croyant. Il avait une foi absolue dans le pouvoir de la pharmacopée. Selon lui, il y avait un médicament pour chaque maladie, même lorsque ce médicament n'existait pas encore.

Paul lui présenta son projet, sa formule inspirée du Codex, oui oui, très bien, il faut essayer, mille francs, avait risqué Dupré, oui oui, très bien, M. Brodsky était reparti, personne ne pouvait dire si on le reverrait un jour. Il était revenu avec un pot en grès rempli d'une substance verdâtre à base de cire d'abeille, mais qui ne sentait pas très bon et dont il certifiait qu'elle aurait un effet totalement nul, « à peu près comme de l'eau tiède », disait-il pour faire image.

Pour Paul, c'était le produit idéal. Mis à part son odeur. C'était très dommage, expliquait-il, parce que « tout est là, ou presque. La texture, un peu ; la couleur, un peu. Mais avant tout l'odeur. Vous l'ouvrez, ça sent bon, vous l'achetez ». Ce qu'il fallait, c'est « le même produit, mais pour femmes ».

— D'accord, parfumé.

« Non, monsieur Brodsky, écrivit Paul sur son ardoise, surtout pas ! La pommade ne doit pas avoir un parfum, elle doit avoir une odeur. Résolument pharmaceutique, mais agréable. »

Brodsky avait éternué trois ou quatre fois (il procédait par salves), d'accord, et il était reparti.

Dupré, ce qui l'inquiétait, c'était la suite. Madeleine

avait laissé son fils se lancer dans cette opération qui coûterait plus de cinquante mille francs, il ne voyait pas comment il allait y parvenir.

Dupré se sentait un peu piégé. Il avait voulu rendre service à un garçon qu'il trouvait sympathique et très malin et il se retrouvait participer à une création d'entreprise. S'il n'y mettait pas le holà, il allait finir chef du personnel dans une usine familiale, ça n'était pas pour cela qu'il avait quitté le Parti communiste.

Il avait résolu la question du pharmacien, restait celle du local. Il ne fallait pas énormément d'espace, du moins au début, mais personne ne pouvait savoir comment cela évoluerait. M. Brodsky estimait que, pour un démarrage, le matériel dont il disposait suffirait pour la fabrication de quantités modestes, mais après… Entre l'espionnage de Delcourt, de Joubert, de Charles Péricourt et maintenant le projet industriel de Paul, Dupré était donc passablement occupé. Parfois, il ne savait plus où donner de la tête.

— Si tout cela vous demande trop de travail, monsieur Dupré, je peux comprendre.

Mais Madeleine disait cela en retirant sa robe et en se tournant vers lui, il la regardait, non, non, répondait-il machinalement en fixant un point obscur, et Madeleine, ça lui faisait beaucoup de bien d'obtenir des choses grâce à ses charmes, beaucoup de bien.

Contrairement à lui, elle se sentait très confiante. Paul avait une bonne idée, Dupré avait beaucoup de ressources, il fallait certes un peu d'argent, mais depuis sa visite à l'Union bancaire de Winterthour, oui, elle avait le pressentiment que la situation pouvait tourner à son avantage. Et puis, à force de voir ainsi Dupré se démener, Paul creuser son sillon, Vladi s'activer toute la sainte journée, elle demanda :

— Vous ne pensez pas, monsieur Dupré, que je devrais... je veux dire... chercher un travail ?

C'était inattendu. Même pour elle. Elle s'était soudain interrogée. Au fond, ne continuait-elle pas à vivre comme une femme de la grande bourgeoisie, alors que son déclassement ne le lui permettait plus ?

Ce qu'elle ne pouvait pas dire, c'est que l'idée lui en était venue à la lecture d'un livre dont elle aurait rougi, *Un mois chez les filles.* Une journaliste, Maryse Choisy, s'était fait passer pour une prostituée et avait vécu de l'intérieur la vie des maisons closes, lecture délicieusement transgressive. « J'écris sans hésiter merde, cul, sexe. Ce sont des mots nets, nobles, francs. » Sans aller jusqu'à partager cet avis, Madeleine trouvait cela courageux et ouvrait les yeux sur les femmes au travail. Elle ne s'identifiait évidemment pas aux filles de joie, pas plus qu'aux ouvrières, bien sûr, son origine la conduisait plutôt vers des exemples d'aviatrices, de journalistes, de photographes... Or elle n'avait pas fait d'études. Elle avait été destinée au mariage.

— Je ne sais rien faire..., ajouta-t-elle.

Il était difficile à M. Dupré de se concentrer sur cette question bien délicate parce que, en disant cela, Madeleine, soucieuse et appliquée, achevait de se déshabiller. Maintenant, elle était nue, debout, les mains dans le dos.

— Dites-moi, monsieur Dupré, qu'est-ce qui vous ferait plaisir ?

32

Charles avait toujours considéré le métier de député comme un métier de contact : « On est comme les curés. On donne des conseils, on promet un avenir radieux aux plus dociles ; notre problème est le même, il faut que les gens reviennent à la messe. » L'essentiel étant d'entretenir une relation étroite avec les électeurs, l'unité de travail de Charles avait été la lettre. Aussi était-il affolé par l'épaisseur des dossiers qu'Alphonse posait sur son bureau. « Bon Dieu, disait-il, on ferait mieux de créer une commission sur le gaspillage ! »

Ce à quoi personne ne s'attendait, à commencer par lui-même, c'est que Charles trouve de l'intérêt à la question qu'il avait en charge d'étudier. Ça n'était jamais arrivé. Certes, se disait-il, l'impôt est en soi une mesure injuste et inquisitoriale, mais à partir du moment où il existe, il y a une grave injustice à ce que certains payent et d'autres pas. Les premiers étaient des patriotes passant pour des naïfs, les seconds des cyniques bénéficiant de l'impunité, c'était choquant.

Et il était sincère.

Il demanda les chiffres, il n'y en avait pas.

— Comment ça, pas de chiffres ?

— C'est que… c'est difficile à évaluer, répondit le secrétaire de la commission.

La fraude fiscale dans son ensemble devait se chiffrer au bas mot à quatre milliards, et plus sûrement à six ou sept. C'était colossal.

Charles ordonna de faire le tour des mesures qui existaient pour contrôler les déclarations et punir la tricherie.

— C'est un gruyère, ce truc-là, conclut-il après deux semaines d'inventaire.

Il y avait en effet pas mal de trous dans la législation, il n'était pas difficile de passer au travers des mailles du filet pourvu que l'on soit bien informé. Il existait donc une profession assez nouvelle, spécialement créée pour aider à frauder convenablement et le plus souvent exercée par d'anciens fonctionnaires du ministère des Finances.

— Ce sont des « agences de contentieux fiscal », précisa le secrétaire.

— C'est avec l'État qu'ils ont un contentieux, oui ! Sont-elles réglementées, au moins ?

Il n'existait rien. Ces anciens fonctionnaires pouvaient faire profiter de leurs talents les clients sans scrupules parce qu'eux-mêmes n'en avaient pas. Il y avait vraiment du pain sur la planche.

Charles fit donc auditionner toutes sortes de spécialistes. Ce qu'il fallait faire était très évident : serrer la vis.

— Pour quelle raison ça n'a pas été fait avant ? demanda Charles à un inspecteur général des Finances, un type haut et large natif du Sud-Ouest qui n'était pas parvenu à faire carrière dans le rugby parce qu'il avait des mains de dentellière, des doigts faits pour tourner des pages et des pages de rapport, il avait tout lu, tout retenu.

— On peut tout contrôler, monsieur le président, à la condition, je cite, « de ne pas violer le secret des relations entre les banquiers et leurs clients ». Et comme la plupart des exilés fiscaux choisissent la Suisse, ça nous renvoie à la case départ.

Charles regarda à sa droite, puis à sa gauche. Les autres membres de la commission étaient comme lui, perplexes.

— Quand même, il y a le bordereau de coupons…

Il faisait allusion à une procédure de transmission automatique du nom des contribuables qui devaient quelque chose au fisc.

— Abandonné en février 1925. Les banquiers n'en voulaient pas. Il faut « veiller à ce que les mesures gouvernementales ne portent pas atteinte au secret des banques ».

— Alors, si je comprends bien… on ne fait rien !

— Absolument. Tout le monde pense que si on contrôle les riches, ils vont aller mettre leur argent ailleurs. « Et quand la France, je cite, sera un pays de pauvres, qu'est-ce qu'on fera ? »

— Vous commencez à m'emmerder avec vos citations !

— C'est vous qui l'avez écrit, monsieur le président. Pour votre campagne électorale de 1928.

Charles toussa.

La situation était d'autant plus difficile que le budget de 1933 était le quatrième consécutif à s'annoncer déficitaire, on était passé de six millions de pertes à six milliards, puis de six milliards à quarante-cinq. La dette du pays inquiétait les économistes, qui angoissaient les politiques, qui, à leur tour, culpabilisaient les citoyens. Au terme de cette cascade de préoccupations, il faudrait bien trouver l'argent là où il était. La poche des contribuables restait l'endroit le plus directement accessible, mais les associations anti-fiscalistes n'avaient jamais été aussi virulentes, ce qui inquiétait beaucoup Alphonse.

— Des mouvements contre l'impôt, il y en a toujours eu, répondit Charles qui, lui-même, en avait encouragé pas mal.

Nous étions samedi. Prétextant la charge de son travail à la commission, Alphonse ne consacrait qu'un après-midi par semaine à faire sa cour.

Le samedi était « jour de sortie avec Alphonse ». Les deux filles étaient toujours ensemble, personne ne s'en expliquait la raison.

En fait, les deux filles vivaient un dilemme épouvantable. Elles ne parvenaient pas à décider laquelle épouserait Alphonse. Jacinthe n'avait pas contesté le droit d'aînesse de Rose, mais, un soir, dans leur chambre, elle avait fait valoir que le jeune homme serait un jour ministre et sans doute plus que cela, et qu'elle maîtrisait mieux l'anglais que sa sœur, notamment le *présent perfect.* Rose en convint. Comment allait-on expliquer au prétendant qu'elles avaient reconsidéré la question ? Et que se passerait-il si elles changeaient à nouveau d'avis ? Elles décidèrent que cette décision leur appartenait en propre et échangèrent leurs places sans rien en dire à personne. Alphonse sortit au bras de Jacinthe, pensant que c'était Rose. Pour lui, ça n'avait aucune incidence, il n'était jamais parvenu à les distinguer l'une de l'autre, elles avaient absolument le même genre de laideur. Sans compter que trimbaler les deux évitait une situation scabreuse au cas où sa promise serait saisie d'un désir frénétique de flirter.

Ils allèrent au Louvre où les deux sœurs qui avaient révisé spécialement pour l'occasion, confondant la *Vierge à l'Enfant* de Botticelli avec celle de Baldovinetti, se lancèrent de concert dans une analyse échevelée qui n'avait rien à voir avec le tableau.

La semaine suivante, les filles étaient revenues sur leur décision. Il leur semblait maintenant préférable que Rose l'épouse parce que Alphonse, fils unique, était du genre à ne vouloir qu'un enfant, alors que Jacinthe en voulait beaucoup plus, au moins six (certains jours, elle montait à neuf).

Alphonse ne vit pas la différence.

De cette affaire de colis contenant les précieuses aubes, Joubert avait fait un bilan contrasté. La mauvaise nouvelle, c'était la perte de près de deux cent mille francs. La bonne nouvelle, c'était qu'il n'y avait que dix jours de retard sur le planning. Il se félicitait d'avoir gardé son sang-froid et de n'avoir pas « officialisé cette perte », alors qu'en fait, il avait seulement manqué de courage pour le faire. Tout redevenait possible. On n'attendit pas le résultat pour annoncer, début septembre, une démonstration publique à laquelle il convia la Renaissance française, toute la presse et le gouvernement. On allait montrer que tout était parfaitement modélisé, qu'on pouvait passer à la construction du premier turboréacteur de l'histoire. Dans moins de huit mois, on verrait s'envoler dans le ciel de France le premier avion à réaction du monde.

On voyait enfin le bout du tunnel, c'était pas trop tôt.

Les membres du gouvernement prétextèrent une surcharge de travail et déléguèrent des fonctionnaires de second rang. Joubert ne s'en émut pas. À la première réussite, ils rappliqueraient tous ventre à terre pour récolter les fruits.

Les entreprises qui avaient engagé dans cette affaire du personnel et des capitaux substantiels répondirent présent, mais cachaient mal leur scepticisme. La presse, gourmande d'émotion et de suspense, s'apprêtait à débarquer en force.

Joubert se sentait fort. Avait-il jamais vraiment douté ? se demandait-il, oubliant des instants de faiblesse qui, à ses yeux, n'avaient compté pour rien.

Il régnait à l'Atelier l'atmosphère de performance des débuts : on achevait un cycle commencé dans l'euphorie et la confiance, qui avait connu des jours difficiles, mais qui maintenant se dirigeait résolument vers le succès.

Dès la réception de la lettre de Paul, Solange avait appelé. De Madrid. La concierge était montée de mauvaise humeur (« La loge, c'est pas le bureau de poste ! »). Paul avait refusé de répondre, elle était redescendue de mauvaise humeur (« La concierge, c'est pas une télégraphiste ! »).

Pendant un mois Solange avait noyé Paul sous les courriers et les présents, des partitions, des disques, des affiches, cela se voyait à la forme des paquets. Mais les envois étaient restés cachetés. Vladi les époussetait chaque matin en disant :

— Szkoda nie otworzyć tej przesyłki… W środku mogą być prezenty, naprawdę nie chcesz otworzyć ?

Paul répondait non de la tête. Il aurait dû les jeter, mais c'était au-dessus de ses forces. Comme un amoureux éconduit, il s'était résolu à une rupture qu'une partie de lui refusait. Les photos de Solange continuaient d'orner ses murs, mais il n'écoutait plus ses disques. Vladi, comprenant que Paul avait besoin d'un prétexte, d'une excuse, continuait d'insister :

— Skoro nie chcesz otworzyć, uprzedzam cię, że sama to zrobię !

À la mi-août, Paul céda enfin, bon, d'accord, il saisit une grande enveloppe de couleur rose qui sentait le patchouli et dont Madeleine disait toujours, ce que ça sent mauvais ce parfum, je ne comprends pas qu'on puisse aimer des choses pareilles… C'était la première réponse de Solange. Il redoutait vaguement qu'elle plaide sa cause et celle du Reich. Pire, qu'elle annonce l'annulation de son récital à Berlin, mais pour de mauvaises raisons. Qu'importait à Paul qu'elle aille ou non y chanter si, au plus profond d'elle-même, elle partageait les valeurs du national-socialisme.

Son écriture était agitée, plus grandiloquente encore qu'à l'accoutumée :

Bon, petit poisson, tout cela est de ma faute ! J'ai voulu jouer les mystérieuses parce que je voulait te décider à venir, c'était maladroit, je t'ai laisser croire des choses dont je rougis, et pour faire rougir cette vieille toupie de Solange, je t'assure qu'il en faut ! Je t'ai appeler au téléphone, mais tu n'a pas voulu me parlé ! Tu ne répond plus à mes lettres ! Si tu continue de faire le silence, alors je viendra spécialement te voir à Paris, sa m'est égal, dès que j'aurai terminé les récitals qui sont au programme, je prend la route et je vient te voir. Pour t'expliquer.

Tu sais comme Richard Strauss m'adore…

Solange ne s'en flattait pas sans raison. Strauss avait, à maintes reprises, dit son admiration pour ce qu'il appelait « le mystère Gallinato », ce qui exprimait très justement ce que l'on ressentait à voir cette énorme femme assise qui chantait comme un colibri et n'avait pas besoin de lever le petit doigt pour vous arracher des larmes dans la *Tosca* ou *Madame Butterfly.* Donc Strauss, qui avait la confiance de Goebbels, avait été le premier à faire de la venue de Solange une circonstance exceptionnelle, et Goebbels, le premier à en faire un événement politique. Ils y étaient encouragés par les nombreuses déclarations de Solange elle-même : « Je n'ai pas lésiner sur les compliments ! M. Goebbels m'a écrit lui-même qu'il était fier que je vienne, je l'ai répéter partout en ajoutant toujours un mot aimable sur M. Hitler, sa leur a vraiment fait plaisir. »

Le programme était parfaitement conforme à ce qu'espérait le Reich : Bach, Wagner, Brahms, Beethoven, Schubert. Les journaux allemands, dès juin, claironnèrent que les réservations étaient closes.

Solange attendit la mi-juillet pour annoncer à Richard Strauss qu'elle chanterait aussi *Verlorenes Land* et *Meine Freiheit, meine Seele* de Lorenz Freudiger. « Sa leur a fais de l'effet, petit canard, tu n'imagines pas ! »

On comprend ça. Freudiger était le directeur du conservatoire d'Erfurt, un musicien assez peu connu jusqu'à ce qu'il soit démis de ses fonctions, en mars, pour avoir refusé de composer l'hymne nazi de la Thuringe. Les titres des deux pièces, *Pays perdu* et *Ma liberté, mon âme*, n'annonçaient rien de très bon pour le Reich et constituaient une tache sur l'événement, ce que Strauss s'empressa d'exprimer à Solange sous une forme diplomatique. « Ma chère amie, écrivait-il, ces deux pièces mineures sont indignes de votre talent. Sans compter que nous mettrions inutilement une ombre au tableau de cet événement que l'on qualifie ici d'historique. »

« Historique, mon lapin, tu te rend comte ? »

Paul commença à sourire.

— Mój Boże… ale… co to jest ? demanda Vladi qui tenait entre les mains le grand carton qui accompagnait le courrier de Solange.

Paul ne répondit pas, il lisait.

« Strauss ma écris deux fois. » Après quoi, déjà habitué à commander sans crainte d'être désobéi, le Reich avait tout bonnement refusé cet ajout au programme… et avait considéré la question comme réglée.

« J'ai répondu à Strauss que je comprenez très bien le Reich et que je considérai donc le récital comme anulé. »

Il y avait eu alors pas mal de vent au sommet de l'État. Strauss, qui ne manquait pas de courage, défendit le choix de Solange, mais ce n'est pas son attitude qui pesa sur la décision. C'est que les autorités en avaient déjà fait tant et tant, Solange elle-même ayant multiplié les déclarations, il devenait plus embarrassant d'annuler le récital que de le maintenir. Goebbels se demanda si, dans son euphorie de voir la Gallinato chanter pour le Reich, il ne s'était pas montré imprudent. Annuler le concert allait créer une grande émotion en Europe et placer sous les projecteurs la situation de ce Freudiger et de quelques autres. Ce n'étaient au fond que deux pièces musicales mineures, se disait-on à Berlin, pas grand-chose.

« Ils ne sont pas au bout de leur peines. Je continue de faire des déclarations tapageuse. De venter les mérite du Reich. Et pour le décor, je te joins le projet que j'ai accepté. »

— Mój Boże… ale… co to jest ? redemanda Vladi en tendant le carton à Paul.

Paul aurait eu besoin d'une bonne minute pour exprimer ses pensées, il résuma :

— Ce qu… que c'est ? Un b… beau scan… andale à ve… nir…

Et alors qu'il avait refusé avec force de rejoindre Solange à Berlin, maintenant, Paul était presque désespéré de ne pouvoir s'y rendre.

Depuis juillet, M. Brodsky avait bien travaillé.

— Ce que vous demandez n'est pas bien difficile puisque ça ne sert à rien.

Il n'en démordait pas, mais il avait reçu cinq cents francs de plus ; dans sa situation, c'était appréciable.

À la fin du mois d'août, la texture du produit était stabilisée, douce au toucher, légèrement grasse, pénétrante. Sa couleur était crème, presque comme du beurre laitier. Quant à la question de l'odeur, Paul, après de multiples tâtonnements, estimait qu'il n'y avait que deux options : le bouleau ou l'huile de théier.

« Il faut maintenant passer à la phase de test », écrivit-il sur son ardoise. Il montra des petits pots en grès recouverts d'un couvercle.

Léonce fut outrée :

— Ah non, Madeleine, je ne suis pas un cobaye ! Vous ne pouvez pas exiger ça de moi !

— Mais c'est inoffensif !

— Qui vous l'a dit ?

— Le pharmacien qui l'a fabriqué !

— Votre Allemand ? Merci beaucoup ! En plus, il est juif.

— Je ne vois pas le rapport.

— Je n'ai pas confiance.

— C'est Paul qui vous le demande. Il se masse les jambes tous les jours avec ce produit et il n'en est pas mort !

— Pas encore, vous voulez dire !

— Oh…

Léonce s'excusa. Bon, d'accord, que faut-il faire ? Madeleine ne pouvait décemment pas lui dire que le test visait principalement à vérifier que n'apparaîtraient pas, à l'usage, boutons, pustules, abcès, bubons, etc.

— Vous massez les jambes jusqu'à pénétration de la crème. Un jour avec le pot au couvercle blanc, le lendemain avec celui à couvercle gris. Et vous me dites laquelle vous préférez.

— D'accord.

Tout le monde était mobilisé, Paul, Vladi, Brodsky, Dupré, Madeleine. Mais le test n'était pas entièrement contrôlé. Brodsky, convaincu que ce baume était comme un cautère sur une jambe de bois, ne le faisait pas. Dupré oubliait systématiquement, mais annonçait que tout allait très bien quand il était interrogé, Madeleine s'abstenait parce qu'elle craignait les réactions, j'ai une peau trop sensible, qui ne supporte rien. Quant à Léonce, elle inventa un stratagème tout à fait dans son tempérament en proposant à Robert un massage « tout ce qu'il y a de plus aphrodisiaque », certaine que les jambes pouvaient être remplacées par n'importe quelle partie de l'anatomie pourvu que le produit pénètre bien à fond. L'huile de théier l'emporta sur le bouleau par cinq voix contre une, une victoire écrasante mais relative, parce qu'en fait seul le tandem Paul-Vladi s'était prêté sérieusement au jeu, la jeune Polonaise n'hésitant pas à s'en tartiner des pieds aux épaules, elle traînait dans son sillage une indiscutable senteur d'huile de théier (« Ach, uwielbiam zapach tego kremu ! »), ce qui faisait rire Madeleine. Les relations qu'elle entretenait avec la jeune Polonaise avaient beaucoup évolué. Elle l'avait embauchée contrainte et forcée, mais ne l'avait jamais aimée. Aussi, trois semaines plus tôt, avait-elle été la première surprise de sa réaction face à l'affaire de la crémerie Valet.

Fernand Valet, le crémier de la rue Mignet, était un homme d'une intelligence médiocre, mais qui parlait haut et fort parce qu'il se plaisait à être un caractère. Il décida un matin de ne plus servir Vladi :

— On ne sert plus les Polaks, ici ! Qu'ils retournent à Varsovie et laissent travailler les Français !

Confuse, Vladi était allée faire ses courses ailleurs. Madeleine s'en aperçut, demanda des explications. La jeune fille rougit parce qu'elle se sentait coupable d'être polonaise. Madeleine insista.

— Nie mogę już tam chodzić. Nie chcą… mnie obsługiwać.

Ça n'était pas clair. Madeleine attrapa Vladi, le cabas, et dégringola à la crémerie où Fernand Valet pérorait comme à son habitude.

— Non madame, hurla-t-il, courroucé. Ici, c'est une maison française ! On sert les Français, uniquement !

Disant cela, il prenait à témoin la clientèle, assez nombreuse à cette heure-là, pour vérifier le bien-fondé de sa position. Tout le monde était d'accord. Valet croisa les bras et toisa Madeleine.

Elle ne sut jamais où elle était allée chercher son intuition. Dans la manière dont Vladi avait rougi, peut-être. Ou dans la mâle attitude du crémier…

— Est-ce que ça ne serait pas plutôt parce que mademoiselle a refusé de coucher avec vous ?

La clientèle unanime poussa un « Oh » scandalisé, mais, comme il s'agissait exclusivement de femmes, de mères de famille et de bonnes à tout faire, cette exclamation s'adressait davantage au crémier qui balbutiait qu'à la jeune fille qui regardait ses pieds, les lèvres serrées. Ayant entendu, comme à peu près tout le monde, que Vladi n'était pas la plus farouche des créatures, il s'était en effet mis en tête de jouir de ses faveurs et ne cessait de la harceler. Or Vladi avait ses têtes. Et M. Valet, qui n'en faisait pas partie, avait pris la mouche…

Madeleine promit un scandale qui toucherait largement le quartier et posa sereinement une série de questions : Mme Valet est-elle au courant ? Doit-on coucher avec le crémier pour acheter ses fromages ? Le droit de cuissage est-il de retour dans cet arrondissement de

Paris ? M. Valet chasserait-il cette cliente si elle était française ? Et d'ailleurs, lui aurait-il fait les mêmes propositions ?

Au fil des questions, une certaine solidarité féminine poussa la clientèle à quitter le magasin. M. Valet, vexé mais battu, dut servir une part de gruyère dont Madeleine surveilla attentivement le poids et le prix ainsi qu'une demi-livre de beurre.

33

L'Atelier était en ordre de marche. Les invités n'étaient plus les supporters enthousiastes de la soirée de janvier dernier à La Closerie des Lilas, mais des figures graves, austères, des bonjours prononcés du bout des lèvres, des mains serrées à regret. Les fonctionnaires de second rang, qui devaient avoir des instructions, déclinèrent l'invitation de rester ensuite pour le buffet. Les industriels de la Renaissance française regardaient au fond de l'Atelier la table dressée par Potel et Chabot, les nappes blanches, les seaux à champagne, et semblaient évaluer le prix des assiettes de petits-fours et le salaire des serveurs. Sacchetti lui-même se montrait distant, mais à la manière d'un diplomate, c'est-à-dire de façon ouverte, discrètement chaleureuse, florentine. La presse, elle, se régalait d'avance, il ne manquait pas un reporter, pas un photographe.

Toute l'équipe de l'Atelier avait été convoquée. Elle aussi n'était plus que l'ombre de celle que l'on avait connue lors de l'inauguration. Elle était à ce point clairsemée que, pour faire nombre, les personnels de sécurité et de ménage avaient reçu l'instruction d'être présents. Robert se tenait droit comme un soldat près de la « fille du haut », comme il appelait l'employée chargée des bureaux à qui il mettait la main au cul dès qu'il le pouvait. Il était déjà allé voir les serveurs pour négocier deux bouteilles de champagne, soi-disant pour le personnel, mais qu'il comptait bien emporter pour les boire avec Léonce. Il avait aussi raflé un carton de petits-fours qu'il avait déposé dans son vestiaire.

Dans un espace occupant le tiers de l'Atelier, un chariot en acier monté sur rails portait le modèle réduit du réacteur. Les photographes eurent le droit de passer sous les chaînes qui délimitaient la zone pour le photographier de plus près. C'était un objet rond réalisé dans un alliage clair comme de l'aluminium, rutilant, qui ressemblait à une grosse marmite sans fond couchée sur le côté.

Joubert avait le trac, ce qui ne se voyait pas. Il se contenta de quelques mots. De toute manière, personne n'aurait compris qu'il fasse un grand discours.

— Messieurs, ce réacteur modélise celui qui équipera bientôt un avion de chasse et le rendra capable d'atteindre une vitesse trois fois supérieure à celle des appareils actuels. Il est doté d'un compr... (il rit brièvement), mais je vous ennuie avec cela ! Disons simplement que nous allons démontrer la formidable puissance d'un turboréacteur. Tout à l'heure, l'équipe (il fit un large mouvement du bras) sera heureuse de vous apporter toutes les précisions nécessaires.

Les reporters firent crépiter leurs flashs puis ils repassèrent derrière les chaînes et rechargèrent leurs appareils. D'un geste théâtral, Joubert se tourna vers un homme en blouse blanche placé près de l'engin et muni d'une lampe à souder qu'il alluma. Le réacteur se mit en route, on vit alors une flamme puissante, parfaitement horizontale, s'échapper de l'arrière de la marmite, le bruit était celui d'un gigantesque chalumeau, c'était très impressionnant, ça faisait même un peu peur, les participants, instinctivement, firent un pas en arrière.

Joubert leva le bras.

Le chariot démarra de manière foudroyante et provoqua un cri de stupeur dans l'assemblée. Il roula sur les rails à une vitesse folle, on crut qu'il allait crever le mur du fond de l'Atelier. Les flashs crépitèrent. Le chariot fut brutalement retenu par des chaînes, le réacteur fut éteint, mais le mouvement de propulsion avait été si violent qu'il laissa derrière lui une impression de sidération. Personne ne fit le moindre geste.

Seul Robert se gratta la tête. Il était fréquent qu'il se trouve face à quelque chose qu'il ne comprenait pas, mais cette fois, il était dépassé, qu'est-ce qui n'allait pas ?

La démonstration avait vivement impressionné la foule, ce fut aussitôt un tonnerre d'applaudissements et des sourires, on se serrait les mains, soulagement, on se congratulait, on avait eu raison de s'engager, l'équipe, qui exultait, fut entourée, félicitée, on se sentait vraiment petit dans une pareille circonstance.

Joubert recevait les félicitations d'un air modeste et désignait, bras tendu, tout le personnel.

Puis il se dégagea avec élégance, s'avança, les applaudissements redoublèrent, il passa une jambe puis l'autre par-dessus la chaîne et s'approcha du réacteur. Il se tourna vers les photographes, chut, taisez-vous, Joubert attendit, il avait préparé une déclaration sobre, ferme, exprimée en des termes modestes qui en souligneraient l'ambition.

À l'instant où les reporters levaient leurs appareils, la marmite émit un chuintement aigu.

Joubert regarda vers le réacteur. L'implosion fut si violente que le souffle le repoussa d'un mètre et le projeta au sol où il se retrouva assis, les sourcils et les cheveux à demi grillés, la bouche largement ouverte, l'air totalement déboussolé.

Robert sourit, ah bon, ça allait mieux. Il ne comprenait pas comment ce truc avait pu tenir jusqu'alors avec la quantité de mercure qu'il avait balancée dans le bain d'aluminium... Mais tout était rentré dans l'ordre, il était content de lui.

Les flashs crépitèrent.

Cette photo de Gustave Joubert sur le cul, la bouche ouverte devant son magnifique modèle de turboréacteur transformé en un magma d'alliage en fusion, fit grande sensation dans la presse.

Les caricaturistes dessinèrent Joubert tantôt en ramoneur à demi dévêtu par le souffle d'une explosion, tantôt expédié dans les airs, à cheval sur une fusée comme dans un film de Méliès.

Saisi d'un abattement comme il n'en avait jamais connu, Gustave garda la chambre une matinée entière.

Personne n'osa prendre de ses nouvelles.

Et s'il était mort ? se demanda Léonce. Que se passerait-il alors ? Était-elle héritière ? Il y avait l'hôtel particulier, bien sûr, mais s'il était endetté, allait-on lui réclamer, à elle, de rembourser le passif ?

Les domestiques cherchaient une nouvelle place. Comme on voit, personne n'avait un gros moral.

Joubert quitta la fenêtre, se regarda dans la grande glace qui surmontait la cheminée, s'approcha et vécut un douloureux moment. Ces joues à la barbe naissante, ces cernes de fatigue, ces plis d'inquiétude à la commissure des lèvres composaient un visage qu'il ne connaissait pas et qui lui fit peur. Il se détourna.

Au fond, jusqu'ici la vie n'avait pas été difficile pour lui. Il avait réussi ses études, sa carrière, son changement de cap, il était même parvenu à créer cette Renaissance française qui faisait l'admiration de tous et son projet de turboréacteur avait suffisamment éveillé de jalousies, suscité de commentaires négatifs pour confirmer combien il était prometteur. En se rasant, il puisa dans sa mémoire maints exemples de personnages historiques qui s'étaient relevés d'un échec foudroyant. Tiens, Blériot ! Il n'était pas dans une position si flatteuse lorsqu'il avait dû se séparer de Levavasseur. Il tomba même de Charybde en Scylla en optant pour Robert Esnault-Pelterie, ce qui ne l'avait pas empêché de traverser la Manche en 1909. Cela dit, il trouvait autant d'exemples de personnages qui, après une trajectoire verticale comme la sienne, s'étaient soudain effondrés pour ne plus jamais se relever.

Il n'avait besoin de personne pour analyser sa situation. C'était celle d'un homme à qui, en tant que banquier, il n'aurait pas prêté un sou. Dont il aurait racheté l'entreprise pour un franc symbolique.

En milieu de matinée, il descendit, ne croisa

personne. Léonce, entendant son pas, courut coller son oreille à la porte, mais ne l'ouvrit pas.

Il voulait marcher un peu, rassembler ses idées. Il était abattu, mais il sentait, au fond de lui, quelque chose qui résistait sourdement à son élan dépressif, deux forces en lui se combattaient, Joubert était profondément partagé. C'était un début de septembre clément, le ciel était dégagé, d'un joli bleu, l'air était tiède. Ce ne sont pas les pensées d'un homme prêt à se jeter à la Seine, se dit-il.

Sans surprise, tous les personnels de l'Atelier furent prévenus le dimanche dans la journée par télégramme qu'ils devaient regagner leurs entreprises respectives dès le lundi matin.

Le lendemain, Sacchetti expliqua à Gustave, au téléphone, qu'il serait bon de présenter sa démission de président de la Renaissance française.

— C'est très provisoire, Gustave, tu le sais bien. Il faut laisser du temps au temps, comme disait Cervantès. Enfin, tu comprends…

> La Renaissance française vient de se doter d'un nouveau dirigeant, M. Sacchetti. Il est vrai que le précédent, M. Joubert, n'est plus très présentable. Ancien et nouveau président, lorsqu'ils se sont passé le témoin, n'ont pas manqué (ce sont des passionnés d'aviation, savez-vous…) d'évoquer l'enregistrement officiel du record du monde de distance en ligne droite battu par les aviateurs français Rossi et Codos qui, le mois dernier,

se sont posés au Liban cinquante-cinq heures après avoir décollé de New York.

C'est réconfortant de voir des aviateurs réussir.

Kairos

Joubert passa deux jours dans son bureau, sans quasiment sortir, il se faisait monter du café que Léonce se croyait tenue d'apporter elle-même.

— Merci ma chérie, disait-il sans lever le nez de ses comptes.

« Ma chérie » ne faisait pas partie de son vocabulaire courant.

— Nous allons changer beaucoup de choses.

Léonce s'arrêta à la porte. Elle aurait bien voulu poser le plateau parce que dans cette position elle avait l'air d'une domestique, mais au fond, c'est ce qu'elle était et que Joubert était en train de lui rappeler.

— Ah..., dit-elle.

« Changer beaucoup de choses », elle se doutait de ce que ce serait, ça concernait l'argent. Madeleine avait peut-être eu raison de lui suggérer de chercher un nouveau mari.

— Je vais fermer mon entreprise personnelle, revendre les machines, rendre les locaux de Clichy. Nous allons aussi vendre cet hôtel particulier. Tout cela va représenter un million et demi de francs.

Malgré la réalité des faits, il n'avait pas la voix d'un homme ruiné, mais celle, simple et ferme, qu'il avait utilisée des années avec ses collaborateurs, ses dactylos. Cette fois, c'était avec sa femme, mais c'était la même chose. Il ne lui demandait pas son avis, il l'informait.

— Avec la moitié de ce que nous allons récupérer, nous pourrons nous reloger dans un quartier décent. Avec l'autre moitié, je vais travailler seul. La recherche sur le turboréacteur est quasiment achevée, il ne reste à résoudre qu'un problème d'alliage, je vais trouver les compétences. Ensuite, il n'y a plus qu'à fabriquer le prototype.

Léonce ne réagit pas. Gustave s'était arrêté, c'est peut-être qu'il attendait de sa part un mot, un encouragement quelconque.

— Tout de même…, dit-elle.

C'est tout ce qu'elle avait à dire. C'était blessant.

— Pardon ?

Cette expression était celle qu'il avait employée les fois où il l'avait giflée. Rassurée de n'être pas à portée de main, elle ajouta :

— C'est un peu… la dernière chance.

Voilà, se dit-il. Elle aussi le voyait comme un homme aux abois, condamné peut-être. Il n'avait jamais considéré son épouse comme une compagne, mais tout de même, elle aurait pu manifester un peu de confiance…

— Peu importe que ce soit la première ou la dernière, Léonce ! L'important, c'est de la saisir quand elle se présente. Et c'est maintenant.

Allons, ce n'était pas le moment de s'énerver.

— Toute cette affaire aura été finalement très profitable. Mes partenaires m'ont servi à fabriquer un modèle dont je vais, seul, tirer tout le profit parce que les brevets sont à moi. Dans un an, tu seras l'épouse d'un multimillionnaire.

— C'est bien…, murmura Léonce sans enthousiasme. C'est bien…

Joubert se rendit à l'Atelier. Il klaxonna devant le portail, mais il n'y avait plus personne. Le parking était vide, la grande pancarte annonçant l'Atelier aéronautique était encore flambant neuve, cette aventure n'avait pas duré six mois…

Il ouvrit lui-même puis se gara face aux bureaux. Lorsqu'il entra dans les locaux, il eut la surprise de trouver Robert Ferrand en train de passer la serpillière.

— Mais… qu'est-ce que vous faites là, vous ?

— Eh ben, franchement, m'sieur Joubert, je me le demande, parce que depuis ce matin, j'ai pas vu la queue d'un rat.

— L'Atelier est fermé, vous ne le saviez pas ?

La plus grande partie du matériel avait déjà été déménagée. Bobines de cuivre, profilés et tubulures, compresseurs, chalumeaux, établis, outillage, tout était parti. Quelle débâcle.

— Ah bon ?

— Vous voyez bien que c'est vide !

— Ah bah, oui, ma foi, j'avais pas fait gaffe…

— Bon, c'est fermé. Définitivement. Vous pouvez rentrer chez vous, vous recevrez votre compte par la poste.

— Ah, si c'est comme ça, je veux bien.

Gustave monta aux bureaux, vides eux aussi. Rames de papier, fournitures, tables à dessin, chaises, même les stores, tout avait disparu.

Il fit le tour, ramassa les cahiers, les blocs-notes, les

schémas, tout ce qui traînait, cela faisait huit cartons. Puis il ouvrit le coffre-fort et prit les plans, les dossiers administratifs, le journal de bord, les déclarations de brevets, et redescendit les bras chargés, Robert lui tint la porte.

Au moment de sortir, Joubert se tourna vers l'immense atelier quasiment vide.

— Je ne voyais pas ça si grand…

Robert l'aida à entreposer ses documents dans le coffre de sa voiture. Exceptionnellement, Gustave lui serra la main, c'était vraiment le signe de la fin.

— Non, laissez, m'sieur Joubert, je vais chercher mes affaires, je fermerai en partant, vous en faites pas.

— Bon, eh bien… Bonne chance, mon vieux…

— À vous aussi, m'sieur Joubert.

Robert ajouta avec un regard d'envie :

— Belle voiture…

Robert ferma le portail.

Ouf, il avait eu chaud.

Il attendit que le bruit du moteur s'éloigne pour aller retrouver, à l'arrière du bâtiment, les trois copains avec qui, depuis la veille au soir, il chargeait dans des camions tout ce qui pouvait se revendre.

Le lendemain, les employés qui vinrent, au nom de leurs entreprises respectives, reprendre les matériels prêtés à l'Atelier trouvèrent les lieux parfaitement vides, à l'exception d'un seau et d'une serpillière oubliés dans un coin, près de la porte du fond.

34

Le travail de la commission avançait bien. Charles se sentait en confiance. Il était loin d'imaginer que ce qui allait totalement modifier sa situation arriverait du lieu-dit La Coudrine, un hameau situé près de Péronne, dans la Somme, et dont ni lui ni personne n'avait jamais entendu parler, où demeurait un agriculteur nommé Sauveur Piron qui refusait de payer ses impôts. Il répugnait, comme nombre de paysans, à « engraisser ces messieurs de Paris ».

Le mercredi 16 août 1933, un huissier porteur d'innombrables relances vint frapper à sa porte accompagné de deux gendarmes pour saisir des biens jusqu'à concurrence des neuf mille francs qu'il devait au Trésor. Les agriculteurs voisins vinrent prêter main-forte, on échangea des invectives, les gendarmes durent battre en retraite. Ils revinrent en force, les agriculteurs aussi… En temps normal, le fait divers serait resté circonscrit à ce petit coin de département, mais il se révéla le catalyseur d'un mécontentement plus général qui ne demandait qu'à s'exprimer.

L'heure de la révolte contre l'impôt avait sonné.

Des manifestations s'organisèrent. Dans la seconde

quinzaine d'août, la France en compta pas moins de quarante-quatre, auxquelles se mêlaient ici ligues de jeunesse patriotique et anciens combattants, là, syndicats et corporations, ailleurs, des antirépublicains militants, partout des mécontents, des révoltés qui s'estimaient spoliés, dépossédés, volés. Le grand coupable, c'était l'impôt. Le grand ennemi, c'était l'État.

Le gouvernement observait avec inquiétude les couleurs de cet incendie qui gagnait sans cesse du terrain. Des rassemblements de milliers de personnes se tinrent à Sedan, Épinal, Roubaix, Grenoble, Le Mans, Nevers, Châteauroux. Partout les forces de l'ordre durent intervenir. Des voitures furent incendiées, mais aussi des magasins, les ambulances faisaient d'incessants va-et-vient.

À Béziers, une décision collective fut prise, qui était dans tous les esprits : « Les contribuables signataires appellent à la mobilisation de tous jusqu'à organiser, s'il le faut, le défaut de paiement. »

Le grand mot était prononcé. Et pas par des communistes, par des commerçants, des artisans, des pharmaciens, des notaires, des médecins ! Beaucoup de contribuables se déclarèrent prêts à retourner, sans règlement, leur feuille d'imposition à leur député.

Le gouvernement se voyait menacé de toutes parts par une forme désastreuse de révolte : la grève générale de l'impôt.

— Il dit qu'il va tout vendre ? demanda Madeleine.

— Oui, tout, la baraque… Oh, pardon…

C'est de la maison d'enfance de Madeleine qu'elle

parlait, que son père avait fait construire. Madeleine leva une main sereine, ne vous excusez pas. Léonce hésita puis elle se lança :

— Je pense que, maintenant que j'ai fait tout ce que vous vouliez…

— Oui ?

— J'aimerais bien récupérer mon passeport.

— Ça ne va pas être possible, je suis navrée.

Léonce brûlait maintenant de s'enfuir de France. Elle savait où elle irait, de quelle manière, elle avait beaucoup pensé à tout cela. Il ne lui manquait que l'argent. Elle n'en avait pas. Le seul à qui elle pouvait en voler, c'était Joubert qui, lui, n'en avait plus. Entre Madeleine qui la tenait à la gorge et Robert qui frétillait d'aise dès qu'on lui commandait un sale coup, Léonce ne voyait pas le bout de cette histoire.

Tiens, justement, à propos de sale coup.

Deux jours plus tard.

Devant un énorme coffre-fort Merklen & Dietlin en fonte ouvragée que M. Péricourt avait fait installer avant-guerre. Majestueux, patiné, avec des ornementations en graphite et laiton. Gustave l'avait toujours connu, quand il avait acquis l'hôtel particulier, il n'avait pas eu le cœur de le remplacer. C'était un modèle vétuste dont un cambrioleur expérimenté n'aurait fait qu'une bouchée.

Robert, qui avait beaucoup perdu la main, s'il l'avait jamais eue, aurait évidemment été incapable d'en venir à bout. Il s'agenouilla devant le coffre avec gourmandise, sortit quelques outils fins et se mit à érafler le métal près de la serrure. Léonce le regarda faire, méfiante, même dans les tâches les plus simples, il arrivait rarement à quelque chose du premier coup.

— Ça va peut-être suffire, mon chéri, non ?

— Encore un petit coup.

Il procéda à quelques rayures supplémentaires et recula pour contempler son ouvrage, ça lui plaisait.

Pendant ce temps, Léonce avait ouvert le globe terrestre où elle savait, pour l'avoir espionné un nombre incalculable de fois, que Joubert déposait la grande clé plate du coffre. Elle ouvrit la lourde porte. Ils raflèrent les plans, les dossiers, vidèrent les tiroirs au milieu de la pièce comme Madeleine en avait donné l'ordre, Robert adorait ça, on aurait dit un adolescent dans une bataille de polochons. Profitant de la situation, Léonce fit discrètement main basse sur une enveloppe qui fut, le soir, une énorme déception. Elle avait espéré trouver là une petite fortune, de quoi acheter un passeport, un billet de bateau, d'avion, et disparaître, planter là Madeleine et ses histoires personnelles. Il y avait deux mille francs. Elle n'en parla pas à Robert, il n'aurait pas attendu la fin de la semaine pour les dilapider au champ de courses.

Libéré de la maigre tâche qui lui avait été confiée et que n'importe qui aurait pu faire à sa place, Robert se mit à courir partout dans la maison en poussant des Oh et des Ah.

— Hé, vise un peu ! hurla-t-il, comme si Léonce ne connaissait pas les lieux.

Il avait trouvé l'argenterie et enfournait des poignées entières de fourchettes et de couteaux dans ses poches.

— Mais, mon chéri, on ne va pas pouvoir prendre ça, c'est trop lourd !

Il réfléchit un court instant. Le poids des couverts emporta sa conviction, mais dès que Léonce eut tourné la tête, il ne put s'empêcher de fourrer un paquet de cuillères à moka dans la poche de sa veste.

Léonce rassembla tout ce qu'il y avait de bijoux et d'argent, pillant même le porte-monnaie de ménage dont se servait ordinairement le personnel pour les commissions courantes. Robert continua de se promener dans la maison à grands pas curieux comme un futur acheteur jusqu'à tomber sur le grand lit à baldaquin inutilisé depuis que Léonce avait sa chambre et Gustave la sienne, c'est-à-dire depuis leur mariage. Il en était baba, Robert, ces dais crème, ces colonnes sculptées d'angelots callipyges, ce couvre-lit à bordures festonnées…

— C'est vraiment…

Il cherchait encore le mot quand Léonce le rejoignit.

— Qu'est-ce que tu fais là, mon chéri ?

Elle n'avait pas fermé la bouche qu'il l'avait soulevée et lancée sur le matelas.

— Non, Robert, c'est impossible ! hurla-t-elle. On n'a pas le temps.

Il jeta sa veste au sol, ce qui fit un grand bruit de cuillères, mais Léonce n'eut guère le loisir de le remarquer, Robert était déjà sur elle.

— Pas maintenant, Robert !

Si Joubert venait à rentrer, quelle catastrophe. Léonce murmurait non, non, mais en se soulevant pour qu'il la libère de sa jupe et mon Dieu, quel effet ça lui faisait à chaque fois, il la vrilla à lui couper le souffle. Gustave aurait pu survenir dans la chambre, non seulement elle ne l'aurait pas entendu, mais elle n'aurait pas cessé un instant de se balancer au bout de cette corde qui lui arrachait des larmes. Elle poussa de longs cris rauques, elle avait les yeux exorbités, elle s'effondra, vidée, exsangue, et s'endormit aussitôt.

— Faudrait pas y aller ? demanda Robert.

Combien de temps était-elle restée ainsi ? Quelle heure était-il ? Elle se redressa sur un coude. Oh là là, quelle affaire, j'en peux plus, moi. Elle n'avait somnolé que quelques minutes. Passe-moi ma jupe, tu veux ? Elle riait, toi alors… Ils attrapèrent leur butin, descendirent.

— Robert !

Léonce désignait la porte-fenêtre.

— Ah oui, merde !

Il avait oublié ce qu'il devait faire.

— Comment c'est qu'elle a dit, déjà ?

Madeleine avait tout expliqué. D'un revers du coude, Robert fit voler en éclats une vitre puis ils sortirent par la porte des domestiques, l'arrière de la maison et le fond du jardin qui donnait sur la ruelle. Léonce avait encore les jambes en coton.

Ils ne croisèrent pas Joubert qui passa en coup de vent en fin de journée, il était presque dix-neuf heures. Ha, Monsieur, Monsieur, la cuisinière était affolée. Elle venait de rentrer, Monsieur, Monsieur, l'émotion lui serrait la gorge, Monsieur, elle faisait tout ce qu'elle pouvait pour s'expliquer.

— Où est Madame ? demanda-t-il.

Elle ne l'avait pas vue depuis le matin (« c'est affreux, affreux »). Il longea la porte-fenêtre entrouverte, vit la vitre cassée, mais ce n'est qu'arrivé dans son bureau (« je ne me suis pas rendu compte tout de suite… ») qu'il comprit l'étendue de la catastrophe. Le coffre grand ouvert («ça m'a fait peur, pour dire le vrai»), les tiroirs au sol… Le choc était tel qu'il ne parvenait pas à aligner correctement ses idées («alors j'ai téléphoné au commissariat»).

— Quoi? Vous avez téléphoné à qui?

Il l'aurait sans doute fait lui-même, mais il était pris de court. Il ne lui manquait qu'une minute ou deux pour réfléchir, mais trop tard.

— Il y a quelqu'un?

Une voix venant d'en bas. Joubert bouscula la cuisinière, se pencha par-dessus la balustrade. Au pied du grand escalier à volutes se trouvaient un homme en civil et deux autres en uniforme.

— Commissaire Fichet. On nous a appelés pour un cambriolage…

Joubert prit un instant pour répondre. Le policier, un type assez vieux, fort, voûté, en pardessus beige, tourné vers la porte-fenêtre, mâchouillait un reste de cigare face à la vitre cassée.

— Oui, c'est ici…

La cuisinière regardait le policier par-dessus la balustrade, le poing fermé dans la bouche, comme face à un crotale.

— Je suppose, dit le commissaire, que c'est là-haut que ça se passe…

Il fit un signe à ses deux agents qui partirent l'un vers le salon, l'autre vers la cuisine, et lui-même monta d'un pas lent à l'étage.

Joubert s'appliquait à donner le spectacle d'un homme de sang-froid. Chaque seconde le rapprochait d'une situation nouvelle dont il commençait seulement à apercevoir les contours.

Dans le bureau, pourtant très en désordre, l'énorme coffre attirait toute l'attention, comme s'il était éventré.

— Et il n'y avait personne dans la maison ? En plein jour ?

Il s'était retourné vers Joubert et la cuisinière.

— C'est le jour du personnel, dit-elle.

— Mais vous, vous êtes là…

— Bah, pas vraiment…

Maintenant qu'on lui proposait de s'expliquer, qu'il y avait enfin quelqu'un pour l'écouter, elle reprenait du poil de la bête.

— J'ai été en courses toute la journée. Madame m'avait donné une liste longue comme le bras.

— Bien, coupa Joubert, maintenant vous allez nous laisser, Thérèse. Je vais voir avec monsieur.

Considérant la police comme une autorité supérieure au patron, elle aurait préféré une autorisation du commissaire, mais celui-ci était absorbé par la porte du coffre qu'il détaillait à travers des lunettes rondes qu'il tenait comme un face-à-main.

— Allez, Thérèse…, s'impatienta Joubert.

— Il y avait beaucoup d'argent là-dedans ? demanda le policier.

— Très peu. Quelques milliers de francs, je vais faire le compte.

— Des valeurs, peut-être ?

— Oui, enfin, non, enfin, des valeurs, ça dépend de ce qu'on appelle des valeurs…

— Des choses qui valent de l'argent.

— Je dois faire le point…

— C'est nécessaire. Pour la déclaration. Pour la plainte… Madame a sans doute des bijoux…

— Je vais voir avec elle…

— Mme Joubert est absente ?

Le choix d'une journée sans domestiques, l'éloignement de la cuisinière, c'était évidemment signé : Léonce venait de partir avec la caisse, du moins ce qu'il en restait.

— Elle doit être chez une amie, elle ne va pas tarder.

Le commissaire reprit le couloir, chercha à s'orienter.

Aucune pièce n'avait été dévastée comme le bureau, à l'exception d'une chambre très féminine (« Celle de Madame, je suppose… ») dont les tiroirs étaient ouverts, le coffre à bijoux était retourné sur la coiffeuse. Le policier emprunta ensuite l'escalier d'un pas pesant et revint vers la porte-fenêtre. Il avait remis ses lunettes dans sa poche et se grattait le crâne.

— C'est curieux… Normalement, un cambrioleur arrive de l'extérieur. Et quand il brise une vitre, les morceaux de verre se retrouvent à l'intérieur. Ici, c'est l'inverse, c'est très étrange.

Joubert s'avança, fit une petite moue qui exprimait son étonnement devant ce constat.

Un agent revenait de la cuisine.

— La cuisinière dit qu'on a pris l'argent du ménage.

Le commissaire interrogea Joubert du regard.

— C'est ce que nous lui donnons pour les dépenses courantes. Ça n'est jamais grand-chose, quelques dizaines de francs, tout au plus.

Le policier fit quelques pas pensifs, entra dans la grande salle à manger où les tiroirs des buffets là aussi étaient restés ouverts.

— La cuisine est retournée ?

— Ah, non, chef, bien rangée, au contraire !

— C'est curieux, non ?

Il regardait Joubert.

— On dirait que le voleur savait où se trouvaient les choses, il n'a pas cherché les bijoux, l'argent de la cuisinière, il y est allé directement, sans hésiter…

Dans l'esprit des deux hommes, les éléments se mettaient en place, à peu près de la même manière.

— Et puis, il y a les éraflures sur le coffre, dit-il à Joubert en pointant l'index vers le plafond.

Joubert écarta les deux mains, je ne vois pas…

— Quand on force un coffre, il arrive que l'outil dérape. On érafle une fois, deux fois. Avec un cambrioleur très maladroit, on trouve quatre ou cinq rayures, comprenez-vous, mais dix ou vingt, c'est très rare. Selon mon expérience, celui dont l'outil dérape aussi souvent ne serait pas capable d'ouvrir un coffre de cette nature. C'est qu'il faut du doigté… Ça donnerait presque l'impression qu'on a fait ces rayures intentionnellement. Pour simuler un cambriolage.

— Vous m'accusez de…

— Pas du tout, monsieur ! Je constate, je tâche de comprendre, voilà tout. Vous accuser, non, monsieur, vous n'y pensez pas…

Or, c'était visible, il y pensait.

— Mais voyez-vous, quand on s'attaque à une maison pareille, quand on a la chance, assez rare, qu'en pleine journée tout le monde soit sorti, on vient avec des caisses, on gare un camion pas loin pour emporter tout ce qui a de la valeur.

Il s'était approché d'un tiroir.

— On ne prend pas le porte-monnaie de la cuisinière en laissant l'argenterie derrière soi…

Le policier vit que son interlocuteur n'était plus vraiment à la discussion, les idées semblaient s'entre-choquer dans son esprit.

— Eh bien, on va faire un rapport. Vous faites un état de ce qui a été dérobé et vous passez nous déposer tout ça au commissariat. Le plus tôt serait le mieux.

Gustave était encore en pleine réflexion lorsque les policiers sortirent. Il s'ébroua et se mit à courir dans la maison, ouvrant les portes à la volée, c'est vrai, rien d'autre n'avait disparu, il revint à son bureau.

Léonce était venue voler l'argent et n'en avait pas trouvé. Il marchait dans la pièce à grands pas, écrasant les objets épars sur le sol. Mais pourquoi avait-elle emporté les documents, les plans ! C'était absurde ! Tout ça n'avait aucune valeur pour elle, jamais elle ne pourrait monnayer de pareilles choses ! À moins qu'elle ne soit déjà en contact avec quelqu'un de la concurrence, mais là c'était encore pire, on ne lui en donnerait pas le trentième de leur valeur ! Avait-elle été contrainte par son amant ? Joubert secoua la tête, pourquoi s'occuper de cela, il fallait se concentrer sur l'essentiel.

La situation était très tendue.

Son épouse s'était enfuie. Il avait sacrifié son entreprise. Avec ses plans et ses brevets, son trésor de guerre venait de disparaître.

Il ne lui restait plus que l'hôtel Péricourt. C'était peu.

Comment tout cela avait-il pu se déglinguer à ce point ? Et aussi rapidement.

Et cette mise en scène l'inquiétait. Il ne parvenait pas à lui donner du sens, à comprendre dans quelle situation nouvelle il se trouvait.

Madeleine écarta ce qui n'avait visiblement pas d'intérêt. L'essentiel tenait en deux gros dossiers. Sur le premier, Joubert avait inscrit en lettres rageuses (il devait être de mauvaise humeur ce jour-là) : « Hypothèse abandonnée ». Cela devait correspondre aux études abandonnées en mai. Sur le second : « Recherches en cours ».

Madeleine les posa discrètement sur la banquette à côté d'elle, réprima un mouvement de satisfaction, c'était parfait, mais elle se garda bien de toute réaction devant Léonce. Robert, lui, bayait aux corneilles. Quand on les voyait ensemble, on se demandait comment ces deux êtres avaient pu se trouver et même se marier, il y a des choses, chez les autres, qu'on ne comprend pas.

Madeleine se contenta d'un sourire.

— Il va falloir vous mettre à l'abri, Léonce. Changer d'hôtel.

— Pourquoi ?

Il y avait un accent de panique dans sa voix. Madeleine l'avait obligée à cambrioler son propre mari, maintenant elle faisait d'elle une fugitive…

— On habite rue Joubert ! dit Robert.

Il était toujours émerveillé de cette trouvaille.

— Tais-toi, mon chéri, dit Léonce en posant sa jolie main sur son avant-bras, elle était assez énervée.

Elle fixa Madeleine droit dans les yeux.

— Et d'abord, on va s'installer ailleurs, mais avec quel argent ?

— Ah oui, c'est un vrai sujet… Justement, Léonce,

dites-moi, en dehors des plans, dans le coffre de votre mari le second, il n'y avait pas… autre chose ?

— Vraiment rien !

Léonce avait presque crié. Déçue, visiblement.

— Rien… De l'ordre de combien ? insista Madeleine.

Robert soufflait de la buée sur son verre et dessinait des formes avec le bout de son nez.

— Combien de quoi ? demanda-t-il.

— Chéri ! C'est une discussion entre femmes !

Robert leva les mains, ah, c'est sacré ça, les histoires entre femmes. Il se tourna vers le garçon pour commander une autre bière, s'il y avait eu un billard, il serait allé tenter sa chance.

Madeleine regarda Léonce en souriant.

— Et donc…

Léonce fixait ses mains. Deux, répondit-elle avec ses doigts.

— Vous êtes bien certaine ?

— Ah oui, certaine !

— Certaine de quoi ?

C'était Robert qui revenait à la charge. Léonce se tourna vers lui.

— Mon chéri, tu veux bien nous laisser un instant, s'il te plaît ?

Elles avaient à parler entre femmes, Robert eut à cœur de montrer qu'il était un vrai gentleman, il se leva.

— Si cela ne vous messied… ne vous m'essois… ne vous dérange pas, mesdames, je vais aller me fumer un p'tit clope.

— Faites donc, dit Madeleine.

Et dès qu'il fut parti :

— Léonce, avant toute chose, je vous en supplie

(elle avait pris ses mains dans les siennes), dites-moi… Comment faites-vous pour passer votre vie avec un pareil énergumène ?

Avec la question de la sexualité, Léonce tenait une revanche facile à laquelle elle ne résista pas, mais le souvenir des vilaines actions dont elle s'était rendue coupable l'empêcha de se montrer désobligeante. Elle se contenta de détacher un à un les doigts de Madeleine comme si elle voulait en faire le compte.

— Chère Madeleine, sur un plan, disons… intime, je vous assure que vous ne me poseriez pas la question si vous en aviez trouvé un pareil.

C'était cruel et toutes deux le savaient. Elles retirèrent leurs mains.

— Je veux mon passeport, déclara Léonce.

— Je vais vous le rendre dans quelques jours, mais il n'aura plus aucune valeur. Pire. Il vous conduirait directement en prison.

Léonce pâlit. Était-ce la fin ? Plus de passeport, cela voulait dire plus de fuite et donc plus d'espoir. Comme si elle se noyait et qu'elle allait mourir, elle refit, à une vitesse stupéfiante, le chemin qui, depuis l'enfance, l'avait conduite là, dans ce café, les épreuves, le père, Casablanca, le chagrin, le ventre, le sexe, les hommes, la fuite, et Robert, et Paris, Madeleine Péricourt, et Joubert…

— Quand me laisserez-vous partir ?

— Bientôt. Dans quelques jours, vous serez libre.

— Libre ! Avec quel argent ?

— Oui, je sais, la vie est dure. Soyez déjà heureuse que je ne vous envoie pas en prison…

— Qui me dit que vous ne le ferez pas quand vous n'aurez plus besoin de moi ?

Madeleine la fixa longuement.

— Rien. D'ailleurs, je ne vous l'ai jamais promis. Et pour m'éviter la tentation de vous y envoyer, je vous conseille de vous montrer coopérative…

Madeleine entra dans la chambre de Paul.

— Dis-moi, mon chaton…

C'était une nuit très douce, toutes les fenêtres ouvertes, l'air du dehors arrivait par petites vagues tièdes comme si elles venaient vous parler à l'oreille.

— J'ai bien réfléchi. Cela te plairait d'aller écouter Solange à Berlin ?

Paul hurla :

— Ma… maman !

Il serra sa mère dans ses bras. Elle éclata de rire.

— Mais, tu m'étouffes, laisse-moi respirer, mon Dieu…

Déjà Paul était redevenu sérieux, il avait attrapé son ardoise.

« Mais, l'argent ? Nous n'en avons pas ! »

— C'est vrai que nous n'en avons pas beaucoup. Mais depuis que nous sommes ici, je t'ai imposé bien des sacrifices, tu n'achètes plus de musique, tu n'as fait aucun voyage malgré les invitations… Enfin, bref…

Elle le fixa avec un air gourmand.

— Alors ? Berlin ou pas Berlin ?

Paul hurla de joie. Vladi entra précipitamment :

— Wszystko w porządku ?

— Oui, t… tout va b… bien, cria Paul, on va à… Ber… lin !

Pris d'un doute, il empoigna son ardoise et jeta sur

une page : « Maman, c'est après-demain ! On n'aura jamais le temps ! »

Madeleine fouilla dans sa manche et en sortit trois billets de train. Première classe. Paul fronça les sourcils. Que sa mère décide ce voyage à la dernière minute, il y avait peut-être des explications. Qu'elle achète les places les plus chères était plus surprenant. Mais que son billet à elle soit rédigé au nom de Mme Léonce Joubert était franchement mystérieux. Paul se grattait le menton.

— Officiellement, dit-elle, je ne vais pas voyager avec toi. Tu partiras avec Vladi.

— W porządku !

— Qu'est-ce qu'elle dit ? demanda Madeleine.

— Elle est d'a… d'accord.

— Mais il faut que je t'explique parce que… je vais avoir besoin de ton aide.

35

Il y avait beaucoup de monde gare de l'Est. Paul était très excité.

Quand Vladi le prit dans ses bras pour le hisser dans le compartiment, il fut ramené à son voyage à Milan, Dieu comme c'était loin déjà. Solange était venue le chercher à la gare, il revoyait cette nuée de journalistes et de reporters, ce tourbillon de voiles émergeant de la fumée de la locomotive… Il appréhendait de la retrouver.

Malgré le déclassement, l'argent qu'il fallait compter, l'appartement modeste, les voisins grincheux, les cauchemars, devenus rares mais toujours violents, Paul ne pouvait pas dire autre chose que ceci : il était un enfant heureux. Sa mère le protégeait, Vladi le protégeait, il avait deux femmes pour lui seul, qui pouvait en dire autant ?

Solange, elle, était seule depuis bien longtemps. Et il s'en voulait d'avoir douté d'elle, de s'être fâché, d'avoir pensé… Mon Dieu, on partait à Berlin ! Les titres des journaux lui revenaient, c'était délicieusement inquiétant, comme dans un roman d'aventures. Il se retourna, chercha des yeux sa mère, trouva Vladi, souriante, toujours la même, il eut le cœur serré par l'émotion en comprenant combien il l'aimait.

Solange, qui avait été prévenue de sa venue, avait répondu aussitôt, sa réponse était arrivée quelques heures avant le départ. Un télégramme : « Comment, tu viens ! (Il n'y avait pas de fautes d'orthographe parce que le texte avait été rédigé par des télégraphistes qui devaient avoir le brevet élémentaire.) Comme je suis heureuse ! Mais sans ta chère mère, hélas, comme c'est dommage ! J'ai exigé que vous soyez avec moi, dans le même hôtel, ta nurse et toi vous serez bien, le personnel est tout ce qu'il a de plus parfait. (Solange écrivait des télégrammes à quatre francs le mot comme elle aurait rédigé des lettres, sans compter, c'était impressionnant.) À Berlin, il se passe bien des choses que j'ai hâte de te raconter, mais que tu verras par toi-même. C'est un monde ici, je veux dire, un autre monde. Ah, mon petit Pinocchio, peut-être es-tu venu voir mourir ta vieille Solange, parce qu'elle est bien lasse, elle chante maintenant comme une casserole, tu seras bien déçu. Mais moi bien heureuse de te voir, je t'attends, j'ai tant de choses à te dire. Viens vite ! »

C'était un train-couchette. Plus de quinze heures de voyage.

Vladi retrouva avec le même émerveillement les tentures en velours, le tapis des voitures, les lampes à abat-jour. Et un jeune contrôleur. Celui-ci n'était pas polonais d'origine, mais enfin, il était bien joli garçon tout de même. Paul dut faire l'interprète. Comme s'il parlait le polonais !

— Vladi, je te pré… sente Fran… çois. Par… pardon ?

— Kessler.

Vladi gloussa.

— Ich bin Polnisch, dit-elle.

— Ich bin Elsässer ! s'écria François.

— Na dann, ich denke wir können uns etwas näher austauschen…

Madeleine ne se montra pas avant l'heure du repas. Au wagon-restaurant, elle trouva Paul à sa table, s'installa à une autre, voisine, ils se firent des petits signes discrets, c'était très amusant.

Paul la regarda droit dans les yeux et sourit en demandant au garçon :

— Un p… porto, s'il… vous plaît.

Il lut sur les lèvres amusées de sa mère : chameau !

Ça lui monta tout de suite à la tête et lui coupa l'appétit. Vladi ingurgita donc une double ration de potage, de poularde aux petits oignons, de fromage et d'omelette norvégienne, rien ne lui faisait peur. Le jeune contrôleur passait et repassait. La tête de Paul dodelinait, Vladi le porta à bout de bras jusqu'au compartiment, mais il ne fallait pas dormir avant d'arriver à la frontière. Pour le tenir éveillé, elle se mit à parler, Paul écoutait distraitement, il avait hâte de se coucher.

Forbach, enfin.

On descendit le fauteuil sur le quai où il y avait pas mal d'agitation, les voyageurs, la police, les employés du chemin de fer. Le douanier ne voyait pas souvent des enfants comme celui-ci qui semblait très grand avec des jambes très courtes, ce devait être l'effet de la maladie, ou du fauteuil roulant. M. Paul Péricourt et Mlle Władysława Ambroziewicz. Il tamponna les passeports. On revint au train, des douaniers inspectaient les bagages, faisaient ouvrir les valises. Personne ne demanda à Paul de se soulever pour regarder sur quoi il était assis, ils auraient trouvé deux gros dossiers à couverture cartonnée.

Madeleine aussi passa la douane. Mme Léonce Joubert.

Le douanier tiqua un peu, la photo du passeport était loin de la réalité, mais on ne dit pas cela à une dame, surtout quand elle voyage en première et qu'elle a cet air d'assurance, on garde ça pour soi, je vous en prie, madame, faites bon voyage.

Le train repartit. Paul n'eut pas le loisir cette fois d'entendre les rires feutrés de Vladi, ses gloussements langoureux, ses halètements, parce qu'il n'y en eut pas. Le jeune contrôleur resta longtemps dans le couloir avec elle, à parler, à l'écouter. Puis Vladi décréta :

— No, a teraz już pora iść spać. Dobranoc, François…

— Gute Nacht dir auch…

Ce voyage était vraiment exceptionnel.

Solange ne se déplaçait plus guère, aller à la gare aurait été trop difficile. Elle envoya une limousine cueillir Paul et Vladi.

Le chauffeur, qui portait un brassard à croix gammée, hésita sur la question du fauteuil roulant. Il regardait d'un drôle d'air ce garçon un peu poupin qui ne marchait pas sur ses deux jambes comme tout le monde. Vladi déposa Paul sur la banquette arrière, empoigna le fauteuil d'un geste décidé, le plia et le fourra dans le coffre sans un mot.

Par la vitre, Paul aperçut sa mère, en Mme Joubert,

qui prenait place dans la file des taxis, il en eut le cœur serré.

Les journaux français ne parlaient de Berlin et de l'Allemagne qu'à l'occasion des épisodes les plus brutaux de la propagande national-socialiste. Paul, qui s'était attendu à une ville à feu et à sang, quadrillée par des milices, la trouva en réalité bien provinciale. Il y avait du monde dans les rues, mais pas autant de soldats qu'il l'avait pensé, et s'il n'avait pas lu le compte rendu des récents événements, il aurait pu se croire dans n'importe quelle ville du nord de l'Europe. De nombreuses oriflammes à croix gammée étaient apposées sur les bâtiments officiels, la gare, l'université, la poste centrale, mais, s'il n'y avait eu quelques boutiques vides dont les vitrines étaient effondrées et qui portaient encore de grandes lettres dont la peinture avait coulé, il ne se serait pas cru à Berlin.

Solange trônait comme un monument dans le hall du Grand Hôtel Esplanade.

Quand Paul apparut, elle poussa un cri qui fit se retourner personnel et clientèle. Elle le serra dans ses bras énormes et flasques, l'embrassa comme pour le manger. Paul riait, partagé entre la joie de la retrouver et la tristesse de la voir autant changée. Son gros visage, de près, maquillé, poudré, grimé, semblait un masque de carnaval grotesque et pathétique. Il eut peur pour elle. Pouvait-elle encore chanter ? Il se souvint de son télégramme, « ta vieille Solange chante maintenant comme une casserole ».

— Tu vas bien, mon bébé en sucre ? demanda-t-elle. Tu n'es pas inquiet, au moins ?

Paul fut rassuré. Elle sentait tout mieux que tout le monde, ç'avait toujours été le secret de son art.

Ils gagnèrent l'ascenseur. Solange marchait lentement et lourdement, la poignée de la canne dont elle se servait disparaissait dans sa large main. Elle ne cessait de parler d'une voix forte, roucoulante, qui roulait les *r* plus encore que d'habitude, c'était un jour d'accent espagnol, il y en avait d'italien ou d'argentin, avec elle, c'était imprévisible.

— Veux-tu pas plutôt visiter la ville ? Ah, la porte de Brandebourg ! Il faut avoir vu ça, Pinocchio, moi je n'y vais plus, je l'ai vue cent fois !

Mais sitôt la proposition énoncée, elle l'avait oubliée.

Dans la suite de Paul et Vladi, elle se laissa tomber dans le large divan tandis que la jeune Polonaise ouvrait les valises, les malles, pendait les vêtements, envahissait la salle de bains en sifflant faux des airs que personne n'aurait pu reconnaître.

— Elle est toujours la même…, dit Solange.

— La mê… me.

Solange commença l'énumération de « ses misères ». Elle se plaignait de tout, geindre, gémir, c'était son registre, mais Paul devait convenir qu'elle avait cette fois de bonnes raisons.

Ce récital du lendemain donnerait lieu à des tractations jusqu'à la dernière minute parce qu'il y aurait le chancelier, la moitié de la salle serait occupée par le gratin du national-socialisme, sans compter les photographes, c'est-à-dire la propagande. Il y avait de l'inquiétude dans l'air, on l'assaillait de demandes, de questions, il fallait que tout se passe absolument comme prévu… Peut-être Solange prenait-elle conscience, maintenant qu'elle était à Berlin, que ce qui l'avait amusée pendant des mois prenait une dimension grave, politique, parce que les gens d'ici n'étaient pas des humoristes. Avait-elle peur ? C'est ce que Paul sentit.

— Strauss m'empoisonne la vie, sais-tu… Il est entre le marteau et l'enclume, je peux le comprendre. Mais je l'ai prévenu, sur les pièces que je chanterai, je ne changerai pas d'avis.

Elle baissait parfois la voix comme si la suite était truffée de micros.

— Je suis plus embêtée pour le décor…

Lorsqu'il avait découvert le projet, Paul avait ri. Elle lui tendit une reproduction, ce n'était plus le même.

— C'est… qu… quoi ?

— Une couverture, mon canard.

C'était difficile à comprendre, Solange le voyait bien.

— C'est que… On n'arrive jamais à garder tout à fait le secret sur les décors, il y a toujours un petit malin de photographe qui ouvre une porte en échange d'un billet de cinquante dollars.

La photographie que Paul avait en main ressemblait à un champ de blé avec du ciel, des traînées de couleur pas laides en soi, mais qui n'avait rien à voir avec le décor dont Solange lui avait envoyé le projet.

— Dans le plus grand secret, petit lapin rose. Si on l'avait fait venir tel qu'il est, il y aurait eu une indiscrétion, et en deux temps trois mouvements, surtout ici où ça ne se passe pas au mieux vu que je veux chanter des choses qu'ils n'ont pas envie d'entendre, il aurait été détruit et remplacé par des bouquets de fleurs aux couleurs du national-socialisme.

Le stratagème était astucieux.

Sur sa toile, l'artiste en avait collé une autre, représentant une gerbe de blé mûr. Il suffisait de décoller cette toile quelques minutes avant l'ouverture du rideau pour découvrir, en dessous, le véritable motif.

— Mais c'est là que je suis embêtée, mon petit nougat d'amour, déjà que je ne tiens pas sur mes jambes, tu me vois aller décoller la toile à presque trois mètres du sol ?

C'étaient quatre grandes surfaces, il fallait de l'énergie, du muscle, et comme il fallait aussi une échelle, ne pas souffrir du vertige.

— Bref, mon petit cœur byzantin (on se demandait parfois où elle allait chercher ses images), j'ai l'impression que je vais devoir chanter devant des taches de jaune, ça va être d'un triste ! Et il s'est démené, ce jeune Espagnol, pour faire ce décor, qu'est-ce que je vais lui écrire, moi ?

Le projet original avait fait rire Paul, mais c'était un rire de Paris. Ici, à Berlin… Il suffisait de revoir le visage fermé du chauffeur qui était venu le cueillir à la gare… Une idée lui traversa l'esprit :

— Pour mon… monter à l'é… échelle, que di… riez-vous de… Vla… di ?

Solange tourna la tête. La Polonaise avait grimpé sur une chaise. Au lieu d'appeler le personnel de l'hôtel, elle raccrochait elle-même, à bout de bras, un anneau du rideau de la grande fenêtre qui s'était détaché.

Le Reichsluftfahrtministerium occupait trois étages d'un immeuble massif situé non loin de la Wilhelm Strasse. Le fronton était recouvert du drapeau national-socialiste et deux plantons, raides comme des tuteurs, regardaient le monde avec des yeux fixes de poulets de basse-cour. Madeleine dut rassembler toute l'énergie dont elle disposait pour entrer d'une démarche qu'elle espérait calme et déterminée.

Les difficultés commencèrent dès l'accueil. Le fonctionnaire ne parlait pas le français, il devait trouver quelqu'un.

— Ihr Pass bitte !

Il désigna les bancs de la salle d'attente où elle prit place, posant, sur ses genoux, le dossier qu'elle avait porté jusqu'ici à l'abri de son manteau. Une horloge murale indiquait dix heures.

Le ministère de l'Air, de création récente, était le fief de M. Goering, un aviateur auréolé de gloire pour ses victoires pendant la Grande Guerre et proche du chancelier Hitler. Madeleine avait appris dans les journaux que ce ministère était chargé de superviser, décider et contrôler la conception et la production des avions civils et militaires, elle n'avait pas trouvé meilleure adresse.

— C'est… quelle raison ?

Celui-ci, un jeune homme d'une vingtaine d'années, parlait un français approximatif.

— J'aimerais voir M. le maréchal Erhard Milch.

Pour être comprise, Madeleine articulait exagérément. Le soldat la fixa intensément. Il tenait son passeport, regardait le nom, la photo, mais ne savait pas ce qu'on pouvait dire à une Française ne parlant pas allemand et qui, sans rendez-vous, demandait à rencontrer le secrétaire d'État.

— C'est… quelle raison ?

— J'aimerais voir M. le maréchal Erhard Milch.

La conversation tournait en boucle. Le jeune homme la laissa et entra en palabres avec son collègue de l'accueil.

— Assis-vous…, dit-il enfin.

Il emprunta le grand escalier, Madeleine reprit son attente.

L'horloge indiquait presque midi lorsqu'un officier d'une cinquantaine d'années, en uniforme nazi, se présenta devant elle. Il tenait son passeport.

— Pardonnez cette attente, madame Joubert, mais sans rendez-vous…

Il claqua très légèrement les talons.

— Major Günter Dietrich. Que puis-je pour vous ?

Madeleine imaginait mal entamer, là dans le hall, une conversation… personnelle.

— C'est personnel, monsieur Dietrich…

— Mais encore ?

Le major avait parfaitement conscience de l'inconfort de la situation. Et comme Madeleine se contentait de le fixer calmement, il ajouta :

— Personnel… Vous voulez dire « très personnel » ? Cela concerne-t-il votre mari, madame Joubert ?

On y était. Madeleine venait de perdre la main. Ils savaient qui elle était, qui était Gustave, ils savaient peut-être plus de choses qu'elle-même sur le sujet dont elle prétendait les entretenir. Paradoxalement, cette situation de faiblesse la rassura parce qu'il n'y avait plus rien d'autre à faire. Et plus elle se lancerait fermement, plus elle aurait de chances de s'en sortir.

— C'est mon mari qui m'envoie auprès de vous.

Dietrich se retourna, donna un ordre au jeune homme qui était resté derrière lui. Puis, à Madeleine :

— Si vous voulez bien me suivre…

Il indiquait l'escalier. Ils montèrent côte à côte.

— Quel temps faisait-il hier à Paris, madame Joubert ?

Ils savaient quand elle était arrivée, sans doute où elle était descendue… Y avait-il quelque chose d'elle qu'ils ne connaissaient pas déjà ?

— Très agréable, major.

Un large couloir, puis un autre. L'étage bruissait de voix, des trépidations de machines à écrire, du claquement de pas nerveux sur le dallage de pierre. Le vaste bureau comprenait un coin salon, il désigna le canapé.

— Je ne ferai pas l'injure à une Française de lui proposer le thé ou le café du ministère… Mais un verre d'eau, peut-être ?

Madeleine refusa d'un geste. Dietrich s'installa sur une chaise face à elle, il la dominait de deux têtes. Il prit un air faussement contrit.

— Alors, madame Joubert, c'est la faillite ?

— On peut le dire comme ça, major. Mon mari a résisté le temps qu'il pouvait, mais…

— Quel dommage. C'était un beau projet !

Madeleine croisa ostensiblement les mains sur le dossier posé sur ses genoux.

— Oui. Et déjà très avancé…

— Quoique les derniers essais n'aient pas été très concluants…

Le ton était faussement badin.

— Mon mari dit souvent que les essais servent… à essayer. Les échecs ont permis une avancée spectaculaire dans la modélisation du turboréacteur. Il aurait fallu que les commanditaires fassent preuve d'encore un peu de patience et même, osons le mot, d'un peu de courage.

— Et votre mari répugne à voir le fruit de son travail jeté à la poubelle… Et il souhaite que sa recherche soit poursuivie…

— Dans l'intérêt de la communauté scientifique !

Dietrich fit un signe de tête, il comprenait la noblesse des intentions. Il désigna le dossier posé sur les genoux de Madeleine…

— C'est…

— Oui, c'est.

— Bien, bien, bien. Et votre mari reste, dans cette opération, parfaitement désintéressé…

— Absolument, major ! répondit Madeleine d'un ton offusqué. Le travail intellectuel, en France, n'est pas une vulgaire marchandise. Chez nous, la création n'est pas à vendre !

— Dans quelles conditions, en ce cas, votre mari envisage-t-il de faire profiter… la communauté scientifique des résultats de sa recherche ?

— Mais… gracieusement, major, gracieusement ! Hormis quelques frais secondaires, bien sûr.

— De l'ordre de…

— Mon mari les estime à six cent mille francs suisses. Je lui ai dit : « Gustave, ce n'est pas raisonnable. Tu as eu beaucoup de frais, c'est indéniable, mais on va finir par croire que tu es intéressé. » Et l'argument a porté, major ! Il a refait ses comptes, j'avais raison : cinq cent mille francs suisses seulement.

— Ce sont des frais élevés…

— Oui, major, c'est terrible ce que coûte la recherche aujourd'hui.

— Je veux dire, madame, que c'est trop élevé.

Madeleine approuva, je comprends. Elle se leva.

— Franchement, major, j'ai préféré venir à Berlin que traverser l'Atlantique comme mon mari me le demandait parce que moi, le bateau… Merci de m'avoir reçue, c'était très aimable à vous.

Elle fit trois pas vers la porte.

— Tout dépend… de l'intérêt des documents.

Madeleine se retourna vers Dietrich.

— Dites-moi, major… Vous-même, je veux dire la glorieuse aviation du Reich, où en êtes-vous question turboréacteurs ?

— Bah… Nous tâtonnons un peu, c'est vrai.

Madeleine tapota son dossier.

— Voilà de quoi passer du tâtonnement à la recherche de pointe. Le Grand Reich ne va tout de même pas donner au monde le spectacle d'une aviation qui tâtonne, major !

— J'entends bien… Mais c'est une décision, comprenez-vous, délicate. Et importante. Vu les frais…

Madeleine lui tendit son dossier.

— Ce sont quelques extraits. Des dessins, des plans, les résultats de quelques tests, et quatre pages du dernier rapport avec les préconisations. Pour être franche, si vous pouviez m'éviter le bateau jusqu'à New York…

Elle fit mine de s'éventer avec la main comme si elle était guettée par le mal de mer.

— Il faut expertiser tout cela…

— Donnons-nous jusqu'à lundi ?

Madeleine se tut. Dietrich sourit.

— Même heure, donc ? Ah, une chose encore. Inutile de venir chercher ces documents à mon hôtel ou d'imaginer pouvoir m'inquiéter… Tout cela est en lieu sûr et…

Le reste, l'essentiel, était, en effet, au Grand Hôtel Esplanade, dans la chambre de Paul et Vladi.

— Madame Joubert, ce ne sont pas les méthodes du IIIe Reich ! Nous sommes très civilisés.

— Alors, en ce cas, lundi, je prendrai volontiers le risque d'accepter le thé du ministère…

36

Le message venait de Madeleine Péricourt, André le prit en note rapidement sur un coin de feuille et le considéra longuement :

« Cher André – stop – appris par amie – stop – Léonce Joubert serait en Allemagne – stop – curieux, non ? – stop – Affection, Madeleine. »

Il pensa d'abord à un canular. De la part de Madeleine, c'était peu probable, mais l'information était si surprenante… Et si c'était vrai, comment le savait-elle ? Et qui était cette amie, Madeleine n'en avait plus…

André s'arrêta net. Il comprit ce qui se jouait. C'était énorme.

Il pensa à son journal, au *Licteur*, dont le lancement était prévu dans un mois… Impossible d'attendre. L'information était périssable. Il fallait battre le fer.

Il fouilla rapidement dans ses papiers, demanda le numéro de Léonce Joubert. Somme toute, elle était la première visée. Soit elle était là et l'information était fausse, soit elle… En attendant la communication, il imaginait les conséquences. Était-il le seul à savoir ? Certainement. Il se félicitait d'avoir maintenu avec

Madeleine une relation, même distante. La téléphoniste rappela. Ça ne répondait pas.

André descendit quatre à quatre, attrapa un taxi, arriva au domicile de Madeleine.

— Ils sont partis avant-hier, dit la concierge.

Elle était désolée de ne pouvoir rendre service à ce jeune homme qui était bien fait de sa personne. Elle était veuve.

— Ils sont aux thermes, ajouta-t-elle. En Normandie, mais vous dire où…

Elle vit qu'André était surpris.

— C'est pour le petit, il paraît que les eaux vont lui faire beaucoup de bien, c'est le médecin qui l'a dit.

— Quand rentrent-ils ?

— Ça… Madame a parlé d'une quinzaine de jours…

André resta un instant sur le trottoir, hésitant. Ça lui déplaisait au plus haut point, mais il ne voyait pas comment faire autrement : vingt minutes plus tard, il était au journal.

Jules Guilloteaux triturait le texte entre ses gros doigts.

— Serait-elle à Berlin… sur ordre de son mari ?

— Peu importe qu'il y ait un seul coupable ou deux. Si c'est vrai, c'est une traîtrise… Pour la France, c'est…

— Pour la France, on s'en fout, dit Guilloteaux, mais pour le journal, c'est excellent !

— Il faudrait appeler…

— Bah bah bah bah ! On n'appelle personne, mon jeune ami, vous voulez que ça fuite ou quoi ?

Dans le taxi, chacun travailla pour soi. André écrivait sa chronique, brûlait de hurler à Guilloteaux que dans peu de temps, ce genre de scoop lui échapperait. Guilloteaux, comme d'habitude, faisait ses comptes.

— Vous êtes sûr ? demanda Vitrelle.

C'était un homme très mince, famille de grands commis de l'État, polytechniciens depuis la Renaissance, il avait l'oreille du ministre de l'Intérieur.

— Mon cher, dit Guilloteaux, si nous étions sûrs de notre coup, nous ne serions pas dans votre bureau et la nouvelle serait déjà publiée en une du *Soir* !

— Comme vous y allez ! Non, non, je vais appeler un collègue.

À partir de là, l'information circula comme une cascade de printemps discrète et prometteuse, elle chuta de la direction du ministère jusqu'aux caves du contre-espionnage.

— Ne publiez rien, Guilloteaux. En échange de quoi, vous serez le premier informé.

— Ça ne me convient pas trop…

Vitrelle répondit par une question silencieuse comme il avait appris à le faire dans l'administration.

— Je ne veux pas être le premier, je veux être le seul. Sinon, je publie maintenant !

— Soit. Vous serez le premier et le seul ! Ça vous va ?

Il riait fort, trop fort.

Rentré chez lui, André se remit à son article, mais il avait la tête ailleurs.

Il tenait peut-être un magnifique scandale. Mieux, une revanche. Joubert l'avait méprisé et, maintenant, il était impatient de le clouer au pilori.

Il avait été décidé que Paul assisterait au récital depuis la coulisse. Outre qu'un enfant handicapé dans un fauteuil roulant ne correspondait pas exactement à l'image que les autorités du Reich se faisaient de l'humanité telle qu'elles la rêvaient et qu'on n'avait pas besoin d'un intermède de plus dans une soirée qui s'annonçait déjà assez compliquée, Paul voulait être avec son amie et avec Vladi qui avait accepté avec enthousiasme de se charger d'une mission dont elle ne mesurait pas réellement la portée.

Une vingtaine de minutes avant le début du spectacle, Solange s'installait sur la scène, montait laborieusement sur ses praticables et n'en bougeait plus, les habilleuses, les maquilleuses s'affairaient, elle demeurait de marbre face au rideau fermé, dans un état second dont elle ne sortirait qu'à la fin, comme si Dieu Lui-même avait claqué des doigts pour la faire redescendre sur terre. Richard Strauss qui demanda à venir la saluer ne fut pas autorisé à aller jusqu'à la scène.

À l'heure dite la salle était remplie, à l'exception des loges des dignitaires qui se faisaient attendre. Paul, dont le fauteuil avait été poussé entre les pendrillons, fixait Vladi qui, comme si elle avait été elle-même la vedette de la soirée, s'apprêtait à entrer en scène.

Brouhaha dans la salle, Paul risqua un œil. Le chancelier arrivait, suivi de sa cour, des hommes en uniforme, quelques femmes élégantes, Paul leva la main, Vladi s'avança résolument en portant à bout de bras une échelle quatre fois plus grande qu'elle, qu'elle planta devant les grands cadres de toile peinte qui constituaient le décor.

Cris retenus, hurlements de gorge…

Comprenant que quelque chose était en passe d'échapper à leur contrôle, les trois régisseurs se précipitèrent sur la scène, mais Vladi avait déjà écarté les pieds de son échelle et monté les sept ou huit premiers barreaux… Les trois hommes levèrent la tête vers elle, s'arrêtèrent net. Vladi, en haut, venait de saisir, du bout des doigts, un morceau de la toile qu'elle tirait à elle, qui se détachait, tombait lentement au sol et s'enroulait sur le plancher comme une gigantesque pelure de fruit, laissant apparaître ce qui constituait le véritable décor. Les régisseurs, hypnotisés, la regardaient faire, sans un geste. Qu'avait-elle, ou que n'avait-elle pas sous sa jupe, pour pétrifier à ce point les trois hommes ? C'est la question que se posait Paul et le moment que choisit Vladi pour se tourner légèrement vers lui et lui adresser un clin d'œil coquin qui le fit pouffer de rire.

En quelques secondes, elle avait décollé la moitié du décor. Elle descendit les barreaux un à un, lentement, déplaça son échelle et remonta pour décoller la seconde partie. Curieusement, aucun des trois hommes n'esquissa le moindre geste pour l'en empêcher. Ils reprirent leur position de factotums au pied de l'échelle, le regard au ciel, comme rivé à la porte du paradis.

La seconde partie du décor chuta au sol, Vladi redescendit, ramassa les lambeaux de toile déchirée.

La sonnerie du début du spectacle qui retentit alors fit aux trois hommes l'effet d'une électrocution, l'un d'eux s'empara de l'échelle, ils disparurent dans la coulisse, aucun d'eux n'avait eu le moindre regard pour le motif qui venait d'être mis au jour et qui s'illumina brusquement lorsque le rideau s'ouvrit dans un tonnerre d'applaudissements.

La salle était plongée dans le noir, la scène violemment éclairée, au centre de laquelle, dans un déluge de tulle, de tissus et de rubans, trônait Solange Gallinato, massive et impériale.

Le public n'eut pas le temps de réagir que s'élevait déjà cette première note, chantée *a capella*, que tous voulaient entendre, une note de légende qui annonçait trois mots simples qui avaient fait le tour du monde :

Mon cher amour…

L'immense salle de l'Opéra de Berlin était saisie par la magie de la diva dont la voix, puissante, modulée, comme déchirée, venait parler au cœur de chacun, mais aussi par la difficulté d'interpréter le motif du décor qui n'avait rien à voir avec celui, agricole et triomphant, sans imagination ni relief, d'un jaune banal et rassurant, que l'on avait annoncé et, croyait-on, vérifié.

Nous revoici, dans les ruines du palais
Où pour la première fois nous nous vîmes…

C'était une ruine en effet qui était peinte, un immense violoncelle hors d'usage, poussiéreux, décati, qu'on aurait dit échappé d'un grenier, auquel deux cordes manquaient. L'instrument, à bien regarder, tenait aussi de la guitare parce qu'il possédait une rosace entièrement occupée par une huître ouverte.

Ces ruines où nous sommes
Sont donc tout ce qui reste
De nous ?

Ainsi le jeune peintre, un Espagnol de vingt-neuf ans, avait symbolisé une Solange qu'il avait en quelque sorte dupliquée puisque, face à ce violoncelle qui la représentait, à l'autre extrémité de la toile, une immense dinde faisait face au public en faisant la roue, comme un paon. C'était un gallinacé tout à fait quelconque, très dinde en somme, l'œil vitreux, le bec ouvert, mais qui possédait quelque chose d'inconnu des autres membres de la basse-cour (on en apercevait quelques-uns, minuscules, en fond de décor), cette roue immense, chamarrée, lumineuse, voluptueuse.

Mais voyez dans quel chaos
Vous avez plongé ma vie…

Le chaos couva pendant cette ouverture que Solange n'avait peut-être jamais mieux chantée, qu'elle n'avait jamais habitée avec autant de foi. Il plana sur les premiers applaudissements qui furent hésitants, clairsemés, inquiets. Tout le monde avait le regard rivé sur la loge du chancelier.

Conformément au programme, l'orchestre fit entendre les premières mesures de *Mein Herz schwimmt im Blut*, mais la voix de Solange s'imposa. Le chef, déboussolé, se tourna vers elle, vit sa main droite dirigée vers la fosse, paume en avant, Solange qui disait, d'un ton autoritaire : « Bitte ! Bitte ! »

Les musiciens, en désordre, abandonnèrent leur partition. Pendant quelques secondes, on put croire que les instruments cherchaient à s'accorder. Le silence vint. La salle était muette. Solange ferma les yeux et se mit à chanter, *a capella* de nouveau, *Meine Freiheit, meine Seele (Ma liberté, mon âme)* de Lorenz Freudiger, pièce qui devait être noyée dans le programme, mais dont elle faisait la véritable ouverture de son récital.

Solange chantait *Ich wurde mit dir geboren (Je suis née avec toi)* les yeux fermés.

Une minute s'écoula puis le chancelier se leva, tout le monde se leva, Solange chantait toujours *Ich will mit dir sterben (Je mourrai avec toi).*

Paul pleurait d'émotion dans la coulisse, les officiels quittèrent les loges, aussitôt tout le monde fit mouvement.

Solange chantait encore *Morgen werden wir zusammen sterben (Demain, nous mourrons ensemble).*

La salle se vida, les musiciens se levèrent, fracas d'instruments, la voix de Solange fut couverte par les cris, les huées…

Il ne resta qu'une trentaine de personnes éparses dans la salle. Qui étaient-elles, on ne le sut jamais. Elles étaient debout et applaudissaient. Alors le théâtre plongea dans le noir absolu et retentit un rire immense, celui de Solange Gallinato, un rire qui était encore de la musique.

Dans le train du retour, Paul répugnait à dormir de peur que tout cela s'efface comme un rêve, il voulait tout garder.

La salle de l'Opéra de Berlin s'était éteinte, provoquant les protestations unanimes des quelques spectateurs présents. Le rire de Solange avait retenti, terrible et désespéré. Une minute ou deux s'étaient écoulées. Paul, de la coulisse, entendait les gens, là-bas, qui cherchaient à tâtons la porte de sortie, puis une lumière surgit, juste au-dessus de Solange qui leva la tête, c'était un projecteur, vertical et plongeant, qui éclaira soudainement le délire de tulle et de cheveux de Solange Gallinato.

Paul saisit les roues de son fauteuil. Vladi apparut, c'est elle qui avait trouvé un régisseur, un interrupteur.

Ils furent bientôt tous les trois seuls sur cette immense scène, à la fin de ce récital qui n'avait pas duré vingt minutes, mais qui les avait remplis comme une vie entière.

Vladi vint s'agenouiller devant Solange, Paul s'avança à son tour. Ils s'étreignirent et restèrent ainsi un long moment.

— Allons, Pinocchio, remuons-nous !

Mais au lieu de tenter de se lever, Solange saisit le visage de Vladi entre ses mains.

— Tu es une belle âme, toi…

Elle se pencha et chanta doucement, presque silencieusement, les premières notes de *Manon* « Ah, quel beau diamant… », puis elle l'embrassa. Et soupira.

— Voilà enfin le clou du spectacle : Solange Gallinato va se mettre debout…

Ce qu'elle fit.

Voici nos trois personnages sur la scène vide de l'Opéra de Berlin. À droite, Władysława Ambroziewicz, dite Vladi. Elle a vécu bien des choses, mais rien n'est jamais venu à bout de sa foi dans l'existence, de son désir de vivre et de jouir. Elle a balayé les opinions que l'on pouvait avoir d'elle, elle a aimé les hommes, le sexe, les étreintes soudaines, les orgasmes ravageurs, elle a presque trente ans, une constitution solide, une bouche avide, un cœur d'hirondelle et quelque chose, ce soir-là, vient de s'achever pour elle et elle ne le sait pas encore.

À gauche, dans son fauteuil, Paul Péricourt. Il s'est passé bien des choses dans sa vie, à lui aussi, depuis que nous l'avons vu se jeter de la fenêtre d'un second étage sur le catafalque de son grand-père. Nous l'avons connu mutique, catatonique, près de mourir, puis hurlant une certaine nuit de décembre 1929 au souvenir des scènes parmi les plus sordides qui puissent survenir dans une enfance, nous l'avons vu se recouvrant de musique comme d'un manteau, amoureux de cette étoile dont la voix avait transpercé sa vie.

Et entre eux, qui s'avance lourdement, une canne dans chaque main, Solange Gallinato sort de scène après le récital le plus mémorable de sa carrière.

Trois âmes prêtes à éclater.

Cette soirée va changer leur vie.

De la coulisse, une ombre apparaît, c'est le chef de l'orchestre qui n'a pas joué quatre mesures de tout le récital. Que fait-il encore ici, celui-là ?

— Merci, dit-il, ému aux larmes.

— Allons, répond Solange, merci de quoi ?

Mais elle sait.

Là-bas, dans son dos, sur la scène, trois hommes prient le ciel de n'être pas inquiétés le lendemain. Ils déchirent le décor du peintre espagnol et fourrent dans de grands sacs les morceaux de cette œuvre que plus personne ne verra jamais.

— On peut allumer un peu ? demande Solange.

Habituellement, sa loge est remplie de monde, les admirateurs, les officiels, les critiques, elle pavoise, faussement modeste. Ce soir, rien ni personne. Mais Solange est heureuse, c'est le plus beau soir de sa vie. Elle a souvent été contente d'elle pour des raisons secondaires, ce soir elle est fière, c'est autre chose.

— Tu as vu ça, Pinocchio ?

Elle se démaquille, Vladi lui tend les cotons, les lotions.

Ce sont les images que Paul revoit tandis que le train roule vers Paris. Il aurait tant aimé que sa mère assiste à cela…

— Allons, dit-il à Vladi, tu dois avoir faim.

— Oczywiście !

Le train poursuit sa route vers Paris.

Paul dort enfin. Il ronfle un peu, Vladi adore ça, ce ronflement. Pour elle, c'est le signe d'un sommeil qui ne se soucie de rien, ce n'est pas comme le jeune contrôleur, François, François comment déjà, peu importe… Kessler ! c'est ça.

Dans le couloir, ils parlent allemand. Il explique qu'il remplace un collègue, il sourit. Ce qu'il ne dit pas, c'est qu'il a proposé ce remplacement pour revoir Vladi parce qu'il n'avait pas son adresse, même son nom, il ne le connaissait pas, il avait juste retenu la date de son retour à Paris.

Solange Gallinato roule vers Amsterdam. Via Hanovre, on ne lui a pas laissé le choix. Dans la soirée des soldats allemands ont envahi sa chambre, des filles en uniforme ont fait ses valises, fallait voir comme. Mais on ne l'a pas bousculée, on devait avoir des ordres, l'important était qu'elle quitte Berlin à la minute même, alors Amsterdam, c'est le premier départ, d'accord, Solange se dit qu'elle rejoindra Milan en fin de semaine, elle n'habite nulle part et surtout pas ici. Elle est un peu désolée pour ce peintre espagnol, mais il va en rire, elle l'a vu une fois, joli garçon, rieur, iconoclaste.

Quant à Strauss, il n'est pas venu la saluer, n'a pas même envoyé un mot, il est très fâché, on peut comprendre.

Solange pense à Pinocchio. Et à cette Polonaise qui est montée à l'échelle, une nature, cette fille.

Solange est fatiguée.

Comme elle n'a pas préparé elle-même son départ, elle n'a rien à lire, elle s'endort. Voyez la scène. Un wagon de première classe, train de nuit, un compartiment entier réservé pour cette femme légendaire, si grosse qu'elle est incapable de se lever parce qu'elle n'a personne auprès d'elle pour l'aider. Habituellement, elle est entourée de gens, on la courtise, on lui fait la conversation, cette nuit elle est seule, chassée d'une ville, Berlin, où elle a autrefois connu des succès, des triomphes, Richard Strauss lui-même n'a jamais aimé qu'elle, c'est ce qu'il disait dans ses lettres. Un employé de la compagnie des chemins de fer a frappé discrètement, oui ? Il a ouvert la porte, contrôle des billets, il a été impressionné, excusez-moi, il a refermé, Solange fait peur, ce n'est qu'une masse de rides jetée sur la banquette, qui souffle comme une baleine.

En réalité, c'est une petite fille.

Elle a sept ans, l'âge de Paul quand il a sauté de sa fenêtre. Son père est enfin rentré, il sent le vin, des chaises tombent dans la cuisine, elle se lève, elle a l'habitude, la mère est couchée sur la table, le père est sur elle, ce qui ne l'empêche pas de la frapper, la petite fille se précipite, tire son père, mais il est fort, noueux comme un sarment de vigne, il travaille dehors, des muscles en fer, elle lève à bout de bras au-dessus de sa tête la seule chose qu'elle ait trouvée, une poêle à frire lourde comme une enclume qu'elle lui abat sur l'arrière du crâne, un coup à tuer un bœuf. Il roule sur le côté, il y a du sang partout, la mère va dormir avec les enfants, on le laisse saigner, qu'il crève, et c'est tout le temps comme ça, tout le temps, c'est un animal en cage, ce père. Chaque jour amène son lot de violence, de peur, les enfants ont des bleus partout, à l'école personne ne dit rien, c'est la campagne, si on comptait tous ceux qui ont des bleus...

Quelle heure est-il, où sommes-nous ? Elle peine à se souvenir, mais elle ressent des douleurs qui viennent de loin, douleurs d'origine, des images apportées par le bruit du train qui roule dans ses entrailles. Amsterdam, elle y est avec Maurice Grandet, beau comme un dieu, féminin presque, c'est là qu'il compose *Gloria Mundi*, une semaine entière qu'il pleut sur la ville. Ils logent dans un hôtel dont les fenêtres donnent sur un canal, ce pourrait être une semaine au lit à faire l'amour, mais Maurice écrit, Solange se penche sur lui, respire son odeur, murmure, la bouche fermée, les notes alignées sur la partition qui se couvre d'heure en heure, beaucoup de pages déchirées, Solange patiente, Maurice se couche enfin, il s'écroule sur elle, épuisé, elle l'aspire en elle, ils dorment, mais quand elle se réveille, il est déjà au travail sur cette table minuscule, face à la fenêtre, au canal. Quand il a terminé, ils passent un après-midi entier dans le salon de l'hôtel, Maurice installé devant le vieux piano droit, Solange, partition en main, chante, les clients finissent par réclamer le silence, mais ensuite tout le monde rit, on demande des autographes. Un jour, à Melbourne, un homme est venu et lui a montré le menu du restaurant de l'hôtel qu'elle lui avait signé alors, il y avait aussi la signature de Maurice, Solange a fondu en larmes.

L'autre fenêtre a vue sur la mer, c'est sur la Côte

d'Azur, Maurice est si beau, toujours si beau, elle lui a acheté une Rolls, une folie, les gendarmes arrivent, sonnent, elle est encore en déshabillé, ils se détournent pour lui laisser le temps de passer un peignoir et disent simplement que Maurice est mort.

Son talent, elle le doit entièrement à la peine, au chagrin, parce que c'est son signe de naissance, elle est une enfant de la douleur, du début à la fin, voici la fin.

Il est deux heures du matin, le train ânonne sa mélopée tranquille qui fait dormir et rêver, Solange dort et rêve, on va entrer en gare d'Amsterdam, le jeune contrôleur frappe du plat de sa poinçonneuse contre la vitre des compartiments, nous sommes en première, il a des égards pour les voyageurs. Madame ? Nous arrivons dans quelques minutes.

Solange est encore à Berlin, « Bitte, bitte ! » crie-t-elle, elle ne s'en savait pas capable, de cette violence, de ce courage. Elle est heureuse d'avoir organisé ce concert face à ces gens qu'elle déteste de toutes ses fibres. C'était vain, sans doute, mais elle l'a fait.

Elle chante. Puis elle chantonne, elle murmure :

Morgen werden wir…

Le train entre en gare d'Amsterdam.

… zusammen sterben.

Solange Gallinato, née Bernadette Traviers à Dole (Jura), vient de mourir.

37

— Vous ne m'aviez pas proposé du thé, monsieur Dietrich ?

Madeleine jouait le détachement, mais elle n'avait pas dormi depuis deux jours.

Elle avait dîné dans un restaurant de la Leipziger Strasse, exactement à l'heure où Solange devait être en concert. Que se passait-il là-bas ? Qu'est-ce que cette folle de Solange avait encore pu inventer pour se rendre intéressante ? Elle avait ensuite marché dans les rues de Berlin pour se calmer, elle regardait sa montre, vingt-deux heures, vingt-deux heures trente, allez, voilà le moment de rentrer.

Il aurait été imprudent que Paul lui laisse un mot à l'hôtel, ou l'appelle. Elle était condamnée à rester sans nouvelles, ça la tuait.

Elle se tourna et se retourna dans son lit. Au matin, elle était épuisée. Et encore une longue journée à attendre. Paul et Vladi devaient être dans le train pour Paris, c'était dimanche.

— Oui, parfaitement dormi, monsieur Dietrich, je vous remercie. L'hôtellerie allemande est au-dessus de tout éloge.

— Avez-vous profité de ce dimanche pour visiter la ville ?

— Tout à fait. Quel pays merveilleux.

Elle n'était pas sortie de l'hôtel. Dans le hall, sur le trottoir, des hommes s'étaient succédé, elle n'aurait pas fait un pas qui ne soit rapporté à Günter Dietrich, autant rester dans la chambre, elle avait fait monter ses repas, vécu des moments de frayeur, d'autres de colère. Imaginairement, elle avait voyagé avec Paul.

— Mes supérieurs estiment que le montant des frais est excessif, madame Joubert, je suis au regret.

Dietrich avait servi le thé, achevé une anecdote sur la bibliothèque Sainte-Geneviève, et brusquement, il était entré dans le vif du sujet :

— Nos ingénieurs n'ont pas trouvé un intérêt suffisant aux documents que vous avez apportés.

Madeleine respira, soulagée. Ils n'étaient pas allés fouiller plus loin dans l'identité de Léonce Joubert. Peut-être leurs représentants en France avaient-ils attesté que Léonce était en effet introuvable à Paris, comme elle lui en avait donné l'ordre. Quant au reste, chacun jouait sa partition ; à ce stade de la négociation, Dietrich acceptant ses conditions eût été un très mauvais signe. Son refus de principe confirmait la valeur de ce qu'elle avait à vendre.

— Je suis très déçue, monsieur Dietrich. Mais je comprends. Et puisque nous en sommes là, je peux bien vous faire une confidence : mon mari a toujours pensé qu'il fallait s'adresser aux Italiens.

— Ils n'ont pas d'argent !

— C'est ce que je me tue à lui dire ! Mais mon mari est ainsi, quand il a une idée… « Personne n'a d'argent en Europe, me dit-il, mais en réalité, on racle les fonds de tiroirs et on trouve toujours le moyen de payer ce qu'on a envie d'acheter. » Selon lui, M. Mussolini n'a pas vocation à être le faire-valoir de M. Hitler ! Si le mois dernier le maréchal Balbo a conduit son escadrille d'hydravions de Rome à Chicago, ça n'était pas pour épater la galerie ! C'est parce que le régime fasciste a des ambitions dans l'aviation militaire… ! Moi, monsieur Dietrich, je ne vous le cache pas, tout cela me passe un peu au-dessus de la tête. Ce sont des histoires d'hommes.

Madeleine se leva.

Dietrich était embarrassé et cela se voyait.

— Juste une question, si vous permettez. Pour le cas où mes supérieurs changeraient d'avis – il baissa la voix, ton de la confidence –, vous savez comment sont les chefs, ils disent quelque chose, le lendemain, c'est le contraire…, comment souhaiteriez-vous que « les frais » soient réglés à votre mari ?

Madeleine reprit sa place.

— Nous sommes très partagés sur cette question, monsieur Dietrich. Il aimerait un virement, moi je préférerais des espèces, c'est plus… fluide, comprenez-vous. Si vous êtes pour la paix des ménages, le mieux est de donner satisfaction à chacun. Moitié, moitié.

Elle fouilla dans son sac, en sortit un papier.

— Voici les coordonnées bancaires. Au cas où, évidemment.

Dietrich s'en saisit. Il fut pris d'un doute.

— Ce compte n'est pas… au nom de votre mari. Est-ce bien normal ?

— C'est-à-dire… Oui, c'est vrai. C'est un compte… comment dire… dormant. Gustave aime la discrétion.

Il pourrait y avoir des gens malintentionnés, il y en a partout.

Dietrich ne semblait pas totalement convaincu par l'argument.

— L'idéal, poursuivit Madeleine, pour le cas où vos chefs changeraient d'avis, serait que la provenance des fonds soit… discrète, si je puis dire. Que cela provienne par exemple d'une entreprise étrangère, que cela apparaisse comme le règlement d'une commande…

— Je vois… Donc la moitié sur ce compte (il tenait le bordereau du bout des doigts) et l'autre moitié à vous, c'est cela ?

— C'est cela.

Elle se leva.

— Je quitte Berlin ce soir. Pensez-vous que vos chefs peuvent changer d'avis…rapidement ?

— C'est tout à fait possible, madame Joubert. Sauf pour les espèces. Là, c'est beaucoup plus compliqué. Dans un délai aussi court…

Madeleine sourit et prit un air mutin, comme si elle le taquinait.

— Vous ne me direz pas qu'un corps organisé comme le glorieux IIIe Reich ne dispose pas d'une petite cagnotte quelque part… !

En milieu d'après-midi, Madeleine était sur des charbons ardents, l'heure avançait, elle avait préparé sa valise, guettait à la fenêtre, vérifiait que le téléphone de la chambre fonctionnait bien. Puis le standard de l'hôtel l'informa qu'un fonctionnaire l'attendait dans le salon d'accueil, elle ne l'avait pas vu arriver.

Elle descendit avec son dossier, que le soldat mit sous son bras en désignant la rue d'un geste sec. Il montrait la porte à tambour avec l'air de vouloir la chasser. Une voiture s'avança, une limousine noire, le jeune homme insistait, d'une voix autoritaire.

Le concierge traduisit.

— Cette voiture vous attend, madame.

— Mais comment...

— Vos bagages suivront, il dit de ne pas vous inquiéter.

On lui remit son manteau, elle quitta le hall de l'hôtel d'un pas mécanique, le soldat lui tint la portière ouverte, elle monta. Par la fenêtre, elle vit des femmes de chambre descendre ses valises. Sur la banquette, à côté d'elle, se trouvait une enveloppe, très épaisse, avec un ordre de virement en cours d'exécution sur le compte qu'elle avait indiqué et des liasses de billets larges comme sa main.

Toc toc, c'était le concierge, elle chercha la poignée pour baisser la vitre. Le jeune soldat était à côté de lui, il terminait une phrase en allemand. Le concierge se pencha vers elle pour lui traduire :

— Le major Dietrich vous souhaite un excellent retour à Paris.

Léonce s'était enfuie, bon débarras, cette fille ne valait pas un clou, mais Gustave avait été écœuré par son cambriolage minable. Il avait fait des demandes de duplicatas des brevets, mais le grand journal de bord sur lequel on portait scrupuleusement, jour après jour, tout ce qui se faisait dans les bureaux d'études, les résultats des tests, les préconisations, les décisions d'orientation, était une perte considérable. Léonce avait dû emporter les documents dans la précipitation, sans savoir de quoi il s'agissait, cette gourde.

Joubert établit un plan de financement pour repartir du bon pied, basé sur la vente de sa maison et de son entreprise, sa principale difficulté étant de reconstituer l'état exact des travaux là où ils avaient été abandonnés afin de les remettre en route. Il s'installa dans son bureau, rouvrit les cartons d'archives rapportés du Pré-Saint-Gervais et passa des heures à lire, à trier, à prendre des notes, à rechercher et comparer des résultats, c'était très long, très lent et souvent déprimant.

Le grand hôtel Péricourt était devenu le palais des courants d'air. Le personnel avait été licencié le lendemain du cambriolage, Joubert n'avait conservé que Thérèse, la cuisinière, qui lui montait deux fois par jour un plateau et le trouvait en robe de chambre quelle que soit l'heure, la barbe naissante, au milieu d'un océan de papiers, attention Thérèse, faites le tour, il fallait contourner des piles, enjamber des cartons, lorsqu'elle sortait, son patron était toujours penché sur des documents, fébrile et concentré, et il n'était pas rare qu'au repas suivant, elle retrouve intact le plateau précédent. Faire fortune avait été fatigant, mais rien n'était aussi épuisant que faire faillite.

Joubert avait dénoncé le bail de Clichy, mis en vente l'hôtel particulier, il avait cédé les machines-outils au tiers de leur valeur pour assurer la trésorerie immédiate, la situation économique était tendue. Plus personne ne l'appelait. Il avait cessé d'exister.

Le 11 septembre, cinq jours après la fuite de Léonce, des policiers le demandèrent. Il tarda à descendre parce qu'il comparait les dates et les résultats de tests de compression, mais aussi parce que, dans son esprit, ce cambriolage était maintenant passé par pertes et profits. Il leva soudain la tête. Et si Léonce avait été retrouvée ? Et si on avait remis la main sur les documents qui lui faisaient défaut ? D'un bond, il fut sur le palier.

Ce n'était pas le même policier que la fois précédente. Joubert tiqua, les deux hommes qui l'accompagnaient n'étaient pas en uniforme, ce n'était pas le commissariat du quartier qui les envoyait. Un malaise l'étreignit.

— Commissaire divisionnaire Marquet. Peut-on vous parler, monsieur Joubert ?

Instinctivement, Gustave comprit que quelque chose venait de basculer. Dans le mauvais sens. Il descendit lentement, se retourna vers le grand portrait en pied de Marcel Péricourt qui dominait le hall et se sentit pris en faute.

Pour compenser un physique d'une effarante banalité, le commissaire portait des favoris larges, épais comme des côtelettes, presque comiques. Il tendit une carte que Gustave ne lut pas.

— Je suis très occupé, je suis désolé…

— Vous aurez bien un peu de temps pour parler de votre épouse, monsieur Joubert…

Il est aujourd'hui confirmé que Mme Léonce Joubert, l'épouse de l'ex-banquier qui vient de déposer le bilan, est… à Berlin ! Oui, vous avez bien lu, dans la capitale teutonne !

Elle a même choisi de séjourner à l'hôtel Kaiserhof, Wilhelmplatz, établissement très prisé du pouvoir nazi et dans lequel M. Hitler lui-même a vécu quasiment jusqu'à son accession à la chancellerie.

N'a-t-on pas le droit de voyager où l'on veut ? Sans doute. Mais alors, il faudra nous expliquer pour quelle raison Mme Léonce Joubert a été vue samedi 9 septembre en fin de journée pénétrant dans les locaux du Reichsluftfahrtministerium, qui n'est autre que le ministère de l'Air allemand.

— Comment ça, au ministère de l'Air ?

— C'est une certitude, monsieur Joubert, nos services de contre-espionnage sont formels…

Banquier de longue date, il était accoutumé à toutes sortes de coups tordus, mais il n'avait pas vu venir celui-là. Léonce était allée chez les Allemands vendre ses plans ? Il n'arrivait pas à y croire, mais parvint à se ressaisir.

— Mon épouse a disparu le 6 septembre après avoir cambriolé notre foyer, elle a emporté ses bijoux et l'argent de la cuisinière. J'ai d'ailleurs déposé plainte. Je ne suis en rien responsable de ses agissements.

— Hmmm…

Le commissaire frottait ses favoris avec ses ongles, produisant un bruit de grattement comme venant de termites, très déplaisant.

Plus il y pensait, plus Gustave trouvait cette histoire improbable. Léonce n'était ni assez intelligente ni assez courageuse pour courir un risque pareil. On lui tendait un piège. Il ne tomberait pas dedans.

— Vous connaissez quelqu'un au ministère de l'Air allemand, monsieur Joubert ?

— Personne.

— Elle non plus ?

— Comment voulez-vous que je le sache ?

— C'est votre épouse…

Gustave prit une longue respiration.

— Monsieur le commissaire, ma femme est une putain. Elle l'était avant que je l'épouse, j'ai fermé les yeux, mais elle l'est restée parce que c'est dans sa nature. J'ai récemment rencontré quelques… vicissitudes professionnelles, comme vous ne l'ignorez pas, et mon épouse, qui n'a d'intérêt que pour ma fortune, a trouvé qu'elle en avait fait suffisamment. Elle a cambriolé, très maladroitement, notre hôtel particulier et je ne la vois pas se rendre à Berlin avec des documents qu'elle serait même incapable de lire !

— Et pourtant, elle est allée au… Reichs-luft-fahrt-ministerium…, enfin, dans cette administration, le 9. Et elle y est retournée le 11.

La police est perplexe. D'abord, une faillite retentissante qui met la famille Joubert sur la paille. Ensuite, un cambriolage fort à propos au cours duquel disparaissent des plans d'aviation dont l'Allemagne ferait volontiers ses choux gras. Enfin, une épouse qui, à Berlin, est reçue au ministère de l'Air à deux reprises.

Disons le mot, terrible : tout cela sent la trahison. M. Joubert est-il allé vendre aux Allemands des secrets industriels français intéressant directement la sécurité du territoire ?

— Vous m'accusez... de traîtrise ?

La portée de l'accusation lui fit peur. On avait vu des gens condamnés à la peine de mort pour moins que cela.

— Nous n'en sommes pas là, monsieur Joubert, mais les faits sont troublants.

— C'est à vous de prouver que j'ai trahi mon pays, pas à moi de démontrer que je suis innocent !

— Le mieux, monsieur Joubert, serait que l'on puisse confronter votre défense à celle de madame votre épouse.

— Puisqu'elle est en fuite, je ne vois pas...

— Elle revient. Mme Joubert est dans le train pour Paris. Nos agents l'ont constaté au départ de Berlin. Passé la frontière, si elle descendait, elle serait immédiatement interpellée.

Gustave ne savait plus où donner de la tête. Si Léonce revenait, c'est qu'elle y était allée. Était-ce donc vrai ? Il s'affola.

— Sauf accident, poursuivit le policier, elle sera à Paris demain. Dès son arrivée, si cela ne vous dérange pas d'être confronté à elle...

— C'est tout ce que je souhaite !

Joubert avait hurlé.

Le ciel venait de se déchirer, les nuages s'écartaient, il serait le lendemain face à elle, il n'en ferait qu'une bouchée de cette salope, son innocence à lui serait démontrée.

— Oui, c'est très bien, confrontez-nous, je ne demande que cela...

La frontière.

Le train s'arrête, il fait nuit, on descend, les fonctionnaires grimpent, font ouvrir les bagages. Les autres, sur le quai, montent la garde, filtrent les voyageurs qui sortent.

Madeleine appelle un porteur, fait charger ses valises et s'avance vers le poste de contrôle, elle tend son passeport.

— Madame Péricourt, Madeleine.

On guette la sortie d'une femme, une certaine Léonce Joubert, une Française, mais ce n'est pas celle-ci.

Madeleine sourit, le douanier est satisfait, la photographie correspond à la personne, ça n'est pas toujours le cas, au suivant.

Il fait froid. Madeleine se retourne pour voir si le porteur la suit. Devant la gare, quelques taxis chargent les voyageurs, on se pousse pour gagner une voiture.

Une automobile fait un appel de phares, un homme descend, vient à sa rencontre.

— Bonsoir, monsieur Dupré…

— Bonsoir, Madeleine.

Il saisit les valises qu'il soulève avec une facilité qui émeut Madeleine. Il a ouvert la portière. Elle monte, s'assoit.

— Tout s'est bien passé ? demande-t-il en démarrant. Vous semblez épuisée…

— Je suis morte…

La voiture quitte la ville.

— Monsieur Dupré…

Elle a posé sa main sur sa cuisse, une main légère.

— Monsieur Dupré, il est peut-être un peu tard pour cela, mais j'ai un effroyable besoin de sommeil…

N'y aurait-il pas, par ici, une auberge ou quelque chose pour… Je veux dire, une chambre…

— J'y ai pensé, Madeleine, nous y serons dans un quart d'heure, vous pouvez vous reposer.

La voiture s'est arrêtée, mais elle ne parvient pas à se réveiller.

— Madeleine…, insiste Dupré. Nous sommes arrivés.

Elle ouvre les yeux, elle ne sait plus où elle est, ah oui, merci, excusez-moi, monsieur Dupré, je dois avoir une tête de folle.

Elle sort, il fait froid, vite, la porte de l'auberge, Dupré a tout arrangé, voici la clé, c'est au premier. Il lui tient le coude, elle titube de fatigue, allez dormir.

Madeleine se penche vers lui, ne laissez pas les valises sans surveillance, il y a beaucoup d'argent…

Dupré fait aussitôt demi-tour, Madeleine entre dans la chambre. C'est charmant. Plus luxueux qu'elle n'imaginait. Elle se déshabille, fait sa toilette.

Il n'est pas remonté, elle jette un œil par la fenêtre, il est dans la cour, il fume une cigarette. Un chat noir se frotte contre ses mollets, il se baisse pour le caresser, le chat bombe le dos, il doit ronronner, Madeleine le comprend.

Elle se couche, elle attend. M. Dupré frappe légèrement à la porte, passe timidement la tête. Puis il entre.

— Vous ne dormez pas…

Il est soucieux, s'assoit sur le bord du lit.

— Madeleine, il faut que je vous dise…

Elle sent qu'il va la quitter, son cœur se serre.

— Je vous ai aidée… Tout ce que vous m'avez demandé, je l'ai fait. Mais ça…

Madeleine voudrait dire un mot, mais rien ne sort, gorge sèche.

— Ce n'est pas, de ma part, un élan patriotique, comprenez-moi bien, mais aider les nazis…

— Mais de quoi me parlez-vous ?

— Leur livrer les résultats d'une recherche qui pourrait les aider à…

Madeleine s'est redressée. Elle sourit.

— Mais, monsieur Dupré, jamais je n'aurais fait une chose pareille ! Pour qui me prenez-vous ?

La véhémence de Madeleine le surprend.

— C'est que… ces plans…

— J'ai donné au major Dietrich quatre pages lui permettant de vérifier la qualité de ce que je lui vendais, c'est vrai. Mais en partant, c'est le dossier « Hypothèse abandonnée » que je leur ai remis. Il leur faudra quelques jours avant de comprendre que c'est une recherche qui ne mène nulle part.

Dupré sourit à son tour. C'est, pense-t-elle, la première fois depuis que Madeleine le connaît.

— Maintenant, monsieur Dupré, vous ne voudriez pas venir vous coucher sur moi, s'il vous plaît ?

Dès son retour à Paris, Paul rédigea une lettre pour Solange. Tu m'écriras à Milan, Pinocchio, tu me promets ? Elle l'avait serré contre elle, à l'étouffer. Ce qu'il voulait lui dire était paradoxal. Le récital dont il garderait le plus immense souvenir était celui où Solange avait le moins chanté.

Il commença son courrier, mais n'eut pas le temps de l'achever.

Le 12 septembre, les journaux parisiens faisaient part de la mort de Solange Gallinato dans le train qui la conduisait à Amsterdam.

Vladi tenait le quotidien et le fixait, comme hypnotisée. Il n'était pas nécessaire de savoir lire pour deviner que sous la photo de la cantatrice, le titre annonçait son décès.

Paul ne pleura pas, mais se mit en colère. Il se fit descendre au kiosque, acheta tous les journaux, remonta, détailla tous les papiers qui parlaient de Solange, à la fin de quoi, il jeta tout à travers la chambre, accablé, désemparé. Que devait-il faire ? La diva ayant été trouvée morte dans son compartiment, les journalistes s'étaient tournés vers Berlin pour en savoir plus. Le Reich avait monté de toutes pièces une fiction à laquelle la presse ne demanda qu'à croire. Après un concert magnifique, la cantatrice avait tenu à venir elle-même saluer M. Hitler dans sa loge. À cette occasion, elle avait renouvelé sa confiance, son espoir et son plus entier soutien au Grand Reich au point que le chancelier l'avait invitée à dîner, ce que malheureusement la diva avait dû refuser pour des raisons de santé. Elle s'était en effet déclarée extrêmement fatiguée. Les autorités, alarmées par son état d'épuisement, lui avaient proposé d'annuler les récitals suivants et lui avaient organisé un départ dès le lendemain vers Amsterdam où elle souhaitait se rendre. En partant, elle avait assuré MM. Goebbels et Strauss que ce récital de Berlin « resterait dans sa mémoire et dans son cœur comme le plus important moment de sa carrière ».

Personne ne douta qu'après les déclarations fracassantes de Solange en faveur du nouveau régime, les faits rapportés par le ministère de l'Information soient parfaitement vrais.

Paul écrivit un à un à tous les journaux une lettre personnalisée. Et le soir, à bout de forces, il fondit en larmes.

Il pleura une semaine.

Il refusa que Vladi mette un disque et fasse entendre la voix de Solange. Il se passa de nombreux mois avant qu'il puisse de nouveau l'écouter sans souffrir.

« C'est une fervente partisane du nazisme qui fut enterrée à Milan en présence de la fine fleur du fascisme italien. »

Pour Paul, ce mensonge était d'une insupportable cruauté. Il avait des colères et des rancunes assez semblables à celles de sa mère.

C'étaient les mêmes policiers, ils préféraient que cela se passe chez eux, ce que Joubert vit comme une bonne nouvelle. Le train de Berlin arrivait à Paris en fin d'après-midi, il était déjà dix-huit heures, il avait hâte de se trouver en face de Léonce, il la haïssait.

Depuis qu'il avait appris sa traîtrise (et sa bêtise, qu'avait-elle espéré, cette gourde ?), la nuit, il lui parlait, il la giflait, le matin, il aurait aimé ouvrir sa porte à la volée, la sortir du lit et la traîner par les cheveux, s'il avait pu, il l'aurait jetée par la fenêtre.

Si ses plans se trouvaient en Allemagne, c'en était fini de son projet, il était définitivement ruiné, mais au moins il s'en tirerait indemne tandis qu'elle serait, elle, promise à la prison et peut-être même pire.

Il enfila son manteau. Les policiers le sentaient tendu, prêt à exploser. Ils allaient sortir.

— Comment ça, vous ne l'avez pas arrêtée ?

Gustave avait la main sur la poignée de la porte.

— Non, monsieur Joubert. Elle a réussi à échapper à la vigilance des douaniers et de nos agents postés sur le parcours. Personne ne l'a vue descendre, mais à Paris, elle n'était plus dans le train…

Joubert, fauché par cette nouvelle, fixa tour à tour les deux hommes. Il fit un pas en arrière.

— Je vais vous demander de nous suivre, monsieur Joubert.

Gustave était sonné. Si Léonce n'avait pas été arrêtée, pourquoi l'emmenait-on ? Il monta en voiture, à l'arrière, derrière le policier qui conduisait.

Au premier feu rouge, il regarda par la vitre.

Sur le coup, il ne réalisa pas. Avait-il rêvé ou quoi ? Dans une voiture garée à sa hauteur, n'était-ce pas Madeleine Péricourt qu'il avait aperçue ? C'était une vision fugitive, mais si soudaine et inattendue… Une vision « violente », c'était le mot.

Que faisait-elle ici ? Ce n'était pas du tout son quartier. Pouvait-elle se trouver là par hasard ?

Il avait les idées très embrouillées lorsqu'il se retrouva en face du commissaire à rouflaquettes, accompagné d'un homme élégant au visage austère qui ne s'était pas présenté, mais semblait être son supérieur.

— Nous pensons, dit le policier, que vous étiez parfaitement informé du voyage de votre épouse à Berlin…

— C'est vous qui me l'avez appris !

— Elle a sans doute utilisé des faux papiers pour descendre du train et elle attend quelque part que vous veniez la rejoindre…

— Vous plaisantez !

— On a l'air ?

C'est l'autre homme qui reprit la parole. On aurait dit quelqu'un d'un ministère. La Justice ? Il ouvrit une chemise cartonnée.

— Connaissez-vous la Manzel-Fraunhofer-Gesellschaft ?

— Ça ne me dit rien.

— C'est une entreprise suisse. Officiellement, elle fait de l'import-export, mais c'est une couverture. En réalité, c'est une société appartenant à l'État allemand. Elle sert à des opérations commerciales discrètes auxquelles le Reich ne souhaite pas être associé.

— Je ne vois pas…

— Elle vient de virer deux cent cinquante mille francs suisses sur le compte de la Française d'aéronautique, société qui vous appartient.

Joubert était affolé.

— Je ne comprends pas…

Et il était sincère.

— Les services français de contre-espionnage sont formels. Des pages de vos travaux ont été vues sur des bureaux du ministère de l'Air allemand.

— Ma femme a p…

— Nous demanderons à votre épouse de s'expliquer si nous la retrouvons…

À cet instant, il n'aurait su dire pour quelle raison,

c'est le visage de Madeleine Péricourt, entrevu fugitivement une heure plus tôt, qui lui vint à l'esprit.

Il n'eut pas le temps de chercher, l'homme du ministère poursuivait :

— Pour le moment, monsieur Joubert, tous les éléments sont réunis pour penser qu'avec sa complicité, vous avez vendu le fruit de vos recherches à l'Allemagne, des recherches effectuées sous contrat avec le gouvernement français, ce qui revient, juridiquement, à de la haute trahison.

— Attendez… !

— Monsieur Gustave Joubert, vous êtes en état d'arrestation.

38

Ordinairement, M. Renaud quittait les bureaux de l'Union bancaire de Winterthour vers vingt heures quarante-cinq. En fait, il essayait, autant que possible, de le faire *exactement* à vingt heures quarante-cinq, c'était presque une affaire d'esthétique. Pour ne pas être en retard, son chauffeur s'arrêtait vers vingt heures quarante à la hauteur de la rue Bellini et, lorsqu'il voyait la lumière du porche s'allumer, il démarrait, s'avançait lentement, se garait, descendait ouvrir la portière au moment où son patron apparaissait sur le trottoir, c'était parfaitement réglé, oui, comme une montre suisse, si vous voulez.

Mais ce soir-là, à la hauteur de la rue Eugène-Delacroix, le chauffeur eut beau enfoncer de toutes ses forces la pédale de freins, rien à faire, le type qui venait de traverser quasiment sous ses roues prenait le capot de la Studebaker dans les jambes, faisait une rotation complète dans les airs et, un instant, le chauffeur et sa victime furent exactement face à face à travers le pare-brise, après quoi le corps du jeune homme glissa lentement le long de la carrosserie, ses mains comme mortes ne tentant même pas de s'accrocher, et il disparut devant la calandre. Le chauffeur se précipita, s'agenouilla, lui saisit l'épaule avec précaution, il était inanimé, le corps flasque, mon Dieu... Des passants s'arrêtèrent. L'un d'eux dit qu'il fallait appeler la police, une ambulance, le conducteur ne bougeait pas, littéralement hypnotisé par le visage très pâle de sa victime. Il est mort ? demanda quelqu'un. Une femme poussa un hurlement.

En descendant, M. Renaud fut étonné de ne pas voir sa voiture. C'était arrivé deux fois en quatre ans, c'était donc rare, mais pas impensable. Il fit ce qu'il avait fait les fois précédentes, il remonta la rue de la Tour en direction du Trocadéro. Il sourit discrètement. Il y a des contretemps dont on se félicite. S'il était monté en voiture, jamais il n'aurait suivi du regard la ravissante silhouette de cette passante qui laissait dans son sillage un discret parfum qui vous donnait envie de humer l'air, comme le font les chiens de chasse. Il observait sa veste qui flottait au rythme de ses hanches, une taille qu'on devinait étroite, obnubilé par ce qu'il ne pouvait désigner qu'ainsi en son for intérieur : un cul admirable. Ah, ce qu'il aurait voulu la dépasser... Son visage était-il en harmonie avec sa silhouette ?

Soudain elle cria, aïe, et se retint au mur pour ne pas tomber. M. Renaud se précipita et lui tendit la main juste avant qu'elle perde l'équilibre. Oh, ce n'était pas grand-chose, un talon cassé, mais la jeune femme dansait à cloche-pied, cherchait un appui, trouva le bras de M. Renaud. Je vous en prie, disait-il, malgré les gants, il sentait sa chaleur. Elle clopina sur un mètre ou deux en s'appuyant si fort sur son bras qu'il avait du mal à la soutenir, allait-elle le faire tomber à son tour ? Il se tourna vers la rue, la voiture n'allait pas tarder, mon

Dieu, quelle situation, la jeune femme avançait en claudiquant vers la Villa Aimée, l'impasse bordée de jolies maisons, soyez raisonnable, disait-il, aïe, faisait-elle en boitant, il vit la rue, ce fut d'ailleurs la dernière chose qu'il vit parce qu'il reçut un coup sur le crâne, un seul, sec, ciblé, dont il se souviendrait longtemps.

Dupré le dévalisa en moins d'une minute, tandis que Léonce sortait de son sac des chaussures de rechange, les enfilait et, sans un mot, quittait la Villa pour descendre la rue de la Tour d'un pas pressé.

Dupré prit tout, le portefeuille, les clés, le mouchoir, les lunettes, le carnet, le porte-monnaie, les cartes de visite, la montre, l'alliance, la chevalière et même la ceinture à cause de la boucle en vermeil, la police dirait : « Vous n'avez pas de chance, mon bon monsieur, se faire dévaliser dans ce quartier, ce n'est pas très fréquent. »

Dupré était content, c'était son premier banquier.

Il ferma son sac marin d'un geste ferme et emprunta la rue de la Tour dans le sens inverse. Il marchait d'un pas rapide, mais nullement pressé. Là-bas, il y avait un attroupement, une voiture arrêtée au beau milieu de la chaussée, un corps allongé devant la calandre. Le conducteur, les spectateurs, tout le monde gémissait… Dupré continua sans ralentir, sans même tourner les yeux. À ce moment-là, on entendit des voix d'hommes, celles de deux agents qui adossèrent leurs bicyclettes à la voiture et s'avancèrent, « Police, poussez-vous, qu'est-ce qui se passe ? ». La réponse ne tarda pas. Au mot « police », le gisant fut debout comme un ressort, il fixa un très court instant les deux hirondelles et se mit à courir dans la rue, rapide comme un lièvre, tout le monde fut tellement soufflé que personne n'esquissa le moindre geste.

Il avait beau courir le plus vite qu'il le pouvait, Robert se fit tout de même la remarque, je devrais fumer moins.

Quoiqu'il eût un mal de crâne à rendre fou, M. Renaud s'efforçait de penser juste et bien.

À la police, il dit :

— Plus de peur que de mal, on ne m'a rien pris.

Le commissaire était étonné.

— Il n'a pas dû avoir le temps de me dévaliser, risqua M. Renaud, quelqu'un sera arrivé, allez savoir, il a dû prendre peur...

— Rien pris, dites-vous... ?

M. Renaud tâtait ses poches vides et disait, ma foi, rien de rien. Aucun dégât.

— Sauf ça, dit-il en tentant un sourire pitoyable et en désignant la bande dont l'infirmier lui avait entouré le crâne.

Le policier n'y crut évidemment pas. Chacun a ses raisons, ce monsieur n'avait sans doute pas envie que sa femme sache où il était, on voyait bien la marque blanche de l'alliance qui manquait à son doigt et son pantalon qu'il ne cessait de remonter par manque de ceinture, mais que voulez-vous, on ne va pas obliger les gens à porter plainte, et s'il avait envie de faire cadeau au voleur de ce qu'il lui avait pris, grand bien lui fasse.

M. Renaud avait aussitôt envoyé un pneumatique à Winterthour. Mais, là encore, il n'avait pas tout dit. Il ne cessait de se poser cette question lancinante : par quel hasard son chauffeur avait-il renversé un homme qui s'était enfui à l'arrivée de la police exactement au moment où lui-même se faisait assommer dans une ruelle ? Il rapprochait ces deux événements, cherchait leur lien. Cela sentait le coup fourré, mais il avait beau retourner le problème dans tous les sens, il ne voyait pas d'où cela pouvait venir, ni ce qu'il pouvait y faire. Aussi, à sa direction, n'avait-il pas parlé de l'affaire du chauffeur, mais seulement de l'agression dont il avait été victime. À cause du carnet dont il ne pouvait pas cacher la disparition.

À Winterthour, tout le monde était d'accord. On imaginait mal ce que quelqu'un pouvait faire d'un carnet ne contenant rien d'autre que des colonnes de chiffres et de noms auxquelles on ne pourrait trouver aucun sens. On était rassuré par le fait que le voleur avait totalement dévalisé M. Renaud, montrant par là qu'il s'intéressait à l'argent et pas à autre chose. Et M. Renaud avait eu l'insigne prudence de ne pas porter plainte, de ne pas signer de main courante, vis-à-vis de la clientèle l'incident était clos comme un coffre suisse.

Néanmoins, M. Renaud commença à mal dormir. La nuit, des jeunes femmes venaient lui percer le cœur à coups de talons aiguilles, des voitures le renversaient, il se noyait dans des puits dont les parois, comme des colonnes comptables, étaient remplies de chiffres et de noms.

Devant l'ampleur du mouvement populaire contre l'impôt qui tournait à la révolte contre le gouvernement, Charles, indécis, s'était longuement frotté le menton. D'un côté, les manifestants ne proclamaient rien d'autre que ce que lui-même avait hurlé pendant deux décennies afin de se faire réélire. D'un autre côté, il avait maintenant en charge une commission parlementaire chargée de veiller à ce que l'impôt rentre effectivement dans les caisses de l'État.

La contestation avait fait, à la fin de l'été, un large tour de France qui s'était achevé sur la proposition décapante d'une grève générale de l'impôt. Un grand rassemblement fut programmé à la salle Wagram le 19 septembre pour en décider l'application.

Cet appel à l'insurrection détermina la conviction de Charles. Somme toute, déclara-t-il à la commission, refuser de payer l'impôt, cela revient à une évasion fiscale puisqu'il s'agit d'une « volonté de priver la collectivité du revenu de l'impôt ». Il était donc, selon lui, parfaitement dans la vocation de la commission de proposer au gouvernement une loi destinée à protéger les ressources de l'État.

Pendant que plusieurs milliers de manifestants s'apprêtaient à venir soutenir les orateurs qui dénonceraient « l'inquisition fiscale », « le parlementarisme décadent » et « la gabegie républicaine », Charles déposait sur le bureau de la commission un projet destiné au gouvernement.

Alors qu'un « appel de Wagram » scandait que le peuple était « prêt à se débarrasser de la Chambre », la commission approuvait ce projet.

Lors du rassemblement du 19 septembre, il fut décidé, dans un indescriptible brouhaha, de porter une déclaration unitaire et circonstanciée à l'Élysée dénonçant « l'État spoliateur et incompétent ». C'est une marée humaine qui se heurta aux forces de police au niveau des Champs-Élysées et de la place de la

Concorde. Les Camelots du roi et les jeunes de l'Action française, particulièrement résolus et convenablement outillés, harcelèrent les unités du gouvernement militaire qu'ils accusèrent ensuite de provocation. Accueillis à coups de crosse, ils enfoncèrent les barrages, on fit donner la garde à cheval, le calme ne revint que dans la nuit, on dénombra près de quarante blessés.

Le lendemain matin, au terme d'une nuit de discussions, la commission transmettait au gouvernement un projet de loi punissant « quiconque, par voie de fait, menaces ou manœuvres concertées, aura organisé ou tenté d'organiser le refus collectif de l'impôt ».

Charles était épuisé, mais satisfait.

> Le pays se soulève et le régime trouve habile de dégainer une loi punissant les Français révoltés, due à M. Charles Péricourt, dérisoire chevalier blanc de l'impôt et des taxes.
>
> Nos parlementaires généralement si fiers de leur Révolution française sont pourtant bien mal placés pour reprocher aux Français de lutter pour leurs libertés parce que, lorsque « le gouvernement viole les droits du peuple, l'insurrection est le plus sacré des devoirs ». C'est dans l'article 35 de la Déclaration des droits de l'homme et du citoyen.
>
> Kairos

Paul voulut organiser une sorte de réunion plénière, un moment solennel au cours duquel seraient dévoilés le nom de son produit, les axes de la campagne promotionnelle, le slogan, etc.

Outre le premier cercle formé par sa mère, M. Dupré, Vladi et M. Brodsky, il souhaita que Léonce fût conviée. Avec « son mari le premier », ajouta-t-il.

En attendant que le couple arrive, pendant que M. Brodsky continuait de procéder à de mystérieuses pesées, que Paul, plus concentré que jamais, révisait ses fiches, Madeleine et M. Dupré, comme ils le faisaient fréquemment lorsqu'ils se retrouvaient, feuilletaient les journaux. « Nous finirons bien par trouver quelque chose », disait-il en pensant à André Delcourt, mais rien n'était encore venu confirmer cet espoir.

Dupré lisait les nouvelles politiques, Madeleine se passionnait pour les grands procès, l'instruction de l'affaire Violette Nozières, les rebondissements de celle des sœurs Papin, aussi Dupré fut-il surpris de l'entendre dire :

— Vous, je ne sais pas, mais moi, cet Alejandro Lerroux, je ne lui fais pas confiance.

Cette référence au nouveau chef du gouvernement espagnol était très inattendue.

— Dieu sait que son prédécesseur ne m'était pas sympathique, un ennemi de l'Église, rien d'autre ! Mais enfin, celui-ci, dites-moi, monsieur Dupré, n'est-il pas en train d'emmener l'Espagne vers un régime fasciste ?

Dupré allait répondre, mais Léonce arrivait, accompagnée de Robert, Madeleine était déjà debout, venez, venez Léonce, alors Paul, tu ne viens donc pas l'embrasser ?

Léonce et Paul ne s'étaient pas revus depuis juillet 1929. Quatre ans s'étaient écoulés.

L'arrivée de la jeune femme lui fit beaucoup d'effet. Avec elle, entraient des années d'intimité, de caresses, de baisers dans le cou, mais aussi sa trahison qui avait précipité sa mère dans le précipice.

Cette impression pénible était contrebalancée par le fait que Paul venait de lire *Manon Lescaut.* Certes, il avait très souvent écouté Solange chanter Puccini, mais jamais il ne s'était rendu compte que dans son esprit la jeune héroïne de Prévost avait toujours eu les traits de Léonce, que pour lui, c'était elle, exactement. Peut-être, en constatant que les années ne s'étaient pas encore décidées à altérer sa beauté, y trouva-t-il, lui qui était maintenant entré dans le temps du désir, quelque chose d'insupportable ou de douloureux. Il se mit à pleurer. Avec la disparition, quinze jours plus tôt, de Solange, Paul avait son lot de peine, il luttait, voulait prendre le dessus, c'est à cet effort que Léonce comprit combien il avait grandi.

Elle s'approcha, se mit à genoux et le serra contre sa poitrine, le berça longuement, sans un mot. On les laissa seuls. Ils ne parlèrent pas. Paul ne retrouva pas dans cette étreinte la plénitude sereine qu'enfant il y avait si souvent cherchée parce que maintenant, il associait le parfum de Léonce à tout autre chose.

Léonce, elle, souffrait de mesurer ce qu'allait être une adolescence dans un fauteuil roulant. Pour elle, c'était poignant.

Paul n'avait pas envie d'être plaint, il la repoussa très doucement et dit « ça va », sans bégayer.

Madeleine s'en fit la remarque, cette « réunion » ressemblait un peu à une photo de famille. Drôle de famille.

La petite assemblée se serra dans le salon, les dames assises au premier rang, Madeleine, Léonce et Vladi, les bras croisés, en femme qui n'a jamais douté de rien. Debout derrière Madeleine, Dupré, les mains sagement posées sur le dossier. Debout derrière Léonce, Robert, les doigts triturant le collier de son épouse, l'air de se demander pour quelle raison on ne l'avait pas encore vendu. Enfin, M. Brodsky debout derrière Vladi (ils se parlaient sans cesse en allemand, très bas, personne n'imaginait ce qu'ils avaient à se dire).

Paul, pour bégayer le moins possible, avait appris ses phrases par cœur.

Il découvrit, comme pour inaugurer un monument à la gloire du commerce moderne, un grand carton représentant une jeune femme, silhouette longiligne, de trois quarts, qui se tournait vers l'arrière, la jambe tendue comme pour vérifier qu'elle n'avait pas perdu un talon.

« Mince ! » disait-elle, absolument ébahie.

On ne pouvait qu'être d'accord avec cette exclamation vu la rotondité suggestive de la fesse.

Au-dessus était sobrement écrit :

Baume Calypso du docteur Moreau

« Baume », expliqua Paul, évitait de donner à la substance un aspect par trop pharmaceutique. Le mot comprenait, en outre, la syllabe « beau », que chacun devait entendre de manière subliminale.

« Calypso », cela faisait cultivé, mythologique, romantique et amoureux, ce qui soulignait qu'il s'agissait d'un produit concourant à la séduction féminine.

« Docteur » fournissait l'indispensable caution scientifique au baume.

Enfin restait cet énigmatique docteur Moreau.

— Qui est-ce ? demanda Léonce.

— Per… personne. Le produit ne d… doit pas être a… anonyme. Il faut que c… ce soit l'invention de… de quelqu'un en par… particulier. Qui donne con… confiance. Moreau, c'est très français. Ça plai…ra beau… beaucoup.

Il ajouta en souriant :

— C'est plus sûr… que… docteur Brodsky.

Tout le monde fut d'accord, même M. Brodsky.

L'argument était concret :

Votre poids vous contrarie ?
Votre ligne vous inquiète ?
Utilisez le
Baume Calypso du docteur Moreau
Un remède simple et radical,
approuvé par la Faculté,
plébiscité par les plus jolies femmes de Paris

« Approuvé par la Faculté », destiné à rassurer par sa caution scientifique, était acceptable puisqu'il ne s'agissait finalement que d'un produit répertorié, validé et simplement parfumé.

Le charme du pot en grès qui contenait le baume tenait surtout par l'exclamation « *Mince !* » écrite sur le couvercle, comme s'il s'agissait d'un parfum.

— Je connais cette odeur ! hurla Robert en l'ouvrant pour le renifler.

— Forcément, poussin, dit Léonce en rougissant.

On déboucha une bouteille de champagne. M. Brodsky parlait en allemand avec Vladi. Léonce félicitait Paul, les femmes vont adorer, Paul entendit : les femmes vont t'adorer.

Ils ne se croisaient jamais, ils n'étaient plus du même monde. Aussi, lorsque Guilloteaux fut informé que Madeleine Péricourt voulait le voir, comprit-il que c'était une visite intéressée, il fit dire qu'il était occupé.

— Ça ne fait rien, je vais attendre.

Elle s'était installée dans le hall d'accueil, calme et patiente. Vers onze heures et demie, la situation menaçant de devenir risible, Guilloteaux se reprit. Si elle lui demandait quelque chose d'excessif, il saurait refuser, ce serait comme face à une demande d'augmentation de salaire, il avait l'habitude.

Madeleine avait bien changé. Depuis combien de temps ne l'avait-il pas vue ? Il chercha.

— Plus de quatre ans, mon cher Jules.

Il pensait se trouver devant une mendigote, il avait devant lui une petite-bourgeoise proprette, souriante, cela le tranquillisa, il passa un revers de manche sur la dette qu'il craignait d'avoir contractée vis-à-vis d'elle.

— Comment allez-vous, chère enfant ? Et Louis, comment va-t-il ?

— C'est Paul. Et il va bien.

De tout temps, Jules Guilloteaux s'était interdit les excuses et les remerciements. Il se contenta de hocher la tête comme s'il se souvenait maintenant parfaitement, Paul, oui, bien sûr, évidemment.

— Et vous, mon cher Jules, comment allez-vous ?

— Oh, les affaires sont plus difficiles que jamais. Vous connaissez la situation de la presse…

— Je connais surtout la vôtre. Elles n'ont rien à voir l'une avec l'autre.

— Pardon ?

— Je ne veux pas vous faire perdre votre temps, mon cher Jules, je le sais précieux.

Elle ouvrit son sac, fouilla à l'intérieur d'un air soucieux, comme si elle craignait d'avoir oublié ce qu'elle lui apportait. Puis elle poussa un petit gémissement de soulagement, ah, le voilà, c'était un morceau de papier avec des chiffres.

Guilloteaux chaussa ses lunettes et lut. Ce n'était pas une date ni un numéro de téléphone, il leva les yeux vers elle, interrogatif.

— C'est le numéro de votre compte en banque.

— Plaît-il ?

— Celui que vous avez ouvert à l'Union bancaire de Winterthour pour y déposer ce que vous dissimulez au fisc depuis des années. Une belle somme, dites-moi. Il y a là de quoi augmenter tout le personnel ou acheter la moitié de la concurrence.

Jules avait de bons réflexes, mais la situation était inédite, troublante et visiblement dangereuse.

— Comment savez-vous… ?

— L'important n'est pas comment je l'ai appris, mais ce que je sais. À peu près tout. Les dates des dépôts, des retraits, le montant des bénéfices, tout.

Madeleine parlait d'une voix calme et déterminée, mais elle marchait sur des œufs, car elle ne savait qu'une chose : le nom de Jules Guilloteaux figurait dans le carnet de M. Renaud.

Cela, lui ne le savait pas.

Quelqu'un qui a le nom de votre banque et le

numéro de votre compte très privé n'a aucune raison de ne pas connaître tout le reste.

— Je vais vous laisser, mon cher Jules…

Madeleine était déjà à la porte, la main sur la poignée. Elle désigna le papier.

— Vous avez un autre chiffre… Si, si, retournez la feuille.

— Diable ! Vous n'y allez pas avec le dos de la cuillère !

— Vous non plus, si j'en crois vos comptes…

— Mais qu'est-ce qui me garantit que vous vous en tiendrez là ?

— Ma parole, Jules ! Celle d'une Péricourt… si vous trouvez que cela vaut encore quelque chose.

Guilloteaux paraissait rassuré.

— Vous ne m'en voudrez pas d'insister sur l'urgence. Laissez-moi une enveloppe à l'accueil, disons demain matin ? Allez, je ne vais pas vous ennuyer plus longtemps, j'ai déjà abusé.

— Je pense que vous pouvez nous laisser, Robert…

Il était surpris.

— Bah, comment ça ?

Madeleine l'aimait bien, ce garçon. Il n'avait pas deux sous de jugeote et il réagissait en tout avec la spontanéité d'un enfant de sept ans, c'était rafraîchissant. Le pénible, c'est qu'il fallait tout lui expliquer. Cette fois, elle n'en avait pas envie.

— Robert, allez jouer au billard, faites ce que vous voulez, mais laissez-nous parler tranquillement, je vous prie.

Robert avait toujours été impressionné par Madeleine. Elle lui en imposait. Il se leva, serra la main de René Delgas et quitta la salle en traînant les pieds.

— Alors, c'est ici votre QG ? demanda Madeleine en souriant.

— Si on veut…

Un beau garçon, vous verrez, avait dit Léonce, il est fainéant comme tout, il dort toute la journée, je ne sais pas ce qu'il fait de ses nuits, mais il passe pour un des meilleurs faussaires de Paris. Madeleine s'était inquiétée : vous tenez cela de Robert ? Non, rassurez-vous !

— J'ai besoin de faire refaire des manuscrits.

— Tout est possible.

La métamorphose de ce garçon est étonnante. Il est entré d'une démarche souple, le visage ouvert, avec ce côté superficiel et charmant qu'adoptent parfois les hommes qui se savent séduisants. Le voici sérieux et concentré. On parle affaires, ce n'est plus le même, pas l'ombre d'un sourire, des mots pesés au trébuchet. Il a compris quel genre de femme il avait en face de lui. Si Madeleine a congédié Robert, c'est pour qu'il ne connaisse pas les termes de leur contrat et ne puisse ainsi demander sa commission. C'est habile, ça le rend méfiant.

Madeleine, qui a besoin de vérifier qu'il est aussi adroit qu'on le prétend, lui tend une lettre manuscrite d'André, reçue à son retour de Berlin :

Chère Madeleine,

L'information que vous m'avez si aimablement

transmise est parfaitement juste, je vous en remercie. J'ai hâte de connaître le dessous des cartes.

J'espère que cette cure aura été bénéfique pour notre cher petit Paul.

Bien à vous,

André

Delgas ne la regarde pas, volontairement.

— Cent vingt francs la page.

C'est bien cher, pense Madeleine, et cela se voit sur son visage. René soupire. En temps normal, il sortirait, mais un joli contrat avec des Marseillais vient de lui passer sous le nez, sur lequel il comptait. Il doit composer. Il se baisse, ouvre sa petite sacoche de cuir, en extrait une page blanche, un stylo-plume à réservoir, pose la lettre d'André devant lui et recopie :

Chère Madeleine,

L'information que vous m'avez…

La moitié du texte. C'est suffisant, selon lui. Il retourne la feuille vers Madeleine qui retient in extremis un réflexe d'admiration. La ressemblance entre les deux écritures est absolument fascinante.

Delgas a refermé son stylo, l'a rangé. Il reprend très doucement le faux qu'il vient de réaliser, le déchire en petits morceaux qu'il dépose dans le cendrier et croise les bras.

— Il me faut… un double de ceci.

Elle lui tend le carnet du banquier suisse. Que Delgas feuillette attentivement. Et qu'il lui rend.

— Huit mille francs.

Madeleine est perdue.

— Attendez, il y a cinquante pages à cent vingt francs, cela fait six mille, pas huit mille !

— Ce carnet doit avoir trois ou quatre ans. L'homme qui l'a tenu a écrit avec différents stylos, au fil du temps, en différents endroits. Il faut d'abord trouver un carnet similaire, ce qui n'…

— Pas similaire, non. Approchant sera suffisant.

— Soit. Il faudra tout de même le vieillir, le remplir avec différentes plumes, différentes encres, simuler les différents moments où il a été tenu et qui influent sur la calligraphie. Ça vaut huit mille francs. Sans compter que vous allez me demander de modifier certaines lignes, je me trompe ?

— Une seule ligne. À ajouter. Vers le début du carnet. Sept mille francs.

Delgas n'hésite pas une seconde :

— D'accord.

— Vous pouvez réaliser ce travail pour quand ?

— Deux mois.

Madeleine est affolée. Puis elle sourit. C'est vraiment un malin !

— Je suppose que si je vous le demande pour dans dix jours… ce sera huit mille.

Delgas sourit à son tour. Pas la peine de répondre. Madeleine fait mine de tergiverser, mais l'affaire n'est pas mauvaise, elle avait estimé le travail à dix mille. Elle sort une enveloppe.

— Trois mille d'acompte, rien de plus.

Delgas empoche, place le carnet avec précaution dans sa sacoche et se lève. Madeleine va payer les consommations, c'est elle la cliente.

— Quelles sont vos relations avec Robert Ferrand ?

— Espacées. Il n'est pas trop mon genre. C'est un brutal. Nous sommes… en contact, voilà tout. Pourquoi ?

— Parce que si vous perdiez ce carnet ou si vous aviez l'intention de l'utiliser pour votre compte, je chargerais Robert Ferrand de… reprendre contact avec vous.

Geste de René Delgas, c'est logique.

39

André et lui s'étaient croisés deux ou trois fois dans des dîners parisiens, un homme onctueux aux mains légères et expressives, une voix si douce qu'il fallait parfois tendre l'oreille. Il avait fait toute sa carrière au ministère de la Justice où il occupait un poste très élevé et dont il connaissait parfaitement les rouages. André l'avait choisi pour cette raison, il lui avait semblé le mieux placé pour se charger de cette affaire si délicate.

Quelques jours plus tôt, Madeleine Péricourt lui avait offert Gustave Joubert sur un plateau. André Delcourt renforçait sa réputation d'homme le mieux informé de Paris et du coup, quand une information cherchait une oreille obligeante, c'est vers lui qu'elle se dirigeait.

Encore une nouvelle dont *Le Licteur* ne pourrait pas bénéficier parce qu'il fallait la traiter sans attendre, mais qui confirmait que, lorsque le moment serait venu, son journal serait l'un des mieux informés, partant, l'un des plus influents.

— On parle d'un nouveau quotidien, dit le magistrat. On en sait encore bien peu de chose, mais enfin…

André leva une main, ça… C'était bon signe. Les

couloirs, les salons bruissaient de cette nouveauté. Guilloteaux, ces dernières semaines, faisait ostensiblement la tête, c'était même très bon signe.

Maintenant que les préliminaires étaient achevés, son interlocuteur écarquillait les yeux pour montrer son intérêt, encourager la confidence et souligner que, s'il était ravi de recevoir André Delcourt, il n'avait pas que ça à faire.

— C'est une affaire délicate… Un courrier…

— Voyons cela, dit le magistrat en tendant la main.

André n'esquissa pas un geste.

— C'est une dénonciation…

— Nous avons l'habitude, les Français adorent écrire à la police.

— Je ne suis pas de la police.

— Les expéditeurs ne sont pas regardants, tout ce qui conduit à la police leur convient. Et qui dénonce-t-on cette fois ?

— C'est une liste de clients français d'une banque suisse qui échappent à l'impôt. Il y en aurait plus de mille.

Le magistrat blêmit. Il tendit le bras et referma brutalement, on ne sait pourquoi, son tiroir de droite resté légèrement entrouvert.

— Allons, allons…, dit-il comme un instituteur qui reprend une faute de langage.

— Mille quatre-vingt-quatre, me dit-on. La liste qui m'a été remise n'en comprend qu'une cinquantaine, mais il y a là des commerçants, des artistes, deux évêques, des militaires, dont un général et un contrôleur général, trois magistrats (pardon, mon cher), un conseiller à la cour d'appel, pas mal de noms à particule.

— Si c'est avéré…

— Et un industriel très connu. Très exposé. Un modèle de vertu patriotique. L'ensemble compose un assez joli tableau de l'élite française… On pourra trouver le registre complet dans les bureaux de la banque si l'on procède à une perquisition.

— Et la source ?

— Aucune idée. Un règlement de comptes sans doute. Je peux vous confier ces éléments pour enquête. À charge de revanche, je veux être le premier à bénéficier de vos résultats et à les publier.

Le magistrat respira profondément, se recula dans son fauteuil.

— C'est une chose que nous n'avons pas l'habitude de faire, mentit-il. Voyez-vous, la justice est…

— Je peux aussi publier tout cela sans le vérifier en mettant tous les guillemets dont dispose mon dictionnaire. Si tout cela est vrai, le bureau sera fermé dans la journée, les employés de la banque seront dans le train le soir même, l'établissement se réfugiera derrière le secret bancaire. Mon article va créer un émoi bien compréhensible, on réclamera de la justice une enquête qu'elle ne pourra plus conduire. Et je publierai notre conversation d'aujourd'hui en expliquant que vous n'y avez trouvé aucun intérêt.

En raccompagnant son interlocuteur, le magistrat renouvela ses scrupules, pour la forme, c'est très exceptionnel ce que nous faisons là, André sourit, bien sûr, bien sûr. Il n'y avait plus qu'à espérer que tout cela soit vrai et très vite confirmé.

La liste fut glissée, avec la lettre de dénonciation signée « un vrai Français », dans une grande enveloppe.

Deux heures plus tard, elle se trouvait au parquet entre les mains du chef de la section financière qui la lut (« Nom de Dieu, quelle affaire… »). Son réquisitoire introductif était achevé dans la soirée, un juge d'instruction s'apprêtait à ouvrir une information, et dès le lendemain, vers sept heures, une voiture banalisée de la Sûreté de la Seine se garait à l'angle de la rue de la Tour. Il y avait là un agent de surveillance et trois autres chargés de prendre en filature, à leur sortie, les personnes qui se rendaient dans l'immeuble désigné par la lettre anonyme.

Charles se leva, s'avança et regarda par la fenêtre le boulevard humide.

— Vous vous foutez de ma gueule ? avait hurlé le ministre. Vous trouvez qu'on n'a pas suffisamment d'emmerdements avec ces imbéciles qui ne comprennent rien à rien, vous nous balancez une loi qui est une pure provocation !

— Mais, mais, mais…

— Quoi, mais, mais, mais ? Vous avez réfléchi à ce qui allait se passer si on délibérait sur votre proposition à la con ? On a la moitié du pays dans la rue, vous voulez y ajouter l'autre moitié ?

Le ministre avait jeté sur la table les feuillets qui constituaient la fierté de Charles.

— J'enterre la loi et vous avec. Dans deux jours votre commission aura cessé d'exister. Dehors, le chevalier blanc !

— Comment ça ?

— On a créé cette commission à un moment où elle

était nécessaire. Le moment est passé, la commission passe aussi.

— De quel droit ?

Charles avait hurlé. Dans le bureau d'un ministre, ça n'était pas courant, mais les temps étaient difficiles pour tout le monde.

— Oh, le droit…

— Cette commission existera tant qu'elle n'aura pas déposé ses conclusions !

— C'est fait. Vous avez remis un rapport le mois dernier, en août, ça vaut conclusion. La commission a accompli sa tâche, admirablement, dans quelques jours vous serez félicité. Et remercié.

Pour Charles, c'était le retour à la case départ. Rester député après avoir présidé cette commission serait quasiment impossible. Son futur gendre irait chercher son avenir ailleurs que dans la famille Péricourt. La moitié du problème de ses filles qu'il croyait réglée, la partie Rose, redevenait un problème entier.

Tout ça était très fâcheux, mais surtout, le gouvernement allait le priver de ce qu'était devenue sa vie. Une mission. Son combat. Ne riez pas, c'est ainsi qu'il voyait les choses.

Cette commission était le sommet de sa carrière, il ne permettrait à personne de la lui voler, mais ne voyait pas comment parvenir à l'éviter. Il avait eu beau donner des coups de menton, déclarer à Alphonse, admiratif et ébahi, que « rien ne le ferait plier », il se sentait très seul et se demandait comment tout cela allait finir. Il enfonça ses mains dans ses poches. Non, allons, se dit-il, je…

— Papa… ?

Rose avait passé la tête, inquiète.

— Oui ?

— C'est maman, elle ne se sent pas très bien.

Charles soupira, alla vers la porte. Hortense était dans le canapé, elle se tenait le ventre comme les autres jours, Charles ne voyait pas ce qu'il y avait de particulier. Sauf qu'elle se plaignait davantage. Oui, en effet, elle avait peut-être l'abdomen un peu plus gonflé que d'habitude, mais enfin…

Rose et Jacinthe étaient peureusement collées l'une à l'autre.

— Je pense, dit Hortense avec un sourire qu'elle espérait engageant, que je devrais consulter. Aller à l'hôpital.

Bon Dieu, il était plus de vingt heures… Charles rappela le chauffeur, les filles habillèrent leur mère, il enfila sa redingote, on partit pour la Salpêtrière où Hortense avait été soignée, c'est là que se trouvait son dossier.

— Merci Charles, dit Hortense en lui pressant la main.

On l'avait déshabillée et allongée sur un lit dans une grande chambre mal éclairée, sous des draps raides comme des faux cols.

— Il y a de la soupe dans la cuisine, dit-elle, agrippée à son ventre.

— Oui, oui, dit Charles, on verra…

Il devait rentrer, s'occuper des filles. En réalité, il avait seulement envie de partir. Il était très soucieux, ce projet de loi ne lui sortait pas de l'esprit.

Rose et Jacinthe dînèrent en chuchotant comme des nonnes. Charles lisait les nouvelles qui n'étaient pas très bonnes. Le chevalier blanc était attaqué de toutes parts, on ne donnait pas cher de lui ni de sa commission, ni de sa fin de carrière. Il tapa du poing sur la table, son combat était juste, bordel de Dieu.

Les filles levèrent la tête. Il ne s'était pas rendu compte qu'il avait parlé tout haut. Il voulut se montrer sociable :

— Vous ne m'avez pas raconté ! Avec Alphonse, ce samedi, qu'avez-vous fait ?

Elles pouffèrent. Elles avaient de nouveau échangé leurs places, ce garçon était charmant et n'y voyait que du feu. Était née l'idée que l'une l'épouserait, mais que les deux, alternativement, partageraient son lit, c'était très excitant. Mais elles pouffèrent tristement parce que Hortense, à cet instant, disait invariablement :

« Vous allez bien reprendre un peu de soupe, les filles, vous n'allez pas me laisser ça ! »

Charles travailla tard, relut une déclaration à la commission rédigée par Alphonse, dont il dut revoir les termes même si ça n'était pas mal fait.

Le lendemain, il se leva tôt et se fit conduire à l'hôpital avant de se rendre à son bureau.

Quand il arriva, on venait de découvrir qu'Hortense était morte dans la nuit.

40

À la Sûreté de la Seine, on avait connu des planques plus pénibles. Trois, quatre personnes par jour, rarement plus. Un agent restait dans la voiture, la déplaçait toutes les deux heures, allait en chercher une autre pour ne pas éveiller les soupçons, changeait de place, deux autres agents procédaient aux filatures. La routine.

Les visiteurs étaient des gens tranquilles, sans méfiance, sûrs d'eux. Ils habitaient les beaux quartiers. Quand on les suivait, on se retrouvait parfois dans un ministère, dans un grand restaurant, une fois même à Notre-Dame, le plus souvent à Passy, dans le huitième arrondissement… Pour des agents qui gagnaient le minimum de la fonction publique, c'était un peu agaçant, mais habituel.

Une femme comme celle-ci, en revanche, on n'en avait jamais vu. D'abord parce que des femmes, il n'y en avait quasiment jamais (celle-ci était la seconde depuis le début de la planque), ensuite parce que d'aussi ravissantes, dans tout Paris, il ne devait pas y en avoir beaucoup. L'agent chargé de la surveillance qui vit la silhouette se profiler rue de la Tour en resta tout chose lorsqu'elle disparut dans le hall de l'immeuble.

M. Renaud aussi.

Il avait pas mal traîné les pieds pour la recevoir, son nom ne lui disait rien. Mme Robert Ferrand, ça sentait le pseudonyme, il n'avait pas rappelé, elle avait insisté, une jolie voix. Il avait cédé, à cause de la voix justement. De toute manière, il savait comment s'y prendre pour sélectionner les clients, ceux dont il ne voulait pas ne s'incrustaient jamais. Avant de dévoiler la moindre carte, il conduisait l'entretien d'un ton léger, mais ne reculait pas devant quelques indiscrétions. Il avait besoin de savoir à quoi s'en tenir. Surtout depuis cette malheureuse agression dont il avait été victime. On n'avait jamais entendu parler de quoi que ce soit, la police n'avait rien fait puisqu'il n'avait pas porté plainte, rien n'était revenu à ses oreilles, l'hypothèse d'un vol crapuleux s'était confirmée, il avait retrouvé le sommeil.

La jeune femme était de toute beauté, mais ce nom, Ferrand… Il avait eu beau éplucher les annuaires du Tout-Paris, le Bottin mondain, il ne l'avait trouvé nulle part. Femme de diplomate ? de haut fonctionnaire ? Non, pas d'alliance, donc pas mariée. Aucune fortune personnelle, ça, il l'aurait trouvé, il avançait à pas comptés.

Elle avait déposé non pas un passeport, ni une carte de visite, mais un acte de mariage. Casablanca. Avril 1924. Ça n'était pas commun de procéder ainsi, on aurait dit que la jeune femme voulait à tout prix légitimer son identité, prouver quelque chose, comme les gens qui ont tout à cacher.

— C'est pour… placer de l'argent, voyez-vous…

Elle retira sa voilette. Peste, quelle femme.

— Le vôtre ?

— Oui…

Elle rosissait, ça vous mettait une boule dans la gorge.

— De l'argent... Une fortune personnelle, peut-être ? risqua-t-il.

Elle passa du rose au rouge.

— De l'argent... gagné.

Il était tendu comme un arc.

— Des amis...

M. Renaud était soufflé. Sa première grue ! Il en était tout ému.

Combien ça pouvait coûter une femme comme celle-ci ? Un sacré paquet, sûrement. Il était pleinement rassuré. Une putain de haut vol dans une clientèle comme celle de l'Union bancaire de Winterthour, c'était comme un général ou un académicien, une garantie de sérieux.

Il détailla les services offerts par la banque dans une euphorie calme mais vibrante, ah, ce qu'il la désirait maintenant qu'il savait ce que c'était que cette chose-là. Elle posa des questions qui montraient qu'elle avait la tête sur les épaules. Forcément, dans son métier, il faut du jugement.

Elle buvait du thé à très petites gorgées, même ses doigts étaient ravissants.

Rendez-vous fut pris pour l'ouverture du compte. Elle apporterait de l'argent en espèces.

— De combien s'agit-il ?

— Cent quatre-vingt mille... Dans un premier temps.

Mon Dieu ! Renaud révisa son estimation à la hausse, une femme pareille, ça devait coûter bonbon.

— Mais se déplacer avec une telle somme, n'est-ce pas risqué ? demanda-t-elle.

Une intuition fulgurante lui fit proposer :

— Voulez-vous que je vienne à domicile… Pour vous éviter de… Je peux… moi-même, enfin, si vous le souhaitez…

— Ma foi, monsieur Renaud, minauda Léonce, ce n'est pas de refus.

Il en resta la bouche ouverte. Il avait du mal à coller les morceaux. Aller chez elle ? Pour chercher les fonds, bien sûr, mais n'avait-elle pas le désir d'avoir, parmi ses intimes, un banquier capable de la conseiller, de l'épauler, de faire fructifier ses profits ?

— Vous pourriez venir… la semaine prochaine ?

M. Renaud attrapa son agenda, le fit tomber au sol, le ramassa, l'ouvrit à l'envers, voyons, voyons.

— Mardi ? Disons vers midi ? Vous partagerez bien un petit en-cas ?

M. Renaud n'avait plus de voix. Il échoua à avaler sa salive.

Elle donna une adresse dans le septième arrondissement. S'il s'y rendait, M. Renaud tomberait sur une boutique de toilettage pour chiens.

Avant de partir, Léonce demanda distraitement s'il y avait ici…

— Mais bien sûr ! s'écria M. Renaud en lui désignant le couloir qui conduisait à la salle de bains.

Il la regarda s'éloigner. Mon Dieu, quel…

Il dut s'asseoir.

Léonce entra, observa, hésita, enfila des gants…

M. Renaud entendit la chasse d'eau. La jeune femme revint vers lui, quelle élégance. Quand on pense à ce qu'elle fait comme métier, c'est proprement incroyable.

Dehors, un agent de la sûreté la prit en filature. Elle

l'emmena au Bon Marché, rayon lingerie féminine, c'était gênant pour un homme de traîner là, un endroit où il y a beaucoup de sollicitations visuelles, soudain il ne la vit plus, il l'avait perdue.

Le 23 septembre, comme à l'accoutumée, deux agents prirent position, l'un rue de la Tour, l'autre rue de Passy, on attendit les premiers rendez-vous.

Un homme d'une cinquantaine d'années, portant beau, en redingote grise, arriva vers onze heures. Une dizaine de minutes plus tard, l'équipe s'engouffrait dans l'immeuble, six personnes, dont un enquêteur de la section financière du parquet de la Seine.

Lorsqu'il aperçut le mandat de perquisition, l'employé aux écritures venu ouvrir la porte recula d'un pas comme s'il avait vu le diable, ce qui n'était pas faux.

M. Renaud, entendant du bruit dans l'antichambre, s'excusa auprès de son client, passa la tête, comprit la situation, déjà deux agents tenaient la porte, le troisième le tenait lui, les autres entraient, le client se leva, prit son manteau pour partir, il ne voulait pas déranger.

— Je vais vous demander de rester encore quelques minutes, dit un policier.

— Je ne peux pas, je suis pressé.

Il faisait un pas.

— Vous serez en retard.

— Vous n'avez pas l'air de savoir qui je suis, monsieur !

— Alors ce sera ma première question : vos papiers, je vous prie.

Villiers-Vigan. Vignobles bordelais, fortune ancestrale, la famille exportait plus du tiers de sa production vers l'Amérique.

— Puis-je vous demander la raison de votre visite ?

— Eh bien, je rends visite à… un ami. M. Renaud. N'a-t-on plus le droit de visiter ses amis ?

— Avec cent quarante mille francs en petites coupures ? demanda un agent.

Le client se retourna, l'agent tenait son manteau, d'où il avait sorti un volumineux paquet de billets de banque.

— Ce n'est pas à moi !

C'était très bête, tout le monde le comprit, même lui qui baissa la tête et s'effondra sur le fauteuil.

M. Renaud, lui, ne disait rien. Il réfléchissait très vite.

Depuis la disparition de son carnet, le seul état existant se trouvait au siège de la banque. En clair, la police découvrirait des écritures, mais il lui serait impossible de les relier à des noms, à des personnes. C'est dans les situations difficiles que l'on juge la solidité des procédures. Rétrospectivement, il se félicita de ce vol. S'il n'avait pas été attaqué, le carnet serait dans le coffre, une décision de justice pouvait le contraindre à l'ouvrir… Brrr, rien que d'y penser…

Son visiteur accepta de signer une courte déposition qui mentionnait sa présence et la somme trouvée dans son manteau.

M. Renaud venait de perdre un client, c'était le prix à payer pour la belle frousse qu'il avait causée à M… de Villiers-Vigan, mais les affaires n'étaient nullement compromises. Il revint vers les fonctionnaires.

— Puis-je vous demander…

— Voilà ! dit une voix.

Le commissaire arriva. Son collègue lui tendit des états.

— Ce sont des fiches comptables ! Elles font mention de titres déposés au siège de la banque.

Ils se regardèrent. Ce qu'il fallait maintenant, c'est le registre des clients dont on les avait assurés qu'il était dans les locaux et sans lequel aucune action judiciaire n'était possible.

On se mit au travail, on retourna tout, le bureau, le salon, les armoires, on fouilla sous les tapis, derrière les tableaux, M. Renaud passait, voulez-vous du thé, messieurs, il s'asseyait dans le grand canapé, ouvrait une revue, mimait un intérêt prodigieux pour des publicités ferroviaires.

À treize heures, l'ambiance n'était plus la même.

Les policiers de la section financière repartaient avec un travail colossal qui ne déboucherait sur rien puisqu'ils ne savaient à qui reprocher d'avoir ouvert des comptes dans une banque suisse. La banque elle-même resterait indemne tant que l'on ne pourrait prouver qu'elle venait, sur le territoire français, verser des dividendes qui échappaient au fisc.

— Vous partez déjà ? demanda M. Renaud.

On descendait les caisses et les cartons dans le fourgon. Le commissaire en avait plein le dos de cette affaire, il préférait les vrais marlous.

— Bon, moi, je vais pisser…

— Faites donc ! commenta M. Renaud, ulcéré par cette vulgarité, ils n'étaient pas bons joueurs à la Sûreté générale.

Pas si mauvais joueurs tout de même parce que le

commissaire revint, quelques minutes plus tard, en tenant à la main un carnet.

— Trouvé derrière la chasse d'eau. C'est à vous ?

M. Renaud fixait le carnet, non, ce n'était pas le sien. Enfin, c'était « presque » le sien… Un carnet qui lui ressemblait beaucoup, mais qui n'était pas le sien. Il le saisit, l'ouvrit, c'était son écriture, pas de doute, et c'étaient les lignes qu'il avait lui-même écrites, il reconnaissait les noms, les numéros des comptes un peu remarquables que sa mémoire attrapait comme un aimant… C'était incompréhensible. Il était tout à fait sincère en disant :

— Oui, enfin non, ce n'est pas mon carnet…

— C'est votre écriture pourtant, si je ne me trompe ?

Là, il n'y avait pas de doute… Comment ce carnet pouvait-il se trouver ici ? et dans un pareil endroit ?

D'un coup, tout lui revint, la grue !

Elle était allée aux toilettes ! Il l'avait suivie du regard ! Oh, mon Dieu !

Maintenant, il se souvenait de ce cul ! Il l'avait vu là, dans la rue, devant lui, la fille qui avait cassé son talon… !

— C'est un faux ! hurla-t-il.

— En tout cas, il y a vos empreintes dessus.

M. Renaud lâcha le carnet comme s'il s'agissait d'une vipère.

— On verra si on en trouve d'autres, ajouta le policier.

Le banquier signa sa déposition sèchement, l'esprit vide, comme un automate.

Cette histoire était proprement incroyable. Elle promettait un beau scandale. L'Union bancaire de

Winterthour serait clouée au pilori, elle paierait pour tous ses confrères.

M. Renaud, un instant, songea au suicide.

Quinze jours plus tôt, Paul avait demandé incidemment :

— Dis-moi, maman, ne va-t-il pas y avoir des locaux disponibles au Pré-Saint-Gervais ?

Le bail n'était pas cher, le locataire précédent, l'Atelier aéronautique de la Renaissance française, avait quitté les lieux très soudainement, le propriétaire avait été heureux de les relouer aussi rapidement.

— C'est grand ! avait dit Paul.

Il aimait cet espace où il pouvait rouler avec son fauteuil très longtemps sans rencontrer d'obstacle. Sur les larges tables dépliées au fond, M. Brodsky avait installé tout ce dont il disposait de matériel venant d'Allemagne. Les ustensiles de complément et les produits de base étaient encore en caisses.

Par superstition, Madeleine avait interdit l'entrée des locaux à Robert Ferrand.

Dupré déboucha une bouteille de champagne et retira les serviettes blanches tendues sur les assiettes de petits-fours, tout le monde était debout, un peu ému. Paul était déçu que Dupré ne lui serve qu'un fond de coupe.

— Il faut rester lucide, mon garçon.

Quand Dupré parlait sur ce ton-là, personne ne le contredisait.

Il était convenu que M. Brodsky entamerait la fabrication des trois cents premiers pots le lundi suivant, juste le temps d'installer le matériel. Vladi et Paul le seconderaient dans les tâches répétitives.

Les étiquettes et les emballages imprimés au nom de la marque seraient livrés sous quinzaine.

La campagne de presse commencerait aussitôt que le laboratoire (c'était ce qui était inscrit sur le panneau peint fixé au-dessus de la porte d'entrée : Laboratoire des Éts Péricourt) serait en mesure de répondre aux demandes, tout se ferait par correspondance, comme c'était l'usage, mais Paul envisageait que des prospecteurs démarchent les pharmacies dès que le produit serait connu, il tirait sans cesse des plans sur la comète.

On ferma le laboratoire vers vingt heures, Dupré dit, allons il est temps, il semblait pressé tout d'un coup, d'accord, de toute manière, on avait bu le champagne, on avait hâte d'être à demain où l'on commencerait à travailler.

— Paul va rester avec moi, dit Dupré lorsque le taxi arriva.

— C'est que…

— Ne vous inquiétez pas, Madeleine, j'ai juste quelques petites choses pratiques à régler avec lui, je le raccompagne aussitôt après.

Prise au dépourvu, elle céda, mais à contrecœur. Quelque chose lui échappait, elle n'aimait pas cela, elle se promit de le dire à M. Dupré dès le lendemain.

Ils ne parlèrent pas pendant le trajet. Paul ne savait dire si Dupré était fâché, mais son visage était plus fermé encore que d'habitude. Quelles erreurs avait-il commises dans ce travail de préparation que M. Dupré veuille ainsi, comme en urgence, un tête-à-tête avec lui ? Chez lui…

Dupré souleva Paul avec une facilité impressionnante. Quatre étages à le porter sans souffler, sans s'arrêter, sans un mot.

— Allons, dit-il enfin en asseyant Paul.

Sur le lit.

Alors qu'il y avait une table et des chaises.

Mais dans un coin de la pièce, il y avait aussi un ravissant sourire de seize ans.

— Paul, je te présente Mauricette. Elle est... très gentille, tu verras. Bon...

Il tapa du plat de la main les poches de sa veste.

— Voilà que j'ai oublié mes clés au laboratoire, moi ! Allez, c'est pas grave, je vais les chercher, je vous laisse, vous trouverez bien quelque chose à vous dire...

Il ramassa son sac marin et sortit.

Hortense souffrait du ventre depuis longtemps, elle avait plusieurs fois été hospitalisée, les médecins s'étaient succédé à son chevet sans que Charles s'en affole. D'aussi loin qu'il s'en souvienne, elle s'était plainte, c'était tantôt l'utérus (« j'ai l'impression qu'il se décompose », disait-elle), tantôt les intestins (« si tu savais comme c'est lourd à porter... »), mais dans cette compétition, les ovaires tenaient nettement la corde. Pour Charles, tout cela renvoyait à une réalité trop féminine, c'est-à-dire trop organique, cela le gênait. Il avait considéré ces douleurs comme une singularité ou un trait de caractère, quelque chose d'inévitable avec quoi il fallait composer. Cela avait beaucoup pesé sur leurs relations sexuelles après la naissance des jumelles.

Quand il la vit sur son lit de mort, ce n'était plus la

même personne. Alors que son frère lui était apparu très vieux, il trouva Hortense étonnamment jeune, cela lui rappela leur rencontre, ils avaient vingt ans. Elle était alors un être délicat, presque flottant, une porcelaine. Ils avaient flirté étroitement pendant leurs fiançailles, mais Hortense avait toujours refusé d'« aller au bout », l'expression faisait rire Charles d'autant plus qu'Hortense n'y voyait pas malice. Ils avaient passé leur nuit de noces à Limoges où Hortense avait de la famille, dans un hôtel du centre-ville, la plus grande chambre de l'établissement qui ne valait pas mieux que les autres, des parquets grinçants, des cloisons en carton. Hortense poussait des petits cris aigus, elle disait, je t'en supplie, mais son corps tout entier hurlait le contraire, ils s'étaient endormis au petit matin. Charles l'avait longuement regardée dormir, minuscule dans ce grand lit…

C'était curieux, ces souvenirs, ils revenaient en désordre et remontaient de loin des choses qu'il croyait perdues … Oui, il l'avait beaucoup aimée et Hortense n'avait aimé que lui. De tout temps, elle l'avait regardé comme un héros, c'était idiot, bien sûr, la foi du charbonnier, mais enfin, Charles, ça l'avait tenu, ce regard-là. Ce qu'elle était agaçante, c'est vrai, ce qu'il l'avait rembarrée avec ses douleurs.

Il ne s'en était pas rendu compte, il pleurait. Sur lui-même, comme tout le monde. Ce qui le surprenait, ce n'étaient pas les larmes, il avait le cœur facile, c'était leur nature. Il pleurait sur une femme qu'il avait aimée profondément. Cet amour n'était plus qu'un souvenir depuis longtemps, mais c'était le seul qu'il eût jamais connu.

Hortense était morte un vendredi, le lundi le cercueil serait ramené à la maison d'où partirait le cortège.

Il avait eu très peur de la réaction des jumelles et avait été bien étonné. Elles pleuraient, mais sobrement, ce qui n'était pas dans leur nature. Elles étaient plus laides que jamais. Alphonse vint présenter ses condoléances, demanda s'il pouvait être utile, elles lui firent bon accueil, mais comme à un cousin, merci, disaient-elles en glissant leur mouchoir dans leur manche. Constater ce calme, l'intensité de leur chagrin, la manière très adulte dont elles prirent les rênes de la maison et le conseillèrent sur l'organisation des funérailles fit soudain penser à Charles qu'elles ne se marieraient jamais, que jamais elles ne le quitteraient, cet avenir l'effraya.

On prévint la famille. Madeleine ne se présenta pas, elle envoya une lettre assez formelle, elle serait présente aux obsèques.

Pour avoir des chances d'aboutir, cette affaire du « carnet suisse » devait demeurer absolument secrète, et c'était le plus difficile.

— Imaginez… Plus de mille personnes, c'est…

On butait sur les qualificatifs. L'Union bancaire de Winterthour disposait d'un capital de cinq cents millions, mais possédait sans doute, dans ses coffres, plus de deux milliards de dépôts français.

En accord avec ses collègues de la Justice et des Affaires étrangères, le juge d'instruction donna ordre au commissaire de la Sûreté générale de procéder à une intervention à l'aube le 25 septembre.

Exactement à la même heure, des groupes de deux à

trois fonctionnaires se présentèrent simultanément au domicile de près de cinquante personnes, à Paris et en province, le plus vaste coup de filet fiscal de l'histoire de la IIIe République.

On tira du lit le sénateur de Belfort et celui du Haut-Rhin, on réveilla un vicomte chez sa maîtresse. On demanda respectueusement à M. Robert Peugeot, constructeur automobile, à M. Lévitan qui fabriquait des meubles, à M. Maurice Mignon, distributeur de publicités financières, d'ouvrir leur porte, leurs bureaux, leurs tiroirs et leurs comptes. Un contrôleur général de l'armée menaça de se brûler la cervelle, mais s'abstint et fondit en larmes. Les évêques furent plus dignes, celui d'Orléans fit comme s'il recevait des ouailles et proposa du café. Le directeur du *Matin* se mit à rire, mais sa femme baissait la tête, comme une condamnée. Henriette-François Coty, l'ex-femme du célèbre parfumeur, hurla qu'elle n'avait plus rien à voir avec son ex-mari, estimant sans doute que ceci expliquait cela. Mgr Baudrillart, membre de l'Académie française, se drapa dans sa dignité.

L'opération avait commencé à six heures. À neuf heures, elle faisait une traînée de poudre dans les milieux où il y avait de l'argent, ceux où il n'y en avait pas apprendraient la nouvelle dans les journaux.

À la même heure, le corbillard portant le cercueil d'Hortense Péricourt pénétrait dans le cimetière des Batignolles.

Madeleine regrettait d'avoir emmené Paul. Dès qu'elle aperçut M. Dupré, là-bas, sur le trottoir, le long de la file des voitures, elle fut saisie d'un doute terrible. Mais c'était trop tard. Dans moins d'une minute, il ouvrirait la portière du véhicule, déposerait discrètement le paquet ficelé sous le siège du passager, et ce serait fini. Madeleine prit la main de Paul, la serra, le jeune garçon pensa qu'elle avait de la peine, ce qui était vrai.

Le convoi entra dans le cimetière, se dirigea vers la concession familiale. La foule des participants, alignée derrière Charles et ses filles, avançait lentement, lorsqu'elle fut saisie d'une rumeur. À l'arrière, on s'agita, quoi ? Comment ? Qui ? Mais enfin, d'où le tenez-vous ? Dans un mouvement péristaltique, le cortège véhicula la nouvelle vers l'avant, elle arriva aux oreilles d'Alphonse qui ne sut quoi faire. Il hésita, mais tout le monde commençait à en parler, cacher la vérité ne servirait à rien, il s'avança vers son patron, lui toucha l'épaule. Rose, qui se méprit, crut à un geste de compassion et se tourna vers lui avec un regard de reconnaissance.

— Comment ça ? demanda Charles.

L'inhumation dans le caveau familial allait débuter. Charles, impatient, excédé, dit :

— Comment ça, une perquisition ?

— À votre domicile. Il y a une heure. Un juge, un commissaire, la justice, on se renseigne, mais…

Charles était bombardé par les impressions, ses filles se pressaient contre lui, il vit Hortense à travers le cercueil qui lui souriait, il pleurait sans larmes, et cette information venait, dans son chagrin, le percuter comme une vague furieuse. Une descente de police, mais pourquoi donc ? Juste après le départ du cortège ? C'était tellement invraisemblable, il voulut interroger Alphonse, mais il n'y avait plus personne, la foule s'était éloignée pour marquer son respect pendant ces minutes ultimes. À l'entrée du cimetière, on apercevait des silhouettes qui n'auraient pas dû être là.

Madeleine dit à Paul :

— On va rentrer, mon cœur.

Mais le temps de manipuler le fauteuil, de demander qu'on les laisse passer, Charles avait déjà rebroussé chemin à grands pas, suivi par ses filles.

La foule, informée, s'écarta. Charles était comme un cocu, tout le monde savait les choses mieux que lui. Il y avait trois hommes en civil.

— Quoi ! Qu'est-ce que ça veut dire ? Alors, on ne peut plus enterrer sa femme tranquillement ?

— Je regrette… Si vous avez besoin de vous recueillir, nous attendrons, nous avons tout le temps.

— Eh bien non, finissons-en ! De quoi s'agit-il ?

Les gens faisaient place devant le fauteuil de Paul, Madeleine arriva. Elle se trouvait juste derrière son oncle lorsque le juge d'instruction dit :

— Monsieur Péricourt, vous êtes soupçonné de fraude fiscale par l'intermédiaire de l'Union bancaire de Winterthour, votre nom figure dans un carnet saisi au siège de cette banque, je vais vous demander de me suivre…

Les cris jaillirent, unanimes, la situation n'était pas seulement grotesque, elle était scandaleuse !

— Qu'est-ce que c'est que cette histoire ? hurla Charles.

Avait-il commis une imprudence ? Pas la moindre. Avait-il jamais caché de l'argent ? Bien au contraire, tout ce qu'il avait gagné était passé dans ses campagnes, ses électeurs l'avaient asséché, il n'avait plus ni sou ni maille ! Rose et Jacinthe restaient collées à leur père comme des moules sur un rocher.

— Il vaudrait mieux, monsieur Péricourt, nous suivre, répondre à nos questions et, si les réponses sont satisfaisantes, rentrer chez vous. Croyez-moi…

— Mais c'est une histoire abracadabrantesque ! Je n'ai pas un sou, comment voulez-vous que j'en mette dans une banque suisse ?

— C'est ce que nous allons tenter d'éclaircir, le plus tôt serait le mieux, monsieur Péricourt.

— Mais d'abord, vous avez un mandat, quelque chose ?

Le juge soupira, la foule était compacte, il avait espéré procéder avec discrétion, mais il avait reçu des ordres : « Péricourt est prioritaire. Vous allez le cueillir dès que possible ! » On avait besoin d'un exemple. Charles était exemplaire. Le juge sortit son mandat. Charles n'essaya même pas de le prendre, de le lire. Le fait qu'un juge soit là, qu'il ait un mandat, que lui, Charles Péricourt, soit mis en demeure de suivre la police, tout cela commençait à prendre forme dans son esprit. Il chercha ses mots. Il en trouva un : « complot ».

— Ah oui, on veut me faire taire ! Le gouvernement !

— Allons, monsieur Péricourt…, dit le juge.

— Ah oui, c'est ça ! Vous avez des ordres ! Mon combat dérange !

Le juge d'instruction était un homme d'une quarantaine d'années, simple et sincère, commissionné par sa hiérarchie pour une mission qui n'avait rien de facile et qu'il tâchait de remplir avec doigté. Mais Charles Péricourt l'en empêchait. La foule discutait, commentait, et ce n'était pas n'importe qui, des politiciens, des avocats, des médecins, des sommités... L'un d'eux s'avançait déjà, plastronnant, dites donc, monsieur...

Il fallut passer à l'acte.

— Monsieur Péricourt, nous avons procédé à une perquisition à votre domicile et...

— Bredouilles, ha ha ha ! Qu'est-ce que vous pensiez, hein ?

Charles prit la foule à témoin :

— Ha ha ! Ils sont allés chez moi !

— ... et dans votre voiture, où nous venons de trouver deux cent mille francs suisses en grosses coupures, que je vous demande de bien vouloir justifier. Dans mon bureau. S'il vous plaît.

La somme fit grand effet.

Le juge avait en main un paquet enveloppé de papier kraft et lui montrait, le plus discrètement qu'il le pouvait, l'impressionnant volume de coupures suisses.

Ce constat coupa court aux rodomontades de Charles, aux cris de la foule, il se fit un silence.

— S'il vous plaît, dit le magistrat d'une voix calme.

Allez savoir pourquoi, une intuition peut-être, Charles se retourna.

Son regard tomba sur Madeleine.

Sur le jeune Paul, dans son fauteuil.

Il ouvrit la bouche.

— Toi... ?

On crut qu'il venait d'être frappé d'apoplexie.

Des amis se précipitèrent pour aider.

Et Charles Péricourt, après un dernier geste vers ses filles qui commençaient à hurler comme des damnées, quitta le cimetière, entouré de deux policiers et précédé d'un juge d'instruction.

Madeleine était demeurée sur place, pétrifiée, les mains agrippées à la barre du fauteuil.

Elle avait voulu s'enfuir, mais le désir que son oncle la voie l'avait emporté et maintenant elle se sentait sotte, méchante. Son père l'aurait désapprouvée. Elle baissa les yeux vers Paul, vers sa nuque qu'elle ne regardait jamais sans émotion, et devant, ses jambes dont les genoux pointaient sous la couverture, non, elle n'était ni sotte ni méchante. À son père, elle aurait répondu : « Ne te mêle pas de ça, papa ! Je fais à mon idée ! »

Sans un mot, Paul, par-dessus son épaule, vint poser sa main sur la sienne.

41

Non, cette fois-ci, pas question ! Léonce chiffonna le papier, le jeta par terre. Elle avait envie de le piétiner, mais c'était ridicule. Elle allait dire non, définitivement. Elle était si énervée contre Madeleine que maintenant la perspective de la prison ne l'effrayait plus autant. D'abord, il y aurait un juge, elle se ferait belle, elle y était toujours arrivée avec les hommes…

Plus de deux semaines qu'elle était obligée, par la faiblesse de ses moyens, à vivre dans un hôtel borgne où Robert se serait épanoui comme une fleur s'il n'avait pas passé son temps à se lamenter de ne plus pouvoir se rendre aux courses. Elle s'était espérée libre lorsque Madeleine était revenue de Berlin, mais non, ça n'était toujours pas le moment ! « Bientôt, Léonce, bientôt », disait Madeleine, mais l'échéance était sans cesse reculée. Rencontrer le petit Paul, passe encore (mon Dieu, ce qu'il avait grandi… Le retrouver ainsi… Elle en avait été émue au-delà de ce qu'elle craignait), mais il avait fallu aller jouer les putains devant un banquier suisse pour cacher un carnet derrière la chasse d'eau des toilettes, merci pour la mission, très ragoûtant ! Et maintenant, Madeleine lui laissait un mot à l'hôtel : « Retrouvez-moi cet après-midi chez Ladurée. 16 heures. Impérativement. »

Non, se dit Léonce en se préparant, cette fois, terminé, elle allait l'envoyer aux pelotes. Tout ce qu'elle avait perdu par sa faute, elle allait lui mettre dans les dents. Elle se sentait d'humeur à la gifler.

— Tu vas où, bichon ?

Robert commençait, lui aussi, à l'énerver passablement. Ici, pas question de faire du bruit parce qu'on devait se faire discret, du coup on restait sage comme des images et côté conversation, Robert n'était pas le meilleur interlocuteur.

Vraiment, tout allait mal. Elle était exaspérée, agressive même, quand elle s'assit en face de Madeleine. Elle ne lui laissa pas le temps de respirer :

— Ça suffit comme ça, Madeleine !

— Je suis d'accord avec vous, Léonce. Vous êtes libre.

— Pardon ?

— Vous pouvez partir, quitter Paris, la France, aller où vous voulez, je n'ai plus besoin de vous.

Le ton de Madeleine ne prêtait pas à confusion, elle la congédiait comme une domestique. Léonce en rougit.

Et elle eut envie de pleurer en réalisant qu'elle était libre… et totalement démunie. Sans argent, sans papiers, avec Robert à traîner derrière elle, elle avait à peine de quoi payer le garni qu'elle occupait, duquel il faudrait peut-être même partir à la cloche de bois…

La liberté, soudain, lui sembla pire que tout.

Madeleine la considérait tranquillement, comme si elle la regardait faire ses valises, qu'elle patientait avant de fermer la porte derrière elle.

Léonce ne bougeait pas. Ainsi, rien, pas un mot, pas une phrase sur tout ce qu'elles avaient vécu.

— Bien, balbutia Léonce.

Elle se leva. Il y avait un vide terrible entre elles à l'instant de s'éloigner, de se quitter pour toujours.

Mais Madeleine n'était qu'une boule de rancune, animée par une vengeance froide. Inhumaine.

Alors Léonce restait sur place, regardant tour à tour la table, le visage de Madeleine, elle se tournait vers la porte. Rien ne venait. Elle ne savait quoi dire. Elle lui en voulait de cette punition qui devenait une humiliation.

— Je ne vous en veux plus, Léonce, dit enfin Madeleine. Pour une femme, j'en ai fait l'expérience, parfois, il n'y a pas beaucoup de choix.

Allait-elle lui tendre la main ?

Elle lui tendit la main, en effet. Avec une enveloppe.

— Il y a là cinquante mille francs suisses. Soyez prudente. Madeleine s'était levée, avait fait le tour de la table, Léonce ouvrit la bouche. Se retourna.

Madeleine venait de sortir.

À un mois près, c'était rageant !

Un mois plus tard et *Le Licteur* publiait dans ses premiers numéros une information sensationnelle, parfaite illustration de la décadence sociale qu'André se proposait de stigmatiser !

Il s'était résolu à donner le scoop à *L'Événement*, grand quotidien conservateur réputé pour le sérieux et la qualité de ses analyses, notamment politiques, et qui ne reculait pas devant certaines affaires spectaculaires.

Une vaste affaire de fraude fiscale

Une banque suisse tenait à Paris une officine clandestine qui payait les bénéfices sans retenir les impôts. La fraude porterait sur plusieurs dizaines de millions...

La veille, André était dans le bureau de son patron du *Soir de Paris* pour lui présenter sa démission.

— Vous allez être, dans quelques jours, sous les projecteurs de l'actualité. Une sale affaire de fraude fiscale sera rendue publique. Votre serez au cœur du scandale, et cela, pendant des semaines. Je vais écrire là-dessus, je serai le premier parce que c'est moi qui ai levé ce lièvre. Je ne pense pas que les colonnes du *Soir de Paris* soient le lieu idéal pour étaler... tout ça. Voilà pourquoi je vous remets ma démission.

Jules Guilloteaux était scandalisé. Non seulement d'être ainsi désigné à la vindicte, mais d'avoir été trompé par Madeleine Péricourt.

— Combien voulez-vous ? avait-il dit à André.

— C'est trop tard, Jules, l'affaire est aux mains de la justice. Je vous en parle aujourd'hui par loyauté. Et parce que je dois reprendre ma liberté...

— Je vous ai payée pour vous taire !

Guilloteaux s'était aussitôt rendu chez elle, comme ça, sans prévenir, il était monté, il avait poussé Vladi, où est votre patronne, il avait ouvert la porte, il était tombé sur Paul qui écoutait de la musique, sa mère était près de lui. Sans même la saluer :

— Vous m'aviez promis ! hurla-t-il.

— Oui, Jules, répondit Madeleine en souriant, et je vous ai menti. Je n'ai jamais eu l'intention de tenir parole. Vous n'êtes pas un homme si scrupuleux que vous puissiez m'en faire le reproche.

Il retint une insulte, à cause de l'enfant, mais qui se lut sur ses lèvres.

Guilloteaux s'activa, tout son carnet d'adresses fut mobilisé, ses amis, ses relations, mais le scandale était sur les rails, plus personne n'y pouvait rien.

Parmi toutes les propositions qui lui étaient faites, André Delcourt choisit *L'Événement* parce qu'il était à son image, nationaliste et antiparlementaire. Il donna à la rédaction tous les éléments dont il disposait afin que l'on rende compte du détail de cette affaire, et lui vint camper sur les hauteurs de l'analyse et du commentaire :

Un bel exemple

Les banquiers suisses sont des gens serviables. Ils viennent jusque sur le territoire français aider nos concitoyens à frauder le fisc.

Les suspects ne vont pas manquer d'argumenter : Qui peut s'étonner qu'à un fisc voleur, vienne répondre un public fraudeur ! Il est indubitable que le contribuable est la cible incessante des responsables de la gabegie républicaine, mais enfin, peut-on raisonnablement dire que le vol, ce n'est pas de la faute du voleur… mais du volé, que le malfaiteur n'y est pour rien, que sa victime n'avait qu'à pas avoir de portefeuille ?

La première liste des fraudeurs, plus de mille, présente un bel échantillon de la décadence nationale. Le plus édifiant d'entre eux est évidemment M. Charles

Péricourt, président de la commission parlementaire chargée de la lutte contre… l'évasion fiscale. Ne riez pas. On a retrouvé dans sa voiture, le jour de l'enterrement de sa femme, deux cent mille francs suisses qu'il est bien en peine de justifier. Il pensait peut-être qu'il fallait payer la concession en espèces le jour des obsèques… Il a été inculpé, mais laissé en liberté. Il hurle qu'il est victime d'un complot, c'est une fin de carrière bien indécente pour un nom aussi prestigieux.

Après cela, s'étonnera-t-on que le pays exige des institutions plus fermes, des dirigeants plus vertueux, des lois plus simples et plus justes ? Et que l'on réclame quelqu'un capable d'y mettre un peu d'ordre ?

Kairos

42

— Il y a là quelque chose d'intéressant, je crois… Madeleine tourna vivement la tête.

— Oui, un thé de Ceylan, merci mademoiselle. Euh, non ! Il est un peu tard, un verre de Vichy, je vous prie.

Dupré pointait de l'index, en bas d'une page de *L'Intransigeant*, un article :

Assassinat du Raincy

La jeune femme était enceinte de quatre mois

C'est tout à fait accidentellement, par la visite d'un employé de la Compagnie du gaz, que le corps de Mlle Mathilde Archambault, trente-deux ans, a été retrouvé en fin de journée à son domicile. Son décès remonterait à deux ou trois jours. La jeune femme aurait succombé à plusieurs coups de couteau, une douzaine semble-t-il, après avoir lutté contre son agresseur. L'arme est restée introuvable. La victime était enceinte « de quatre à cinq mois », ce qui rend ce crime particulièrement odieux.

L'absence d'effraction suggère évidemment que l'assassin était connu de la victime.

Ce meurtre est énigmatique. Mlle Archambault s'était installée il y a deux ans, après la mort de son père, dans le pavillon familial situé à l'extrémité de l'impasse Girardin au Raincy. Les voisins et les commerçants du quartier la décrivent comme une jeune personne tranquille, mais que l'on avait peu vue au cours des dernières semaines.

La police municipale, après avoir effectué les premières constatations, a alerté le Laboratoire scientifique de Paris. Le corps de la jeune femme a été transporté à la morgue pour autopsie. Les rares informations dont on dispose concernant la victime laissent les policiers perplexes sur l'issue de l'enquête qui a été confiée au juge Basile, du parquet de la Seine.

L'emplacement en bas de page soulignait le peu d'éléments dont bénéficiait *L'Intransigeant* et le faible espoir que ce fait divers devienne une affaire criminelle juteuse comme les quotidiens et magazines apprenaient de plus en plus à les aimer. Madeleine leva la tête.

— Oui. Peut-être…

Au pied du mur, elle était soucieuse. Elle relut lentement l'article, tenta de se projeter dans la vie de cette jeune femme.

— Mathilde, dit-elle.

— Je ne vois guère d'autre solution.

La vie de moine d'André Delcourt n'avait donné aucune prise.

— Si vous devez vous décider, il…

— Je sais, monsieur Dupré, je sais !

Elle tambourinait nerveusement sur la table. Il attendait.

Son verre de Vichy était intact, de toute manière, elle n'en avait plus envie. Elle plia rageusement le journal.

— Bon… il faut qu'on en finisse, dit-elle d'une voix à peine audible.

— C'est comme vous voulez, Madeleine, mais… il faut peut-être y réfléchir à deux fois.

Au lieu de la faire douter, ce conseil sembla la galvaniser. Elle répondit par un sourire aigre, qui l'enlaidissait :

— Pensez à Paul, monsieur Dupré, vous verrez, ça aide.

Son ton restait amer, elle ne désarmait pas, l'entêtement familial remontait à la surface.

Dupré se sentit accusé d'indifférence et donc de cruauté, c'était injuste parce qu'il comprenait ce que vivait Madeleine. Sa conception de la justice n'avait pas été trop choquée par la chute de Gustave Joubert ni par celle de Charles Péricourt. André Delcourt ne méritait pas mieux que les autres, mais c'était la manière qu'il faudrait employer qui le troublait.

— Pardonnez-moi d'insister, mais il faut que vous soyez sûre de vous, c'est une décision imp…

— Que, visiblement, vous discutez…

Il ne baissa pas les yeux. Elle avait maintenant face à elle le Dupré qu'elle avait rencontré au début de l'année, direct, insensible, minéral.

— Je pourrais.

— Au nom de quoi, monsieur Dupré ?

— Vous m'avez engagé pour un travail. Ceci (il désignait le journal) ne fait pas partie du contrat.

Pour prendre une contenance, Madeleine saisit son

verre de Vichy, en but deux gorgées en regardant ailleurs, puis revint à lui.

— Si vos principes vous l'imposent, vous pouvez m'abandonner ici, en effet, vous avez raison. Notre convention ne prévoyait pas… d'en arriver là.

— Et votre morale, à vous, l'autorise-t-elle ?

— Oh oui, monsieur Dupré, répondit Madeleine avec un accent de sincérité qui le frappa au cœur. Elle me dicte les pires choses…

Elle ajouta tristement, comme à regret :

— Et vous voyez, j'y suis prête.

Dupré se trouvait devant un choix qu'il avait, en son for intérieur, déjà tranché.

— Bien.

Madeleine ne se levait pas. Dupré la comprenait, mais il ne l'approuvait pas. Leur relation venait de prendre un tour de gravité auquel ils ne s'attendaient pas.

Bientôt, ils ne se verraient plus. Il aurait fallu trouver un mot, mais il ne vint pas.

— Bien, dit-elle, il va falloir que je réponde à l'aimable invitation de M. Delcourt. Un dîner, ce soir peut-être… Cela vous irait, monsieur Dupré ?

— Parfait pour moi.

Il se leva. Il n'y avait plus rien à dire. Il salua Madeleine d'un signe de tête et sortit.

— Oh, monsieur Dupré !

Il se retourna.

— Oui ?

— Merci.

Madeleine resta un long moment à fixer la table, son verre, le journal. Ce qu'elle s'apprêtait à faire l'épuisait à l'avance. Tout ce qu'elle avait en elle de morale et de scrupules s'y opposait et tout ce dont elle disposait de colère et de ressentiment l'y poussait.

Elle céda à la rancune. Comme toujours.

11

— Madeleine !

Cri du cœur. Moitié surprise, moitié frayeur.

— Je vous dérange, peut-être ?

— Non pas !

Depuis quelques mois, André soignait ce genre d'expressions qu'il trouvait élégantes et cultivées.

Il s'effaça brutalement comme si une main le tirait par le col. Madeleine entra. M. Dupré lui avait souvent décrit les lieux, qu'il visitait régulièrement. Elle ne put s'empêcher de jeter un regard vers la commode, le second tiroir, où se trouvait le fouet à buffles.

— Nous sommes rentrés de cure avant-hier, je passais près de chez vous, j'ai pensé que c'était l'occasion de répondre à votre petit mot.

André était asphyxié par la somme d'informations. Madeleine chez lui, son télégramme très énigmatique, les conséquences qui s'en étaient suivies pour Gustave Joubert, ancien fondé de pouvoir de feu la banque Péricourt. Et se trouver ainsi, avec elle, dans un lieu intime, privé, dans cette situation ambiguë qui rappelait leurs relations d'autrefois…

Il y avait tant de livres sur les étagères, de documents empilés, de papiers entassés que l'ensemble avait l'air de composer un tableau intitulé « Modeste appartement du grand écrivain André Delcourt à ses débuts dans le journalisme ».

— Seriez-vous libre à dîner ce soir, cher André ?

Elle espérait qu'il soit pris, ce serait plus simple, il ne l'était pas.

— Euh… oui, c'est-à-dire…

— Alors je ne vous dérange pas plus longtemps. Que diriez-vous de 20 h 30 chez Lipp ?

Tout allait de mal de pis. Cette invitation qu'il n'avait pas pu refuser, cette brasserie où la fine fleur du Tout-Paris les verrait ensemble…

— Très bien, euh, chez Lipp…

— Il y a une éternité que je n'y ai pas mis les pieds…

— Alors, en ce cas…

Elle laissa derrière elle un sillage de parfum, André ouvrit la fenêtre en grand.

René Delgas, comme la fois précédente, tira un rideau invisible sur son visage dès que Madeleine entra dans le vif du sujet.

— Voici le modèle d'écriture. Le texte de la lettre. Et le papier à utiliser.

Quelque chose avait changé. Cette fois, il portait des lunettes. Maladie professionnelle, pensa Madeleine. Il les reposa sur la table après avoir parcouru rapidement le courrier. Il ouvrait la bouche, Madeleine le devança :

— Quel est le degré de… vraisemblance d'un faux comme celui que vous… ? Je veux dire, la police…

— Pour être franc, elle dispose de moyens de détection de plus en plus sûrs. Et nous ne sommes pas nombreux, sur la place de Paris, à produire des documents très difficiles à distinguer des vrais…

Même par la bande, on en revenait toujours au prix.

Madeleine n'avait pas eu sa réponse, elle se contenta de croiser les mains sur la table.

— Dans un premier temps, ajouta Delgas, aucun doute. La police prendra ce document pour un vrai. Le juge suivra. Les difficultés commenceront beaucoup plus tard, lorsque la défense demandera des contre-expertises. À partir de là, personne ne peut dire de quel côté retombera la pièce.

Pour Madeleine, ce délai était suffisant.

— Pour cette lettre, ce sera mille cinq cents francs, dit-il.

— Voulez-vous que nous reprenions notre rituel ? Je fais baisser le prix de trois cents francs, vous acceptez, je vous demande de réaliser cela pour ce soir même, vous augmentez de trois cents francs.

— Non, pas cette fois-ci. Le carnet que vous m'avez confié la dernière fois n'a pas été payé à sa juste valeur.

— Vous voulez me faire chanter, vous avez changé de métier ?

— Non, j'ai sous-évalué le travail.

— C'est votre problème, pas le mien. Moi, j'ai payé le prix que vous demandiez.

— Tout à fait. Mais puisque vous me commandez un nouveau travail, je suis contraint de rattraper un peu du déficit de la fois précédente.

— Un peu… ?

— Mille francs. C'est le moins que je puisse faire. Cela amène cette lettre à mille cinq cents francs.

Madeleine se demanda mentalement si le jeu en valait la chandelle et cette question la plongea brutalement dans le doute.

Delgas interpréta le silence de Madeleine comme le pas de trop dans une négociation imperdable.

— En revanche, dit-il, pas de supplément pour le délai. Ce soir. Vingt-trois heures. Ici.

— Bien…, dit Madeleine. Oh, je n'ai pas pris de quoi payer l'avance…

Delgas leva une main apaisante.

— Nous sommes entre gens de bonne foi.

Dupré regarda André Delcourt monter dans le taxi, il devina plus qu'il n'entendit le jeune homme donner l'adresse de la brasserie Lipp.

Un oubli, un retour inopiné étaient toujours possibles. Le plus prudent était de laisser passer une demi-heure, le temps pour la voiture de rejoindre le boulevard Saint-Germain.

— Je me suis permis de réserver à votre nom…

André acquiesça, oui, bien sûr.

Ils traversèrent la salle jusqu'à la grande travée sur la gauche, là où les plantes vertes dessinées entre les miroirs donnaient l'impression de vous pousser sur la tête.

Ce n'est pas celle qu'André aurait choisie, une table en extrémité aurait été plus discrète pour parler. Mais c'est celle que Madeleine avait demandée parce qu'elle était la plus gênante pour lui. Madeleine choisit la chaise et laissa intentionnellement la banquette en moleskine à André.

— Pardon, cher André, cela ne vous gêne pas de m'abandonner la chaise, les banquettes ne me réussissent guère. La cure m'a fait beaucoup de bien, je ne voudrais pas m'abîmer à nouveau…

— Mais bien sûr, dit André, qui aurait préféré tourner le dos à la salle, raison pour laquelle, justement, Madeleine le contraignait à s'y installer.

— Me permettrez-vous un court instant, chère Madeleine... ?

Elle esquissa un petit geste, mais faites donc.

André entreprit alors un tour entre les tables afin de saluer les connaissances, ici un député d'opposition, là, le directeur de *L'Événement*, et Armand Chateauvieux, un industriel sympathisant des thèses fascistes qui hésitait à participer au lancement du quotidien d'André.

Au passage, il commanda une carafe de vin blanc frais.

— Vous êtes très mondain, mon cher, dit Madeleine, admirative, lorsque André revint vers elle.

Il se montra modeste. Mondain, mondain...

— Dites-moi, ce nouveau grand quotidien, est-ce pour bientôt ?

Elle le savait terriblement superstitieux.

— Les rumeurs...

Madeleine reposa la carte. Ayant fait son choix, elle croisa les mains devant elle.

L'attention d'André était captée par la présence de Chateauvieux. Ne venait-il pas de lever discrètement son verre dans sa direction ? André se contenta d'un clignement de cils de remerciement. Mon Dieu ! Si Chateauvieux se décidait enfin à participer, l'affaire était dans le sac !

— Pardon ?

— Vous êtes distrait, André... Le jour où vous dînez avec votre vieille amie, ce n'est pas chic.

— Pardon, Madeleine, je…

Elle éclata de rire.

— Je vous taquine, André !

Elle jeta un regard par-dessus son épaule, vit Chateauvieux dont elle connaissait le visage par les journaux.

— J'ai l'impression que ce soir se joue quelque chose d'important pour vous, je me trompe ?

Le serveur venait d'apporter la carafe de vin blanc frais. Il les servit. Madeleine, la première, leva son verre.

— À la réussite de notre soirée à tous deux…

— Merci, Madeleine, bien volontiers.

L'immeuble qu'habitait André comprenait un grand nombre d'appartements. Dupré monta les quatre étages à pas feutrés. Crocheter la serrure était très facile, combien de fois était-il venu, sept ou huit sans doute. C'était sa dernière visite.

— Cette cure ?

Madeleine posa sa fourchette.

— Merveilleuse. Vous devriez essayer, André, vous qui êtes un homme en tension permanente, je vous assure, ces gens-là font des miracles.

— Comment cela, « en tension » ? sourit André.

— Oui, je trouve. Je vous ai toujours connu nerveux, ombrageux même. Mais quand je vous vois maintenant, de moins en moins souvent, reconnaissez-le, je vous sens extrêmement fébrile.

— Oui, peut-être, le travail…

Elle se concentra sur ses fruits de mer avec lesquels elle entama une lutte pied à pied.

— Un soignant, pendant la cure, m'a raconté que dans certaines peuplades reculées, on soigne le nervosisme… par le fouet, imaginez-vous.

Elle releva la tête.

— Parfaitement. Il paraît que ces gens-là se fouettent le dos jusqu'au sang. Ce sont vraiment des barbares, vous ne trouvez pas ?

André n'était pas un imbécile. Il reçut cette anecdote avec une froideur inquiétante, comme s'il décryptait chaque mot et le plaçait dans la colonne des choses à se faire rembourser.

— Où était-ce, cette cure ? demanda-t-il sèchement.

— Bagnoles-de-l'Orne. Je vous donnerai l'adresse si vous voulez.

Le flottement dura. Cette remarque sur les fouets pouvait-elle n'être qu'un hasard ? André ne voyait pas d'autre solution, mais sa vigilance s'était mise en éveil.

— J'ai lu votre article sur mon oncle Charles…

André ne perçut aucune nuance de reproche, c'était tant mieux, il aurait été désagréable d'avoir à se défendre.

— Oui… Je suis navré.

— Moi aussi, je suis désolée pour ce pauvre Charles. Il était à la tête d'une mission bien vertueuse, et voilà qu'il tombe pour une histoire tout ce qu'il y a de plus vicieux, vous avouerez…

André discernait dans sa voix un accent coupant qu'il n'avait pas connu, dans son regard une étincelle mauvaise. Pour quelle raison était-elle venue le trouver ?

Un doute s'était insinué en lui sur lequel il ne parvenait pas à mettre de mots.

— Vous avez été bien sévère, André, pour mon malheureux oncle, mais je comprends. Vous faites votre métier. Et puis, comme dirait l'autre, il n'avait qu'à pas tricher !

André choisit de revenir au cœur de la soirée pour voir s'il s'agissait ou non d'un prétexte :

— Je vous ai remerciée pour l'information dont vous m'avez fait profiter concernant Léonce Joubert…

Madeleine posa ses couverts.

— Et de la part de Gustave, qui l'eût cru ! Vous-même, dans vos chroniques, combien de fois lui avez-vous souhaité tout le succès possible ! Quel projet enthousiasmant… Et voilà qu'il ne lui suffit pas de provoquer une faillite, il faut qu'il aille revendre ses idées à nos ennemis jurés. Vraiment, je vous le demande, André, à qui se fier ?

— Mais, vous, Madeleine…

— Oui ?

— D'où teniez-vous cette information… très confidentielle ?

— Mon pauvre André, je n'ai hélas pas le droit de vous le dire. Comment appelez-vous cela, dans votre jargon… ? Le secret des sources ! Je l'ai su par quelqu'un qui serait en grande difficulté si je vous livrais son nom… Cette personne a rendu un service inestimable à la France et ne mérite pas qu'on lui jette la pierre, vous ne trouvez pas ?

Pervers. Voilà le mot, il y avait chez Madeleine une manière perverse de conduire la conversation, de sous-entendre. Et maintenant de refuser de répondre en utilisant un argument que lui-même aurait pu employer. Il recula insensiblement sa chaise. Il n'avait plus d'appétit. Il sentait que la situation lui échappait.

Dupré se dirigea vers la cuisine, un minuscule espace où Delcourt ne préparait jamais rien lui-même. Son repas principal était le dîner parce qu'il était très souvent invité. Le reste du temps, il grignotait ce qu'il conservait dans le petit garde-manger, un caisson sous la fenêtre qui donnait sur l'extérieur. Dupré chercha les ustensiles et ne trouva que des tasses, des cuillères, deux assiettes, le tout était parfaitement propre.

— Quel chemin parcouru, dites-moi…

Madeleine, à son tour, prenait du recul et considérait André comme un tableau dont elle aurait été spécialement fière.

— Je me souviens encore du débutant que j'ai présenté à Jules Guilloteaux…

De tous les sujets, leur passé commun était ce qu'il était le moins prêt à supporter, mais le nom qui surgissait dans la conversation était une alerte. Après Charles Péricourt et Gustave Joubert, Jules Guilloteaux…

André fit un rapide calcul. Son article paraîtrait le lendemain, le secret ne jouait plus. Dans cette situation, il était logique qu'il lui dise ce qu'il savait. Sinon, elle pourrait le lui reprocher, comment cela, vous saviez et vous ne m'en avez rien dit… ?

— M. Guilloteaux va au-devant de gros ennuis…

Madeleine écarquillait les yeux, prodigieusement intéressée.

— Son nom figure sur la même liste que votre oncle. Lui aussi va se retrouver dans le collimateur de la justice.

— Jules Guilloteaux ? Nous parlons bien du même ?

Dans sa voix, de nouveau, cet accent qui contredisait ses paroles. Comme si elle mimait la surprise devant une information qu'elle possédait déjà.

— Et comment le savez-vous, André ? Oh, excusez-moi, le secret des sources, encore…

Pouvait-il raisonnablement dire qu'il tenait cela d'une lettre anonyme ?

Il fut certain qu'à travers son oncle ou Jules Guilloteaux, Madeleine était en train de lui parler d'autre chose. Derrière la fausse naïveté de ses réactions, que voulait-elle lui dire réellement ?

— Je prendrai directement un dessert, André, et vous ?

Sur la table de travail, Dupré ramassa dans son mouchoir un verre qu'il observa par transparence avant de l'enfourner dans son sac marin. Il ouvrit ensuite le second tiroir de la commode et plaça le fouet à buffles dans le pochon qu'il avait apporté.

Puis il sortit comme il était venu. En refermant précautionneusement la porte derrière lui.

Madeleine acheva son sorbet, s'essuya délicatement la commissure des lèvres.

— Puisque je vous tiens, je peux en profiter pour solliciter un conseil, André ?

— Je ne suis pas très enclin à donner des conseils…

— Si on ne peut pas demander un avis à un futur directeur de journal, à qui peut-on s'adresser !

N'avait-elle pas légèrement élevé la voix en prononçant ces mots ?

— C'est au sujet de Paul.

Ce nom glaça André. Il était certain, totalement certain, que tous les noms égrenés au cours de la soirée n'avaient qu'un but : conduire à celui-ci. Il blêmit.

— Imaginez-vous que depuis cette malheureuse circonstance où vous êtes venu nous voir… Paul s'était réveillé en sursaut d'un épouvantable cauchemar, vous vous en souvenez ? Eh bien, non seulement ces cauchemars continuent de le visiter régulièrement (aujourd'hui encore !), mais il m'est revenu à l'esprit que cela avait commencé bien avant, je ne saurais dire quand. L'aviez-vous remarqué du temps où vous étiez à la m…, enfin, du temps que vous étiez là ?

André avait la gorge nouée. Qu'allait-il se passer ? Les cauchemars de Paul… Comme c'était loin tout cela, les années avec Paul, avait-il encore quelque chose à se reprocher ? Quel âge avait-il aujourd'hui, ce garçon ? Pouvait-on évoquer un temps à ce point révolu ?

— Je suis mal placé pour… Je veux dire, je…

— Je vous demande cela à vous, André, parce que vous connaissiez bien Paul.

Elle souriait largement, le regardait bien en face.

— Vous avez été son précepteur. Personne n'a connu Paul plus intimement que vous, André.

Elle laissait un imperceptible silence entre ses phrases.

— Vous l'avez beaucoup chéri, vous vous êtes occupé de lui avec un soin admirable, désintéressé, c'est pourquoi je vous demande votre avis, mais si vous n'en avez pas, tant pis. Cela ne m'empêchera pas, puisque maintenant il va falloir nous séparer (merci pour cette charmante soirée), de vous dire que je sais tout ce que vous avez été pour mon fils. Tout ce que vous avez fait pour lui. Et je voulais vous assurer (elle lui prit délicatement le poignet, comme s'ils étaient encore amants) que de tels bienfaits ne se perdent jamais.

Dupré se fit conduire à l'hôtel de ville du Raincy et termina à pied, mais le brouillard ne rendait pas l'orientation facile. On voyait convenablement à une quarantaine de mètres, après, les formes devenaient floues. Selon l'article, les policiers de la Scientifique seraient sur place le lendemain matin à la première heure et il était peu probable que la police du Raincy ait eu les moyens de placer un planton toute la nuit devant et derrière la maison, ce qui se confirma.

Le pavillon, une bâtisse en meulière avec une marquise au-dessus d'un perron de quatre marches, avait été abondamment scellé, un panneau municipal interdisait l'entrée sous peine de prison. Dupré escalada prestement la grille et contourna le pavillon jusqu'au jardin de derrière. Des scellés avaient été apposés de ce côté-ci également. Il observa minutieusement l'étage et porta son choix sur un œil-de-bœuf. Il ouvrit l'appentis et en sortit une échelle, grimpa, et à l'aide d'une tringle souple, il entama, à bout de bras, le crochetage de la fenêtre ronde. Par deux fois il manqua de tomber de son échelle. La fermeture céda enfin avec un claquement sec. Dupré remit ses outils dans son sac, l'affermit contre son dos, avant de se hisser jusqu'à la margelle à la force des bras.

Il retomba sur ses pieds, sur le carrelage des toilettes. Par précaution, il resta quelques minutes à écouter, puis il retira ses chaussures, enfila ses gants et entama la visite du pavillon.

Deux chambres sentaient le renfermé, le moisi, personne n'y vivait, mais tous les tiroirs avaient été ouverts et visités. Il y avait des traînées de sang séché par terre dans le couloir, qu'il contourna soigneusement.

Dans la chambre de la fille, il y avait eu lutte, la table de nuit était renversée, la lampe de chevet s'était brisée au sol. L'assassin avait-il couru après la jeune femme avec le couteau de cuisine ? Avait-elle tenté de lui échapper en lui jetant à la figure tout ce qui lui passait sous la main ? Était-elle déjà blessée ?

Les tiroirs avaient été vidés ; dans les placards, vêtements et sous-vêtements avaient été fouillés. Dans le petit cabinet de toilette, pas de savon à barbe, pas de pierre d'alun ni de rasoir. Dans le fatras d'un tiroir retourné, Dupré déposa un stylo usagé et une vieille bouteille d'encre tirés de son sac marin. Et il pendit, dans le placard, une robe de chambre dans la poche de laquelle il fourra une feuille de papier roulée en boule.

Il alluma sa lampe, s'approcha de la commode, l'éclaira de biais et scruta la surface. On y voyait les traces d'un chiffon. C'était bon signe, le type avait tout essuyé derrière lui, Dupré n'aurait pas à le faire.

Il vérifia le bouton de porte : essuyé. Le chambranle : essuyé. La rampe de l'escalier : essuyée. Il revint à la chambre de Mathilde, sortit de son sac un verre qu'il fit rouler délicatement sous le lit, puis il rejoignit le rez-de-chaussée en évitant de marcher dans les traînées de sang, plus épaisses de marche en marche.

Dans le salon, on distinguait nettement l'endroit où la police avait retrouvé le corps. Il s'agenouilla, observa le parquet. Des marques de pas, mais pas celles de l'assassin. Un type qui prend le temps de nettoyer ses empreintes ne piétine pas comme ça grossièrement dans le sang de sa victime, non, ça, c'étaient les policiers. Les journaux n'arrêtaient pas de clamer qu'il ne fallait surtout rien toucher sur la scène d'un crime, peine perdue. C'était comme partout ailleurs, les scientifiques se débrouilleraient. Ils n'étaient pas très aimés dans les commissariats, ces rats de laboratoire qui donnaient des leçons aux flics qui, eux, arpentaient le terrain toute l'année. On voyait bien qu'ils n'avaient pas à conduire les interrogatoires avec les voyous. Pour ça, il fallait des policiers autrement musclés, qui ne faisaient pas leur boulot avec des pinces à épiler, des pinceaux de poils de chameau et des microscopes…

Une porte conduisait au sous-sol. Le long du mur, des cagettes en bois avec des outils, de la quincaillerie. L'une d'entre elles était vide, Dupré ouvrit son sac, sortit le pochon avec le fouet à buffles, vida le contenu. Puis il vérifia le nettoyage. La table : nettoyée. Le dossier des chaises : nettoyé. Le dessus du buffet : nettoyé. Les portes de placard : nettoyées.

Il remonta à l'étage, toujours sur la pointe des pieds. Le lit était en fer, avec des petites boules aux quatre coins, un modèle très courant. Il dévissa l'une d'elles, roula la lettre que Delgas lui avait remise, la glissa dans le montant du lit et revissa. Il hésita. Revisser jusqu'au bout ou pas ? Oui, jusqu'au bout, comme Mathilde l'aurait fait elle-même. Mais pas tout à fait.

Dupré remit ses chaussures, repassa par la lucarne dont il tira le vantail. Avec sa tige souple, il parvint à faire faire un quart de tour à l'espagnolette, ce serait suffisant. Un regard à sa montre. Plus de quatre heures.

Les premiers ouvriers allaient sortir de chez eux dans une heure.

Pour lui, il était temps de rentrer.

Le pavillon grouillait de monde lorsque le juge d'instruction arriva en fin de matinée. M. Basile, un homme large, enveloppé mais puissant, au visage mobile et aux yeux vifs, qui exigeait des réponses aux questions qu'il posait. Réputation de magistrat peu commode. Il avait à son actif un nombre impressionnant d'arrestations, son palmarès s'ornait de plus d'une condamnation à la peine capitale et de huit de bagne et de perpétuité. Réputation d'homme efficace.

Sur place, les techniciens avaient relevé deux empreintes différentes.

Puis on l'emmena dans le jardin où l'on avait déterré le cadavre d'un bébé d'environ six mois.

— Le niveau de putréfaction du corps laisse penser que les faits remontent à un an et demi.

— C'est pas tout…

Le policier avait l'air vraiment embêté. Il avait raison.

Le juge, sans la toucher, se pencha et lut la lettre lissée sur la table.

— Vous avez trouvé ça où ?

— Dans le placard de la demoiselle. Dans la poche d'une robe de chambre d'homme.

Très embêtant.

Le juge préféra consulter sa hiérarchie.

— Mon Dieu ! Mon cher, il faut aborder cette affaire avec les plus grandes précautions !

Pas de scandale, pas de révélation intempestive, pas de déclarations qu'il faudrait ensuite désavouer. Le juge comprit qu'il devrait se débrouiller seul et parvenir au résultat sans faire la moindre vague, sans mouiller personne, à l'exception de lui, ce qui, en cas d'échec, n'émouvrait personne.

La présence de deux empreintes différentes troublait le paysage, mais l'une d'elles, visible en quatre endroits, avait la faveur du juge parce que, à la différence de l'autre, elle était corroborée par d'autres éléments à charge.

Tout bien pesé, le juge décida de ne livrer aux journaux qu'une information partielle et de contourner le premier obstacle :

> Une lettre, d'une écriture masculine, retrouvée dans le pied du lit de la victime confirme l'hypothèse d'un meurtre provoqué par un refus de la jeune femme d'avorter de nouveau. Dans ce courrier, que Mathilde Archambault a sans doute caché là pour le cas, qu'elle pressentait peut-être, où les choses vireraient au drame, l'assassin présumé la conjure de ne pas garder cet enfant, il supplie, il menace, il en appelle à la raison de son

amante. Selon les enquêteurs, la lettre n'est pas mal tournée et montre un homme d'une certaine éducation quoiqu'il ne recule pas devant le plagiat puisqu'il emprunte mot pour mot une formule à un article du célèbre chroniqueur André Delcourt publié dans le *Soir de Paris* en août dernier évoquant : « L'amour qui prévaut sur tout, sur le sort, sur le destin, sur le malheur… L'amour qui est le bien sacré de tous les êtres de Dieu. »

À Paris, les premiers journaux étaient en vente quasiment dès l'aube, mais André ne les parcourait pas avant la fin de matinée. Il professait qu'une vie étroitement réglée était un gage de longévité, mais plus encore, le symbole d'une personnalité bien construite. Il rappelait souvent l'anecdote selon laquelle Kant lui-même n'aurait dérogé à sa promenade matinale qu'en apprenant la survenue de la Révolution française (Delcourt, Kant, le lecteur appréciera le rapprochement…).

— Comment ça, un plagiaire ?

C'était à la une du *Matin* : « L'assassin plagie un célèbre chroniqueur » ; l'information était reprise par *Le Petit Journal* : « Dans une lettre à sa victime, le meurtrier recopie une chronique de Kairos. »

— Regardez, lisez, disait le kiosquier.

Être associé à un crime aussi épouvantable, à quelques semaines du lancement de son journal !

Pour quelle raison la rédaction de *L'Événement*, évidemment informée comme les autres, ne l'avait-elle pas appelé ? Il se rendit au journal sans même repasser chez lui.

Le directeur n'était pas à Paris, mais un télégramme

l'attendait : « Mauvaise publicité – stop – Faites-la cesser ou ne réponds plus de rien – Montet-Bouxal. »

Mais que faire ? Qui appeler ? C'était déjà dans les quotidiens ! Un démenti dans les journaux du soir, voilà ce qu'il fallait obtenir.

Et ce directeur qui n'arrivait pas.

Ce qui arriva, à sa place, ce fut un policier.

Le fait divers était monté en grade, il avait passé les frontières du Raincy pour gagner la capitale. Un nommé Fichet, commissaire, avait été désigné par le juge. Le lecteur le connaît, c'est celui qui était intervenu dans le cambriolage chez Gustave Joubert, un type âgé, ridé, voûté, portant un pardessus beige, dégageant une haleine de cigare froid.

— Mais… en quoi elle me regarde, cette histoire ?

— Mais elle ne vous concerne absolument pas, monsieur Delcourt ! Et c'est pour ça que je me présente à vous. Si vous me confirmez que vous ne connaissiez pas cette Mathilde Archambault…

— Mais je vous le confirme tout à fait !

André tourna la tête.

— Venez.

Ils étaient dans un couloir de la rédaction où tout le monde passait, glanait un mot, et irait le colporter. André en savait trop sur le journalisme pour ne pas se méfier. Il conduisit le commissaire dans son bureau. Le policier ne retira pas son pardessus, il ne voulait pas déranger, il ne restait qu'une minute.

— C'est une histoire complètement folle ! dit André. S'il suffit que l'on copie une de vos phrases avant d'assassiner les gens pour que la police débarque à votre journal… Et d'ailleurs, pourquoi m'interroge-t-on ?

La grimace de Fichet exprimait clairement que c'était bien là le problème.

— Je dois reconnaître, monsieur, qu'il n'y a aucune raison… C'est, comme qui dirait, une « précaution méthodologique ». L'assassin peut être n'importe qui, comprenez-vous ?

André fut horrifié.

— Et donc… ça peut être moi ? Je suis… suspect ?

La secrétaire arriva avec un plateau et du café, comme elle le faisait pour les visiteurs du matin. On se tut jusqu'à son départ. Les mains d'André tremblaient, son visage avait pris une pâleur de cierge, il était totalement démonté. La tasse, en se reposant sur la soucoupe, fit un bruit terrible, cristallin. Le commissaire Fichet, qui avait eu bien des coupables en face de lui, aurait mis sa tête à couper que cet homme-là n'avait strictement rien à voir avec ce crime, il y a des accents de vérité qui ne trompent pas. Il fallait pourtant en finir.

— Quelqu'un a laissé une lettre dans laquelle il cite vos propos. Mettez-vous à notre place. Qu'est-ce que nous devons en penser ? Nous devons faire en sorte que vous soyez immédiatement à l'abri de tout soupçon.

— Très bien, répondit André d'une voix enrouée par l'angoisse, allons-y, finissons-en. Que voulez-vous savoir ?

Malgré son trouble, il venait de penser que si la police le disculpait immédiatement, les journaux du soir publieraient l'information, l'affaire serait réglée.

— Donc, vous ne connaissez nullement cette personne.

— Nullement.

— Elle habitait Le Raincy.

— Jamais mis les pieds.

— L'assassin présumé a laissé une lettre manuscrite.

Le commissaire se grattait le crâne avec son crayon d'un air pensif.

— Voyez-vous, monsieur, je me demande si le mieux, pour en finir tout de suite, ce ne serait pas que vous nous remettiez un exemplaire de votre écriture.

André était sidéré. Il restait assis, sans pouvoir bouger.

— Une simple comparaison visuelle, dit le commissaire, et c'est terminé, on n'en parle plus. Mais c'est comme vous voulez, vous n'y êtes pas obligé.

Le cerveau d'André fonctionnait au ralenti.

— Qu'est-ce que je dois écrire ?

Il s'était levé et avancé jusqu'à son bureau, il avait pris son stylo. Il tira, d'un geste machinal, une feuille de papier, mais il était si perturbé que maintenant, il ne savait plus que faire.

— Ce que vous voulez, monsieur, ça n'a pas d'importance.

André regardait la page blanche. Y tracer un simple mot lui donnait l'impression vertigineuse de rédiger des aveux, c'était cauchemardesque. Il écrivit : « Je n'ai rien à voir avec cette affaire et j'exige que la police en informe les journaux à la minute même. »

— Pouvez-vous signer aussi, je vous prie ? Pour la forme.

André signa.

— Alors, me voilà parti. Merci, monsieur, pour votre coopération.

— Vous allez publier l'information très vite, n'est-ce pas ?

— Oh oui, bien sûr.

Le commissaire regarda la feuille avec satisfaction, la plia soigneusement en quatre avant de la placer dans la poche intérieure de son pardessus.

— Ah oui, une chose encore, monsieur…

André se figea, c'était éprouvant, cette situation… Fichet regardait par la fenêtre en se grattant le menton, absorbé par un souci, mais il ne se décidait pas à parler, André l'aurait giflé.

— Les empreintes…

— Quelles empreintes ?

— Je ne veux pas vous importuner avec des détails trop techniques, mais la comparaison des écritures n'est pas une méthode totalement scientifique. C'est « empirique », comme nous disons dans notre jargon. Tandis que les empreintes, là, c'est du cent pour cent !

André comprenait le concept, mais ne voyait pas très bien ce qu'on attendait de lui. Il avait fourni un exemplaire de son écriture… Il réalisait… On réclamait… ses empreintes ?

— Qu'est-ce que vous me demandez au juste ?

— Eh bien, en comparant votre écriture et celle de la lettre retrouvée sur place, si tout le monde est d'accord pour dire qu'elles n'ont rien à voir, le juge le fera savoir aux journaux, affaire classée pour ce qui vous concerne. Mais supposez que quelqu'un hésite, qu'il dise « Moi, je ne suis pas trop sûr, je n'en mettrais pas ma main au feu… », eh bien, me revoilà dans votre bureau dans deux heures. Tandis que si je repars avec vos empreintes, le temps pour le laboratoire de les comparer avec celles qui ont été relevées sur place, on publie le résultat et là, pas de discussion, c'est scientifique, comprenez-vous ?

Vingt minutes plus tard, le commissaire quittait la rédaction de *L'Événement* avec les empreintes d'André Delcourt.

André était effondré.

Fichet avait saisi son index avec une poigne peu commune, il avait écrasé sa phalange sur le papier en la roulant de droite et de gauche, sans le prévenir, il avait ensuite pris tour à tour le majeur et le pouce, André regardait ses doigts noircis par l'encre. Avec son spécimen d'écriture, il s'était imaginé suspect. Avec ses empreintes, il se voyait coupable...

Il s'était laissé déborder par ce flic...

Il aurait dû faire appel à un avocat. Il quitta son bureau, descendit respirer sur le boulevard, allons, il fallait garder son calme. Au fond, son écriture et ses empreintes allaient le mettre définitivement hors de cause.

Ce qu'il fallait, c'est que cette information soit très vite publiée.

Il hésita à appeler Montet-Bouxal. Non, il le ferait quand il aurait le démenti en main.

Il marchait à grands pas, sa décision s'affermissait, ces fonctionnaires étaient visiblement de bonne volonté, mais tout cela risquait de traîner en longueur, or ce qui lui manquait le plus, c'était précisément du temps. Il fallait accélérer les choses.

Pour la première fois de sa vie, il s'apprêtait à faire ce qu'il était toujours parvenu à éviter : solliciter une relation, une intervention. Mais l'heure tournait. Il attrapa un taxi, se fit conduire au ministère de la Justice, demanda le chef de cabinet.

— Vous avez tout à fait raison, mon cher André. Nous n'allons pas rester inactifs. Je vais appeler moi-même le juge d'instruction. À quelle heure est-il venu vous voir, ce policier ?

— Il y a une heure.

— C'est plus qu'il n'en faut pour comparer deux empreintes, je vous le garantis ! Au plus tard à midi, ce sera terminé ! Je vais exiger un communiqué du ministère. En tout début de journée.

— Merci, mon cher, au moins, vous comprenez la situation…

— Mais parfaitement ! D'ailleurs, de vous à moi, je ne vois pas sur quel argument on est venu ainsi vous déranger. Être cité ou plagié n'est pas un délit, que je sache !

Fin septembre. Il faisait assez doux. Le brouillard des derniers jours s'était totalement dissipé. Le boulevard respirait une ultime tiédeur d'été. Les arbres perdaient leurs feuilles paresseusement. André était soulagé.

Le démenti serait publié en début de journée, à quatorze heures, quinze heures peut-être.

Il entra dans un bureau de poste, demanda le numéro.

— C'est très gênant, cette histoire, dit Montet-Bouxal.

— Un communiqué dans moins de deux heures, le ministère me l'a garanti.

— Bien, nous verrons.

— Mais enfin ! C'est moi la victime !

— Moi, je le sais, mais… C'est une question d'image,

comprenez-vous ? Bon, faites-moi envoyer le communiqué du ministère dès sa parution, hein ?

Cette conversation l'avait de nouveau alarmé. Était-ce une bataille déjà perdue ? Il n'arrivait pas à le croire.

Qu'y avait-il à faire ?

Rien. Attendre.

Rentré chez lui, où il avait tout laissé en plan, il mesura la densité des événements vécus en une matinée. Il était très déprimé. Il s'en voulait sans bien savoir ce qu'il aurait dû faire.

Il n'avait pas faim.

Il retira sa chemise, il avait envie de pleurer.

Avant de s'agenouiller au milieu du bureau, il ouvrit le tiroir.

Son cœur se souleva : le fouet avait disparu.

43

On frappa à la porte.

André, affolé par cette découverte, ramassa sa chemise en toute hâte, l'enfila, qui pouvait bien frapper ainsi, quelle heure était-il ? Il était désorienté, les boutons lui glissaient dans la main, il fut saisi d'un frisson qui le balaya des pieds à la tête et dont il sortit transi. Nouveaux coups.

— Qu'est-ce que c'est ?

Sa voix lui fit l'effet de sortir d'une caverne, il en entendit l'écho qui se mêlait à une autre.

— C'est moi, monsieur ! Commissaire Fichet.

André se retourna vers le tiroir. Il en était certain, ce fouet, il ne l'avait jamais rangé autre part…

— J'ai un papier pour vous.

Mon Dieu ! Le démenti de la police ! Il était sauvé. Il se précipita à la porte.

— Vous avez le papier ?

— Tenez.

C'était un document officiel, André ne parvenait pas à le lire, ils auraient pu faire simple. Article 122 du Code de procédure pénale. Juge d'instruction Basile. Il cherchait dans le texte le communiqué, mais ne le trouvait pas.

— Où est-ce ?

— Là, dit le commissaire Fichet en pointant son index sur la feuille, au milieu. C'est un mandat d'amener, le juge voudrait vous voir, je vais vous accompagner.

Il ne parvenait pas à rassembler ses idées. Il posa des questions. Pourquoi veut-on me voir ? Le démenti a-t-il été publié ? Y aurait-il un problème ? Le commissaire Fichet regardait par la fenêtre, ne répondait pas, il donnait l'impression d'être seul en voiture ou d'être sourd.

Maintenant, un banc en bois. Un couloir. Des fonctionnaires qui passaient, préoccupés. On lui avait dit de s'asseoir, on va venir vous chercher. Mais personne ne venait. On le traitait comme n'importe qui. André tenta de calmer des battements cardiaques si violents qu'il en avait des haut-le-cœur. Il avait exigé un démenti de la police, on voulait le lui faire payer. L'administration n'aimait pas recevoir des ordres.

Mais ce fouet… C'est une question qu'il ne résolvait pas. Quand s'en était-il servi pour la dernière fois ? La semaine passée. Au retour du square Bertrand.

Il s'arrêta.

« Dans certaines peuplades reculées… Par le fouet… Des barbares, vous ne trouvez pas ? »

Il retint de justesse un vomissement qui lui resta dans la gorge, il aurait voulu cracher, il chercha des yeux, quelqu'un, personne.

Avait-il le droit de se déplacer ? Il y avait un agent en uniforme à l'extrémité du couloir. Pouvait-il aller aux toilettes ? Il leva la main, comme à l'école. L'agent, de loin, fit non de la tête. André avala sa salive au goût de vomissure.

La porte s'ouvrait, un huissier apparaissait.

— Monsieur Delcourt, si vous voulez bien me suivre…

André entra dans le bureau du juge qui ne se donna pas la peine de se lever pour l'accueillir. André se retourna brusquement, la porte était fermée.

— Asseyez-vous, dit le juge sans le saluer.

Ici, André Delcourt n'était rien. Il avait terriblement peur.

Il regarda à sa droite, les vantaux étaient légèrement ouverts. Il eut envie de se jeter par la fenêtre.

Le juge posa enfin ses lunettes.

— Je ne vais pas y aller par quatre chemins, monsieur Delcourt. Vous êtes suspecté du meurtre de Mlle Mathilde Archambault survenu…

— C'est imposs…

Le juge tapa du poing sur la table.

— Taisez-vous ! Pour le moment, c'est moi qui parle et vous répondrez quand je vous interrogerai ! Est-ce bien compris ?

Sans attendre la réponse, il reprit :

— … du meurtre de Mlle Mathilde Archambault, survenu entre le 23 septembre, 19 heures, et le 24 septembre, 6 heures.

— Le 23 septembre, quand était-ce ?

— Samedi dernier.

— Ah ! J'ai dîné chez Mme de Fontanges, nous étions vingt ! Ça ne peut pas être moi ! J'ai des témoins !

— Le dîner s'est prolongé jusqu'à six heures du matin ?

— Eh bien…

— Est-ce votre écriture ?

Le juge lui tendait une lettre :

Mon amour,

C'était son écriture.

Bientôt, tu le sais, nous pourrons vivre notre passion. Je sais les tourments qui t'ont été infligés.

C'était son écriture, mais ce n'était pas lui. Jamais il n'avait écrit cela.

Nous voici aujourd'hui devant l'ultime épreuve. Je te conjure, une fois encore, de céder à ma demande. De ne pas imposer à notre passion, si pure et si pleine, ce qui va la condamner.

Ce papier était pourtant le sien.

Ce n'est plus, tu le sais, qu'une question de mois, de semaines peut-être, avant que nous puissions hurler au monde que rien, jamais, ne nous séparera plus.

Jamais il n'aurait écrit de pareilles choses, si vulgaires, si maladroites, non, jamais. Ça ne pouvait pas être lui.

Ne me contrains pas, ma chère et tendre, à insister davantage… Tu sais ma détermination comme tu sais mon amour.

André avait beaucoup de mal à se concentrer sur ce qu'il lisait, ses mains tremblaient de nouveau.

Garde, comme moi, confiance en l'amour qui prévaut sur tout, sur le sort, sur le destin, sur le malheur... L'amour qui est le bien sacré de tous les êtres de Dieu.

Ton

André

— Cette lettre n'est pas de moi.

— Ce papier est le vôtre ?

— Il est à moi, comme il est à tout le monde ! N'importe qui peut l'acheter.

— Est-ce le même ?

Le juge lui tendait une autre feuille, pareille à la précédente, sur laquelle il reconnut sans conteste son écriture :

Mon cher Maître,
~~*Ma respectueuse démarche auprès de vous*~~
~~*Je me permets de vous écrire*~~
Vous le savez sans doute, par notre ami ~~*commun*~~
Ma démarche auprès de vous,

— Cette lettre est-elle de vous ?

— Mais, d'où la tenez-vous ?

— Elle a été retrouvée dans la poche d'une robe de chambre.

Le juge se leva, fit deux pas vers la table située sur sa gauche et exhiba, de loin, une robe de chambre qu'André connaissait parfaitement.

— Je l'ai jetée à la poubelle il y a deux mois !

— Comment expliquez-vous, en ce cas, qu'elle se soit trouvée dans le pavillon de Mlle Archambault ?

Nous avons aussi trouvé ceci, un stylo, et ceci, une bouteille d'encre.

— Mais, ils peuvent appartenir à n'importe qui ?

— Avec vos empreintes, ça m'étonnerait.

— On les a volés ! Chez moi ! Quelqu'un est entré chez moi en mon absence et les a volés !

— Vous avez porté plainte ? À quelle date ?

André se figea.

— C'est un complot, monsieur le juge, et je sais d'où cela vient !

— Vos empreintes ont également été trouvées sur un verre sous le lit de la victime.

— C'est un complot destiné… Mardi soir, à la Br…

Il fut arrêté net. Le juge exhibait maintenant son fouet.

— Sur ceci, nous avons retrouvé des traces de sang. Le groupe sanguin n'est pas celui de la victime. Pourrait-il s'agir du vôtre ? Un examen médical permettra sans doute de vérifier si vous en êtes l'utilisateur…

Dans l'accusation d'assassinat venait s'insinuer une nuance d'infamie.

— Si c'est le cas, vous aurez du mal à nier que vous fréquentiez la victime…

C'était stupide de sa part, mais André avait plus honte de ce fouet que de tout ce qui lui était reproché. Il tournait la tête de droite et de gauche, non, ce n'est pas à moi…

— Votre papier, votre écriture, vos empreintes à quatre reprises, très certainement votre groupe sanguin. Je vous inculpe d'assassinat sur la personne de Mathilde Archambault, sans préjuger des autres charges, notamment d'infanticide, qui pourraient en résulter.

44

Madeleine buvait de l'eau de Seltz. Dupré, lui, avait lentement siroté son café. Ils étaient là depuis plus d'une heure, les yeux rivés sur le grand escalier du Palais de Justice.

La lumière tombait.

Dix-huit heures à l'horloge du quai.

— Les voici..., dit Dupré.

Madeleine se leva aussitôt, sortit sur le trottoir.

De l'autre côté de la rue, André Delcourt, accompagné de deux policiers en uniforme, descendait en direction d'un panier à salade dont les portes étaient ouvertes. Il présentait un visage hagard, abattu, son pas était lourd, ses épaules basses.

Il la vit. Il s'arrêta net.

Sa bouche s'entrouvrit.

— Allons, dit un policier en le poussant dans le fourgon, dépêchons !

La scène ne dura pas une minute, déjà la camionnette s'éloignait. Aussitôt qu'elle eut disparu, Madeleine se sentit effroyablement vieille.

Étaient-ce des regrets ? Non, elle n'en avait pas. Pourquoi pleurait-elle ? Elle ne le savait pas.

— Est-ce que je…

— Non, rien, monsieur Dupré, merci, c'est moi, c'est…

Elle se détourna pour s'essuyer les yeux, se moucher.

— Allons, dit-elle pour se ressaisir.

Elle tâcha de sourire.

— Eh bien, monsieur Dupré…

— Oui ?

— Nous pouvons dire, je crois, que nous en avons terminé.

— Je crois, en effet.

— Vous ai-je suffisamment remercié, monsieur Dupré ?

Cette question le fit longuement réfléchir. Il avait pensé à cet instant, à cette fin, mais il n'y était pas préparé.

— Je crois que oui, Madeleine.

— Qu'allez-vous faire maintenant ? Chercher du travail ?

— Oui. Quelque chose de plus… tranquille.

Ils se sourirent.

M. Dupré se leva.

Elle lui tendit la main qu'il serra.

— Merci, monsieur Dupré.

Il voulait répondre quelque chose d'aimable, mais il ne trouvait pas, cela se voyait.

Sur son chemin il s'arrêta un instant au bar pour payer les consommations puis il partit sans se retourner.

Il était dix-sept heures lorsque le taxi laissa Madeleine à l'entrée, devant la grille. Elle leva les yeux vers la pancarte puis traversa lentement le parking, monta les marches en ciment, poussa la porte.

Malgré l'installation des grandes tables, des cuves, des distillateurs, des bacs et des éprouvettes, l'atelier du Pré-Saint-Gervais était si immense qu'il paraissait quasiment désaffecté.

Tout le monde était en blouse, Vladi, Paul, M. Brodsky, tous portaient une calotte sur la tête, le pharmacien y tenait beaucoup.

Il régnait une ambiance dans laquelle le parfum de théier était submergé par des odeurs qui rappelaient la colle, la térébenthine, la graisse chaude, il était difficile d'imaginer qu'on fabriquait ici un produit qu'il serait agréable de sentir.

— Ah ! Ma… man ! C'est ra… re de te voir i… ci… !

— Je vais venir plus souvent maintenant. Mais, dites-moi, tout cela a beaucoup changé en peu de temps !

Elle voulait tout savoir, Paul ne lui épargna aucune explication sur la chaîne des opérations, pendant que Vladi et M. Brodsky se parlaient en allemand.

— C'est bien, disait Madeleine.

Paul s'arrêta.

— Ça… ça va, ma… man ?

— Pas très bien, mon chéri, je crois que je vais rentrer.

— Qu'est… ce…

— Rien du tout, je t'assure. Un petit embarras, rien d'autre, je crois qu'il faut que je me couche de bonne heure. Demain, tout sera rentré dans l'ordre.

Elle salua tout le monde, embrassa Paul.

Elle descendit les marches. Elle se sentait fragile, ressentait un creux dans la poitrine. Il ne lui restait plus qu'à constater le champ de ruines sur lequel maintenant il lui faudrait vivre.

Elle leva la tête.

Dans la cour, une voiture tournait au ralenti.

Arrivée à la portière, elle se baissa pour regarder le conducteur à travers la vitre.

— Je me proposais de vous ramener, Madeleine. Il se fait tard.

Elle esquissa un bref sourire et monta.

— Oui, vous avez raison, rentrer en voiture, c'est plus prudent. Merci, monsieur Dupré.

Épilogue

Le grand quotidien fasciste dont le projet fut fauché par l'arrestation d'André ne se releva pas.

L'instruction de cette affaire Delcourt, animée par une bataille d'experts en graphologie, dura plus de dix-huit mois au terme desquels les assises de la Seine (devant lesquelles les experts reprirent les armes) condamnèrent André à quinze ans de réclusion criminelle.

Le 23 janvier 1936, Madeleine fut extrêmement contrariée par l'arrestation, pour voies de fait en état alcoolique, d'un nommé Gilles Palisset, dont les empreintes correspondaient parfaitement à celles relevées au domicile de Mathilde Archambault.

Employé du Crédit municipal, mythomane et pervers, habitant chez ses parents, Palisset passa rapidement aux aveux et avoua les avortements et le meurtre de la jeune femme. Il fut admis que Mathilde Archambault avait eu deux amants, Delcourt, qui avait laissé trop de traces sur place pour qu'on en doute encore, et Palisset, qui finalement l'avait tuée. Loin de hurler à l'erreur judiciaire, la presse salua la performance scientifique et l'efficacité du laboratoire de la police.

Delcourt fut immédiatement libéré.

Madeleine suivit l'épilogue de cette affaire avec une rage que M. Dupré était impuissant à calmer.

Moins d'un mois après la libération d'André Delcourt, on se perdit en conjectures sur les circonstances de sa mort.

Le 20 février 1936, on retrouva son corps nu, pieds et poings liés aux montants de son lit. Le rapport d'autopsie relève qu'il avait ingéré une large dose d'un somnifère courant à cette époque mais que sa mort était due aux conséquences d'une grande quantité de chaux vive déversée sur son entrejambe. La mort fut sans doute longue et douloureuse.

Les conditions exactes de ce décès ne furent jamais éclaircies.

Les péripéties judiciaires de Gustave Joubert furent autrement complexes. Le chef d'accusation de haute trahison était, à cette époque, un concept assez flou, plus pratique pour la proclamation patriotique que pour une cour de justice, son invocation tenait beaucoup à la tension avec l'Allemagne. Les uns, qui manifestaient la plus grande méfiance vis-à-vis du régime nazi, étaient pour une peine exemplaire qui illustrerait la détermination de la France. Les autres, qui estimaient qu'il fallait composer avec un IIIe Reich dont les intentions bellicistes étaient de pure forme, plaidaient pour la relaxe pure et simple, en signe de pacification.

Le statut très particulier de Joubert donna à l'affaire une importance toute particulière et galvanisa le débat.

On entra rapidement dans la confusion, dans une longue bataille juridique qui traduisait assez bien la crise de régime, le flottement des dirigeants, l'incertitude de la politique étrangère et, a posteriori, le manque de lucidité de la majorité des élus de la République. À la haute trahison, on finit par préférer la notion d'intelligence avec l'ennemi, estimée plus prudente. Joubert, en 1936, écopa de sept années de prison, bénéficia d'une remise de peine et sortit libre en 1941 pour mourir l'année suivante d'un cancer foudroyant, « bien plus rapide que ses avions », écrivit un journaliste venimeux.

Reste Charles Péricourt. Le scandale qui avait provoqué sa mise à l'écart fut promptement étouffé. Les quatre-vingt-huit juges désignés ne furent assistés que par… quatre experts-comptables, méthode très efficace pour ralentir l'instruction et laisser retomber le soufflé.

Devant les hurlements de la presse de droite, les autorités cessèrent de divulguer l'identité des contrevenants, privant ainsi le grand public de noms lui permettant d'incarner son indignation. Une partie de la presse préféra le silence et ne traita le scandale que dans quelques entrefilets d'une remarquable discrétion. D'autres optèrent pour la contre-attaque et reprirent leur antienne contre le fisc, dont l'appétit gargantuesque avait provoqué les contribuables. Bref, le scandale se délita progressivement, quelques mois plus tard il n'était plus question de rien, les banques anglaises et suisses poursuivirent leurs activités qui n'avaient pas même ralenti, les contribuables plus modestes continuèrent de payer proportionnellement davantage que les plus privilégiés.

Charles Péricourt cessa d'être inquiété, mais il était

un homme laminé par son échec. Il ne se remit jamais de la mort d'Hortense. Ses « deux fleurs » ne se marièrent jamais, comme il l'avait pressenti, et suivirent un itinéraire chaotique qui les conduisit notamment dans les ordres, mais elles ne s'y plurent pas. Elles partirent pour Pondichéry en 1946, insistèrent pour que leur père vienne les rejoindre, ce qu'il accepta enfin de faire en mars 1951. C'est là, entouré de son « bouquet virginal », qu'il mourut l'année suivante.

Le talent précoce de Paul pour la publicité permit à son baume de faire une belle carrière, puissamment aidée par une astucieuse campagne de spots radiophoniques. Le slogan « Mince ! » devint une expression populaire, on l'employa à tout bout de champ. Les femmes l'adoraient, cela leur permettait de proférer une grossièreté vénielle sous le couvert de la plaisanterie. L'entreprise Péricourt déclina ses produits. Un reportage consacré à Paul Péricourt dans *Le Petit Journal illustré* le fit passer brusquement de la notoriété à la célébrité. On adora ce jeune homme en fauteuil roulant, brillant, entreprenant et modeste, qui passait l'essentiel de ses moments avec la presse à expliquer (à condition d'avoir le temps de l'écouter) que la grande Solange Gallinato était allée, juste avant de mourir, défier à Berlin la puissance du Reich, de quelle manière elle avait fait de son dernier récital un manifeste antinazi et comment les autorités allemandes avaient fabriqué une légende qu'il était grand temps de mettre en pièces parce qu'elle faisait tort à l'esprit de la diva, etc. Quand il était parti sur cette histoire, il était impossible de l'arrêter. Toutes les encyclopédies reprennent cette version que Paul a réussi à imposer.

Il entra dans la Résistance en 1941. Arrêté en 1943 par la Gestapo, on ne le sortit pas de son fauteuil pour le passer à la question.

Il était à Paris pendant les journées d'août 1944, il ne quitta pas son fauteuil, sa fenêtre et son fusil pendant près de soixante-douze heures.

Médaille de la Résistance, croix de la Libération, Légion d'honneur… Paul accepta les lauriers, mais ne parla jamais de sa guerre et ne s'inscrivit dans aucune association d'anciens combattants. Il ne voulut jamais revoir son père qui chercha, par ce biais, un point de contact avec son fils. Les deux hommes n'avaient pas vraiment choisi le même camp.

Son penchant pour la pharmacie ne survécut pas à la réussite du baume Calypso. Ce qui le passionnait, c'était moins les produits que la façon de les vendre. Il se consacra à la publicité, créa l'agence Péricourt, épousa Gloria Fenwick, héritière d'une agence américaine concurrente, alla s'installer à New York, revint à Paris, fit des enfants, des profits et des slogans, il était très fort dans ce domaine.

Alors qu'elle disposait de pas mal de solutions, Léonce Picard choisit de partir pour Casablanca. Elle voulait revenir à son point de départ, à la manière d'une petite fille qui, partie du mauvais pied dans une marelle, recommencerait la partie du début. D'ailleurs, elle n'emmena pas Robert Ferrand qui en fut bien surpris, mais qui se consola rapidement.

Elle ne chercha jamais à éclaircir la raison pour laquelle elle choisit le nom de Madeleine Janvier. Elle reprit sa prospection comme à Paris quelques années plus tôt. Au lieu de trouver une riche bourgeoise à qui servir de dame de compagnie, elle rencontra un industriel normand qui l'épousa et lui fit cinq enfants, un par an, Léonce prit beaucoup de poids après sa dernière grossesse, vous ne l'auriez pas reconnue.

Ah oui, Vladi, n'oublions pas Vladi.

Elle épousa son contrôleur des chemins de fer de l'Est, devint Mme Kessler, s'installa à Alençon, mais n'apprit jamais un seul mot de français. Son fils aîné, Adrien, comme chacun sait, fut Prix Nobel de médecine.

Quant à Madeleine et à Dupré, ils continuèrent de se voussoyer, ils le firent toute leur vie.

Il disait « Madeleine ». Elle disait « monsieur Dupré », comme une femme de commerçant en présence de la clientèle.

Roudergues, juillet 2017

Reconnaissance de dette

Le titre de cet hommage à mon maître Dumas est extrait d'un vers d'Aragon («Les lilas et les roses», *Le Crève-cœur*, 1941) et s'inspire librement d'un certain nombre de faits réels.

La Renaissance française de Gustave Joubert emprunte évidemment au Redressement français (1925-1935) d'Ernest Mercier, les pratiques de l'Union bancaire de Winterthour aux fraudes fiscales de la Banque commerciale de Bâle (1932), les agissements du *Soir de Paris* à «L'abominable vénalité de la presse française» (série d'articles de Boris Souvarine publiés dans *L'Humanité*, 1923). Le personnage de Jules Guilloteaux est inspiré de Maurice Bunau-Varilla, patron du *Matin*.

Tous ceux que je souhaite remercier ici n'ont aucune responsabilité dans mes infidélités à «l'histoire vraie», dont je suis seul comptable.

Tout au long de l'écriture, Camille Cléret (que j'ai eu la chance de rencontrer grâce à Emmanuel L.) a bien voulu mettre son talent d'historienne, sa réactivité et ses connaissances au service de ce roman. Lorsque j'ai fait une entorse à la vérité historique, elle me l'a signalé. Quand j'ai décidé de passer outre, elle m'en a fait valoir les risques. Cette collaboration a été un enchantement.

J'ai une dette conséquente vis-à-vis des historiens de la période et tout particulièrement de Fabrice Abbad, Serge

Berstein et Pierre Milza, Olivier Dard, Frédéric Monier, Jean-François Sirinelli, Eugen Weber, Michel Winock, Theodore Zeldin.

L'Argent caché de Jean-Noël Jeanneney, passionnant ouvrage sur les milieux d'affaires et la politique, m'a fourni d'irremplaçables éléments, tout comme *Les Batailles de l'impôt* de Nicolas Delalande, d'où proviennent la majorité des idées de Charles sur la répression fiscale. Je les ai complétées grâce au travail de Christophe Farquet (« Lutte contre l'évasion fiscale : l'échec de la SDN »). Je dois à Sébastien Guex l'idée des fraudes fiscales, puisée dans son excellent article « 1932 : l'affaire des fraudes fiscales et le gouvernement Herriot ».

Dans un tout autre registre, le roman de Germaine Ramos, *La Foire aux vices*, a été une source de renseignements concernant les pratiques de la presse vénale, tout comme, sur le parlementarisme, *La République des camarades* de Robert de Jouvenel.

La lecture des quotidiens de la période m'a été d'une aide permanente, notamment les articles des chroniqueurs (B. Gervaise, L.A. Pagès, P. Reboux, C. Vautel, J. Bainville, G. Sanvoisin, etc.), les articles de François Coty dans *Le Figaro*, ainsi que les encadrés quotidiens du *Matin* et les chroniques signées M... de La Palisse dans *Le Petit Journal.* « La France veut-elle un dictateur » est le titre d'une longue enquête publiée en mars 1933 dans *Le Petit Journal.* Pour cela et pour tant d'autres choses, merci aux professionnels qui entretiennent l'extraordinaire base de données Gallica de la BNF, on aimerait qu'ils aient davantage de moyens.

Les traductions du polonais m'ont été offertes par mon excellente traductrice, Joanna Polachowska. Je dois les traductions de l'allemand (du Sud) à Laura Kleiner.

Jean-Noël Passieux m'a éclairé très utilement sur les heurs et malheurs des turboréacteurs, qu'il soit remercié d'avoir été si patient, tout comme Gérard Hartmann, qui a fermé les yeux sur mes approximations techniques. Hervé David m'a aimablement aidé pour permettre à Paul de se livrer à sa passion phonographique et le ravissant Phono Muséum de Paris a assuré mon initiation dans ce domaine. Jalal Aro, à la Phonogalerie de Paris, ce merveilleux antre du gramophone, a parfaitement comblé ce qui me manquait. Merci à Jean-Philippe Thiellay à qui Solange doit de chanter Bellini.

Au cours de ce travail, j'ai souvent été visité par des choses qui venaient d'ailleurs, rien de ce qu'on écrit ne nous appartient réellement. Par exemple, lorsque j'ai eu besoin d'expliquer que Solange Gallinato allait dorénavant chanter assise, je me suis souvenu de la manière dont Victor Hugo s'interroge sur le mystère de la vocation de Charles Myriel (« Que se passa-t-il ensuite dans la destinée de M. Myriel ? L'écroulement de l'ancienne société française… »). Détailler toutes les occurrences serait de la cuistrerie, je me contente d'en dresser la liste approximative, mais alphabétique : Louis Aragon, Michel Audiard, Marcel Aymé, Charles Baudelaire, Saul Bellow, Georges Brassens, Emmanuel Carrère, Henri-Georges Clouzot, Ivy Compton-Burnett, Alexandre Dumas, Albert Dupontel, Gustave Flaubert, William Gaddis, Albert Garlini, Jean Giraudoux, Louis Guilloux, Sacha Guitry, Victor Hugo, Jean Jaurès, Ken Kesey, André Malraux, William McIlvanney, Larry McMurtry, Norge, Pierre Perret, Marcel Proust, Joseph Roth, Claude Schopp, Stendhal, William Thackeray, Léon Tolstoï, Trevanian, Camille Trumer, Jakob Wassermann.

Merci à mes lecteurs attentifs : mon complice historique Gérald Aubert, et Nathalie, Camille Trumer, Perrine Margaine, Camille Cléret, Solène, Catherine Bozorgan, Marie-Gabrielle Peaucelle et Albert Dupontel.

Une mention toute spéciale à Véronique Ovaldé pour ses conseils éclairés et sa générosité.

Et Pascaline, du début à la fin.

DU MÊME AUTEUR :

Aux Éditions Albin Michel

ALEX, 2011, Prix des lecteurs du Livre de Poche 2012, CWA Dagger International 2013, Le Livre de Poche, 2012.

SACRIFICES, 2012, CWA Dagger International 2015, Le Livre de Poche, 2014.

AU REVOIR LÀ-HAUT *(Les Enfants du désastre)*, 2013, prix Goncourt 2013, CWA Dagger International 2016, Le Livre de Poche, 2015.

TROIS JOURS ET UNE VIE, 2016, Le Livre de Poche, 2017.

MIROIR DE NOS PEINES (*Les Enfants du désastre*), 2020, Le Livre de Poche, 2021.

LES ENFANTS DU DÉSASTRE, coffret, 2020.

LE SERPENT MAJUSCULE, 2021.

Chez d'autres éditeurs

TRAVAIL SOIGNÉ, Le Masque, 2006, prix Cognac 2006, Le Livre de Poche, 2010.

ROBE DE MARIÉ, Calmann-Lévy, 2009, prix du Polar francophone 2009, Le Livre de Poche, 2010.

CADRES NOIRS, Calmann-Lévy, 2010, prix du Polar européen 2010, Le Livre de Poche, 2011.

ROSY & JOHN, Le Livre de Poche, 2014.

DICTIONNAIRE AMOUREUX DU POLAR, Plon, 2020.

LE GRAND MONDE, Calmann-Lévy, 2022.

PAPIER À BASE DE FIBRES CERTIFIÉES

Le Livre de Poche s'engage pour l'environnement en réduisant l'empreinte carbone de ses livres. Celle de cet exemplaire est de :
600 g éq. CO_2
Rendez-vous sur
www.livredepoche-durable.fr

Composition réalisée par Soft Office

Achevé d'imprimer en octobre 2022 en France par
Maury Imprimeur – 45330 Malesherbes
Dépôt légal 1re publication : novembre 2022
N° d'impression : 265539
Librairie Générale Française
21, rue du Montparnasse – 75298 Paris Cedex 06

60/5767/1